鳥獣虫魚の文学史

日本古典の自然観 1

獣の巻

鈴木健一 編

三弥井書店

『鳥獣虫魚の文学史―日本古典の自然観　獣の巻』目次

鳥獣虫魚の文学史

鈴木健一

はじめに

動物を描くことで、日本の古典文学は何を得ようとしたのだろう。

その根底には、動物のありかたを対置させることで人間の本質を照らし出したいという欲求が存在していたことは間違いない。また、人間と異なる生活や行動形態を有する動物への純粋な興味といったこともあっただろうが、それはあくまで二次的な目的であろう。

人間と同じ生物であるという共通性、そうでありながら人間そのものではないという差異性を有する動物たちと比較対照されることで、人間という存在が鮮やかに相対化される。この点によって、日本人は植物と並んで動物を重要視するようになったと思われる。

言い方を換えると、子どもを育てたり、異性を愛したり、徒党を組んだり、仲間と争ったり、努力して何かを得ようとしたりと、人間も行うような行為を動物もする。だから、動物を我が事に当てはめて、そこから自らの思念を形象化することが可能になる。一方、人間と全く同じではないことによって、客体化がはかられもする。〈同じようだが違う〉という絶妙な平衡感覚がそこには存在しているわけだ。

では、「日本古典文学と動物」という問題をさらに具体的に把握するには、どのような視座を獲得することが必要だろうか。主たるものとしては二つ、すなわち、〈神との回路〉もしくは〈自然の力〉ということが一点目、動物と人間を重ね合わせて我が身の置かれた境遇を思おうとするという意味での〈人の心の鏡〉ということが二点目として考えられる。前者は〈畏怖〉の念によって支えられ、後者は〈親愛〉の情へと通じていく。例外はあるが、一応そのように大きくまとめておきたい。

言い換えれば、〈畏怖〉は、動物が人間には不可能な能力を持つ、あるいは人間とは異なる行動をとる、という差異性によって、動物たちが〈神との回路〉を開いてくれたり、その〈自然の力〉によって人間に幸不幸をもたらすことに起因する。一方、〈親愛〉は、動物が人間と似たような行動をとるという共通性によって発生し、その存在は、さまざまな意味で〈人の心の鏡〉となりうる。

〈親愛〉から派生した形として、実用性という点にも触れるべきだろう。それには食用ということも含まれるのかもしれない。軍馬や鷹狩りの鷹など、実用的でかつ〈親愛〉の対象たりうるものと言えるだろう。

江戸時代に入ると、愛玩動物を所持することが流行し、中世ですでにあった御伽草子の異類物のような動物のキャラクター化がいっそう促進される。一つの例として、山東京山《さんとうきょうざん》『朧月猫之草紙』の、人間社会を彷彿させる猫たちの物語を挙げておきたいが、このような絵本文芸は枚挙に遑がない。

日本文学史全体を見渡してみた時、時間の経過とともに動物への〈畏怖〉は少なくなり、〈親愛〉が前景化してくると言えるだろう。しかし、決して〈畏怖〉が消滅してしまうことはない。そこに、「日本文学と動物」という研究課題が持つ普遍的な豊かさが存在する。

以下、時代を追って、特徴的な事柄に言及していきたい。

一　「神との回路」から——上代

最も古い時代の文学では、動物はきわめて神秘的な存在であり、神に近いものだった。ここに〈神との回路〉は色濃く存在する。その一方、人間は自らの感情を動物に投影させることで、慰藉を得ようとしてもいる。古くから、動物は〈人の心の鏡〉でもあったのだ。

〈神との回路〉という点について、たとえば『古事記』上巻に描かれる因幡の白兎を思い浮かべてみよう。「袋を負へども、汝《な》が命《みこと》、（引用者注・八上比売《やかみひめ》を）獲《え》む」というように、大国主神《おおくにぬしのかみ》の未来を予祝する「素菟《しろうさぎ》」は、王としての資格が大国主神にあることを保障するための存在、いわば神託を体現するものとして登場していた。

同じく『古事記』中巻に記される三輪山伝説における蛇のありかたは、どうか。本文では蛇とは明記されていないものの、「戸の鉤穴《かぎあな》より控《ひ》き通りて出で」という表現から、それと知られよう。大物主大神《おおものぬしのおおかみ》と神聖な動物としての蛇はここに重なり合うのである。

『古事記』から、もう一例挙げたい。同書中巻で、高木大神《たかぎのおおかみ》が、神武東征の途上、「其の八咫烏《やあたからす》、引道《みちび》きてむ。其の立たむ後《しりへ》より幸行《いでま》すべし」と告げ、八咫烏の道案内に従うよう指示したというのも、動物が〈神との回路〉になっていることに他ならない。

ただし、先に述べたように、〈神との回路〉が単独で存在するだけではなく、〈人の心の鏡〉でもありえたことにも注意をしておく必要がある。

古代における鳥は、空を飛ぶという特性により、同様に空中を浮遊する霊魂との高い関連が指摘されてきた。『日本書紀』景行天皇紀でも、日本武尊《やまとたけるのみこと》は死後白鳥と化したと記す。ここに〈神との回路〉が存在している。一方、鳥の鳴き声は人間の感情を増幅させる装置であり、〈人の心の鏡〉としての要素を兼ね備えていたのである。

『万葉集』から四例を掲げてみよう。

ももづたふ磐余《いはれ》の池に鳴く鴨を今日のみ見てや雲隠りなむ　（巻三・大津皇子）

淡海《あふみ》の海夕波千鳥汝《な》が鳴けば情《こころ》もしのに古《いにしへ》思ほゆ　（巻三・柿本人麻呂）

足柄の箱根飛び越え行く鶴《たづ》のともしき見れば大和し思ほゆ　（巻七・作者未詳）

うらうらに照れる春日にひばり上がり心悲《こころがな》しもひとりし思へば　（巻十九・大伴家持）

それぞれに死の悲しみ、古都への追懐、望郷、春愁という人間の感情をいや増す働きを鳥の鳴き声や姿が果たしている。（千鳥が旅愁を掻き立てることについては、芭蕉の「星崎の闇を見よとや啼《なく》千鳥」などにも受け継がれる。）

また、「淡海の海」に鳴く「夕波千鳥」の鳴き声は、「亡くなった近江朝時代の人々のあの世からのメッセージ」（森朝男。森朝男・古橋信孝『万葉集百歌』青灯社、二〇〇八年）とも捉えられる。「ももづたふ」の歌で死に行く皇子が鴨を見たのも偶然ではなく、冥界とこの世を結ぶ鳥なればこその出来事だったのかもしれない（古橋信孝。同右書）。

もう一首挙げて、上代についての言及を終わりにしたい。

虎に乗り古屋を越えて青淵《あをぶち》に蛟竜《みつち》捕り来む剣大刀もが　（巻十六・境部王《さかいべのおおきみ》）

『日本書紀』仁徳天皇紀にも、県守《あがたもり》という勇敢な人物が吉備中国の川島の淵にいた大虬《みつち》を退治した話が載るが、そのような恐ろしい物を生捕りにするには、虎の持っている〈自然の力〉を借りる必要がある。それは、人間にはない（神に近い）能力を動物から分けてもらうということに他ならない。〈神への回路〉は、上代に最も顕著で、そののちは減退していくものの、決してなくなることはない。能「江口」で普賢菩薩の乗り物として象が現れたり、蕪村『新花摘』で狐が家の守り神として登場するというように、ずっと存在し続けるのである。そのことへの期待は今日まで引き継がれていると言ってもよいだろう。

二　共通性と差異性の共存──中古を中心に

中古（平安時代）になると、宮廷では猫や犬が飼われ、より日常に即した〈親愛〉が生まれる。人間もかくやというような行動を取ることによって、人々の心が癒されたりもする。『枕草子』「うへに候ふ御猫は」の段に出てくる「翁《おきな》まろ」という犬は、帝が大切に養育していた猫に挑みかかってしまったために打擲《ちょうちゃく》され追放処分になってしまう。その犬への、清少納言の同情がこの段の主眼になっていよう。再び戻ってきた犬は、（引用者注・清少納言が）御鏡をもうち置きて、「さは、翁まろ」と言ふに、ひれ伏して、いみじく鳴く。というところが読む者の心を強く揺り動かす。「翁まろ」がまるで人間のように切なく振る舞うところに悲哀と笑いが見出されており、この犬は〈人の心の鏡〉と見なされている。

『蜻蛉日記』では、どんな大切なものよりも母が大事という道綱の気持ちを、大切に育てている鷹を放つという行為によって表現する（〈人の心の鏡〉）。「道綱が鷹を放ったにについては、自身の将来についての自棄・絶望とか、母や自身に対しやさしくしない父兼家への抵抗感情とか、そういったものも、混っていたかもしれない」（柿本奨『蜻蛉日記全注釈』角川書店、一九六六年）。

ただし、〈親愛〉があるからと言って、動物との関わりがすべて人間との共通性によって説明できるということではなく、そのように身近で愛された動物が人間の思惑とは異なる行動をとることで、物語が動いていったりもする。〈人の心の鏡〉と〈自然の力〉は共存するのである（後に詳しく述べる）。『源氏物語』若菜上巻で描かれる女三宮の飼い猫の行動はその代表的な例であろう。

猫は、まだよく人にもなつかぬにや、綱いと長くつきたりけるを、物にひきかけまつはれにけるを、逃げんとひこじろふほどに、御簾のそばいとあらはにひき開けられたるをとみにひきなほす人もなし。

猫に引かれて御簾が開いたため、女三宮の姿を見てしまう柏木は、自らの愛執が止められなくなってしまう。人間が作り出している場の秩序から逸脱した行動を取る動物の営みに逆に人間が影響され、思わぬ事態に進展するのである。ここに動物の持つ〈自然の力〉が認められる。そののち、柏木は女三宮の形代として猫をかき抱く。

わりなき心地の慰めに、猫を招き寄せてかき抱きたれば、いとかうばしくてらうたげにうちなくもなつかしく思ひよそへらるるぞ、すきずきしや。

ここでは、猫が〈人の心の鏡〉としても機能している。

〈親愛〉に支えられた〈人の心の鏡〉の例を、この時代の和歌から挙げておこう。

雪のうちに春は来にけり鶯のこほれる涙今やとくらむ（古今集・春上・二条后）
山里は秋こそことにわびしけれ鹿の鳴く音に目をさましつつ（古今集・秋上・壬生忠岑）
音もせで思ひに燃ゆる蛍こそ鳴く虫よりもあはれなりけれ（後拾遺集・夏・源重之）

一首目は、春を待望する気持ちを鶯に託している。二首目では、妻恋いに鳴く牡鹿に我が身が重ね合わされている。三首目は、恋に耐え忍び、泣く人間の行為を、蛍や虫に擬える。いずれも、人間の心情を形象化するのに動物が用いられているのである。

ただ、そういった〈人の心の鏡〉とは別に、叙景歌として風景に主眼が置かれている中に、動物が詠まれているものもある。たとえば、

白雲に羽うちかはし飛ぶ雁の数さへ見ゆる秋の夜の月　（古今集・秋上・読人不知）

相坂の関の清水に影見えて今やひくらむ望月の駒　（拾遺集・秋・紀貫之）

では、前面に出ているのは雁が飛行したり駒牽きをする光景である。文学は人の心を表現するものだから、心情が完全に排除された文学表現はありえないと思われるが、その濃度に濃さ薄さがあるだろう。客観的な光景にもまた魅力はあるということを付言しておきたい。

さて、先述したように、〈親愛〉〈人の心の鏡〉という共通性と〈畏怖〉〈自然の力〉という差異性は決して二項対立ではなく、しばしば共存する。その方がむしろ自然だし、そこに生じる奥行きにこそ人間が動物を必要とする文学的必然性が存在すると言ってもよいだろう。以下、そのような視点に即して、例を探っていきたい。

『伊勢物語』九段・東下りの都鳥は、その名前が人間に望郷の念をもたらすという点で、〈人の心の鏡〉となっている。

名にし負はばいざこと問はむ都鳥わが思ふ人はありやなしやと

という和歌については、

本当にお前はその名にふさわしい鳥だと言えるのかという問いつめがある。もちろん「都鳥」と名のる鳥な

ら京都にいるのがふさわしいのに、という気持である。と同時にこの気持は、もともと京都にいるのがふさわしい自分が、こんな田舎まで来てしまった、という感情と二重になっているだろう。

（新潮日本古典集成・渡辺実注）

というような見方がまずは成り立つだろう。そしてさらに、鳥が人間と異なり空を自由に行き来できるところから神秘性を感じ取り、私にはわからない京都にいる恋しい人の安否をも知っているのではないかという、〈自然の力〉を表すものとしての鳥への問い掛けの意味もこめられていよう（窪田空穂『古今和歌集評釈』東京堂出版、一九六〇年）。

同じく『伊勢物語』三十九段では、色好みの源至《いたる》が蛍を牛車の中に放って女君の姿を見ようとする。蛍の発光によって、人が見られないことを見ようとするのは、〈自然の力〉であり、蛍が切ない恋の表徴であるという点では〈人の心の鏡〉でもある。この段では直接記されてはいないが、蛍の「火」は恋の「思ひ」と掛詞になるのがこの時代の常套表現であった。

『伊勢物語ひら言葉』都鳥

『源氏物語』若紫巻において、紫上が初めてこの物語に現れる場面では、籠の内におさめておきたいという人間の思惑とは異なり、雀が飛び立ってしまう（〈自然の力〉）ことで、紫上が泣きべそをかく。それによって、彼女の幼さ、かわいらしさが引き立つ（〈人の心の鏡〉）。

『平家物語』「宇治川先陣」

また、『今昔物語集』巻五・十三の「三獣、菩薩の道を行《ぎやう》じ、兎、身を焼く語」（いわゆる「月の兎」の話）では、猿や狐が食べ物を用意してきたのに対して、兎は、

励みの心を発《おこ》して、燈を取り、香を取りて、耳は高く、𤸎《くぐ》せにして、目は大きに、前の足短く、尻の穴は大きに開きて、東西南北求め行《ある》けども、さらに求め得たる物なし。

というありさまであったため、自らを食物として帝釈天に差し出す。ここには、兎が発揮した自己犠牲の精神をもって人々を教導する仏教的な姿勢も認められよう（〈人の心の鏡〉）。また、兎のけなげさが人々の心を打ち、人間にとって身近な話として受けとめられもしたという点では、後述するキャラクター化の走りと言えるかもしれない。その一方、人間が理性によってできない行動―自分の命を犠牲にして、他者を救済する―を動物ならしてしまうのかもしれないという気持ちもこめられていよう。そこには、〈神への回路〉とも、〈自然の力〉とも言いうるものも存在していると思われる。

中世の作品だが、『平家物語』巻九に描かれる「いけずき・

する墨」という名馬は、人間にはない激しい力強さ（〈自然の力〉）によって川を渡り、先陣争いで功名を立てるという人間の欲望を具現化する（〈人の心の鏡〉）ものでもある。

なお、中古の例として、〈神への回路〉が色濃く残っているものをもう一つ挙げておきたい。『更級日記』では、猫が「侍従の大納言の姫君」の生まれ変わりであるということが作者の姉によって語られるという、不思議な出来事が記される。神秘的なものへと、動物の力はいつの時代でも導いてくれるのであった。

三　脅威としての動物――中世を中心に

しばしば述べてきたように、どんなに動物への〈親愛〉があったとしても、必ず〈畏怖〉も存在し続けている。人間にない性質（〈自然の力〉。より自然に近いたくましさ、生命力とも）を持っている動物を人間に対置して描くことで、人間への厳しい自然界の（あるいは社会的な）脅威を代表させたり、逆にそこから人間には無い力をもらおうとすることもある。そのような例を、中世のものを中心に指摘しておきたい。

たとえば、能「土蜘蛛《つちぐも》」や『土蜘蛛草紙』に描かれる土蜘蛛はその代表例であろう。源頼光《らいこう》や渡辺綱《つな》に斬られた土蜘蛛の腹から夥しい数の人骨が出てきたという陰惨な場面では、人間の能力を超えた恐ろしい土蜘蛛の存在によって、人間という存在の弱さ、脆さが逆に照らし出されてくる。その一方、土蜘蛛は支配階級に抵抗する人々と見なされており、物語全体の論理としては彼らの脅威を語りつつ、それを制圧していくという支配者側の視点が見え隠れしている。

『雨月物語』「蛇性の婬」

そもそも、土蜘蛛は、古く記紀の世界では大和朝廷に抵抗する人々を指して言った。動物を抵抗勢力に擬えるという意味では、これにも〈人の心の鏡〉としての要素を認めてよい。くり返すが両者は共存可能なのである。ちなみに、近世（江戸時代）においても歌川国芳《くによし》が描いた浮世絵をめぐって、源頼光が将軍家慶、卜部《うらべ》季武《すえたけ》が水野忠邦、土蜘蛛率いる妖怪が天保の改革によって処罰を受けたり廃業したりした人々を当て込んでいるという噂が立ち、版元が慌てて回収するという事件があった。一つの物語の独特な構造は、時代を跨って持ち越されていく。

同様なことは、御伽草子『十二類絵巻』についても言える。最初の読者は、天皇・公家や将軍ら支配階級の人々であったと想像され、十二類は彼らの表徴であり、狸軍は彼らに歯向かう悪党や土民の表徴だった（網野善彦「『十二類絵巻』をめぐる諸問題」『いまは昔　むかしは今』第三巻「鳥獣戯語」、福音館書店、一九九三年）。

また、『徒然草』八十九段で、奥山に住む猫またに怯えるあまり、飼い犬をそれと勘違いして、川に転げ落ちてしまう臆病な連歌師の話は、〈畏怖〉を逆手に取った笑いと言えよう。

近世に到っての〈畏怖〉の例を二つ挙げておきたい。

『雨月物語』「蛇性《じゃせい》の婬《いん》」では、蛇の化身真名子《まなご》も人間への脅威を与える存在として描かれる（もっとも、後半は好きな男をひたすら慕ういじましい一面も強調されていくのだが）。この話には、愛執に捕らわれてはならないという教訓性と、魔性の者がどこまでも追いかけて来るという恐怖を味わうという文芸性の二つが共存していると言えよう。前者は〈人の心の鏡〉であり、後者は人知を超えた〈自然の力〉の表徴である。

『西鶴諸国はなし』の「鯉のちらし紋」も、おもしろい。鯉が実は人間同様に恋情を抱いており、子まで宿していたという恐怖。〈自然の力〉が日常にまで侵入し、安穏と過ごしている人間を脅かしていく。

もっとも、〈畏怖〉の心情を発揮する対象については化物・妖怪といった類がその役割を担ってもいる。動物と化物・妖怪の境界は厳密に認識しておくべきであろうが、どこで線を引くかは難しい。「土蜘蛛」にも妖怪の要素が半分くらいは入っていると言ってよいのだろう。

また、動物個々の特徴という点にも一言触れておく。脅威と親愛の二面性は猫に顕著な現象であって、犬にはほとんど見られない。『宇治拾遺物語』で、道長に仕掛けられた呪いを見抜いて知らせたように、犬は人間の側に立って戦ってくれるものなのである。動物ごとの差に言及していくときりがないが、そのような点にも一応留意しておきたい。

四 〈人の心の鏡〉の変奏—近世的なありかた／雅俗

近世的なありかたについて、芭蕉の句を手がかりに考えてみたい。この時代に到っても、動物が〈人の心の鏡〉となっている点は基本的に変わりない。

蛸壺やはかなき夢を夏の月

蛸壺の中で眠って夢を見ている蛸の運命がはかないように人間の夢もはかなく、だからこそ切ない。そうして、それらの光景を短夜の夏の月が照らしている。ここでは、蛸と夏の月、人間が「はかな」いという共通性によって重ね合わされている。

初しぐれ猿も小蓑をほしげなり

故郷の伊賀へ帰る途次、山中での句。「猿も」とあることによって、人間だけでなく猿でさえも初時雨によってこごえているというニュアンスが生まれる。猿を憐れみつつ、自分のわびしげな旅姿を省みている。

そして、〈人の心の鏡〉〈自然の力〉の共存関係も顕著である。

閑《しづか》さや岩にしみ入る蟬の声

蟬の声が喧しく聞こえてきたのち、それが岩に沁み入ることを認知して、人は世界の奥深さに接することができる。それも蟬の声が人間とは異なる霊妙さを備えているからであり、そのような声を鏡として人は自らの存在を対象化できる。

猫の妻へついの崩れより通ひけり

『伊勢物語』五段の「築地《ついひぢ》の崩れより通ひけり」という雅な表現を下敷きにして、猫であれば竈の崩れたあたりから恋人のところへ通ってくるであろうと、その〈自然の力〉を卑俗化することでおかしみを創り出している。

さらに、近世的な特徴の一つとして、俳諧が〈俗〉の視点を加えつつ和歌的な美意識を改変したことによって、詩歌の伝統の中に動物の生な感じが持ち込まれたことを指摘しておきたい。

1びいと啼《なく》尻声悲し夜ルの鹿

2鶯や餅に糞《ふん》する椽のさき

3蚤虱《のみしらみ》馬の尿《ばり》する枕もと

4いきながら一つに氷る海鼠《なまこ》哉

5塩鯛の歯茎も寒し魚の店《たな》

6曙や白魚白きこと一寸《いっすん》

1の、鹿の鳴き声に悲しみを感じること自体は「奥山に紅葉踏み分け鳴く鹿の声聞く時ぞ秋は悲しき」（古今集・秋上・読人不知、百人一首・猿丸大夫）など古くからあったわけだが、その声を「びい」と写実してしまうところに生まれる現実感が特徴的と言える。2でも、鶯が美しい鳴き声によって春の到来を告げるという美意識は古典的な型であるが、その雅なありかたを転換させ、「餅に糞する椽のさき」という動作を描写するところに卑俗化が認められる。3は、『おくのほそ道』で尿前《しとまえ》の関を通った体験から発想される現実感（ただし、「尿」ということばにも誘因されている）。4は、海鼠に物体としてのありかたを感じ取っている即物的な視点が特徴的。5では、冬の寒さが塩鯛の歯茎によって強く認識される。6では、曙という優雅な時間帯と白魚という江戸人の生活に密接に結び付いた魚を組み合わせる。

和歌では、動物は姿よりも主にその鳴き声によって、ほのかな抒情を掻き立てるものとして機能していた。それが、和歌において尊重されたありかたでもあった。しかし、俳諧では動物をもっと身近に生々しく描くことで、生き物としての存在感を摑もうとする。そのことによって、俳諧は自らの存在意義を主張したと言える。

芭蕉からさらに時を経て一茶に到ると、

花さくや目を縫《ぬは》れたる鳥の鳴《なく》

仰《あふ》のけに落て鳴けり秋のせみ

というように、そのようなありかたはいっそう助長されていく。

五　キャラクター化する動物たち――近世を中心に

近世では生なありかたが模索されただけではなく、キャラクター化が進んで、生々しさが払拭されるという現象も起こって、双方向へと従来の枠組みから展開していく。〈畏怖〉の延長線上に生なありかた、〈親愛〉の延長線上にキャラクター化があると一応捉えておこう。

キャラクター化の淵源は、高山寺蔵の「鳥獣戯画」に求められようし、中世における傑作として『十二類草紙』もある（小峯和明「お伽草子異類物の形成と環境」『文学』二〇〇八年五・六月）。

近世では、絵本文芸にその傾向は顕著である。一例だが、黄表紙の『桃《もも》太《た》郎《ろう》後《ご》日《にち》噺《ばなし》』（朋《ほう》誠《せい》堂《どう》喜《き》三《さん》二《じ》作・恋川春町画）では、鬼が島から戻ってきた桃太郎一行の後日談が子鬼・猿・犬らを中心に描かれるが、人間の嫉妬や悋気といった感情を動物が表現することで客体化され、笑いと批評性が生み出されている。他にも、化猫遊女が品川の伊勢屋という店にいたという噂により、戯作類を中心にキャラクター化されていく（延広真治「『小紋新法』——影印と註釈（五）」『江戸文学』、一九九一年十一月、アダム・カバット『ももんがあ対見越入道』講談社、二〇〇六年）など、さまざまに自在な笑いが創出されているのである。

詩歌の例も列挙しておこう。

1猿どのの夜寒とひゆく兎かな　蕪村

2蛤にはしをしつかとはさまれて鴫《しぎ》たちかぬる秋の夕暮　宿屋飯盛《やどやのめしもり》

3はらんでは狸もつづみそつと打　誹風柳多留

1は、昔話の世界を彷彿させる。2は、西行の「鴫立つ沢」の名歌と「鷸蚌《いつぼう》の争（漁夫の利）」という故事を合体させた笑い。3は、妊娠した狸はおなかの子を思いやって腹鼓も「そつと打」と想像したおかしさ。

キャラクター化の効用とは、なにか。先に「笑いと批評性」と指摘したが、要するに、直接的に人間のみを描くのではなく動物に演じさせることで寓話的になり、作品世界が抽象化されるということなのだろう。そこには、滑稽感や親しみやすさはもとより思念的な深まりも認められるのである。

おわりに

以上、時代を追って、「日本古典文学と動物」について早足で論述した。最後にもう一例だけ挙げておくと、『義経千本桜』河連法眼館《かわつらほうげんやかた》（「狐忠信」）の場面では、動物の狐でさえこのような肉親への愛情を持つのに、人間の頼朝・義経の兄弟は諍いをしているという慨嘆がこめられる（〈人の心の鏡〉）一方、人間にはできない妖術を使って子狐が敵を撃退させる（〈自然の力〉）活劇が展開され、その両方が観客に好まれる。

共通性による親近感と差異性による異化作用、それがやはり動物がもたらす文学的効果の最たるものだろう。そのような形で動物と関わらせることで、人間のありかたも際立ってくる。その際、動物の特性もそれぞれに反映されることで多様性も生まれ、読者をいっそう飽きさせないのである。

『古事記』因幡の白兎

中嶋真也

此、稲羽の素菟ぞ。今には菟神と謂ふ。

はじめに

イナバノシロウサギは、現在でも絵本で刊行されており、話の筋は何となくでも知っている人が多いものであろう。元になっているのは、『古事記』上巻の次の箇所である。

故《かれ》、此の大国主神《おほくにぬしのかみ》の兄弟《はらから》は、八十神坐《やそかみいま》しき。然れども、皆、国をば、大国主神に避《さ》りき。避りし所以《ゆゑ》は、其の八十神、各《おのおの》稲羽《いなば》の八上比売《やかみひめ》に婚《あ》はむと欲《おも》ふ心有りて、共に稲羽に行きし時に、大穴牟遅神《おほあなむぢのかみ》に袋を負《おほ》せて、従者《ともびと》と為《し》て、率《ゐ》て往《ゆ》きき。

是《ここ》に、気多之前《けたのさき》に到《いた》りし時に、裸《あかはだ》の菟《うさぎ》、伏《ふ》せりき。爾《しか》くして、八十神、其の菟に謂《い》ひて云《い》ひしく、「汝《なむち》が為《せ》まくは、此の海塩《うしほ》を浴《あ》み、風の吹くに当りて、高き山の尾上《をのへ》に伏せれ」といひき。故、其の菟、八十神の教《をしへ》に従ひて、伏せりき。爾くして、其の塩の乾く随《まにま》に、其の身の皮、悉《ことごと》く風に吹《ふ》き析《さ》かえき。故、痛み苦しび泣き伏せれば、最《もと》も後《のち》に来《こ》し大穴牟遅神、其の菟を見て言ひしく、「何《なに》の由《ゆゑ》にか汝が泣き伏せる」といひき。菟が答へて言ひしく、「僕《やつかれ》、淤岐島《おきのしま》に在《あ》りて、此地《ここ》に度《わた》らむと欲ひしかども、度らむ因《よし》無かりき。故、海のわにを欺《あざむ》きて言ひしく、『吾《あれ》と汝と、競べて、族《うがら》の多さ少なさを計らむと欲ふ。故、汝は、其の族の在りの随に、悉く率て来て、此の島より気多の前に至るまで、皆列《な》み伏し度れ。爾くして、吾、其の上を踏み、走りつつ読み度らむ。是に、吾が族と孰《いづ》れか多きを知らむ』といひき。如此《かく》言ひしかば、欺かえて列み伏す時に、吾、其の上を踏み、読み度り来て、今地《つち》に下りむとする時に、吾が云はく、『汝は、我に欺かえぬ』と言ひ竟《をは》るに、即《すなは》ち最も端《はし》に伏せりしわに、我を捕《とら》へて、悉く我が衣服《ころも》を剥《は》ぎき。此《これ》に因《よ》りて泣き患《うれ》へしかば、先《ま》づ行きし八十神の命以《みこともち》て、誨《をし》へて告《の》らししく、『海塩を浴み、風に当りて伏せれ』とのらしき。故、教の如《ごと》く為《せ》しかば、我が身、悉く傷《やぶ》れぬ」

といひき。

是に、大穴牟遅神、其の菟に教へて告らししく、「今急《すむ》やけく此の水門《みなと》に往き、水を以《もち》て汝が身を洗ひて、即ち其の水門の蒲黄《かまのはな》を取り、敷き散らして其の上に輾轉《こいまろ》ばば、汝が身、本《もと》の膚《はだ》の如く必ず差《い》えむ」とのらしき。故、教の如く為しに、其の身、本の如し。此《これ》、稲羽《いなば》の素菟《しろうさぎ》ぞ。今には菟神《うさぎがみ》と謂ふ。故、其の菟、大穴牟遅神に白《まを》ししく、「此の八十神は、必ず八上比売を得じ。袋を負へども、汝が命《みこと》、獲《え》む」とまをしき。

是に、八上比売、八十神に答へて言ひしく、「吾は、汝等《いましたち》の言《こと》を聞かじ。大穴牟遅神に嫁《あ》はむ」といひき。

（引用は新編全集に拠る）

大国主神（大穴牟遅神）の成長譚の中に、ウサギは登場する。『古事記』では、大国主神は、須佐之男命《すさのおのみこと》六世の孫で、葦原中国《あしはらのなかつくに》を平定し、地上の王者となる神である。ここでは、大国主神の兄弟の八十神（たくさんの神ということ）が、国を大国主神に委ねる理由として、ウサギが関わってくるのである。ただし、『古事記』には、大穴牟遅神の死と再生、根《ね》の堅洲国《かたすくに》訪問などさまざまな試練が描かれ、ウサギは一つのエピソードでしかない。しかし、大国主神と八十神との対比が明示された最初のエピソードであり、この話の持つ意味は『古事記』において、小さくないだろう。本稿では、まずイナバノシロウサギの筋を詳細に確認しながら、ウサギの描かれ方、役割など問題点を、読者の視点から整理していきたい。

『古事記』は奈良時代七一二年に成立した現存日本最古の歴史書である。神代を語る上巻に、厳密に区切れを求めることは難しい。今回引用した箇所も、壮大な神代史の中で、大国主神に関わるエピソードの一つでしかない。また、今回の引用箇所は、大国主神で始まるが、すぐに大穴牟遅神に名称が変化する。直前に、系譜が示され、大国主神の「亦の名」として大穴牟遅神が紹介されており、『古事記』を順に読んでいれば不自然さは大きくない。断片的な引用ではわかりにくいところはどうしても出て来てしまう。

　また、『古事記』は平仮名・片仮名の成立以前であり、漢字のみで日本語が書かれている時代の産物である。どのような漢字に、どのような日本語をあてがって訓《よ》んでいくのかが『古事記』研究の根幹であることは、本居宣長以来現在も変わらない。本稿の所与の題目は「『古事記』因幡の白兎」であるが、『古事記』では「稲羽之素菟」という表記で示されている。本稿では、基本的にはイナバノシロウサギという片仮名表記で提示するが、漢字の問題が関わるところでは、『古事記』の原文表記を示すこととする。

一　どのような話か

1　裸のウサギ

　このエピソードは、「此の大国主神の兄弟は、八十神坐しき」と、大国主神を中心に据えて始まる。その大国主神に八十神が国を「避りき」と結論まで明示された中で、その理由は、と展開するのである。読者としては、どうして大国主神に八十神は国を「避」ることになるのか、それを第一の関心事として読み進めることになろう。その中で八十神は「稲羽の八上比売」との結婚を願い、大穴牟遅神（ここで神名は変わる）は「従者」として袋を背負わされる[※1]という対比を明瞭とする展開は、予想させる結論と同時に、いかに逆転するのか、逆転は何に保証されるかという興味を引き起こすのである。

　場面は「気多之前《けたのさき》」、因幡国の地名である。現在の鳥取県鳥取市気高町《けたか》とされる。大国主神たちがどこから来たかは明記されないが、須佐之男命は出雲国須賀《すが》の宮（今の島根県雲南市大東町須賀とされる）を作っているので、出雲国から因幡国へやって来たと解される。八十神たちの結婚希望相手「稲羽の八上比売」の在所たる因幡へやって来たのである。

さて、そこに、「裸《あかはだ》の菟《うさぎ》」が伏せっていた。座るのでも仰向けでも横向きでもなく、地べたに顔を付けて伏したウサギが、しかも「裸」と強烈な映像感覚を持って描かれている。読者とともにこの姿を享受するのは、主人公大穴牟遅神ではなく、八十神たちである。八十神たちは、「裸の菟」にまず出くわし、その衝撃的な姿を無視することなく、対処法を伝える。「海塩」を浴びて、風に当たって、高い山の頂で伏していろ、と。結果はどうあれ、八十神はウサギを無視するのではなく、また意地悪をしようとするのでもなく、対処法を教えたと読めるように、『古事記』は書かれているのではないか。さらに踏み込めば、八十神は、ウサギがなぜこのような状況になったのかを問うこともなく、「裸」という異例な状況を鑑みて、対処法を伝えたと読めそうである。

しかし、その八十神の教示は失敗に終わる。ウサギは教え通りのことを素直に実行したが、「其の塩の乾く随に、其の身の皮、悉く風に吹き析かえき」と、高い山に登ったかは不明だが、症状は一層劣化した。八十神たちに悪意があったとしてまず読むべきではないだろう。残酷な意図ではなく、単なる無知の露呈である。

明治36年発行国定教科書『高等小学読本一』に収められた「因幡の兎」の挿絵。
「大国主命」が「毛のぬけてゐる兎」に「しくしくと」泣いている理由を尋ねている。ウサギは伏していない。

2　泣き伏すウサギ

八十神の教えは失敗に終わった。そうなると、次は、大穴牟遅神がこのウサギにどのように対処するかが、読者の関心の中心になる。

皮膚がぼろぼろになったウサギは「痛み苦しび泣き伏せ」っている。そこに、最も後に、大穴牟遅神がやって来る。そのウサギに対して、即座に対処法を教えるのではなく、なぜ泣き伏せっているのか尋ねた。ここに八十神との対照はまず明確になる。※2 ウサギは素直に回答する。一言二言ではない。「僕※3」は「淤岐島※4」にいて、気多に渡ろうとしたが手段がなかったという。なぜ渡ろうと思ったのかは書かれていない。書かれていないことへ推測を巡らすのも文章読解の一つの可能性だが※5、ここでは、その理由が大事なのではなく、この気多の地に元からいたわけではないことを語ろうとするもので、海を渡ってやって来たという事実を受け止めておくべきだろう。

3　欺くウサギ

手段がないが渡りたいウサギは、「海のわに※6」を欺くことにした。ウサギの方策はこうだ。「自分とワニとの一族の多さを比較したい。そのために、この島から気多の前まで皆を連れて来て並んでくれ。そうしたら自分が上を踏んで走りながら数えていこう」と。賢くはあるが、ウサギの一族の数をどうやって知るのか、言及ないまま、ワニはその発言に従って並ぶわけだが、「欺かえて列み伏す時に」と、欺かれていることが改めて示される。欺いたウサギはワニの上を踏んで渡りきる。騙し通すためであろう、しっかり数は数えている。しかし、ウサギには素直な側面もあった。渡り来て地に足を付ける時に、「お前は、私に騙されたのだ」と言ってしまう。ワニも迅速であった。ウサギの発言が終わると同時に、最も端に伏していたワニがウサギを捕え、衣服を剥いでしまう。こんなこと言わなければばいいのに、当然な報いだなどさまざまな感想が浮かび揚がろうが、細部にこだわった描写になっている点に注意したい。ここは『古事記』原文を挙げておく。

今将レ下レ地時、吾云、「汝者、我見レ欺」。言竟、即伏二最端一和邇、捕レ我、悉剥二我衣服一。

波線を引いたように、「今将〜時」「即」と一つ一つの行動の間がいかに短いかを感じさせる記述である。ウサギの、ワニの背を走るスピード感を失うことなく、告白からワニの報復へとテンポよく進むのである。登場する動物ゆえか、牧歌的な印象を抱かせかねないエピソードだが、ここで読み手に与える映像感覚は速さと激しさを伴うものである。

また、細部へのこだわりは、「我が衣服を剥ぎき」と「衣服」としている点にもうかがえる。ウサギの毛皮を「衣服」に見立てたのであろう。このウサギの登場シーンにおける強烈な「裸の菟」との対応もここで実感できよう。

ことばの上で、このエピソードの冒頭との対応が実感できたところで、ウサギの語りも、その時間に戻っての説明となる。ワニが衣服を剥いだことを因に、ウサギは「泣き患」う。身体的な痛みゆえと思われるが、用いられた漢字「患」は脚に「心」を用いるように、精神的な悩みや不安を示し、心の中で負い目を覚えての泣き伏すさまと読むべきだろう。そこで、先陣の八十神が教えたことを簡略化して「海塩を浴み、風に当りて伏せれ」と述べ、その通りに行動したら「我が身、悉く傷れぬ」と端的に結果を示した。この述懐までが、大穴牟遅神に出会うまでの様相であり、なぜ気多之前に来たいと思ったのかという理由はやはり不明であるが、大穴牟遅神の問いかけ「何の由にか汝が泣き伏せる」に対する回答としては、反省の様子まで示したところで十分なものであったろう。

4　白いウサギ

ウサギの回答の後、大穴牟遅神も八十神同様、対処法をウサギに教示する。その内容は予想通り八十神と違うものである。すぐに「水門」に行き、体を洗って、そこにある「蒲黄《かまのはな》」を取って、一面に敷いてその上で転がると、皮膚はもとの通りに治るだろうという。「水門」は水の出入り口で、ここは河口を指そう。すなわち、八十神との対比にもなるが、海水でなく淡水となろう。「蒲黄」は、現在のガマで、花粉は古くから止血剤として用いたらしい（集成）。ここでも細かいところは、「蒲黄」のところで転がれではなく、その花を「取り、敷き散らして」、そこの上に転がれという。イメージとしては、平たいところに花を敷き詰め、そこで転がりながら、花粉などのエキスを体から吸収させようというものであろう。

ここで、ウサギは今まで同様素直に教えの通りこなした。結果は、「其の身、本の如し」であり、「裸」「衣服」との対比からして、「衣服」の状態になったということであろう。八十神ができなかったことを、大穴牟遅神はなしえたのである。この二者の対比は、優しさと意地悪なのではなく、医療の知識・知恵の有無の対比と見るのが穏やかであろう。[※7]

本の状態に戻ったウサギは即感謝を述べるかというと、『古事記』は別の視点を投げかける。すなわち、「此、稲羽の素菟ぞ。今には菟神と謂ふ」と、「此」が「イナバノシロウサギ」だと示されるのである。「此」の指示内容は、この話自体の総括か、このウサギ自体の呼称なのか。宣長は『古事記伝』で次のような把握を示している。

稲羽之素菟とは、此故事《フルコト》を語る時の名目《ナ》なるべし、【然らざれば、次に又謂二菟神一、とあるに重なりていかゞなり、於今者とあれば、古は稲羽之素菟と云、今は菟神と云、と云意かとも云べけれど、さも聞こえず、記中凡て於今者と書るは、たゞ於《ニ》レ今《イマ》と訓て、至《ルマデ》二于今《ニ》一の意にて、者字は、波と訓べき例にあらず、他の處にあるを見合せてしるべし、】

つまり、昔がイナバノシロウサギで、今が「菟神」であるという対比ではなく、この話自体の名がイナバノシロウサギであり、このウサギは、その時点から今に至るまで「菟神」という把握をしている。『古事記』の「今」には「古事記成立の時」「成立時現在」と「物語りの場面」「歴史的現在」の二つがあるとされるが、その「成立時現在」の「今」

も過去から現在への連続性があるとされる。[※8] この宣長の理解に従っておく。

イナバノシロウサギという名称から注目すべきことは、シロということである。物語の表舞台に登場した際のウサギは「裸」であり、毛を剥がされ皮膚がむきだしになっていた。シロになるのは、ウサギ自らの努力ゆえではなく、大穴牟遅神の的確な教示に拠るものだった。つまりイナバでシロウサギになるためには、大穴牟遅神の存在が不可決だったのである。

そのように大穴牟遅神あって立ち現れたシロウサギは、「菟神」という神なのである。現在、鳥取県鳥取市に白兎神社があり、白兎神を主祭神としている。しかし、白兎神社は、『延喜式』に記載されるわけでなく、創建未詳である。[※9]

5　予言するウサギ

問題は『古事記』に即して把握すべきである。ここには、「今」「菟神」とある。『古事記』成立時だけでなく、この物語の時点でも「神」として捉えるべきであろう。それがウサギの「此の八十神は、必ず八上比売を得じ。袋を負へども、汝が命、獲む」という突然の予言につながる。ここまで八十神がなぜ因幡に来たのか、八十神と大穴牟遅神がどのような関係なのかなど、ウサギが把握しているとは述べられていなかった。しかし、ここでウサギは「袋を負へども」を介在させるように、八十神と大穴牟遅神との対比を明瞭にすることも含め、状況を把握した上での結びを予言する。当エピソードの冒頭に、対比と予想される結論が読者に示されていたわけだが、それと同じ水準にウサギがいるかのようである。ウサギがなぜ把握できたのか、『古事記』は何も語らない。「この素菟は、実は巫女八上比売の神使いであった」（集成）という見方もあるが、根拠は探し出せない。文の展開からすると、「今には菟神と謂ふ」

と述べた後に、「故」を介在させてこの予言につながるわけで、神の託宣のように読めてくるのである。※10

このウサギの予言に対して、大穴牟遅神がどう応じたのかは書かれることなく、場面は、八上比売が八十神に「私は、あなたたちの言葉を聞くつもりはない。大穴牟遅神と結婚するつもりだ」と答えるところに移った。読者には予想された結果だが、八上比売がなぜ大穴牟遅神と結婚する気持ちになったなどは一切描かれない。大事なのは、八十神と大穴牟遅神との対比を意識させて始まったこのエピソードが、八十神ではなく大穴牟遅神に幸せがあることを予感させて一幕下ろされるということである。それは大穴牟遅神が単独で八十神に向き合って戦い得たものではなく、神の予言とともに明らかになることに注意すべきでないか。そうなると大穴牟遅神は単なる狂言回しに過ぎないようにも思われかねないが、やはり主人公なのである。大穴牟遅神がウサギを助けたという行為が、このエピソードの筋としては根幹であるが、「菟神」という神を発見したことが最重要なモチーフでないか、と思われる。

二　菟神の発見

このようなイナバノシロウサギの話との共通点を、寺川眞知夫氏の指摘する※11『日本書紀』推古天皇二十一年十二月における聖徳太子（推古天皇の皇太子）のエピソードに求めたい。寺川氏は、菟神が道触の神として通過する者の心を試すという見方からの把握であるが、話自体にまず着目する。

十二月の庚午《かうご》の朔《つきたち》に、皇太子、片岡に遊行《い》でます。時に飢者《うゑたるひと》、道の垂《ほとり》に臥《こや》せり。仍りて姓名《うぢな》を問ひたまふ。而《しか》るを言《まを》さず。皇太子、視《みそこなは》して飲食《をしもの》を与《あた》へたまふ。即《すなは》ち衣裳《みけし》を脱《ぬ》きて、飢者に覆《おほ》ひて言《のたま》はく、「安《やすらか》に臥《ふ》せれ」とのたまふ。則《すなは》ち歌《うたよみ》して曰《のたま》はく、

しなてる　片岡山に　飯《いひ》に飢《ゑ》て　臥《こや》せる　その田《た》人《ひと》あはれ　親無しに　汝《なれ》生《な》りけめや　さす竹《たけ》の　君はや無

き　飯に飢て　臥せる　その田人あはれ

とのたまふ。

辛未《しんび》に、皇太子、使《つかひ》を遣《つかは》して飢者を視《み》しめたまふ。使者《つかひ》、還《かへ》り来《まゐき》て曰《まを》さく、「飢者、既に死《みまか》りぬ」とまをす。爰《ここ》に皇太子、大《おほ》きに悲しびたまふ。則ち因《よ》りて当処《そのところ》に葬《をさ》め埋《うづ》ましめ、墓固《つかつきかた》めしめたまふ。数日之後《ひをへて》、皇太子、近習《きんじふ》の者《ひと》を召《め》して、謂《かた》りて曰《のたま》はく、「先日《さきのひ》に、道に臥《こや》せし飢者、其《そ》れ凡人《ただひと》に非《あら》じ。必ず真人《ひじり》ならむ」とのたまひ、使を遣して視しめたまふ。是《ここ》に使者、還り来て曰さく、「墓所《つかどころ》に到《いた》りて視《み》れば、封《かた》め埋《うづ》みしところ動かず。乃《すなは》ち開《ひら》きて見れば、屍骨《かばね》既に空《むな》しくなりたり。唯《ただ》し衣服《みけし》のみ畳《たた》みて棺《ひつぎ》の上《うへ》に置けり」とまをす。是に皇太子、復《また》使者を返して、其《そ》の衣《みそ》を取らしめたまひ、常《つね》の如《ごと》く且服《またき》たまふ。時人《ときのひと》、大きに異《あや》しびて曰《いは》く、「聖《ひじり》の聖を知ること、其れ実《まこと》なるかも」といひて、逾 惶《いよいよかしこま》る。

（引用は新編全集に拠る）

相手が動物ではなく「飢者」であること、死ぬこと、日をまたいでの対応などなど全く設定は異なるが、注意すべきは傍線を引いた「時人」の発言である。すなわち聖の存在が聖を認知するということだが、その古代的な観念に相通ずるのがイナバノシロウサギのエピソードではないか。地上の支配者になるべき本物の神になる大穴牟遅神が、泣き伏すウサギを本来の姿にして、菟神であったことを明らかにしたのである。

また、ウサギに即すと、ワニを踏むとはいえ、海を渡ってやって来たということにも意味は小さくないように思われる。『古事記』において、後に、大国主神として国作りをするに際して、まず協力するのは、「波の穂《ほ》より、天《あめ》の羅摩《かがみ》の船」に乗ってやって来た少名毘古那神《すくなびこなのかみ》であり、その神が常世国に渡った後、国作りをともに完成させることになる新たな神（大物主神と判断される）も「海を光《てら》して依《よ》り来る神」なのであった。つまり、大国主神の国作りに直接的に最も深く関わる二神が海を渡ってやって来ているのである。ウサギも海を渡って来た。大国主神の国作り、運営に携わる神が海に関わるように描かれるのは、いわゆる出雲神話という土地柄だけでない、類同性があるのではないだろうか。

神と出会い、その神性を見出すことで、自らもその神性を身につけるかのように、成長を遂げる展開が大穴牟遅神の成長譚として重要に思われる。単に、試練を乗り越えるのではない、医療の知識があるだけでない、神を見つけ、自らも神として成長するような物語がイナバノシロウサギにはある。

三　古代のウサギ

以上が『古事記』のイナバノシロウサギから読み取れるウサギの問題であったが、これが古代全般に見出だせることなのかどうか、確認しておく。

『古事記』と同様、日本の神代史を語る『日本書紀』では大国主神の登場が極めて少なく、イナバノシロウサギは存在せず、ウサギも登場しない。このようなウサギが神として描かれるような話は『古事記』以外の古代の文献からは見出せない。

『万葉集』では東歌に、

　等夜《とや》の野に　をさぎ狙《ねら》はり　をさをさも　寝《ね》なへ児故《こゆゑ》に　母《はは》にころはえ　（⑭三五二九）

とあり、この「をさぎ」がウサギの東国方言かとされるが、「をさをさ」ということばを同音で導くのが第一で、歌の主体が思いを寄せる女の子にウサギを重ね合わせることは不可能でないかもしれないが、ここのウサギに何らかの神性を見ることは厳しい。

『日本霊異記』上巻第十六「慈《うつくしび》の心无《な》くして、生ける兎《うさぎ》の皮を剥《ハツ》リテ、現に悪報を得し縁」では、この標題に示されるように、生きた兎の皮を剥いで、野に放つ、慈悲の心のない人物が悪報を得る。皮を剥ぐ点に共通性はあるが、かたや大穴牟遅神の神性の発動のきっかけの要因で、かたや悪報を得るゆえの悪因であって、両者「まず関係は考えられない」（新編全集『日本霊異記』）であろう。

やや時代は下るが、ウサギが瑞祥であったことは『延喜式』巻第二十一「治部省」に明記される。そこでは「祥瑞」として「大瑞」「上瑞」「中瑞」「下瑞」の四つのランクでさまざまな事象・動物などが並べられている。ウサギに関しては「赤兎」が「上瑞」、「白兎」が「中瑞」に登場する。「赤兎」は実際どのようなものなのか不明とせざるをえないが、「王者の徳が盛んであれば、出現する」（虎尾俊哉『延喜式』集英社　二〇〇七年六月）という中国伝来の思想のようだ。「白兎」は『延喜式』には割注で「月之精也、其壽千歳」と記され、月との関わりが明記されるが、『古事記』で描かれた「菟神」との接点は見出せない。ただ、そのような瑞祥の性格は、大穴牟遅神の今後の支配の安定化を感じさせるものとして通じ合う可能性はあろう。

『古事記』に描かれたウサギから古代全般に渡るウサギ像を引き出すのは難しい。『古事記』はまず『古事記』という作品として読むべきで、イナバノシロウサギと地名とともに示されたこのウサギは、やはり一回的な特殊なものとして、大穴牟遅神に深く関わるものとして、描かれていると見るべきものであろう。

四　白い動物たち

今、瑞祥との関わりを見たが、最後に、シロに関して確認しておく。原文表記は「素菟」であり、「素」が用いられている。漢字「素」の意味がそうであるように、シロと訓むのは問題なかろう。[※12]尤も『古事記』でシロを表わすのには「白」字を用いるのが専らで、『古事記』中唯一の訓字「素」を用いた理由は明瞭には解明されていない。[※13]

『古事記』で白と動物が関わる例はこのイナバノシロウサギ以外、次の四例がある。

1 鹿（景行記）其の坂の神、白き鹿《か》と化《な》りて来立ちき。

2 猪（景行記）白き猪《ゐ》、山の辺《へ》に逢ひき。其の大きさ、牛の如し。爾《しか》くして、言挙《ことあげ》為《し》て詔《のりたま》はく、「是の白き猪と化れるは、其の神の使者《つかひ》ぞ。今殺さずとも、還《かへ》らむ時に殺さむ」とのりたまひて、騰《のぼ》り坐《ま》しき。

3 鳥（景行記）是《ここ》に、八尋《やひろ》の白ち鳥と化り、天《あめ》に翔《かけ》りて、浜に向かひて飛び行きき。

4 犬（雄略記）布を白き犬に繋《か》け、鈴を著《つ》けて、己《おの》が族《うがら》、名は腰佩《こしはき》と謂《い》ふ人に、犬の縄を取らしめて、献上《たてまつ》りき。

1〜3はいずれもヤマトタケルの物語内である。1は、ヤマトタケルに会いに来た足柄の坂の神が、白い鹿となっており、2は、ヤマトタケルが、白い猪を、伊吹山の神ではなく、神の使いだと把握した。しかし、この白い猪は神の正身であり、間違った言挙げが自らの死を招く悲劇となった。3は、亡くなったヤマトタケルの変化した姿である。4は天皇への献上品であり、貴重な意味があったと判断される。

これら四例からすると、『古事記』における「白」の動物は、一律の方向性とはいえないが、人知を越えた神性のものと瑞祥に通ずるものがあるようで、特殊な意味を持っていたと解される。イナバノシロウサギも、先に分析したように、このような性格に通ずると把握できる。「素」と「白」と表記は異なるが、シロの側面は重視されてよいだろう。

おわりに

『古事記』のイナバノシロウサギについて、文章を精読することで解明に努めた。最も重要なのは、大穴牟遅神あってのウサギであるということであろう。八十神との対比で大穴牟遅神は描かれ、シロという色合いに神性や瑞祥を見る古代的に一般化できる側面は確認できるとしても、大穴牟遅神という聖なる存在だからこそ、菟神という聖なる存在になりえたという構造であった。イナバノシロウサギは大穴牟遅神とともに初めて現れる話なのである。

ただ、なぜここでウサギだったのかという選択の意味は解明しえない。古代のロマンはこんなところにもまだ横たわっている。

注

1 袋を背負うのは卑しい従者であったことは、『日本書紀』雄略天皇十四年四月の記事からうかがえ、本居宣長『古事記伝』以来の定説である。

2 『古事記伝』では、「此上に、菟の裸にて伏る所以《ユヱ》を、八十神の問《トヘ》る言、次に菟の答たる言など有べきを、其は次の大穴牟遅神の問賜へる處に、委曲《ツバラカ》に挙《アゲ》て、此には省《ハブケ》り、抑《ソモソモ》前に言て後に省こそ、文章の常なるに、此は前に省て後に云るは、凡て大穴牟遅神の事業《コト》を主《ムネ》と語る故に、其處を委曲にいへるなり」と述べている。「大穴牟遅神の事業を主と語る故」に、「文章の常」ではない前を省いて後に記したのだとする。一理ある考え方だが、このエピソードの冒頭に記されるように、八十神と大穴牟遅神との対比を意識すべきで、八十神には問いかけがなく、大穴牟遅神は尋ねたという行為にすら差があると見るべきでないかと思われる。

3 「僕」に関しては、倉野憲司「古事記に於ける尊皇心——主として「僕」字の用法よりして——」『古典と上代精神』（至文堂　一九四二年三月）に、「必ず身分又は階級の卑い者が、高い者に対する場合の自称として用ひられてゐるのである」というのに従うのが一般。ただ、諸本間に異同があり、「僕」ではなく「條」とする説もある（梅田徹「オオアナムヂとイナバノシロウサギ――『古事記』オホクニヌシ物語の開始をになう意義――」『上代文学』七九　一九九七年十一月)。

4 「淤岐島」は、地名「隠岐の島」と捉える説と、普通名詞「沖の島」(気多の前にある島)と捉える説とがある。

5 「素菟は豊かな生活を完結できず、策を弄しても本土に渡ろうとした」(寺川眞知夫「大穴牟遅神と稲羽の素菟」『古事記神話の研究』塙書房　二〇〇九年三月、初出二〇〇六年十一月)という考え方もある。

6 「ワニ」は原文「和邇」とある。このワニが何を指すか今なお定説を見ない。「鰐」「鱶」説より、「ワニザメ」説の方が蓋然性が高いようだが、現物を見ていない動物(想像上も含む)に「象―キサ」、「竜―タツ」という日本語をあてがっていたように、「鰐」の可能性は皆無ではない(大阪府豊中市の待兼山で一九六四年「鰐」の化石が発見されており、日本に「鰐」がいたことはあるようだ)。なお、ここにワニとあることで、ワールドワイドに南方の説話との類同性、起源を求めることが比較神話学の観点から説かれてきた。逆にこの神話を海外居住者が伝えたのではないかとする説もある(福島秋穂「稲羽の素菟譚について」『記紀神話伝説の研究』六興出版　一九八八年六月、初出一九八七年十月)。

7 「この話の意味は、兄弟の神たちの無知とオホアナムヂの智恵との対比にあります」(神野志隆光「訓による叙述の方法――できごとの複線化」『漢字テキストとしての古事記』東京大学出版会　二〇〇七年二月)のように端的に把握すべきであろう。「薬方がmedicine manとしての地方首長の資格の一つであったことに関連するものではないか」(西郷信綱『古事記注釈』)と考えられる。大穴牟遅神の医術の側面にさらに「優しさ」を強調する論に、三浦佑之「大国主神話の構造と語り」『神話と歴史叙述』(若草書房　一九九八年六月、初出一九九三年九月)があるが、『古事記』の文脈に沿えば、八十神があえてウサギを苦しめようとしたとは述べておらず、もしウサギに意地悪をするのであれば、こうすれば苦しむという逆説的に医術を知っていることになる。医学の知識の有無と、性格のよしあしとの対比は同時に成り立つとは考えにくい。宣長は療法を知っている大穴牟遅神と把握しているが、「そも〳〵此菟は、八十神のために、何の怨仇《アタ》ならぬを、かく令悩《ナヤマセ》るは、甚《イト》も悪有《アシカル》神たちなりけり、凡て由なきすさみに、物を傷《ソコナ》ふことは、昔も今も不善人《ヨカラヌヒト》の為《す》ることなりかし」と述べ、道徳的な側面から八十神たちの性格の悪さを考えていた。

8 粂川光樹「古事記の『今』」『上代日本の文学と時間』（笠間書院　二〇〇七年二月、初出一九七〇年十月）

9 宣長も「この神社今も有や、くはしく国人に尋ぬべきことなり」とし、江戸時代に不明であったといえる。貝原好古『和爾雅』巻之二第五「神祇」に「素菟大明神【詳見二旧事記・古事記一】」を記すが、伯耆国であって因幡国ではない。このようなウサギに関する伝承地は後世になって成り立ったものと推測される（参考　石破洋『イナバノシロウサギの総合研究』牧野出版　二〇〇〇年六月）。

10 宣長は「此言のごとく果《ハタ》して、八上比売をば、大穴牟遅神の得たまへるは、この菟の霊《たま》ちはひけるなるべければ、まことに神なりけり」と述べ、予言の実現と「神」との関係を明示した。注7前掲三浦論文にも「ウサギ神の託宣」とあり、同様な把握と解される。なお、注3前掲梅田論文では「予言以前をイナバノシロウサギと呼ぶことはできない」とするが、イナバノシロウサギ・菟神であることが明示されてから予言になる『古事記』の記述の順序は重要と思われる。

11 前掲注5寺川論文参照。なお寺川氏も大穴牟遅神の優しさを強調している。

12 本居宣長『古事記伝』では、唐突に「素菟」と出てくることに疑義を呈し、ここの「素」は「裸」の意味でないかと推測した。それならシロとは訓まないことになるとまで言及したが、名案は示せず「人猶考へてよ」とした。

13 倉野憲司『古事記全註釈』では「『イナバノシロウサギ』といふ名目で語り伝へられてゐた独特の話であるので、そのシロにわざわざ中国流の『素』の字を用ゐたと考へられないこともない」と述べるが、「独特」と「中国流」がどのように結び付くのか明らかでない。思想大系では「神の使などの瑞獣の意を表わすか。記の用字法ではシロは「白」で表わされるが、同じシロでも右のような特別な意味を持つために「素」の字を用いたのであろう」とするが、「白」で神との関わりを感じさせる例が『古事記』に見出せ、推測として正しくない。集成は「『白兎』と書くと月の異名となるので、動物であることを示すために『素菟』と書いたもの」とする。『延喜式』に見られたように、この可能性もありそうだが、月の異名としての「白兎」がどれほど上代日本人に定着していたか不明で、確実性のあるところではない。新編では「兎の毛皮を人間の衣服に見立てたことによる。『素』字は繊維の白さを表す場合が多い」とする。「素」と繊維の白さに関しては、神野志隆光・山口佳紀『古事記注解』4（笠間書院　一九九七年六月）にて詳細に述べられている。「裸」―「衣服」―「素菟」という展開からすると、この考え方が最も穏やかであろうか。

山遠き京にしあればさ牡鹿の妻呼ぶ声は乏しくもあるか

古代和歌における鹿――「妻問い」の歌をめぐって

石井裕啓

一　古代人と鹿

鹿は、古代から日本人と関わりの深い動物であった。

しかしそれは、猫のような愛玩動物であったということでも、また牛や馬のような日常の生活に役立つ動物であったということでもない。鹿が生息する場所は、人里から遠く離れた原野や山中である。古代の日本人がそのような鹿と直接の関わりをもったのは、古くから鹿が狩りの対象とされ※1、また神社などでは鹿が「神の使い」として尊重された※2ことによる。だが古代の人々が鹿に親しみを感じた第一の理由は、そういった直接の関わりよりもむしろ、秋の夜に遠くから聞こえてくる「鹿の鳴く声」への思い入れゆえなのであった。

『万葉集』に次のような歌がある。

（詠二鹿鳴一）

山遠き京《みやこ》にしあればさ牡鹿《をしか》の妻呼ぶ声は乏《とも》しくもあるか

（万葉集・巻十・二一五一）

（山からは遠い都にいるので、雄鹿が妻を呼ぶ声があまり聞こえなくて物足りないなあ）

鹿の声というのは、可憐というよりもむしろ激しく力強くて、甲高い響きをもつ。古代の人々はその声に、妻を求めて恋い慕う、雄鹿の深く激しい思いを聞き、それに共感したのであった。そしてまたそこに自らの切実な恋情をも重ね合わせようとする。それはちょうど夏、ホトトギスの激しい鳴き声に、求愛や嘆きといった激しい感情を聞き取ったのと同じであった。

（夏雑歌　詠レ鳥）

反歌

旅にして妻恋ひすらしほととぎす神奈備《かむなび》山にさ夜更けて鳴く

（万葉集・巻十・一九三八）

（旅の途中にあって遠く残してきた妻を恋い慕っているらしい。ほととぎすが神奈備山で夜が更けてから鳴くことだ）

『万葉集』には「鹿」を詠んだ歌が五十四首あるが、このうち歌詞に直接「妻問い」と明示された歌は二十六首、また歌詞には明示されていなくても解釈上「妻問い」と読みとれる歌まで合わせれば、その総数は四十首あまりに及ぶとみられる。[※3] このことからも、どれほど古代人が「鹿の鳴く声」に興味をもち、それを「妻問い」と聞きなすことが共通理解とされていたかをうかがうことができるであろう。[※4]

二　『万葉集』における「鹿の妻問い」

以下、実例を通して、『万葉集』における「妻問い」の表現のありようを見てみたい。

悲二寧楽《なら》故郷一作歌一首

……露霜の　秋さり来れば　生駒山　飛火が岳《をか》に　萩の枝《え》を　しがらみ散らし　さ牡鹿は　妻呼びとよみ　……

（万葉集・巻六・一〇四七）

（季節が巡り露や霜の置く秋がやって来ると、生駒山の飛火が岳では、萩に体を絡ませて花や葉を散らしながら雄鹿は妻を呼ぶ声を響かせて）

（詠二鹿鳴一）

秋萩の咲ける野辺にはさ牡鹿そ露を分けつつ妻問ひしける

（万葉集・巻十・二一五三）

（秋萩が咲いている野辺では、雄鹿が萩に置いた露を散らしながら妻を尋ね求めている）

「妻」である雌鹿は、秋萩に臥して身を隠している。牡鹿は秋萩の咲く山中や野辺に雌鹿を求めて分け入り、声をあげて妻を呼ぶのである。そこから、妻の臥せる「秋萩」そのものを雄鹿が恋い慕うという表現が生じてくる。

（詠レ花）

奥山に住むといふ男鹿《をしか》の宵去らず妻問ふ萩の散らまく惜しも　（万葉集・巻十・二〇九八）

（人里離れた山に住むという雄鹿が夜になるたびに妻を求めて訪ねてゆく萩、その花が散るのが残念でならない）

これは雌鹿の居場所である萩が散ってなくなってしまうのを惜しむという歌だが、次の歌は「妻問い」という意味を内包して、雄鹿が萩の散ることを惜しむと表現している。

（詠二鹿鳴一）

秋萩の散り過ぎ行かばさ牡鹿はわび鳴きせむな見ずは乏しみ　（万葉集・巻十・二一五二）

（秋萩がすべて散ってしまったら雄鹿はつらくて鳴くだろうな。見ないとさびしいので）

またさらには、雄鹿の嘆きよりも萩が散るさまを歌の中心においた、次のような歌もある。

詠レ花

さ牡鹿の心相思《あひ》ふ秋萩の時雨《しぐれ》の降るに散らくし惜しも　（万葉集・巻十・二〇九四）

（雄鹿が心を通わせて大切に思っている秋萩が、時雨の降るせいで散るのは残念だなあ）

一方で、雄鹿が秋萩に臥す雌鹿を呼び求める「妻問い」に、人が自らの恋情を重ね合わせる次のような歌がある。

丹比真人歌一首　名闕

宇陀の野の秋萩しのぎ鳴く鹿も妻に恋ふらく我にはまさじ　（万葉集・巻八・一六〇九）

（宇陀の野原で秋萩を踏みしだいて鳴く鹿でも、妻を恋い慕うことでは私にまさることはないだろう）

（詠二鹿鳴一）

山近く家や居るべきさ牡鹿の声を聞きつつ宿寝《いね》かてぬかも　（万葉集・巻十・二一四六）

（山に近い所に家居をすべきではなかった。牡鹿の声を聞いていると妻が恋しくてとても眠ることなどできないよ）

旅先にあって故郷の妻を恋しく思い、その思いを鹿の鳴く声に託すという歌もある。

（引津亭舶泊之作歌七首）

妹を思ひ宿《い》の寝らえぬに秋の野にさ牡鹿鳴きつ妻思ひかねて　（万葉集・巻十五・三五七八）

（家に残してきた妻を恋しく思ってまったく眠れない時に、秋の野原で牡鹿が鳴いたことだ。妻を恋しく思う、その思いに堪えられなくて）

ところで、『万葉集』の「鹿」の歌の中で、最も古いものの一つだと考えられるのは次の歌である。

秋雑歌　岡本天皇御製歌一首

夕されば小倉の山に鳴く鹿の今宵は鳴かず宿寝にけらしも　（万葉集・巻八・一五一一）

（夕方になると小倉山で鳴く鹿が今宵は鳴かない。もう寝てしまったらしい）

「岡本天皇」とは舒明天皇のことだが、実はこの歌は巻九の一六六四番に重出していて、そちらでは雄略天皇の歌とされている。どちらが正しいのかは、にわかに判断できないが、いずれにしてもこの歌の素朴なまでの表現方法が、いかにも古い時代の歌のものらしいということは認めてよいだろう。一見、「いつも鳴く鹿が鳴かない」という事実と「もう寝てしまったらしい」という推定をいうだけのようでいて、そこには「鹿の声」を待ち遠しく思う親しみと、今宵は鹿が共寝できたことを羨む気持ちがこめられている。

一方、『万葉集』の「鹿」の歌で新しいものとしては天平年間（七二九〜七四八）から天平勝宝年間（七四八〜七五六）にかけての歌があり、※5また集中の「鹿」の歌の分布をみると、巻十の「秋雑歌」に「詠二鹿鳴一」という題のもとで歌が集中している。したがって「鹿」を題材にした歌は、いわゆる万葉第二期以降に、間断なく作られていたと理解してよいようである。

三　景物としての「鹿鳴」―『古今集』の場合

鹿の鳴く声を「妻問い」と捉え、雌鹿の臥す秋萩の茂みを縁《ゆかり》とみて雄鹿が愛惜する、という発想・表現方法は、万葉時代に完成したといえよう。平安時代の和歌はこれを承ける形で、「鹿の鳴く声」を季節の景として捉え直すようになった。つまり「妻問い」という具体的な意味から、「秋の景物」へという概念化が進んでゆくのである。

そのあたりの変化を、『古今集』の歌を例にとってみてみよう。

題しらず　（よみ人しらず）

秋萩にうらびれをればあしひきの山下とよみ鹿の鳴くらむ　（古今集・巻四・秋上・二一六）

（秋萩をみて妻を恋しく思うから、山の麓に声を響かせて鹿が鳴くのであろう）

この歌なども万葉歌に近く、確実にその延長線上にあるといえるであろう。しかし次の歌では、「鹿の声」は妻を求める心情という意味にとどまらず、もっと広く一般的な「秋の寂しさ」を感じさせる契機として捉えられている。

是貞親王《これさだみこ》の家の歌合《うたあはせ》の歌　忠岑

山里は秋こそことにわびしけれ鹿の鳴く音《ね》に目を覚ましつつ　（古今集・巻四・秋上・二一四）

（山里では秋が特につらいことだよ。鹿が鳴く声に何度も目を覚まし覚ましして）

この歌の主旨は上句の「秋の山里に住む寂しさ、わびしさ」にある。「鹿の鳴く音に目を覚ま」すのは、「妻問い」と限定するよりもむしろ、広く「人恋しさ」「孤独感」ゆえと捉えるのがふさわしいように思われる。

そして「鹿の鳴く声」をまさに秋の景物として捉えてみせたといえるのが次の歌である。

長月のつごもりの日、大井にてよめる　（貫之）

夕月夜小倉の山に鳴く鹿の声のうちにや秋は暮るらむ

（月が出て小暗くなった小倉山で、鹿の鳴く声がするうちに秋は暮れてゆくのだろうか）

（古今集・巻五・秋下・三一二）

朱雀院の女郎花合《をみなへしあはせ》の時に、をみなへしといふ五文字を句の頭に置きてよめる　貫之

小倉山峰立ちならし鳴く鹿の経《へ》にけむ秋を知る人ぞなき

（小倉山で峰を踏みならして鳴く鹿が、どれだけの秋を過ごしてきたか、知る人はいないことだ）

（古今集・巻十・物名・四三九）

この二首に「小倉山」が詠まれているのは、前節に挙げた『万葉集』巻八・一五一一番の舒明天皇（もしくは雄略天皇）の「妻問い」歌を意識している[※6]わけだが、貫之の歌は「鹿の声」と「秋」との結びつきに興趣を求めている点で、明らかに万葉歌とは趣を異にしている。三一二番歌は「秋の終わりの寂しさ」を、四三九番歌は「鳴く鹿」の景が年ごとに繰り返されるのに、人は年老いて去ってゆく、と「人の身のはかなさ」を主題としている。

このように平安時代以降の和歌は、「鹿の鳴く声」を秋という季節の景物として捉えるようになり、そこに新たな表現、趣向が生まれたのであった[※7]。もう一例、鹿が自らの声で秋の訪れを知るという、端的な趣向の歌を挙げて、この節を締めくくることにしよう。

（題しらず）　（大中臣能宣）

紅葉せぬ常磐の山にすむ鹿はおのれ鳴きてや秋を知るらん（拾遺集・巻三・秋・一九〇）

（紅葉することのない常磐の山に住んでいる鹿は、自分の鳴き声で秋の訪れを知るのであろうか）

四　「鹿」の歌の諸相——平安時代から鎌倉時代へ

贈答歌という、男女間で交わされる和歌の形式がある。平安時代になると仮名散文が発達するとともに、男女のさまざまな関係が語られるようになり、そこでどのような和歌がやりとりされたのかに興味が持たれるようになってくる。その中には「鹿の鳴く声」を「妻問い」とみて、そこから詠まれた例を見いだすことができる。

やむごとなき所にさぶらひける女のもとに、秋ごろ忍びてまからむと男の言ひければ　よみ人しらず

秋萩の花も植ゑおかぬ宿なればしか立ち寄らむ所だになし（拾遺集・巻十九・雑恋・一二二三）

（このお宅は身分が高くて秋萩の花などを植えたりしないので、鹿が立ち寄ったりしないのと同じで、あなたが立ち寄るような所ですらありません）

「鹿」に「然《しか》」（そのように）を掛けた、まさに平安和歌らしい、恋の駆け引きの歌である。これは万葉時代からの「鹿」と「秋萩」との取り合わせを基にしてはいるが、もはや「妻問い」の恋への共感よりも、男女間のやりとりの機知へと興味が移っている。

また『大和物語』一五八段には次のような話がある。長年連れ添った夫婦があったが、夫は新しい妻を迎え、元の妻とは家庭内別居の状態となっていた。あるとき、鹿の鳴き声を聞いた夫が壁を隔てた元の妻に「さて、それをばいかが聞きたまふ」と問うたところ、妻の返した歌は、

我もしかなきてぞ人に恋ひられし今こそよそに声をのみ聞け

（私もかつては、鹿が妻を恋い慕って鳴くように、あなたに慕われたものでした。今でこそよそに声を聞くばかりですけれど）

というもので、夫はこの歌をほめて新しい妻を帰し、夫婦は元通りの仲となった、という。この場合は「妻問い」への共感が、重大な効果を導き出したというべきであろう。若かりし頃の妻への深い愛情が、鹿の「妻問い」と重ね合わされることによって、はからずも夫の心に甦ってきたのである。

さて、平安時代も中期（十一世紀ごろ）になると、和歌では一般に叙景歌が増加するようになるが、それとともに、「鹿の鳴く声」よりも、「鹿の鳴く姿」や「鹿の鳴くのを聞く人の姿」を描写する歌が目立つようになる。

題不知　藤原長能

宮城野に妻呼ぶ鹿ぞさけぶなるもとあらの萩に露や寒けき　（後拾遺集・巻四・秋上・二八九）

（宮城野では、妻を恋い慕って呼ぶ鹿の鳴き叫ぶ声が聞こえる。有名なもとあらの萩に露が置いて寒いのか）

夜聞鹿声といへる事をよめる　内大臣家越後

夜半に鳴く声に心ぞあくがるるわが身は鹿の妻ならねども　（金葉集（二度本）・巻三・秋・二二四）

（夜更けに鳴く鹿の声にひかれて私の心はさまよい出ることだ。私の身は鹿の妻であるわけではないけれど）

一見すると、「鹿の鳴く声」を「妻問い」と聞きなす万葉歌の世界に戻ったかのようだが、たとえば長能歌の鹿の声を「さけぶなる」と聞く描写の切実さや、越後歌の「声に心ぞあくがるる」という「妻問い」への憧憬といった興趣というのは、「鹿の鳴く声」を聞く人の実感や、それと向き合う自らの心の有り様を詠んだ心象風景だといえるであろう。

そしてこの先にあるのは、中世和歌の世界である。そこでは「鹿」や「鹿の鳴く声」という景が他の景と重層化されてゆくなかで、そこに「寂しさ」や「侘びしさ」といった情が滲み出て、「幽玄」や「有心」と評されることになる、象徴的な描写が成立することになる。

堀河院御時、百首歌奉りける時よめる　　二条皇太后宮肥後

三室山《みむろやま》おろす嵐のさびしきに妻呼ぶ鹿の声たぐふなり　（千載集・巻五・秋下・三〇七）

（三室山を吹き下ろす嵐が寂しさを感じさせ、それに妻を恋い慕って呼ぶ鹿の声が一緒になって聞こえることだ）

千五百番歌合に　　前大僧正慈円

鳴く鹿の声に目覚めて偲ぶかな見果てぬ夢の秋の思ひを　（新古今集・巻五・秋下・四四五）

（鳴く鹿の声に目を覚まして名残惜しく思い返すことだなあ。見尽くすことのない夢の、秋の悲しい思いを）

肥後の歌はもはや「秋萩」を介在させることなく、秋の嵐の厳しさ、冷たさと、妻恋しさとを重ね合わせて、晩秋の寂しさを描き出している。一方の、慈円の歌には本歌があって、それは前節に引いた『古今集』の忠岑歌なのだが、忠岑歌が山里の秋のわびしさという季節の景を詠んでいるのを承けて、慈円はそこに「夢」のもつ儚さという要素を加えることで、秋という季節の悲しみ、せつなさといった情をより豊かに表現したのである。

五　「奥山に」の歌をめぐって——歌の享受と伝承について

ここまで「鹿の妻問い」や「鹿鳴」が、古代の歌の中でどのように詠まれてきたのかを概観してきた。それを承ける形で最後に、有名な『百人一首』の歌について考えてみたいと思う。

猿丸大夫

奥山に紅葉踏みわけ鳴く鹿の声聞く時ぞ秋はかなしき　（百人一首・五）

人里離れた山中では紅葉が一面に散り敷いて、そこに鹿の声が聞こえる。その声を聞く時にこそ、秋という季節の悲しさ、寂しさが身にしみて感じられるのだ、と詠むこの歌は、「奥山の紅葉」「鹿の声」という景物を通して、「秋の物悲しさ」という季節感覚を見事に描き出している、といってよいだろう。[※8] 戦国時代末期から江戸時代初期にかけて武将としても歌人としても活躍した細川幽斎《ほそかわゆうさい》は、「この歌は、秋の何の時か悲しきぞといへば、鹿のうち侘びて鳴く時の秋が至りて悲しき、といふ義なり。この『秋』は世間の秋なり。声聞く人に限るべからず。されば余情限りなき歌なり」（彰考館蔵『百人一首』（幽斎抄[※9]））と評しており、また米沢本『百人一首抄』のこの歌の傍書には「有心花実兼タル第一也[※10]」とあるが、確かにこの歌には中世和歌の好みに合ったところがあり、映像性、象徴性に長けた点が認められるように思われる。

『百人一首像讃抄』

とはいえ、この歌は本来、中世和歌ではない。詠まれたのはあくまでも古代のことであって、それも平安時代前期（九世紀末ごろ）のことであったと考えられる。この歌は『古今集』に、

（是貞親王の家の歌合の歌）　よみ人しらず

奥山にもみぢ踏み分け鳴く鹿の声聞くときぞ秋はかなしき　（古今集・巻四・秋上・二一五）

として載っているが、現存する歌合の伝本（『廿巻本歌合巻』）にはこの歌の所載がなく、その一方で、ほぼ同時期に成立した「寛平御時后宮歌合」（『十巻本歌合巻』八二番歌）に載せられていて、[※11]さらにこの「寛平御時后宮歌合」をもとに編集されたと考えられている『新撰万葉集』（上巻、一一三番歌）にも採られ、菅原道真の漢詩と番《つが》えられている。そもそもこの時代は「歌合」という行事が始められた最初期にあたり、現存する当時の資料も十分ではなく、また行事自体もはたして決まったやり方があったのかどうかさえ定かではない。したがって現段階では、この歌をめぐる事実関係は、作者や作歌事情を含めて、これ以上明らかにすることができないのである。

それよりもむしろここで注目すべきは、この歌を『古今集』の中の一首として読んでみると、これは、実に古今集時代らしい表現をもった歌だということである。すなわちそれは五句目の「秋はかなしき」という、秋の感傷的な気分をはっきりと打ち出して詠んだ点にある。『古今集』にはこの歌のほかにも、

（題知らず）　　　　（よみ人知らず）
わがために来る秋にしもあらなくに虫の音聞けばまづぞかなしき
（古今集・巻四・秋上・一八六）
（私のためにやって来る秋というわけでもないのに、虫の鳴く声を聞くと、真っ先に悲しく思われることだ）

（題知らず）　　　　（よみ人知らず）
物ごとに秋ぞかなしきもみぢつつ移ろひゆくを限りと思へば
（古今集・巻四・秋上・一八七）
（何につけても秋はかなしいことだ。草木も色変わりしてゆく先をその最期だと思うので）

是貞親王の家の歌合の歌　　　　大江千里

月見れば千々にものこそ悲しけれわが身一つの秋にはあらねど　（古今集・巻四・秋上・一九三）

（月を見るとさまざまに物事が悲しく思われる。私の身の上一つにやってくる秋ではないけれど）

というように、さまざまな秋の景物（右の歌でいえば「虫」「紅葉」「月」）につけて「秋の物悲しさ」を詠んだ歌が数多く存在する。『古今集』の撰者たちもこれを重要な主題だと把握していて、編集する際に、歌を配列する上でそれらの歌が一つの群となるように意を用いていたことは明らかである。[※12]

この「秋はかなしき」という表現は、秋という季節そのもののもつ感傷性をいうもので、これは小島憲之氏の論[※13]にあるとおり、日本の詩歌の内部で生まれた表現ではなく、漢詩文からの影響によるものだと考えられる。中国には古くから「悲秋」という表現があって、たとえば杜甫の「登高」には「万里悲秋常作《ニなル》レ客《ト》」とあり、これは「見るもの、触れるもの、すべてをもの悲しく感じる秋の季節」の意であって、まさに古今集歌の「秋はかなしき」と同じ興趣であるといえるだろうし、もう一つ挙げるなら、白居易の「早秋曲江感懐」には「去《ンヌル》歳此《ク》悲《シム》レ秋《ヲ》　今秋復《タ》来《タル》レ此《ク》」といった例がある。

先に、「奥山に」の歌が「余情」を感じさせ「有心」とも評されるとして、中世和歌にも通ずる面があると述べたが、思うにその可能性を開いたのは、中国の詩句がもつ抽象性であったのではなかろうか。右に引用した詩句にもあるように、漢詩は、特定の景物の趣きを超えて、秋という季節自体の物悲しさを表現する。平安時代初期の歌である「奥山に」の歌の場合、人里離れた山中で鹿の声がするとあれば、やはりそれは具体的な意味として「妻問い」の声なのだという暗黙の了解があっただろう。それが五句目で「秋はかなしき」と表現されたとき、そこには、「妻問い」を超えた秋の物悲しさ、寂しさが立ち現れる。それがまさに古今集時代の和歌の表現であったのであり、そして同時にそれは中世和歌の象徴性にも通ずる可能性を含んでいたのである。

ところでこの歌が中世において評価され、享受されるようになる上では、平安時代中期（十一世紀前半）に文人として名を馳せた藤原公任《きんとう》が果たした役割も大きい。公任は『三十六人撰』という秀歌撰を編んだが、この中で「奥山に」の歌を「猿丸大夫《さるまるだいふ》」の歌として取り上げた。『三十六人撰』は、三十六人の優れた歌人を撰び、各人の代表歌を三首または十首挙げるという形式をとっている。ここで「猿丸大夫」の歌として取り上げられた三首というのは、いずれも『古今集』において「よみ人知らず」とされた歌なのだが、それを「猿丸大夫」の歌として扱ったのは公任の発明か、それとも何らかの資料に拠ったのか、そのいきさつは定かにし難い。しかし、このことで「猿丸大夫」が実在した古《いにしえ》の歌人として具体的に認識されるようになったのは事実であろう。何しろそれまでは「猿丸大夫」とは、『古今集真名序』の中の一節にその名が記されているだけの、伝説上の人物であった可能性が高いからである。[※14]

そしてさらにはこの「猿丸大夫」という人物像には、あわせて「隠者」「隠遁者」というイメージが付加されるようになったと考えられる。それは『三十六人撰』に採られたほかの二首が、

をちこちのたづきも知らぬ山中におぼつかなくも呼子鳥かな

（どこに何があるのか、遠近を知る手がかりもない山中で、いかにも頼りにならぬ様子で人を呼ぶ鳥が鳴くことだなあ）

ひぐらしの鳴きつるなへに日は暮れぬと見しは山の陰にぞありける

（三十六人撰・五九、六〇）

（ひぐらしが鳴くとともに日は暮れてしまったと見たのは山の陰で暗くなったのだった）

という歌であり、「奥山に」の歌とあわせて、そのいずれもが奥深い山中の景を詠んだ歌であったということや、自身も隠者的側面をもつ鴨長明が、『方丈記』や『無名抄』の中で、近江国（今の滋賀県）田上《たなかみ》の近くにある曾束《そつか》という地に猿丸大夫の墓があり、そこにしばしば立ち寄って古人を偲んだとする記事を残していることも、「隠者」的イメ

ージの源泉となっているように思われる。また、先にも紹介した細川幽斎の『百人一首抄』（幽斎抄）の巻末には「百人一首作者部類」という作者一覧があり、そこでは「天子」「親王」に続いて、「執政」以下の官職別に作者が分類されているのだが、「猿丸大夫」は諸官の後に、「此他四人　人麿　赤人　猿丸大夫　蟬丸」と挙げられており、「一覧」はその後「神　菅家」で締めくくられている。もちろん「此他四人」とはいずれも歴史的に定かな記録のない人物だという意味でもあろうが、同時に『万葉集』の伝説的な代表歌人二人と、「（古の）隠者」という伝承的な性格をもつ二人をまとめたということでもあったのではなかろうか。そして「神」となった菅原道真とともに、一般貴族の歌人たちとは次元を異にする存在として認識されていたと考えられるのである。[※15]

このように「奥山に」の歌の作者「猿丸大夫」が「隠者」「隠遁者」のイメージを帯びた結果、「奥山に」の歌はより中世和歌的な好みの歌へと性格を変えていったのではなかろうか。公任の『三十六人撰』は、やがて定家の父である藤原俊成によって歌が入れ替えられて『俊成三十六人歌合』として再構成され、さらにそれが定家によって、歌人一人につき一首という形の秀歌撰へと変えられて『百人秀歌』『百人一首』という結実をみる。そこで定家が「猿丸大夫」の一首を「奥山に」の歌と定めたあたりの判断や、以後の人々がこの歌をどのように享受したかについては、井上宗雄氏が「定家は、秋の山のさびしくも美しい情景をあますところなく詠出した歌として採り、こののち中世の人々は、さらにそこに、自然のわびしさに耳を澄ます隠者の面影を感じとって愛誦したのであろう[※16]」と述べたものが実に簡にして要を得た見解であると思う。

なお、「奥山に」の歌には古来、解釈上の見解が別れるところがある。それは「紅葉踏み分け」の主語が鹿なのか、作者なのか、ということで、これについては「踏み分け」と「鳴く鹿」の間に主語の転換があるのは自然ではない、とか、『新撰万葉集』で番えられている道真の漢詩が、「終日遊人入《ル》二野山《ニ》一　紛粉《タル》葉《ノ》錦衣戔戔《タリ》」（一一二番）と始まるので、これと同じく「踏み分け」ているのは山を行く人なのだ、といった議論がなされている。鹿が「妻問い」をして植物（萩）の中を分けて進むということは、すでに『万葉集』以来例があって、たとえば先に引用した「宇陀の野の秋萩しのぎ鳴く鹿も」（巻八・一六〇九番）などをみればそれは明らかだが、そう考えてみると、この「奥山に」の歌の上句の鹿の姿の描写がたいへんに具体的であるというのも、『万葉集』以来の鹿の詠まれ方に沿ったものとして理解することができるように思う。またこれまでみてきた多くの歌がそうであったように、鹿の「妻問い」とは、人里にある人が、遠く離れた野山で鳴く声を聞いて雄鹿の心を思い遣るところに生じる興趣なので、実際に「奥山」の雄鹿のそばに人（作者）が立ち寄る状況を想定する必要はないと考えられる。そのように考えてくると「紅葉踏み分け」の主語は鹿でよいことになるのだが、ここで考えておかなくてはならないのは、「踏み分け」の主語は絶対に「作者」ではないのか、というと必ずしもそうとは言い切れないということなのである。たとえばすでに検討したように、「猿丸大夫」という「古の隠者」を作者に比定した場合、隠者が人里離れた奥山を散策しながら辺りの鹿の声を聞くという図を想像すると、秋の奥山の孤独感は、鹿だけの場合よりも違った意味でいっそう増すことであろう。その意味で「踏み分け」の主語を「作者」とする理解の仕方も否定はできないのである。つまり、この歌が、平安時代前期以来、中世に至るまで様相を変えながら享受され続けてきたという経緯はまた、「踏み分け」の主語の解釈が複数成り立つという可能性を含んでいたことによっても、支えられてきたといえるのではなかろうか。[※17]

六　結びとして

古代和歌において鹿の「妻問い」がどのように詠まれてきたのか、時代ごとの表現のあり方の違いを略略辿ってきた。それは和歌の表現史と軌を一にするものであったといってよいだろうが、一方でそれは、『百人一首』でも有名な「奥山に」の歌でみた通り、歌の享受・伝承の歴史という、もう一つの表現史との連環が辿れる問題でもあったわけである。

最初にふれたように、鹿が和歌で詠まれるのは「妻問い」だけではない。「狩り」の対象でもあり、また神の使いでもあるという側面があったわけで、それらが歌で扱われた例は決して多くはないけれども、そこには興味深い問題が含まれている。またもう一点、歌には漢詩文の「鹿」の表現から影響を受けた例[※18]もあって、本来はそれにも言及すべきであったかもしれないのだが、紙幅の余裕がないこともあり、改めて検討の機会を俟つことにしたい。

歌の本文の引用は、『新編国歌大観』によった。ただし『万葉集』の歌番号は旧『国歌大観』により、また訓読については主に『新編日本古典文学全集』（小学館）を参考にした。また『大和物語』は『新編日本古典文学全集』（小学館）に、漢詩は『全唐詩』によった。なお表記は読みやすさを考慮して私に改め、漢文には返り点と送りがなを付した。

注

1 『万葉集』巻十六・三八八五番の長歌（「乞食者詠二首」）には、狩りで獲た鹿をどのように人々が利用しているかを伝える一節があり、「… 梓弓《あづさ》 八つ手挟《たばさ》み 姫鏑《ひめかぶら》 八つ手挟み 鹿待つと 吾が居る時に さ牡鹿の 来立ち来嘆く たちまちに 吾は死ぬべし 大君に 吾は仕へむ 吾が角は み笠のはやし 吾が耳は 御墨の坩《つぼ》 吾が目は 真澄の鏡 吾が爪は 御弓の弓弭《ゆはず》 吾が毛らは 御筆のはやし 吾が皮は 御箱の皮に 吾が肉《しし》は 御膾《なます》はやし 吾が肝《きも》も 御膾はやし 吾が胃《みげ》は 御塩のはやし …」とある。なおこの歌について、猪股ときわ「異類に成る――「乞食者詠」の鹿の歌から――」（『日本文学』五八―六、二〇〇九・六）は、この歌の後半部の表現主体が、狩りで殺された「鹿」の立場であることに着目して、歌中の「オホキミ」とは動植物のもつエネルギーを取り込んでゆく異類であると論じている。また平安時代になると、「照射《ともし》」という題で詠まれた屏風歌が登場するが、これは篝火《かがりび》や火串《ほぐし》（松明《たいまつ》）をともして「鹿」を誘き寄せ、その火が鹿の目に反射するのを的にして射る、という狩りを題として詠んだものである。たとえば「五月山木の下闇にともす火は鹿の立ち所《ど》のしるべなりけり」（『貫之集』巻一・六、この歌は延喜六年の「内裏月並屏風」に詠まれたもので、題は「五月ともし」である）といった歌がある。

2 鹿が神の使いとされることは、現代でも奈良公園（春日大社）や広島県の宮島（厳島神社）の例が知られるが、『万葉集』にも「弥彦《いやひこ》神の麓に今日らもか鹿の伏すらむ皮服着て角突きながら」（巻十六・三八八四番、「越中国歌四首」の中の一首、仏足石歌体の歌）という例がある。この歌は、弥彦神社（新潟県西蒲原郡弥彦村）の周辺に伝わる「鹿舞」に付属した歌謡であったのではないか、と推測されている。

3 ここでの歌数は、重複する歌を含んでいない。なお、歌の解釈にはどうしても揺れが生じるものなので、この数値はあくまでも私見によった概数としておく。

4 『万葉集』巻十は、収載歌を四季の景物別にまとめているが、その分類名は「詠レ鹿」ではなく「詠二鹿鳴一」である。ここからも奈良時代の人々が、「鹿」自体よりも「鳴く声」の方に興味をもっていたことがうかがえる。

5 紙幅の関係で歌の引用は省略するが、巻八・一五九八〜九、一六〇二〜三、巻二十・四二九七（いずれも大伴家持の歌）などの例がある。

6 この影響関係については契沖『古今和歌集余材抄』以来、諸注に指摘がある。ただ、貫之が詠んだ「小倉山」は京都市の北西部にある、大堰川そばの、嵐山の向かい側にある山のことであろうが、『万葉集』で詠まれた「小倉山」はもちろん京都の山ではなく、奈良周辺にある山である（どの山かは特定されていない）。貫之はその「名」を歌詞に取り入れることで、そこに「妻問い」という古歌の趣を反映させたとも理解できるのではなかろうか。

7　『万葉集』と『古今集』との歌風の違いを論じる際、しばしば古今集歌は観念的だと評されるが、ここで取り上げた「秋の景物」という理解もそれに相当する。ただしこれを「観念的」と一般化して説明することにはあまり意味があるとは思えない。ここでみたようにむしろ、季節感や四季の移ろいの感覚が明確に意識されるようになった結果、普遍化した概念につながることになったというべきで、個々の歌を観念的とくくるのではなく、それぞれの歌の興趣のありようをみることが大切なのではないか、と思われる。

8　余談ながら、花札（八八花《はちはちはな》）には「紅葉に鹿」（十月）、「萩に猪」（七月）という二つの絵柄があるが、『万葉集』などの歌詞に忠実であれば、「萩に鹿」とあるのが順当である。それが「紅葉に鹿」の組み合わせとなったのは、この「奥山に」の歌詞に拠ったからだと考えられる。現在広く用いられている花札の形式・絵柄は、江戸時代後期に誕生し、明治時代に完成したといわれている。あるいはカルタの正統ともいうべき「歌かるた」「百人一首」に対するものとして、俗用のカルタとしてアレンジされたというようないきさつがここには働いているのかもしれない。

9　引用は『百人一首注釈書叢刊』第三巻（和泉書院、一九九一）によった。

10　引用は『米沢本　百人一首抄』（米沢古文書研究会、一九七六）によった。

11　萩谷朴『平安朝歌合大成［増補新訂］一』（同朋社出版、一九九五）によった。なお『古今集』では「奥山に」の歌に直接の詞書はなく、前歌の詞書がかかる形になっていることから、ここには詞書の脱落なども想定される。西下経一、滝沢貞夫『古今集校本』（笠間書院）によれば、「題知らず」とする伝本が八本あることが紹介されているが、その中には平安時代末期の書写と考えられる元永本も含まれており、興味深いところである。

12　松田武夫『古今集の構造に関する研究』（風間書房、一九六五）。以来、『古今集』の歌の配列構造については数多くの研究がある。

13　小島憲之『国風暗黒時代の文学』（塙書房、一九六〇）、『古今集以前』（塙書房、一九七六）を参照。

14　「猿丸大夫」は『古今集真名序』で六歌仙の一人「大伴黒主」の評のなかに登場するが、そこには「大伴黒主之歌、古《ハ》猿丸大夫之次也《つぎて》。」とあるだけである。しかもこの一節は『仮名序』にはなく、また『古今集』では「猿丸大夫」が歌の作者として扱われることはない。なお「猿丸大夫」には私家集『猿丸集』が伝わるが、内容は『万葉集』歌と『古今集』のよみ人知らず歌からなるもので、平安時代中期以降に仮託して編集された可能性が高い。『和歌大辞典』（明治書院、一九八六）の「猿丸集」「猿丸大夫」の項を参照（犬飼廉氏執筆）。

15　『本朝皇胤紹運録』には、厩戸皇子（聖徳太子）の孫、山背大兄王の子である弓削王に注して「号《スト》二猿丸大夫《ト》一」とする。江戸時代以前にこの史料や記事が広く知られていたかどうかは定かでないが、歴史の上に大きな足跡を残した聖徳太子の末裔であり、山背大兄王とその一族が蘇我入鹿に攻め滅ぼされたことを考えると、そこには世をはかなんだ「隠遁者」のイメージが重なるのかもしれない。

16　井上宗雄『百人一首を楽しくよむ』（笠間書院、二〇〇三）。

17　鈴木健一『古典詩歌入門』（岩波書店、二〇〇七）参照。この論旨は同書に拠るところが大きい。

18　鹿を詠んだ古代の歌で、漢詩文が典拠となっているものとしては、『毛詩』小雅の「鹿鳴」（群臣嘉賓を宴してもてなす意をこめる）による例（万葉集・巻四・五一〇）と、『史記』秦始皇本紀の趙高の故事（「鹿」を「馬」といって諸臣が謀反に同調するかどうかの反応をみた）による例（拾遺集・巻九・雑下・五三五、六）がある。なお「鹿鳴」は、明治時代に政府が内外の人々の社交場として作った、有名な「鹿鳴館」の名の由来でもある。

恋ひわぶる人のかたみと手ならせば
なれよ何とてなく音なるらん

『源氏物語』女三宮の飼猫

植田恭代

一　身代わりの唐猫

若菜上巻末、光源氏の邸宅六条院で蹴鞠がおこなわれる。桜の咲き乱れる春爛漫の庭で若い貴公子たちが楽しげにうち興じ、邸内では気もそぞろな女性たちが端近に寄った矢先、ひょんなことから御簾《みす》が巻き上がり、柏木はあこがれの女三宮を垣間見る。光源氏の庇護のもとにある高貴な若い妻の立ち姿を顕わにしたのは、不意に飛び出してきた猫である。

> 御几張《きちやう》どもしどけなく引きやりつつ、人げ近く世づきてぞ見ゆるに、唐猫《からねこ》のいと小さくをかしげなるを、すこし大きなる猫追ひつづきて、にはかに御簾のつまより走り出《い》づるに、人々おびえ騒ぎてそよそよと身じろきさまよふけはひども、衣《きぬ》の音《おと》なひ、耳かしがましき心地す。猫は、まだよく人にもなつかぬにや、綱《つな》いと長くつきたりけるを、物にひきかけまつはれにけるを、逃げむとひこじろふほどに、御簾のそばいとあらはに引き上げられたるをとみに引きなほす人もなし。この柱のもとにありつる人々も心あわたたしげにて、もの怖《お》ぢしたるけはひどもなり。（若菜上　一四〇頁）[※1]

「いと小さくをかしげなる」唐猫《からねこ》を、もう少し大きな猫が追いかける。大きい方の猫がどのような猫かは不明だが、逃げるのは唐猫とあり、二匹の猫は種類も大きさも区別されて描かれる。とても小さくかわいらしい唐猫は「綱いと長くつきたりけるを」とあるように長い綱がつけられている。その綱こそ、まだ人に十分に懐いていないらしいと判断される理由であり、やがて重大な事件を引き起こすに至る垣間見の契機となる。綱をつけられているのが首なのか胴体なのかは表されていないが、突然登場した唐猫は邸で飼われている猫なのであった。この唐猫の綱が御簾にひっかかり巻きついたため、思うように動けない唐猫が逃げようと無理やり引っ張るうちに、御簾が不用意に開いてしまったのである。その様子について、『新編日本古典文学全集』の頭注には、「猫の動きと簾が綱のために引き開けられる関係が判然としない。猫が綱を引いて部屋から走りだし簀子を平行に走れば、綱が簾に引っかかって、簾が開きかげんとなり、かつ傾斜するので簾の横から内部が見えたか」(若菜上　一四〇〜一四一頁)とある。綱がどのように絡まったか具体的に描かれてはいないが、みずから解くことのできない猫が御簾から離れようとして動き、あらぬ方向から無理な力が加われば、御簾は上げ損なったブラインドのように斜めに開いてしまったと考えられよう。

この唐猫の飼い主が誰なのか、この場面からだけではわからない。しかし、恋心を募らせる柏木にみつめられる女三宮の居所から走り出してくるのなら、女三宮周辺の猫と思い至る。続く物語から、唐猫が女三宮の飼猫であるのはほどなく明らかになるのだが、光源氏邸で猫が飼われていたというのも女三宮が飼い主であるのも、ここに初めて知られる事実である。唐猫は、ほかでもない、女三宮と柏木の危険な恋の予感とともに登場する。

若菜下巻に至ると、唐猫は女三宮の身代わりとして、柏木の度を超えた溺愛を露呈させる。若菜上巻を受けて、柏木の許されぬ思慕とそれゆえの苦悩で始まる下巻の物語では、柏木は光源氏を意識して大それた恋心を自覚し、「ましておほけなきこと、と思ひわびては、かのありし猫をだに得てしがな、思ふこと語らふべくはあらねど、かたはらさびしき慰めにもなつけむ」(若菜下巻　一五五頁)と思う。「おほけなし」は『源氏物語』の密通と関わるキーワードである。大胆不敵で恐れ多いというその思いを、柏木みずから自覚し、せめてあの時の猫を手に入れて懐けたいと切望している。唐猫は「かたはらさびしき慰め」と表される。大変小さくかわいらしげであった唐猫は、垣間見の場面で柏木に「御衣の裾がち」(若菜上　一四一頁)と映った、女三宮の華奢な姿とも重なってくる。

唐猫の入手は、柏木の異母兄弟にあたる東宮をそそのかして実現する。ここでもまた、東宮の愛猫家という設定が唐突になされている。

内裏《うち》の御猫の、あまた引き連れたりけるはらからどもの所どころに散《あか》れて、この宮にも参れるが、いとをかしげにて歩《あり》くを見るに、まづ思ひ出でらるれば、「六条院の姫宮の御方にはべる猫こそ、いと見えぬやうなる顔してをかしうはべしか。はつかになむ見たまへし」と啓《けい》したまへば、猫わざとらうたくせさせたまふ御心にて、くはしく問はせたまふ。「唐猫《からねこ》の、ここのに違《たが》へるさましてなむはべりし。同じやうなるものなれど、心をかしく人馴《な》れたるはあやしくなつかしきものになむはべる」など、ゆかしく思《おぼ》さるばかり聞こえなしたまふ。聞こしめしおきて、桐壺《きりつぼ》の御方より伝へて聞こえさせたまひければ、まゐらせたまへり。「げに、いとうつくしげなる猫なりけり」と人々興ずるを、衛門督《ゑもんのかみ》は、尋ねんと思したりきと御気色《けしき》を見おきて、日頃経《へ》て参りたまへり。

（若菜下巻　一五六〜一五七頁）

「内裏の御猫」は時の帝である冷泉帝の猫。そのたくさん連れていた猫というのは子猫たちであろうか、それらが東宮の所にもらわれていたという。宮中で猫を飼っていることも東宮の猫好きも、また、ここに初めて知られる。柏木は東宮の興味をそそるように算段し、この会話では、六条院の姫宮の猫がいかに特別ですぐれているのかを、ことばを畳みかけて強調する。「聞こえなす」という意図的な行為を印象づける表現が、柏木の下心を際だたせている。結局、「桐壺の御方」すなわち明石女御という六条院ゆかりの女御を通じて、唐猫は東宮のもとへ献上され、柏木の思惑どおりに事は運ぶ。数日後ふたたび東宮に参上した柏木は、東宮の「ここなる猫どもことに劣らずかし」（若菜下巻　一五七頁）ということばを逃さずとらえ、「まさるどもさぶらふめるを、これはしばし賜りあづからむ」（同巻　一五七〜一五八頁）と、もっとすばらしい猫たちがいるからと他の猫を褒めて、唐猫をもらい受けてしまう。柏木は、一方で自身の行為を愚かなことと思いつつも、大それた恋慕は暴走し理性を逸脱してしまう。

柏木にとって、唐猫は女三宮の身代わりである。柏木は、夜になれば猫に寄り臥し、その鳴き声を「ねうねう」、すなわち「寝む寝む」と誘う声と聞きなして懐に入れる溺愛ぶりである。

柏木が唐猫に抱く心情は、「らうたし」「うつくし」の語で表現されている。

御琴《こと》など教へきこえたまふとて、「御猫どもあまた集《つど》ひはべりにけり。いづら、この見し人は」と尋ねて見つけたまへり。いとらうたくおぼえてかき撫《な》でてゐたり。（若菜下巻　一五七頁）

つひにこれを尋ねとりて、夜《よる》もあたり近く臥《ふ》せたまふ。明けたてば、猫のかしづきをして、撫で養ひたまふ。人げ遠かりし心もいとよく馴れて、ともすれば衣《きぬ》の裾《すそ》にまつはれ、寄り臥し、睦《むつ》るるを、まめやかにうつくしと思ふ。いといたくながめて、端《はし》近く寄り臥したまへるに、来てねうねうといとらうたげになけば、かき撫でて、うたてもすすむかな、とほほ笑《ゑ》まる。

「恋ひわぶる人のかたみと手ならせばなれよ何
　とてなく音なるらん

これも昔の契りにや」と、顔を見つつのたまへば、いよいよらうたげになくを、懐《ふところ》に入れてながめゐたまへり。御達《ごたち》などは、「あやしくにはかなる猫のときめくかな。かやうなるものの見入れたまはぬ御心に」と咎《とが》めけり。宮より召すにもまゐらせず、とり籠《こ》めてこれを語らひたまふ。（若菜下巻　一五八頁）

「土佐派源氏物語絵」堺市博物館蔵
「豪華〔源氏絵〕の世界　源氏物語」学習研究社より転載

柏木の心の側から唐猫が女三宮の身代わりとしてとらえられるとき、傍線を施したとおり「うつくし」「らうたげ」が選びとられる。波線部は、柏木の常軌を逸した行為の描写である。唐猫は「かたみ」と詠まれ、猫の顔を見て「昔の契り」と言うとき「いよいよらうたげ」と描かれていく。これらのことばは、先の垣間見場面で女三宮に用いられた形容語でもあった。

御髪《みぐし》の裾《すそ》までけざやかに見ゆるは、糸をよりかけたるやうになびきて、裾のふさやかにそがれたる、いとうつくしげにて、七八寸ばかりぞあまりたまへる。御衣の裾がちに、いと細くささやかにて、姿つき、髪のかかりたまへるそばめ、いひ知らずあてにらうたげなり。……略…… 猫のいたくなけば、見返りたまへる面《おも》もちもてなしなど、いとおいらかにて、若くうつくしの人やとふと見えたり。（若菜上巻　一四一頁）

柏木の目に映る女三宮の姿は「うつくし」「らうたし」「らうたげ」ととらえられている。「あてに」「若く」は唐猫にはない。女三宮が六条院に降嫁した時、光源氏の目にとらえられた女三宮は、「いといはけなき気色して、ひたみちに若びたまへり」（若菜上巻　六三頁）と子どもっぽく映るばかりで、「らうたし」は用いられない。むしろ、「らうたし」は穏やかならぬ気持を抑えて婚儀の世話をする紫の上の方に用いられていた。しかし、柏木はその「らうたし」を女三宮にみる。唐猫も同じように映る。飼猫ゆえに唐猫は主人の身代わりとしての役割を強め、柏木の思慕のゆくえに不穏な予感が漂う。

『源氏物語』に出てくる動物の名は、実際の生き物とは限らない。「虎、狼だに泣きぬべし」（須磨　一六九頁）「かひなき身をば、熊、狼にも施しはべりなむ」（若菜上　一一六頁）などのように実体をともなわず、ことばの表現のなかにみられる場合も多い。登場人物と関わる動物は、若紫のかわいがっていた雀や玉鬘の姿を映し出す蛍、鈴虫などがあり、哺乳類の動物は珍しい。猫は、唯一、若菜巻のみにみられる。女三宮の飼猫は、第二の密通事件から柏木の破滅へと物語の展開を促す、狂言まわしの役目を担っている。

二　平安時代の飼猫

猫は中国から渡来した動物といわれ、早い時期には愛玩される飼猫とはかぎらないことが指摘されている。[※2] 先行研究に導かれながら、いまいちど『源氏物語』に至る猫を文献からたどってみよう。

文献に確認される猫の早い例は『日本霊異記』上、第三十で、文武天皇の御代に、膳臣広国《かしはでのおみひろくに》の父が猫となって食べ物をもらう話がある。犬より猫の方が大事にされたらしいことをうかがわせる説話だが、これは飼猫ではなく、かわいがられる猫には程遠い。説話には猫にまつわる話が散見し、『今昔物語集』巻二十八の第三十一は、一条朝に大蔵の丞から五位となった藤原清廉《きよかど》は、前世が猫であったのか大変に猫を恐がり「猫恐《ねこおぢ》の大夫《たいふ》」とあだ名をつけられるほどであったのを利用して、逃れ続けていた租税を納めさせる話である。ここに登場する猫は「灰毛《はひけ》斑《まだら》ナル猫ノ長一尺余許ナルガ、眼ハ赤クテ、琥珀ヲ磨キ入タル様ニテ、大音《おおごゑ》ヲ放テ鳴ク」とあり、恐ろしげな姿と鳴き声であった。これらの話に登場する猫は、人に所有されてはいても、およそ現代のペットのように愛されかわいがられる猫ではない。二十巻本『和名類聚抄《わみょうるいじゅうしょう》』の「猫」の項をみると、和名は「禰古萬」、「野王」と記され、[※3] 虎に似て小さく鼠を捕り糧とするという説明には、飼育される動物というより野生動物の獰猛な印象さえ感じられよう。

一方で、猫は史実の宮廷社会で愛されていた動物でもある。平安時代の貴族たちによって書かれた漢文の諸記録には、はやくから宮廷社会のペットとして大切に飼われていた様子が伝えられている。宇多《うだ》朝には、太宰小弐であった源精の任期が満ちた時に、先帝すなわち光孝帝にすばらしい黒猫を献上しており、光孝帝は数日かわいがった後、この猫を宇多帝に賜っている。『宇多天皇御記』寛平元年二月六日条[※4]の記述によると、その猫は姿もかたちも特別で、墨のように深い黒色をしており、大きさは一尺五寸で高さは六寸ばかり（「長尺有五寸高六寸許」）、体を曲げると秬《くろきび》の粒のようで、体を伸ばすと弓を張ったように長くなり、うずくまって丸くなると足や尾はみえず、歩く時も音を立てず、「恰《あたか》も黒龍の如し」と記されている。真っ黒で大きな、とびきりしなやかな猫のようである。宇多帝はこれを五年も愛育し、食事には「乳粥」を与えている。牛乳仕立ての粥であろうか。当時の牛乳は高貴な人々の食す高級な食べ物であり、それを食事として与えられるところに、この猫の格の高さがうかがえよう。

さらに一条朝では、高貴な子どもの誕生を祝う儀式の産 養《うぶやしない》が猫にまで行われている。『小右記《しょうゆうき》』長保元年（九九九）九月十九日条には、内裏の飼猫が子を産み、円融帝后で女院となった詮子や左大臣藤原道長、右大臣顕光という時の権力者たちによって催された猫の産養の記述がある。[※5]これは、人の産養に負けず劣らず盛大にとりおこなわれ、祝宴には相応の食器で御馳走もふるまわれたようである。内裏の「御猫」と記され、皇族や貴族の子どもと同様に飼猫が処遇される。九〇〇年前後の宮廷社会では、飼猫が過剰なまでの愛情をかけられ人間同様に厚遇されていたらしい。

こうした宮廷社会の実態を背景に描かれる文学作品でも、猫は高級感のある動物である。『枕草子』には、「猫は、上のかぎり黒くて、腹いと白き」[※6]（五〇段）や、「上に候ふ御猫は、かうぶりにて、命婦のおとどとて、いみじうをかしければ」（七段）と一条天皇にお仕えする猫が「冠」すなわち五位を賜り、一条天皇が猫を「御懐に入れさせたまひて」という描写もみられる。後者は犬の「翁まろ」の話であるが、一条天皇に愛される飼猫の格の高さには注目される。

『源氏物語』以降の作品に目を向けると、『狭衣物語』巻三の場面に猫が描かれる。ここには、若菜上巻の垣間見を意識して場面を作るこの物語のあり方がうかがえる。また『更級日記』には、侍従大納言の娘の化身としての猫が登場する。前述の『日本霊異記』では猫に姿を変える話であったが、『更級日記』では土忌みの時に移った住まいで姉の夢に猫が現れる。「おのれは侍従の大納言の御むすめの、かくなりにたるなり」と自身の素姓を語る猫には、どこか神聖ささえ感じられよう。猫を神秘的なものととらえる話は、説話にも見出せる。

或《ある》貴所にしろねといふねこをかはせ給《たまひ》ける。その猫、鼠、すゞめなどをとりけれども、あへてくはざりけり。人のまへにてはなちける、不思議なる猫也。

（『古今著聞集』巻二十「魚虫禽獣第三十」「六八七　或貴所の飼猫鼠雀等を取るも喰はざる事」※7）

この話の時期は特定できないが、「不思議なる猫」という表現は、飼われる動物をこえて人間の力のおよばぬ神秘的な存在ととらえていよう。

平安時代中頃の宮廷社会には格の高い飼猫がおり、それを反映して文学の諸作品にも猫が登場し、平安時代後期の説話では、猫に神秘性さえ付与されている。こうした猫の実態と記述のなかで、『源氏物語』の唐猫も描かれている。若菜巻で物語展開の重要なきっかけとなった、猫の綱も、実際におこなわれていた一般的な飼い方を反映していると考えられる。現代ならば犬にこそリードをつけるものの、猫を繋ぐ光景はあまりみかけない。しかし、文献をたどれば、平安時代に猫に綱をつけて飼うのは珍しいことではない。たとえば、『枕草子』「なまめかしきもの」で始まる章段には次のような描写がある。

簾《す》の外《と》、高欄《かうらん》にいとをかしげなる猫の、赤き首綱《くびつな》に白き札つきて、はかりの緒《を》、組の長きなどつけて、引きあるくも、をかしうなまめきたり。（八五段）

高欄にいるかわいらしい猫は、赤い首綱に白い札をつけている。「はかりの緒」は不明で、重りの意の「いかり」（碇）とも、繋ぐ意として「つがり」（繋、鎖）とも解釈されるところだが、宮中や貴族の邸で飼われる猫の様子を彷彿させる一文である。さらに、飼猫に綱をつける話は時代をくだる『古今著聞集』にも見出せる。

保延《ほうえん》の比《ころ》、宰相《さいしやう》中将なりける人の乳母《めのと》、猫をかひけり。其《その》猫たかさ一尺、力のつよくて綱をきりければ、つなぐこともなくて、はなち飼《かひ》けり。十歳にあまりける時、夜に入《いり》てみければ、せなかに光あり。彼《かの》乳母つねに此《この》猫に向《むかひ》て、「汝しなん時われにみゆべからず」とをしへければ、いかなるゆへ《(ゑ)》にか、おぼつかなき事なり、十七に成《なり》ける年、行方しらずうせにけり。(『古今著聞集』巻第二十「魚虫禽獣第三十」「六八六　宰相中将の乳母が飼猫の事」)

崇徳朝の保延(一一三五・四~一一四一・七)年間であるから平安時代末期の、神秘的な猫の逸話である。背中に光のある特別の猫は、高さ一尺の大猫であり、綱を切ってしまうので放し飼いにしたという。その語りくちから、ふつうの大きさならば、綱をつけて飼っていたと考えられよう。

高級なペットとして愛された猫は、首に綱をつけ、その綱に札もつけて飼われていたらしい。だからこそ、その実態を受けて、『源氏物語』若菜上巻の場面に綱をつけた唐猫が登場する物語は、綱のついた姿をまだ人に懐いていないせいだろうかと推測していたが、綱を装着するのが懐くまでなのかどうかを、諸記録や文学作品の記述から判断するのは難しい。物語では、猫の綱が描かれるのは登場する場面のみで、柏木の溺愛ぶりを描くくだりに綱はみられない。若菜下巻では、直に懐に入れて抱く姿が強調されるばかりである。

三　唐猫という設定

『源氏物語』のなかに「猫」の語は十九例あり、そのうち「唐猫」は二例で、用例は柏木の恋慕を描く場面に集中している。若菜上下巻の当該場面では、追いかける猫と追いかけられる唐猫が明瞭に描き分けられ、逃げる唐猫という設定が朱雀院の姫宮という高貴な素姓をもつ女三宮と見合う。唐猫は舶来の猫のことで、それは『源氏物語』研究史においても繰り返し着目されてきた。

若菜巻の場面を解釈するために諸注にあげられるのは、唐猫が詠まれた『夫木和歌抄《ふぼくわかしょう》』の花山院《かざんいん》詠歌である。

御集　　花山院御製

しきしまのやまとにはあらぬからねこのきみがためにぞもとめ出でたる

此御歌は、三条の太皇太后宮よりねこやあるとありしかば、人のもとなりしがをかしげなりしをとりてたてまつりしに、あふぎのをれをふだにつくりてくびにつなぎてあそばされし御うたと云云

（『夫木和歌抄』巻第二十七　雑部九動物部　猫　一三〇四五）[※8]

この和歌は、「敷島の大和」ではない「唐猫」を君がために求めたという歌意。舶来の猫は在来種の猫とは区別され、相手のために特別に選ばれた贈り物である。左注によれば、この猫は三条の太皇太后から所望されて、人のもとにいたかわいらしい猫を入手して差し上げたもの。猫は扇の折れを札にして首におつなぎになったとある。太皇太后宮は実在の朱雀帝皇女である昌子内親王のこと、これがいつ詠まれた和歌なのかは不明だが、猫を求める昌子内親王にふさわしいかわいらしい猫として花山院が選んだ贈り物が、舶来の猫なのである。舶来の、という高級感が宮廷の高貴な人々のあいだで好まれたのである。人のもとにいた飼猫を貰い受けるという事情は、若菜下巻の東宮を介した唐猫の貰い受けと似ており、この和歌が必見の資料として指摘される。

唐猫が飼猫である例が、説話に見出せる。

観教《かんきやう》法印が嵯峨の山庄に、うつくしき唐猫の、いづくよりともなくいできたりけるを、とらへて飼《かひ》ける程に、件《くだん》のねこ、玉をおもしろくとりければ、法印愛してとらせけるに、秘蔵のまもり刀をとりいで、玉にとらせけるに、件の刀をくはへて、猫やがて逃はしりけるを、人〴〵追《おひ》てとらへんとしけれどもかなはず、行《ゆく》かたをしらずうせにけり。この猫、もし魔の変化《へんげ》して、まもりをとりて後、はゞかる所なくをかして侍《はべる》にや。おそろしき事

也。

（『古今著聞集』巻第十七「変化第二十七」「六〇九　観教法印が嵯峨山庄の飼唐猫変化の事」）

これも不思議な猫の逸話で、唐猫は化身とある。観教法印は、光孝源氏で、右大弁公忠《きんただ》男、三条院御持僧とされる人で[※9]俗名は信輔、『源氏物語』にも名のみえる公忠の子息で、『拾遺集』に和歌が入集する。この話では、秘蔵の守り刀をくわえて姿を消してしまった唐猫を「魔の変化」ではないかとする。「うつくしき唐猫」と、他の猫とは一線を画す表現に加え、唐猫がどこからともなく現れるのは神秘的でさえある。後世の説話集ながら、観教法印の頃に唐猫が飼われていたらしいことがうかがえる。

唐猫が宮廷に集う人々のあいだで好まれ飼われるのは、東アジアとの交流によって大陸文化が浸透してくる事情と通底している。『源氏物語』にも舶来の品々は随所に描かれていた。[※10]大陸との交流が盛んになり実際に外来の猫が渡来し、在来種より高貴とみなす価値観も生じる。同時に、実際に渡来した生き物の猫ばかりではなく、漢籍によって伝えられる猫も関わっていよう。『花鳥余情』は若菜巻で唐の武后に言及しており、[※11]そこから、若菜上下巻の唐猫の背景に、『旧唐書《くとうじょ》』『新唐書』の後宮で寵愛を争う后妃たちのなかに置かれた猫をみる指摘も導かれる。[※12]平安時代の宮廷社会における唐猫の実態に、漢籍による共通理解として念頭にある唐猫の存在も加わり、物語で重要な役回りをつとめる動物として、唐猫に白羽の矢が立てられる。

若菜下巻の柏木と女三宮の密通場面で、夢にこの唐猫がふたたび現れる。

ただいささかまどろむともなき夢に、この手馴《てな》らしし猫のいとらうたげにうちなきて来たるを、この宮に奉らむとてわが率《ゐ》て来たると思しきを、何しに奉りつらむと思ふほどにおどろきて、いかに見えつるならむと思ふ。

（若菜下巻　二二六頁）

常軌を逸した柏木の恋慕を露呈させた唐猫は、密通事件の場でも「らうたげ」に鳴いてふたたび現れる。『岷江入楚《みんごうにっそ》』は「ただいささかまどろむともなき夢」を「これに実事かこもる也」とする。密通の場に出現する猫について、「懐妊の事也」を受け、『岷江入楚』も「獣ヲ夢ミルハ懐胎之想也」という。物語の事態をさらに深刻にする懐妊が唐猫によって予感される。宮廷社会で珍重された舶来の猫は、物語では破滅に向かう二人の危険な恋に不可欠の存在である。

唐突に登場する女三宮の飼猫は、密通事件への展開を促すのみならず、やがて不義の子の誕生から柏木と女三宮の苦悩へ、さらには光源氏自身の苦渋へと突き進む『源氏物語』第二部の物語と分かちがたい。それだけに、この唐猫は後世の絵画でも格好の素材となり、※13 とりわけ、江戸時代の摺り物では、国芳に好んで描かれていくことになる。

注

1 『源氏物語』の本文引用は新編日本古典文学全集（小学館）による。その他の古典文学作品の場合も、原則として同全集により、それ以外のものはその都度、注に記した。なお、ルビは原則として本文によったが、私に改めた部分がある。また、『源氏物語』の古注釈は源氏物語古注釈叢刊（武蔵野書院）によった。

2 宮崎荘平「王朝文学のなかの猫」（『王朝女流文学の形象』おうふう、二〇〇三年）、同「猫の文学形象」（『源氏物語の鑑賞と基礎知識　若菜下（前半）』至文堂、二〇〇四年五月）。河添房江「舶来ペットの功罪」（『光源氏が愛した王朝ブランド品』角川学芸出版、二〇〇八年）。中西紀子「源氏物語の唐物の存在と役割―女三の宮の唐猫を中心に―」（『王朝文学研究誌』一九九三年三月）、同「源氏物語の舶来品をめぐる人々（2）―父朱雀院と娘女三の宮の場合―」、同「源氏物語の舶来品をめぐる人々（8）—女三の宮の唐猫に投影した『唐書』后妃伝—」（『大阪芸術大学短期大学部紀要』二〇〇一年三月、二〇一〇年三月）。

3 「毛群類第二百三十三」「野王案猫音苗和名禰古萬　以虎而小能捕鼠為粮」とある。『倭名類聚抄』の引用は『二十巻本倭名類聚抄』（勉誠社）による。

4 増補史料大成『歴代宸記』（臨川書店　昭和四十年、昭和五十年再版）による。

5 大日本古記録『小右記』（岩波書店）による。

6 『枕草子』の本文引用は新編日本古典文学全集の本文による。

7 『古今著聞集』の本文引用は日本古典文学大系（岩波書店）による。

8 和歌の引用本文は『新編国歌大観』による。

9 注7文献の頭注など。『尊卑分脈』によれば、「三条院御持僧　大僧都　歌人　拾作者」とある。

10 注2の河添氏文献参照。

11 『花鳥余情』には「唐武宗時宮妃後身為猫事あり」とある。

12 后列傳「高宗則天順聖皇后」。注1の中西氏文献で継続して論じられている。

13 国芳の描く猫については、本シリーズの別項目に立項されており、そちらを参照されたい。

あはれ昨日翁丸をいみじう打ちしかな。
死にけむこそあはれなれ

『枕草子』の翁丸——犬に託した「祈り」

園　明美

はじめに――平安宮廷の犬

平安朝の宮廷には、多くの犬が住みついていたらしい。

たとえば、史書や古記録には、宮中が犬の死もしくは出産によって穢れに触れたことが再三記されているし、このためか、蔵人《くろうど》の職務について詳述した『侍中群要《じちゅうぐんよう》』には、「犬狩事」として、蔵人が滝口等を従えて宮中に住む野犬を追い払う行事についての記載がある。

これらは、いわば天皇や貴族たちを悩ませた犬といえようが、中には次のように、かわいがられていた犬もいたようだ。

　とにかくに、物のみ思ひ続けられて見出したるに、まだらなる犬の、竹の台のもとなどしありくが、昔、内の御方にありしが、御使ひなどに参りたる折々、呼びて袖うち着せなどせしかば、見知りて、慣れむつれ、尾をはたらかしなどせしに、いとよう覚えたるも、すずろにあはれなり。

　　犬はなほ姿も見しにかよひけり人のけしきぞありしにも似ぬ

右に挙げたのは『建礼門院《けんれいもんいん》右《う》京大夫《きょうのだいぶ》集《しゅう》』の一節で、平家滅亡後の宮中で見かけた犬が、かつて高倉天皇の所にいて、自分がかわいがっていた犬とよく似ていたことから、作者が平家全盛のありし日を回想し、感慨に浸っていることを語るものである。

さて、右京大夫の時代から遡ることおよそ二百年の一条朝にも、やはり宮中で女房たちに親しまれていた犬が存在した。これが、本稿でとりあげる『枕草子』「上に候ふ御猫は」の段に登場する翁丸《おきなまろ》である。

一　史的背景との関わり――「翁丸＝伊周」か

上に候ふ御猫は、かうぶりにて、命婦《みやうぶ》のおとどとて、いみじうをかしければ、かしづかせたまふが、端に出でて臥したるに、乳母《めのと》の馬命婦《むまのみやうぶ》、「あな、まさなや。入りたまへ」と呼ぶに、日のさし入りたるに、ねぶりて居たるを、おどすとて、「翁丸、いづら。命婦のおとど食へ」と言ふに、まことかとて、痴《し》れ者は走りかかりたれば、おびえまどひて、御簾《みす》のうちに入りぬ。

「上に候ふ御猫は」はかなり長い章段だが、翁丸は、その冒頭から登場している。

ある日のこと。宮中で飼われていた「命婦のおとど」という猫が縁先で昼寝をしていたところ、この猫の乳母（＝世話係）である馬命婦に「そんなところで寝ていてはお行儀が悪い、中にお入りなさい」と言われても動こうとしないので、馬命婦は猫を脅かそうとして、翁丸に「命婦のおとどに噛みつきなさい」と命じた。これを受けた翁丸が猫に跳びかかって行くと、猫は怯えあわてて御簾の中に入っていった。

これだけならば、ことは犬猫の他愛もない出来事で済んだのだが、この猫が「かうぶり」、つまり五位の位を与えられていた上に、「乳母」という形で専属の世話係まで付けられるという、一条帝のお気に入りであった※1ことから、思わぬ事件に発展する。

愛猫への狼藉に激怒した帝は、蔵人たちに翁丸を追い出すように命じる。一旦は宮中から追放された翁丸であったが、どういうわけか数日後に舞い戻って来たところを、今度は徹底的に打擲され、ついに死んでしまい、うち捨てられてしまった。ところが、その日の夕方、作者たちが翁丸の死を不憫がっていると、顔が腫れ上がり、衰弱したみすぼらしい犬が迷い込んでくる。その様子を見た女房たちは、翁丸かと疑って名を呼んだり、翁丸がなついていた右近内侍《ないし》に確認させたりするが応えないので、別の犬なのだろうということに落ち着いた。しかし翌朝になって、定子の朝の身支度に侍《はべ》っていた作者が、目の前に座っている犬を見て、「あはれ昨日翁丸をいみじうも打ちしかな。死にけむこそあはれなれ。何の身に、このたびはなりぬらむ。いかにわびしき心地しけむ」と同情の気持ちを口にしたところ、なんとこの犬は体を震わせ、涙を流してひれ伏したことによって、翁丸であることが発覚した。これを聞いた一条帝も、「あさましう、犬なども、かかる心あるものなりけり」と怒りを解き、翁丸を許したという。

　翁丸の事件が起こったのは、長保二年（一〇〇〇）三月だと考えられているが、この章段をめぐっては、従来、本文中に描かれた翁丸の姿が、長徳二年（九九六）正月十六日に起こった花山院《かざんいん》と藤原伊周《これちか》・隆家兄弟の従者同士の乱闘に端を発する「長徳の変」によって罰せられた伊周の身の上を想起させることから、史的背景と関わらせて読むべきか否かが論じられてきた。※2

　すでに先学によって繰り返し指摘されてきたことで今さらめくが、ここで改めて翁丸と伊周の状況を比較対照してみよう。

翁丸	伊周
一条帝の愛猫に襲いかかる。	弟隆家とともに花山院に狼藉。（長徳二〔九九六〕、一、一六）
一条帝、翁丸の追放を命じる。	太宰府権帥として配流決定。ただし、この時は播磨に留め置かれる。（同、四、二四）
宮中に舞い戻る。	播磨より密かに入京。（同、一〇、八）
さんざんに打擲、うち捨てられる。	入京発覚、太宰府に追われる。（同、一〇、一〇）
再び宮中に舞い戻り、一条帝に許される。	大赦により赦免、召還決定。（長徳三〔九九七〕、四、五）

翁丸と伊周の境遇が酷似していることは一見して明らかである。これだけの共通点がありながら、作者にはこの章段を史的背景と関わらせる意図がまったくなかったと断じるのは、いかがなものだろうか。

そもそもこの作者は、折に触れては漢籍や故事を引き合いに出し、自分や周囲の現実と重ね合わせることで度々賞賛を浴びてきた人物である。ならば、引用やほのめかしというものがいかに効果的であるか、十分理解していたであろう。その作者が、翁丸をめぐる記述によって、読者が長徳の変に関わる伊周の姿を思い起こすことをまったく想定していなかったと考えるのは、いささか不自然ではなかろうか。やはり翁丸には伊周の姿が意識的に重ね合わされていると考えるのが妥当であろう。

二　翁丸の示すもの―宮廷貴族の宿命

さて、作者が意識的に翁丸の身の上に長徳の変に関わる伊周の姿を重ね合わせているとして、そこにはどのような意図が込められているのだろうか。

この問題についてしばしば指摘されるのは、長徳の変にはじまる定子及び中関白家の悲哀を語ろうとしているのだ[※3]ということである。

しかし、長徳の変以降定子と中関白家の人々が過酷な運命をたどったことは、同時代の人々にとっては自明のことだった[※4]はずだ。にもかかわらず、それをここで事新しく、しかもほのめかしのような形で語るからには、単に「悲哀を訴えかけるため」ではない、より深い意図が込められていると考えるべきではないだろうか。

そもそも、『枕草子』の中で繰り返し伊周を賛美している作者が、いかに失脚後とはいえ、なぜここで彼をみすぼらしい犬に擬しているのだろうか。この点は、もう少し掘り下げて考える必要があるだろう。

前述したように、この章段の翁丸の姿が長徳の変における伊周を思い起こさせることは間違いない。しかし、それはあくまでも表層的な部分であって、作者が伊周を翁丸に擬して語りたかったことは、翁丸が、追われても打たれても、それでも戻って来る（あるいは、戻って来るしかない）という点にあるのではないか。

なぜならば、この翁丸の姿はそのまま、流罪になろうと降格されようと、宮廷にしか生きる場がないという、伊周の姿と重なるのではないかと考えるからである。

長徳の変によって配流となった伊周は、翌年には弟・隆家とともに召還され、一応は政界に復帰するが[※5]、周知の如く、政治的にはすでに無力であった。実際、『御堂関白記《みどうかんぱくき》』を見ると、このような状況にあって宮廷で生きていくために、かつての政敵の前に膝を折るしかなかった伊周の姿が散見するし[※6]、『大鏡』も、次のような興味深い逸話を記す。

> 帥殿は、この内の生れさせ給へりし七夜に、和歌の序代書かせ給へりしぞ、なかなか心なきことやな。本体は参らせ給ふまじきを、それに、さし出で給ふより、多くの人の目をつけ奉りて、「いかに思すらむ」「なにせむに参り給へるぞ」とのみ、まもられ給ふ。いとはしたなきことにはあらずや。それに、例の入道殿はまことにすさまじからずもてなし聞こえさせ給へるかひありて、憎さは、めでたくこそ書かせ給へりけれ。当座の御おもては優にて、それにぞ人々許し申し給ひける。
>
> （『大鏡』道隆伝）

彰子腹の敦成《あつひら》親王誕生七日目[※7]の夜の祝いの席で伊周が和歌の序文を書き、同席した人々に非難されたことを語るものだが、敦成が生まれるまでは、一条の皇子は定子腹の敦康《あつやす》親王一人しかいなかったので、もしも彰子が皇子を産まなければ、敦康が皇位継承者となり、実の伯父である伊周も復権する可能性があった。つまり、敦成の誕生は、わずかに残っていた伊周の政権奪回の希望を打ち砕くものであったわけだが、ここには、絶望的な状況にありながらも、権力者である道長の歓心を買わねばならなかった伊周の姿が描かれている。

選択肢の多い現代とは異なり、平安朝の貴族たちには、どのような過酷な状況に置かれようと、宮廷以外に生きる場所はないのである。

これは、伊周のみならず、定子にとっても同様であった。長徳の変の際、折から第一皇女・脩子《しゅうし》内親王を懐妊中だった定子は、事件によって受けた衝撃のあまり落飾してしまうのだが、以後も一条の意向によって職御曹司《しきのみぞうし》に呼び寄せられ、寵愛を受け続ける。しかし一旦髪を切ったキサキが寵愛を受けることについては、当然世間の風当たりは強く、定子が職御曹司に入った長徳三年（九九七）六月二十二日の『小右記《しょうゆうき》』は、このことについて「天下甘心せず」と記しているし、定子が再び懐妊した長保元年（九九九）の六月十四日に内裏が全焼するにいたっては、大江匡衡《おおえのまさひら》が、定子が職御曹司に住み一条の寵愛を受けることを当てこすって、「白馬寺の尼（＝則天武后）」が宮中に入ったために、唐の王朝は滅びたのだと言ったことが、『権記《ごんき》』の同年八月十八日条に記されている。さらに、一条の初めての皇子となる敦康親王を出産した時でさえ、世間は彼女に対して「横川《よかは》の皮仙《かはひじり》（＝出家らしからぬ出家）」（『小右記』長保元年十一月七日条）と冷ややかであった。

つまり、定子もまた、世間の非難を一身に受けながらも、一条の傍ら、すなわち宮廷で生きるしかなかったのである。定子に親しく仕えた作者にとっては、その過酷な宿命が、それこそ我がことのように骨身にしみて感じられたであろう。

以上のことを勘案し、私見としては、作者が伊周を翁丸に擬したのは、追われても打たれても、それでも戻って来るしかない姿に、昔日の栄光を失い世間の非難を受けても、それでも他に生きる場所がない宮廷貴族の宿命を重ね合わせたからで、ここにこそ、作者の深い意図が込められているものと考える。

三　翁丸に託したもの——作者の「祈り」

作者が翁丸に伊周をはじめとする宮廷貴族の宿命を投影することで伝えたかったのは、いったい何なのか。

ここで注目したいのは、この事件が起こったとされる長保二年（一〇〇〇）が、定子と中関白家にとっていかなる年であったかということである。

まず、翁丸の事件が起こる直前の二月二十五日には、前年の十一月十一日に入内し、女御となっていた道長の娘・彰子が中宮となった。それまで中宮だった定子は皇后となり、史上初めての一帝二后状態が出現したのである。これにより、実家が没落したとはいえ、少なくとも公的な序列では彰子の上位にあった定子の立場はますます弱くなったことはいうまでもない。

このような状況の中で、定子は一条の子を身籠もる。長徳二年十二月十六日に産まれた脩子内親王、長保元年十一月七日に産まれた敦康親王に続く、三度目の懐妊であった。しかし、定子はこの時宿した媄子《びし》内親王を出産した際に後産が下りずに、十二月十六日に亡くなってしまう。『権記』の十二月十七日条には、定子の崩奏や遺令の奏上を行うために御在所を訪れた源俊賢《としかた》が、定子の外戚にあたる高階氏の者が誰一人いなかったことを「人心に似ず」と憤慨したことや、定子葬送の雑事を行うための上卿を命ぜられた右大臣藤原顕光が、歯痛を理由に参上しなかったことなどが記されている。

一般にいわれているように、「上に候ふ御猫は」の段は、定子の死後一定の期間を経てから執筆されたものと思われる[※8]が、その時作者の眼の前にあったのは、三人の子や兄弟姉妹等といった、頼れる者もない近親者たちを遺し、定子が亡くなってしまったという現実であった。

このような状況の中で、作者にとって気がかりなのは、定子が遺した人々の行く末ではなかったか。恐らく作者は、崇拝する定子につながる人々の将来が安泰であるようにと祈らずにはいられなかったことだろう。

では、その思いは、いったい誰に向けられたものなのか。

ここで想起されるのは、翁丸には伊周が重ね合わされているという立場を取った上で、この章段には、一条の「日本風に内廷化された「専制君主的相貌」が表われている。[※9]」という倉本一宏氏の指摘である。

確かに、長徳の変以降、一条は一貫して伊周らの処分決定を主導している。

たとえば、長徳二年の『小右記』を見ると、事件が起こって間もない二月十一日には、一条は伊周・隆家兄弟の罪状を調査し、報告するように命じているが、この仰せを受けた公卿たちは「満座傾嗟す」という状態であったとのことなので、一条が主体的に調査を命じたことは間違いない。また、配流が決定した後、伊周が病と称して配所に向かうことができないと訴えたのに対しても「早く車に載せて赴くべきの由重ねて仰せ事有り」と応じ（四月二十五日条）、それでも伊周が定子の御在所に居座って命令に従わないという報告を再三にわたって受けた際にも、「早く追ひ下すの由仰せらる」と、突き放しているし、ついに観念した伊周が、配所に下るにあたって母・高階貴子を伴いたいと希望したのにも「母氏相ひ副《そ》ふべからざるの由」の宣旨を下している。さらに、『権記』の長保二年五月二十五日条には、かねてより病床にあった道長が、自らの回復を願って行成に伊周を本位本官に復すように奏上せよと命じたが、これを受けた一条は「事已《すで》に非常なり。甚だ言ふに足らざるなり。縦《たと》ひ平生に在るとも、非理を申すに於ては承引すべからず、況や不覚の病中、此くの如く申す所何ぞ許容有らんや」とはねつけたことが記されており、一条が伊周らに対して、一貫して厳しい態度で臨んでいることがうかがえる。

しかしその一方で、配流の翌年の長徳三年（九九七）に東三条院の病気平癒を祈っての恩赦が行われた際、伊周と隆家を召還するか否かについて公卿の意見が割れた際に、召還の最終決定を下したのもまた、一条であった（『小右記』長徳三年四月五日条）。

このような一条の様子は、まさに翁丸の生殺与奪の権を握る一条の姿に重なるものといえよう。

故に作者は、この章段に一条に向けて「翁丸を許し、助けたように、伊周に、ひいては三人の御子をはじめあなたの愛した定子に連なる人々に、その将来が安泰であるよう、慈悲をかけてほしい」という祈りをこめたのではないだろうか。

『枕草子』の「完成稿」がいつ頃世間に広まったのかについては不明[10]だが、先学により指摘されてきたように、跋文の記述を信用するとすれば、少なくとも長徳二年には「草稿本」が流布していたことになる。また、有名な『紫式部日記』の辛辣な清少納言評についても、「すでに『枕草子』を著して才女として名高い、このまったく相容れない対《たい》蹠《せき》的な個性に対する挑戦を思わせて、興味深い。[11]」等と述べられているように、この頃にはすでに、宮廷で『枕草子』が高い評価を得ていた証左と考えられる。

恐らく作者は、晩年の定子を描いた自分の作品が一条の目に触れることを、十分に意識していたことであろう。

さらに付け加えれば、しばしば指摘されることではあるが、この章段には以下に示すように『枕草子』では極端に使用例が少ない「あはれ」の語が、例外的に数多く用いられている点[12]にも注意しておくべきであろう。

・「あはれ、いみじくゆるぎ歩きつるものを。三月三日、頭の弁の、柳かづらをせさせ、桃の花挿頭《かざし》にささせ、桜腰にさしなどして、ありかせたまひしをり[13]、かかる目見むとは思はざりけむ」とあはれがる。

・「（翁丸ハ）死にければ、陣の外に引き捨てつ」といへば、あはれがりなどする夕つ方、いみじげに腫れ、あさましげなる犬の、わびしげなるが、わななきありけば、「翁丸か、このごろかかる犬やはありく」などいふに、「翁丸」と言へど、聞きも入れず。

・「あはれ昨日翁丸をいみじう打ちしかな。死にけむこそあはれなれ。何の身に、このたびはなりぬらむ。いかにわびしき心地しけむ」

・「なほあはれがられて、ふるひ鳴き出でたりしこそ、世に知らず、をかしくあはれなりしか。

右の「あはれ」が、いずれも翁丸に対して用いられているのは、かつて一条が「あはれ」な翁丸に慈悲を与えたように、定子が遺した人々を「あはれ」と思ってほしいという、作者の特別な「祈り」が込められていることと関わりがあるのではないだろうか。

むすびにかえて

しばしば指摘されることではあるが、確かに「上に候ふ御猫は」の段は、「あはれ」の語が多用されていることのみならず、翁丸という犬を中心としているという点で、作品中特異な章段といえよう。

『枕草子』には、ほかにも犬が出てくる章段は存在する。しかし、そこでの犬の描かれ方はといえば、「すさまじきもの、昼ほゆる犬。」（「すさまじきもの」の段）だとか、「しのびて来る人見知りてほゆる犬。」（「にくきもの」の段）、「犬のもろ声に、長々と鳴きあげたる、まがまがしくさへにくし。」（同）、あるいは「女が童の、鶏を捕へ持て来て、「あしたに里へ持て行かむ」と言ひて隠し置きたりける、いかがしけむ、犬見つけて追ひければ、廊の間木に逃げ入りて、おそろしう鳴きののしるに、みな人起きなどしぬなり。」（「大納言殿参りたまひて」の段）のように、いずれも好ましくないものとされている。

その中で、例外的に翁丸だけが親愛の対象になっているのは、やはり、この犬が作者の「祈り」を託された存在だからではないだろうか。

その意味で、『枕草子』の翁丸は、「特別な犬」なのである。

注

1 『小右記』長保元年九月十九日条には「日者《ひごろ》(＝先日)内裏の御猫子を産む。女院・左大臣・右大臣の産養ひの事有り。(中略)猫の乳母馬の命婦なり。時の人これを咲《わら》ふと云々。奇怪の事と天下以て目す。若し是れ徴有るべきか。未だ禽獣に人の礼を用ふること聞かざるなり。嗚呼。」と記されており、一条帝の溺愛ぶりを非難している。

2 史実との関わりについては、金子元臣『枕草子評釈』(明治書院、一九二一年)で指摘されて以来議論の対象となってきたところだが、近年の論としては、たとえば史的背景を考慮しなくとも、この章段は「テクストの表層レベルにおいても」猫を鍾愛する一条帝側と犬を愛玩する定子側の対立が読み取れるとする三田村雅子「枕草子のウチとソト―空間の変容」(『枕草子表現の論理』有精堂出版 一九九五年 ＊初出＝日本文学協会編『日本文学講座』七 大修館書店、一九八九年)、この章段は伊周と翁丸をだぶらせつつも、両者の境涯を完全には一致させないことで異化し、「読者に悲惨な現実を積極的に想起させながら、読者を新たな地平に誘ってゆくのである。」という小森潔「枕草子の祝祭的時空―「供犠」としての翁丸」(『枕草子 逸脱のまなざし』笠間書院、一九九八年 ＊初出＝『日本文学』四一―五 一九九二年五月)、この章段の構造は、読者が本文中に明示されない悲劇的な歴史を想定しつつ読むと同時に、作者が悲運にあっても衰えぬ定子の魅力と帝寵の厚さを読者に訴えかけるものになっていると解く藤本宗利「枕草子日記的章段の沈黙の構造―「上にさぶらふ御猫は」をめぐって」(『枕草子研究』風間書房、二〇〇二年 ＊初出＝『常葉国文』一七 一九九二年六月)、この章段における作者の意図は、定子の悲運を語るものではなく、一条帝と定子の絆を語るものだとする赤間恵都子「長保二年の章段について」（『枕草子日記的章段の研究』三省堂、二〇〇九年　＊原題及び初出＝「定子最晩年の章段について——歴史を語らぬ枕草子試論」『十文字国文』五　一九九九年三月）、「政権は道長の方に移ったけれども、中宮定子と中関白家は、永遠であるように、という清少納言の願いが窺える。」と述べる高有貞「『枕草子』の翁丸の章段における清少納言」（『国学院大学大学院紀要（文学研究科）』三三　二〇〇二年三月）等がある。

3　一例として、新潮日本古典集成『枕草子』は「この翁丸の悲運にも比すべき中関白家と中宮とのいわれなき逆境に秘かに涙しているのが、執筆当時の作者の心中であろう。」（上巻四二頁頭注）と述べる。

4　長徳の変が起こった直後の時期に限って見ても、たとえば『小右記』には、定子が里第である二条北宮に移御する際に左馬寮が供奉せず、平惟仲・源俊賢以外の公卿が扈従しなかったこと（長徳二年三月四日条）や、配所に赴かず定子の御在所に潜伏していた伊周を捜索するため、官人たちが懐妊中の定子を車に移した上で、彼女の寝室の扉を破り、天井や板敷きをはがすという「后に無限の大恥を為し奉る」行為に及んだこと（同年五月一～五日条）、定子が御在所としていた二条北宮が焼亡してしまったこと（同年六月九日条）などが記されている。

5　伊周は長保三年（一〇〇一）に本位に復し、寛弘五年（一〇〇八）には大臣に准じて封戸を与えられた。なお、隆家は長保四年（一〇〇二）に権中納言に復任している。

6　寛弘元年（一〇〇四）六月五日、道長の頭痛を見舞う。寛弘元年九月十五日・閏九月十二日及び寛弘二年三月二十九日・五月五日、道長邸作文に参会。寛弘二年二月一日、長男道雅元服の御礼言上に道長を訪問。寛弘二年九月二十八日、道長が木幡寺の鐘を鋳るための外出に随行。寛弘二年十月十八日、道長の木幡浄妙寺三昧堂供養に参会。寛弘三年一月三日及び寛弘五年一月二日、道長邸臨時客に参会。寛弘三年十二月二十六日、道長の法性寺五大堂供養に参会。

7 実際には寛弘五年一月二十日の敦成親王百日の祝い。(『御堂関白記』)

8 『枕草子』の成立時期については、長保二~三年頃とするものから寛弘末年までと想定するものまで諸説があるが、日記的章段の定子最晩年の時期を描いた部分が定子の死後に書かれたことは間違いないだろう。なお、注2前掲赤間書第四章第一節には、成立時期に関する先行研究の詳細なまとめがある。

9 倉本一宏氏『一条天皇』(吉川弘文館、二〇〇三年)一一三頁。なお、同書は作者がこの段を記した意図を「翁まろに擬せられた伊周が同じように赦されて欲しい、あるいは、欲しかったとの思いによるものであろう。」(一一三頁)と述べる。

10 注8参照。

11 小学館新編日本古典文学全集『和泉式部日記 紫式部日記 更級日記 讃岐典侍日記』二〇二頁頭注。

12 この問題については、注2前掲藤本論文が「「死ぬ」と「あはれ」という二語を多用することにより、犬の死と、それを悼む中有や女房たちの心情を、読者に印象づけるという仕組みになっているのである。」と述べ、三田村雅子「『枕草子』の沈黙―「あはれ」と「をかし」―」(注2前掲三田村書 *原題及び初出=「枕草子を支えたもの―書かれなかった「あはれ」をめぐって―(上)(下)」『文芸と批評』一九七四年十一月・一九七五年八月)の「人事においてほとんど「あはれ」を語らない作者がおおびらに「あはれがる」ことを語るのも、作者の抑圧された心情の捌け口として翁丸が恰好の対象であったからである。」という見解を示し、上丸恵都子「『枕草子』のわき役たち―日記的章段の執筆経緯を求めて」(片桐洋一編『王朝の文学とその系譜』和泉書院、一九九一年)は「作者はそれまで決して描こうとはしなかった「あはれ」な主人の姿をそのまま捉え、枕草子の中に書き留めようとしていたのではないだろうか。」と理解する等、さまざまな解釈が提示されている。

13 ここに「三月三月」の柳‖・桃‖・桜‖を身に付けた翁丸の「晴れ姿」を示したのは、あるいは「正月は」の段に、「三月三日は、うららうらとのどかに照りたる。桃の花の今咲きはじむる。柳などをかしきこそさらなれ。それもまだ、まゆにこもりたるはをかし。ひろごりたるはうたてぞ見ゆる。おもしろく咲きたる桜を、長く折りて、大きなる瓶《かめ》にさしたるこそをかしけれ。桜の直衣《なほし》に出袿《いだしうちき》して、まらうどにもあれ、御せうとの君達にても、そこ近く居て物などうち言ひたる、いとをかし。」という記述を意識したものであろうか。

＊『建礼門院右京大夫集』・『枕草子』・『大鏡』の引用は小学館新編日本古典文学全集によるが、私に表記を改めた部分がある。また、『小右記』・『御堂関白記』は東京大学史料編纂所大日本古記録を、『権記』は続群書類従完成会史料纂集をそれぞれ参照したが、引用にあたっては、私に訓み下した。

聞きしより牛に心をかけながら
まだこそ越えね逢坂の関

説話文学における牛

伊東玉美

一　牝牛と雄牛

現代の我々は、牛と言えば酪農・畜産を連想することが多いだろうが、古代・中世の人々にとっては、第一に、物や人を運び動かす大切な動力であったと考えられる。

例えば兼好法師の『徒然草』には、賽王丸という高名の牛飼いがいて、この牛飼いの牛さばきを不用意に難じた人物が、今出川大臣殿西園寺《さいおんじ》公相《きんすけ》の逆鱗に触れ、車に頭を打ち付けられて叱責された逸話がある（一一四段）。また「徳大寺の故大臣殿」公孝《きんたか》が検非違使の別当であった時、官人の牛が別当の座にのぼって「にれうちかみ」すなわちくちゃくちゃと反芻しながら臥してしまった。人々は大変な怪異だといって、牛を陰陽師《おんようじ》のもとに遣わそうとしたが、公孝の父の相国実基《しょうこくさねもと》は「牛には分別がない。足があるのだからどこにだって昇る。安月給の官人が痩せ牛をとられる理由はない」と言って牛を持ち主に返してやり、畳だけを取り替えたが、何のわざわいもなかった、という逸話も見られる（二〇六段）。

これらの牛は、牛車を引くための牛と考えられるが、当時、牛は直接乗るものでもあり、また、荷を負わせたり、荷車を引かせたり、農耕用の動力でもあった。『徒然草』には、他にも「人突く牛をば角を切り、人食ふ馬をば耳を切て、その印とす…」（一八三段）、「牛を売る者あり。買ふ人、明日その価をやりて、牛を取らむ、と言ふ。夜の間に牛死にぬ。…」（九三段）などとあり、牛は人間にとって、大変身近な家畜であったことがうかがわれる。

鴨長明作の仏教説話集『発心集《ほっしんしゅう》』には、摂津国妙法寺の楽西《らくさい》聖人が、「人の田を作るとて、牛のたへがたげなるを打ちせめて、かきすきけるを見て」すなわち、牛をひどく叩きながら田を鋤かせているのを見て、このように生き物を苦しめながら、大変な思いで作っている作物を、何の苦労もなく使うのは罪深いことだと思ったことが、発心・出家のきっかけだったと言っている（二―六）。

牛は力持ちで、傍目にも重労働であり、同じく『発心集』五―五には、

ゆゆしげにやせがれたる牛に物おほせてのぼる人あり。牛の舌をたれてのぼりかねたるを、髪赤くちぢみあがりたる小童《こわらは》の眼《まなこ》いとかしこげなるがつきて、後になり前になり、走りめぐりて、これを押上げ助けつつのぼるあり。

とある。これは、不動明王の持者（信者）が死んで牛に生まれ変わったのを、不動明王（の使者）が小童となって助けていたのだった。

例えば鎌倉時代末成立の、国産牛の解説書『国牛十図《こくぎゅうじゅうず》』の「筑紫牛」の項に

そのかたち、めうしがほにて角さきほそく

などとあることからも分かるように、牛車を引かせるような力仕事をさせるのは雄牛であったが、風狂の隠遁僧僧賀《そうが》上人（九一七～一〇〇三）は、師の良源《りょうげん》が比叡山延暦寺再興のために俗権力と結ぶことを嘆き、師の慶賀のパレードで、干鮭《からざけ》を太刀代わりに腰に差し、骨ばってごりごりの、痩せた牝牛を乗り操って、見物の人々を驚かせた（『発心集』一―五）。

この体制批判を含んだ異様な風体は、室町時代の禅僧一休宗純（一三九四～一四八一）に受け継がれ、同じような精神の末裔に、牛に乗って歩いていた奇人の連歌作者牡丹花肖柏（一四四三～一五二七）を置いてみることも可能だろう。

牝牛にも角があるが、雄牛と比べると細く短い。また雄牛に比べ気性が穏やかだと考えられていたので、意外な人物に一本とられることを「牝牛に腹突かるる心地」と言った。

例えば、飼い主が小屋に入れるのを忘れてしまった牛の親子がいて、夜中、狼から子牛を守るため、母牛が狼を頭

で崖に押さえつけ、狼が圧死したことにも気付かずにその苦しい態勢のままで一晩中子牛を守ったことが、「魂有リ賢キ奴《や》ツ」として語り残されたりした（『今昔物語集』二九—三八）のは、牝牛の非力なイメージ故であろう。

二　牛と馬

人や物を乗せ、運ぶ点では馬も同様で、例えば『閑居友《かんきょのとも》』下七「唐土の人、馬・牛の物憂うる聞て発心する事」には

秋夜…そこなりける馬と牛と、物語りをなんしける。馬のいふやう、「あな悲し。わびし。いかなる罪の報《むくひ》にて、この人に使はれて、昼は日暮らしといふばかりに、かく使はれ居るらん。夜も、心よくうち休むべきに、杖目《つゑめ》ことに痛くわびしく、あまりに苦しくて、心のまゝにもゑ休まず。明日また、いかさまに使はれんとすらん。これを思ふにとにかくに寝ねも安からず」といふ。また、牛のいふやう、「さればこそ。あはれ、悲しきものかな。我かゝる身を受けたるとは思へども、さしあたりては、たゞこの人の恨めしさ、するかたなく覚ゆる」といひけり。

とあって、牛も馬も、人間に身近な、一日中飼い主に使われる、重労働な動物ととらえられていたことが分かる。

ただし、例えば『沙石集《しゃせきしゅう》』『雑談集《ぞうたんしゅう》』などの作者無住《むじゅう》の作とされる仮名法語『妻鏡《つまかがみ》』に、「人界に威徳ある僧」が「同宿眷族《けんぞく》を多く羽含《はぐ》くみ扶持する」のは「慈悲」の一種なので「徒《いたづ》らに人の帰依《きえ》を受け、信施《しんぜ》を貪」って「畜生道に落」ちても、「車牛と成て痛《いたは》り飼《かは》れ、或は貢馬と成て食物豊《ゆたか》」に過ごす、とある。とりわけ大切に扱われる牛や馬もいたわけである。

例えば「賊盗律《ぞくとうりつ》」に

『鳥獣戯画』牛と馬
（『絵巻　鳥獣戯画』双書美術の泉　1969年　岩崎美術社より転載）

凡そ官私の馬牛を盗みて殺せらば、徒《づ》二年半〔馬牛軍国用ゐる所、故に余の畜《ちく》と同じからず〕

とあり、軍用にも用いられる馬や牛は、特別重要な家畜なので、盗んだり殺したりした場合の罰則規定は特に重かった。また、

廏庫律《きうこりつ》に云く、応に官の馬牛に乗り私に物を駄《だ》すに、十斤を過ぐるを得ず。違ふ者は五斤は笞十…

（『法曹至要抄』中　車馬荷事）

のように、「過積載」の罰が公式に規定されていた。

人間に酷使されることも多かった牛・馬が、逆にその面貌で人間を厳しく責めるのが地獄である。牛の顔をした「牛頭《ごず》」と馬の顔をした「馬頭《めず》」は、地獄の獄卒として有名で、ここでも牛と馬はペアで扱われている。

また、馬も牛も十二支のメンバーなので、例えば十二支の動物が十五夜の月を題にして歌合をする、お伽草子（室町物語集）『十二類絵巻』では、牛は羊と、馬は鼠とそれぞれ番えられ、

むら雲の空さだまらぬ月を見て夜半の時雨をうしとこそ思へ（牛）

逢坂や関のこなたにまち出でてよるぞ越えぬる望月の駒（馬）

と詠んでいる。

このように、似たもの同士ととらえられることも多い牛と馬だが、『国牛十図』が「馬は東関をもちてさきとし、牛は西国を以てもと、す」と言っているように、馬の名産地は東国、牛の名産地は西国と考えられていた。例えば『江談抄《ごうだんしょう》』の名物尽《めいぶつづくし》（名宝揃え）に高名の馬の名（三―七四）はあるが、高名の牛の名はない。あるいは、名随身と愛馬を共に描いた『随身庭騎絵巻《ずいじんていきえまき》』はあるが、名牛飼と牛を描いた絵巻は知られていない。

こうしてみると、名馬が多くの人に賞賛されたほど、牛を見分ける力は人々になかったかのように見える。しかし、後鳥羽院の皇子冷泉宮頼仁《よりひと》親王（一二〇一～六四）は、承久の乱後、備前国小島に流され、小島宮とも称されたが、牛を愛好し、「小島宮牛文」という書をものしたという。

また、牛を愛でたのは男性ばかりではなく、後高倉院皇女で後堀河天皇准母である安嘉門院邦子《あんかもんいんほうし》内親王（一二〇九～八三）は「唐庇《からびさし》」という牛をこの上なくかわいがっていた。

安嘉門院の御牛。北白川そだちなり。所生のはじめよりさま〴〵にいたはりたてられしかば、勢もおほきに容儀もたぐひなき程の上牛也。女院《にょうゐん》御秘蔵の次第のべつくしがたきもの也。真影を花幔《けまん》にうつされて、清涼寺の本尊の帳にかけていまにあり。

（『駿牛絵詞』）

とあるように、絵姿を寺の帳に掛けて飾り、供養するほどの愛育ぶりだったという。『十六夜日記』の作者安嘉門院四条（阿仏尼）の女主人でもあり、莫大な所領を父院から譲られた安嘉門院が、牛の愛好家だったと聞くと、女院の器量の大きさが知られるような気持ちになる。

三　『日本霊異記』の牛

わが国最初の仏教説話集と言われる景戒作『日本霊異記』には、前世の行いの報いとして、牛に転生した人間の説話が数多く収められている。[※1] リアルで一種異様な迫力のある逸話ばかりなので、煩を厭わず紹介してみたい。

大和国添上郡に椋家長公《くらのいえぎみ》という人がいた。仏事のために道行く僧を招いたが、夜、この僧が、翌日もらう布施を持ち逃げしようとして、誰かに呼び止められた。ぎょっとして見渡すと、倉の下に立っている牛が人語を語るのだった。牛は「私は人に与える稲十束を吾が子に告げずに取ったために牛に転生して、子の家に飼われて償っている。虚実を知りたいなら、私の座を設けよ。そこに座ろう」と言った。翌朝、僧がこのことを施主である家長公に話し、座を設けると、牛はそこに座った。家長公は泣く泣く牛を拝しながら「全て許します」と言った。牛も涙を流し、ため息をついて、ほどなく死んだ。（上・一〇）

延興寺の沙門《しゃもん》恵勝《えしょう》は、湯を沸かすための薪一束を取って人に与えたまま亡くなった。その寺の牝牛が子牛を生み、成長すると車を引いたり薪を載せたりと、休みなく使われた。ある時、車を引いて牛が寺に入ると、見知らぬ僧が門にいて「恵勝法師は涅槃《ねはん》経は読めるが車は引けない」と言った。これを聞いた牛は涙を流し、ため息をつくとたちまち死んだ。牛の持ち主は、この僧が牛を呪い殺したとして訴えたが、絵師たちに僧の絵姿を描かせると、観音菩薩の像だった。観音が僧の物を勝手に用いてはいけない、ということを示しにいらしたのだ。（上・二〇）

武蔵国多磨郡の大領大伴赤麻呂は天平勝宝元年（七四九）十二月十九日に亡くなった。翌年五月七日に黒斑の子

『鳥獣戯画』牛の親子（『新修日本絵物全集』より転載）

牛が生まれたが、「赤麻呂は自分が作った寺の物を勝手に借用し、返済せずに亡くなった。それを償うために牛の身を受けたのだ」と読める斑紋が浮き出ていた。（中・九）

伊賀国山田郡の高橋連東人《むらじあずまひと》は富裕な人で、亡母のために法華経を書写し、道で最初に出会った法体《ほったい》（僧侶姿）の人を導師として招くよう、使いに言いつけた。使いは、酒に酔って道で寝ていた、形ばかり法体をした物乞いを連れて来た。法華経を講じるよう言われるが、できるはずもないので、夜中に逃げようとしていると、赤い牝牛の夢を見た。「私は家長の母で、この家にいる。私は前世で子の物を盗み用いたので今こうして償っている。真偽のほどを確かめたいなら、説法をする堂に私の座を設けよ。そこに座ろう」と言ったところで目が覚めた。翌日物乞いは、講座でこの夢の話をし、座を敷いて牝牛を呼ぶと、牛は果たしてそこに座った。家主は泣いて牛に向かい「許す」と言った。牛はため息をつき、法事が終わるとすぐに死んだ。（中・一五）

聖武天皇の時代に、紀伊国名草《なぐさ》郡の人が、薬王寺の薬分料の稲を借りて岡田村主姑女《すぐりおばめ》のところで酒を造り、寺のために利息を生んでいた。この薬王寺に、ある日、斑の子牛がどこからともなくやってきたので、繋ぎ飼い、大きくなると寺のために馳せ使っていた。五年が経ち、寺の壇越岡田村主石人《いわひと》が、この子牛の夢を見た。牛は「私はかつて桜村にいた物部麿《もののべのまろ》です。私は前世で寺の薬分の酒を二斗借り用いたまま返さずに死に、今牛の身になって、それを償っています。使われるのは八年です。寺の人は無慈悲に私の背中を打って私をこき使います。その苦しみ痛むこと、壇越であるあなた以外に憐れんで下さる方はいないと思って」と言った。「どうすれば本当の話だと分かるか」と尋ねると「酒造りをしている、あなたの妹に聞いて下さい」と言った。目覚めて妹に聞くと、確かにそういうことがあった、と答えた。人々はこれを憐れんで誦経し、八年目が来ると、牛は姿が見えなくなった。成《じょう》実《じつ》論に「負債を償わないと、牛・羊・鹿・驢《うさぎうま》・馬などに転生して償うことになる」とあるのはこのようなことを言うのだ。（中・三二）

借りた物を返さなかったために、牛に転生し、重労働でその償いをするというストーリーだが、彼らの犯した罪が物のやりとり、すなわち一種の「経済活動」絡みであったのは、現代人にとって多少意外である。借りて返さなかったものは、というと、中九・中三二話では寺の物、すなわち「仏物《ぶつもつ》」、上二〇話は本文中にあるように僧侶のもの（僧物《そうもつ》）、上一〇・中一五話では人間のもの（人物《じんもつ》）である。中世の社会に於いても、寺から借りた金や物の踏み倒し、すなわち「三宝物盗用」はもっとも憎まれたというが[※2]、先の中三二話でも写されていたように、古代社会以来、稲や銭などを貸し付ける役割は、多く寺や神社が果たしていたことを考えると[※3]、こうした宗教的な説話に経済活動にまつわる話題が多いことは理解しやすくなるだろう。

四　牛と宗教

ところで、重労働で償うのなら、例えば馬になって償う説話もあってよさそうだが、『日本霊異記』の場合はいずれも牛である。宗教者の転生譚《てんしょうたん》に馬ではなく牛がより多く見られる理由について、牛は生け贄として殺され、神に捧げられる動物だったこと[※4]との関連が考えられてよいだろう。

実際『日本霊異記』には、牛を生け贄にしていたことを示す古い用例とされる、次のような逸話も収められている。

摂津国東生《ひがしなり》郡の豊かなある家長が、聖武天皇の時代に、鬼神（漢神《からかみ》）の祟りを除くために七年間、年に一頭ずつ牛を殺して祀った。その後重病になり、祈りも薬も効かないので、「殺生の罪による病だろう」と考えて、斎日毎に生き物を放生《ほうしょう》し続けた。七年経って家長は、「死後十九日間焼かないように」と妻子に遺言して亡くなり、九日目によみがえった。家長が言うには「七人の、頭が牛で体が人間の七人の獄卒が、私の髪に縄をかけて引っ立てて行った。炎魔王は七人に「これがお前達の敵か」と尋ねると、牛頭たちは「そうです。早くお裁きを下して下さい。膾《なます》にして食おうと思います」と言ったが、炎魔王は「それは鬼神を祀るためにやったことだ」とし、放生で助けた生き物たちに送られて、家長は現世に戻って来た。（中・五）

生け贄とされる聖獣としての観点から見た場合、牛は馬に比べて、宗教行為とより関係の深い動物だったと言えるようである。

『今昔物語集』でいえば、前世で牛だった明蓮《みょうれん》は、法華経聴聞の功徳で人に転生するが、第八巻を聞かなかったために、僧になってからも第八巻を暗誦できなかったという逸話（一四―一八）や、前世で黒牛だった安勝《あんしょう》が、人になってからも色黒だった（一四―二〇）、あるいは前世に鼻欠け牛だった頼真《らいしん》には、口をゆがめ顔を動かして物を言う癖があり、その口元が牛に似ていた（一四―二三）、など、牛から僧に転生する話が散見される。

しかし、同じ『今昔物語集』に、前世に白馬だった朝禅《ちょうぜん》が今も色白で声が荒々しい（一四―二四）という逸話も存在する。また、「無智無道なる高僧の必ず吉《よき》馬と生ま」れる、との俗信から、「近代奥州より古への如くなる名馬の貢馬立たざるは何なる故ぞ」との問いに「当世天下に然るべき高僧御坐《ましま》さざる故なり」と答えた、という笑話もある（『妻鏡』）。

このように、転生説話の牛と馬の「棲み分け」の理由を考えるのは意外と難しい。

馬は誇り高く俊敏で、主人に応える能力の高いことが、人間の側に顕著に分かるのに対し、牛は力持ちで我慢強く、一見鈍重で動じないが、激すると猛進するように見える。

例えば『古今著聞集』「魚虫禽獣《ぎょちゅうきんじゅう》第三十」で、前世の忠義な心を持ち続けた兵衛尉康忠《ひょうえのじょうやすただ》は、死後「黒まだらなる男犬」となって後白河院に祗候《しこう》し（六八九話）、阿波国の智願《ちがん》上人の乳母の尼は、死後馬となって上人に奉仕した（七一九話）というように、死後も大切な人の元で忠実に仕えようとする場合、牛ではなく馬や犬になるのであった。

このように、不器用でひたむきな牛、というイメージも、償いとしての牛への転生譚を下支えしていたかも知れない。

また例えば絵巻物で荷車を引く絵に描かれるのは専ら牛で、馬が描かれることは少ないという。それは、平安・鎌倉期の馬が、現代の馬よりも小さい品種で、牛に比べて力仕事に向かなかったからではないかと言われている。[※5]

このように、重労働に黙々と耐える動物を一つだけ選ぶのであれば、一番に挙がるのは馬でなく牛であったのだろう。

また、僧が牛に転生する説話に次のようなものがある。

近江国高島郡の勝覚阿闍梨《しょうかくあじゃり》の父は阿弥陀経の持者だったが、飼牛となって呻く声が阿弥陀経に聞きなされた。(『古今著聞集』七〇一話)

東大寺別当実忠《じっちゅう》和尚は、寺の雑役の牛が吠えるのを聞いて「用銭五文、能受涅槃、不能引車」と聞きなし、「前世にこの寺の別当だったが、寺の銭五文で油を買って涅槃経を読んだ。そのために今牛となって車を引いているのだ」と解き明かした。(『古事談』三―六)

「道学共に稽古」しなかった、すなわち仏教の修行も学問もしなかった愚痴な僧が、やたらと布施ばかりもらっていた。ある日、三河の山寺の師を訪ねたところ、下女が棹で打とうとする。一旦逃げ去って、再び入ろうとして追われ、三度目に家に入ろうとすると、下女が「この牛は用があるのでむやみにやって来るのだろう」と言って馬舎に入れられつながれた。僧が驚いて自分の姿を見ると、牛になっていた。修行もせずに布施を貪った罪には「尊勝陀羅尼」という呪文が効く、とだけは思い出したが、呪文も暗誦していない上、ほごほごするばかりで「尊勝陀羅尼」とさえ満足に言えない。三日三夜つぶやき続け、とうとう「尊勝陀羅尼」と発音できた瞬間、もとの法師に戻れた。(米沢本『沙石集』九―一八)

これらの説話には、牛の鳴き声が、読経など、日常の日本語とは違うが、人間の言語に聞きなされるという共通点がある。

『沙石集』の愚痴な僧は突然牛になり、三日後に人に戻れたが、戻れなかった僧もいる。

越中国森尻という寺に、布施を貪って渡世する智妙《ちみょうぼう》房という僧がいた。多くの信者を連れ、白い帷に黒い袈裟を懸けて立山に参詣したが、皆の目の前でぶちの牛になり、吠えながら谷に入って行ってしまった。(『妻鏡』)

同じく『妻鏡』には、次のような逸話も見える。

讃岐国に無智無道の僧がいた。弟子の僧と火に当たっていて、居眠りしたが、讃岐藁座《わらざ》の縁に二、三度食いついた。不思議に思った弟子が後から尋ねると、「道のほとりに青く萌え出た草を一口食べるととても美味しかったので、二、三度食べた夢を見た」と語った。

牛と人との関係は非常に近かったようで、生まれ変わる、というよりもっと時間的に早く、「変身」という言葉が相応しい場合もあったわけである。

『日本霊異記』に見られる次の話はいっそうショッキングで、人から牛に変わる途中を、目の当たり、人々に示したという説話である。

讃岐国美貴《みき》郡の大領小屋県主《おやのあがたぬし》宮手の妻、田中真人広虫女《まひとひろむしめ》は、八人の子があり、富裕であった。慳貪《けんどん》で、水増しした酒を売って多くの利を得、人に物を貸すには小さい升斤《ますはかり》を、返させるには大きい升斤を使うという性質だった。宝亀七年(七七六)六月一日、病床に伏し、七月二十日に、夫と子どもたちを呼んで、見た夢を語った。「炎魔王に召され、三宝(仏法僧)の物を多く用いて返さなかった罪、酒に水増しして高く売った罪、二種類の升斤を使った罪によって、現報を受けよ、と言われた」と言い遺し、その日に亡くなった。家族は遺体を七日間焼かずに置いた。仏事を行って七日目に、棺の蓋が自然と開き、異臭がした。中には、腰から下は人間、上は牛となり、額に四寸ほどの角が生え、両手は牛の足の生き物がいた。飯を嫌い、草を噛み、裸で糞土に臥した。ひっきりなしに見物人がやって来た。家族は三木寺や東大寺に財産を寄進し、人に貸した債権は全て放棄した。五日してこの生き物は死んだ。このようなことがあるから、人は多く責めとるべきではないのだ。(下・二六)

五　関寺の牛仏

牛になって宗教的メッセージを届けるのは、借りたものを返さなかったために罰が当たった人間たちばかりではない。

仏が牛に化生《けしょう》（変身）して、寺のために力を貸して下さる、という「霊牛」の説話もしばしば見られる。中でも歴史上最も有名なのが「関寺の牛仏」の話だろう。

関寺の牛塔

逢坂の関近くの関寺（現滋賀県大津市）を修造する際、周防掾正則《すおうのじょうまさのり》という男が牛を寄付したので、喜んで材木の運搬に使った。その頃、三井寺の明尊《みょうそん》大僧正が、関寺に詣で、堂の前に繋いだ黒牛を見てどういう牛かと尋ねると、牛自ら、自分は迦葉仏《かしょうぶつ》で、関寺の仏法を助けるために牛になってやって来た、という夢を見た。明尊はそういう牛が実在することを知ると、多くの僧をひきつれて関寺の牛を礼拝した。このことが世間に知れ渡り、藤原道長以下、多くの公卿殿上人が参拝した。四、五日して、関寺の聖人が「寺の勤めを終えたので、明後日の夕方に帰ろうと思う」と牛が語る夢を見た。当日の夕方、牛は堂の周りを三周し、北枕に寝入るように死んだので、牛屋の少し上に土葬した。（『今昔物語集』一二―二四）

この牛仏を人々がこぞって参拝したのは史実で、源経頼《つねより》の日記『左経記《さけいき》』に記述があり、経頼自身、万寿二年（一〇二五）六月二日に関寺に詣で、「このところだるそうにしていたが、先月末に起き上がり、堂を三周したところで起き上がれなくなったので、人々が力を合わせて立ち上がらせ、元の場所まで移動させたのだ」との、聖人の説明を聞いた。「余、この事を聞き、感を成し祈念す。即ち両三度頭を挙げて余を見る。頗《すこぶ》る涕泣《ていきふ》す」と、経頼は度々牛仏と眼が合ったことに感激している。『栄花物語』二五は、関寺の近くで、事情を知らずにこの牛を私用に使おうとした人が、最初に牛が迦葉仏であると名乗る夢告を受け、また牛の絵姿を描き、後一条天皇も中宮威子らもそれを御覧になった、と伝える。和泉式部はこの牛仏のことを

　聞きしより牛に心をかけながらまだこそ越えね逢坂の関

と歌に詠んだ。

霊牛が寺の造営を助ける話は他にも見られる。例えば東大寺創建の際、大力の牛がいて、数年間、大きな材木をたくさん運んだ。大仏殿ができると、牛は疲れて死んだ。「鑑真和尚が大唐の崇福寺を修造する時、河が深く岸が険しいため上れず困っていると、金剛（薩捶《さった》。菩薩の一）が牛に変じて木を運んだ。大工匠が、その牛の正体を夢に見た、という故事があったが、今回の東大寺の牛は、このことと同じである。」（『東大寺要録』二）。

六　道真と牛

仏ではなく、神と縁の深い牛といえば、天満宮にたくさん祀られている、座った牛をとりあげねばならないだろう。花園天皇が、粉川《こかわ》の聖の所持していた「北野天神御影《みえい》」を、持仏堂で画工に書写させた。その日、天皇は夢の中で二重の夢を見る。その夢の中で仏師が、聖廟の御本地である十一面観音の木像一体を持って来たが、眷族《けんぞく》の様子が夢に見たのと違う、と花園天皇が尋ねると、「前右府の所持しているものを参照すべきだ」として、仏師は「俗体又着

北野天満宮境内の牛

白衣〔頗薄墨也、〕駕牛」像を持って来た（『花園院宸記《しんき》』元亨四年（一三二四）一二月一三日）。

眷族ではあるものの、既にこの時点で牛が北野天神の図像イメージの中に登場していることは注意されてよいだろう。

天満宮と牛のつながりが、何に源を発するのかは特定できない。[※6] 例えば菅原道真が生まれたのが承和十二年（八四五）乙丑六月二十五日で、丑年生まれだったためであるとか、太宰府天満宮建立の年が乙丑の年であったことが源だという説がある。あるいは道真が亡くなり、遺骸を葬ろうと車に載せて運んだところ、あるところに来ると、力の強い筑紫牛がいくら引いても車が動かなくなったため、そこを葬地と定めたが、それが今の安楽寺である、とする次のような記事が源だとする説もある。

筑前国四堂の辺に御墓所を点じておさめ奉らんとしけるとき、御車たちまちに道なかにとゞまりて、肥壮《ひさう》多力のつくし牛、ひけどもはたらかず、そのところをはじめて御墓所とさだめて、いまの安楽寺とは申すなり。（『北野天神縁起』）

絵巻でもここは重要な場面の一つで、牛が地に座り込む姿で描かれることが多い。

北野の地には、菅公が祀られる以前から、天神・雷神が祀られており、先述したように、豊作や雨を祈るために、あるいは祟りを恐れるがために、生け贄として牛を殺して神に捧げる習俗が古来存在していたことが淵源となって、菅公と牛の結びつきが考えられたのではないか、[※7] あるいは、非運の最期を遂げた菅原道真の霊は、天満宮に「天満大自在天神」として祀られたが、大自在天は白牛に乗った図像として描かれる。そのために、天神と牛のつながりが生じた、とする説[※8]も注意される。

牛は人間に最も身近で、有益な家畜の一つであると同時に、プラスのイメージにせよ、マイナスのイメージにせよ、宗教世界と人の世界を結ぶ聖なる動物でもあった様子が、これらの説話・伝承からうかがわれるだろう。

注

1 小峯和明「牛になる人—『日本霊異記』と法会唱導」(『中世法会文芸論』笠間書院、二〇〇九年)。
2 笠松宏至『徳政令—中世の法と慣習—』(岩波新書、岩波書店　一九八三年)。
3 網野善彦『日本の歴史をよみなおす』(筑摩書房、一九九一年)。
4 林屋辰三郎「天神信仰の遍歴」(村山修一編『天神信仰』(民衆宗教史叢書4　雄山閣、一九八三年)所収。一九七七年初出)。上田正昭『天満天神』(筑摩書房、一九八八年)。
5 渋沢敬三・神奈川大学日本常民文化研究所編『新版　絵巻物による日本常民生活絵引』(平凡社、一九八四年)。
6 藤巻公樹「牛」(神社と神道研究会編『菅原道真事典』勉誠出版、二〇〇四年)。
7 注4に同じ。
8 竹内秀雄『天満宮』(日本歴史叢書　吉川弘文館、一九六八年)。

＊本文中で用いたテキストは以下の通りである。読みやすさを考え、表記や句読点などを改めた部分がある。
『徒然草』『今昔物語集』『閑居友』『江談抄』『日本霊異記』―新日本古典文学大系
『発心集』―新潮日本古典集成
『国牛十図』『法曹至要抄』『十二類絵巻』『駿牛絵詞』――群書類従
『妻鏡』『古今著聞集』―日本古典文学大系
『律』『北野天神縁起』―日本思想大系
『古事談』―『新注古事談』
『沙石集』『栄花物語』―新編日本古典文学全集
『左経記』『花園院宸記』―増補史料大成
『東大寺要録』―国書刊行会

『今昔物語集』の月の兎

渡辺麻里子

然れば、月の面《おもて》に雲の様《やうな》る物の有《ある》は、
此の兎の火に焼《やけ》たる煙《けぶり》也。
亦、月の中に兎の有ると云《いふ》は、
此の兎の形也。

はじめに―月の兎

月には兎がいる、と聞いたことのある人は多いが、その理由を知っている人はあまりいないだろう。月と兎の関係については様々な話があり、またそれらが連関しあっていて、どれが由来だとは言い切れないが、一つの代表例として、『今昔物語集』所収の月の兎の由来譚が挙げられる。『今昔物語集』は平安末期に成立した、全三十一巻、千百余話を所収した、わが国最大の説話集である。天竺（印度）・震旦（中国）・本朝（日本）という三国の編成中、天竺の部、巻五に「月の兎」の話がある。『今昔物語集』所収話を端緒として、日本における「月の兎」話の展開を検討し、さらには古典文学作品における「兎」についても紹介してみたい。

なお「兎」の表記は「菟」「莵」「兔」など様々あるが、本稿中では、すべて「兎」と表記している。

一　『今昔物語集』の「月の兎」

『今昔物語集』巻五第十三話「三獣行菩薩道《みつのけだものぼさつのだうをぎやうじ》、兎焼身語《うさぎみをやけること》」（以下、今昔所収話とする）は次のような話である。

今は昔、印度に、兎・狐・猿の三つの獣がいた。いずれも現在の動物の身を前世の罪障によるものと考え、次の世こそ畜生の身を離れたいと、誠の心を発して菩薩行を行い暮らしていた。

帝釈天は、三獣の菩薩行を信じず、確かめることにした。翁に変じて、三獣の許に行き、自分を養うように求めた。三獣は、「これこそ私たちの本望です。是非養いましょう」と言い、各自食べ物を集めて食べさせることにした。猿は木に登って果実を取り、里へ行って野菜や穀物を取って来た。また狐は墓所に行って、人の祭ったもちや魚を取って来た。こうして食べさせたので、翁のお腹は満たされた。

こうして数日が経ち、「猿と狐の深い道心は確かで、菩薩の域に達している」と翁は言った。残された兎は発奮し、東西南北に食べ物を求めて探したが何も得られなかった。そんな兎を、猿と狐と翁は侮蔑し嘲笑した。兎は「私が野山で獣たちに殺され、無駄にこの命を失うよりは、自らこの身を食べさせて、永くこの動物の身を離れる方が良い」と考えた。兎に火を焚いて待つよう言われた翁たちが、その通り待つところに、兎は手ぶらで帰ってきた。猿や狐がそんな兎を責めると、兎は、「私には食べ物を持って来る力がありません。そこで今、私の身体を焼くのでそれを食べてください」と言って、火の中に飛び込み焼け死んだ。

その時に翁は元の帝釈天の姿になり、この火に飛び込んだ兎の姿を月の中に移し、普く一切衆生に見せるために月の中に籠めた。月の面に雲のような物が有るのは、この兎が焼かれた煙である。また、月の中に兎が居るというのはこの兎の姿なのである。人々は、月を見る度にこの兎の事を思い出すべきである。

このように本話は、自分の身を布施として差し出した兎の捨身の話となっている。『今昔物語集』巻五では、この他、猿の子を返してもらうために自分の肉を切り取って渡した獅子の話（第十四話）や、また法文を聞くために我が身を傷つけた転輪聖王の話（第九話）や国王の話（第十話）など、仏法のためには身命を捨てることを惜しまない話が集められているが、その中に本話は収められている。

さて今昔所収話が依拠した資料の淵源は、『大唐西域記《だいとうさいいきき》』であることが指摘されている。『大唐西域記』は、貞観二十年（六四六）に、玄奘が、西域・印度をめぐり、長安に戻るまでの伝聞や記録をまとめた全十二巻の地誌である。では、『大唐西域記』巻七「婆羅痆斯国《ばらにしこく》（波羅奈国）」の、三獣の卒塔婆の由来を述べる段における「月の兎」の話を見てみよう。[※1]

ここは釈迦が菩薩行を修した時に、自分の身を焼いた場所である。

昔、この林野に狐・兎・猿がいて仲良く過ごし、菩薩行を行っていた。帝釈天は、彼らの心を試そうと、老人の姿となって三獣のもとへ行き、「君たちは情が厚いと聞いて来た。私は飢えて死にそうだ。何か食べさせて欲しい」と言った。獣たちは、すぐに応じ、食べ物を探しに行った。狐は水辺に行って鯉を捕まえ、猿は木に登って果物を取って来て老人に渡した。ところが兎だけは、ただ駆け回るだけで何も手に入れられずに戻ってきた。そこで老人は「狐と猿は食べ物を持ってきてくれたが、兎はそうではない。つまり三獣の菩薩行は本物ではないとわかった」と言った。そしられた兎は、猿と狐に、薪を集めて火をおこすように頼み、薪の炎が高くなるとこう言った。「老人よ、私は食べ物を持ってくることが出来ませんでした。せめてこの身をあなたの食事にあててください。」言い終わるとすぐに火に飛び込んで死んだ。

老人はもとの帝釈天の姿に戻り、兎の亡骸を収めて悲しんだ後、「この兎の貴い心に感じて、この事を蹟《あと》に残そう」と言い、月輪に寄せて後世に伝えた。月中の兎は、この時からあるのである。後人はさらにこの場所に卒塔婆を立てて供養した。

三獣が登場し、帝釈天が化した老人に菩薩行を試され、兎だけが食べ物を用意出来ず、自分を食べ物として与えるために兎が火中に飛び込み、亡骸を月に移すなど、話の骨格はとても似ているが、そもそも今昔所収話では釈迦の前生とは述べず、『大唐西域記』にはない細かな心理描写を行うなどの相違点も多く、現在では『大唐西域記』は『今昔物語集』の直接典拠ではなく、間に『大唐西域記』を翻案した別資料の介在が想定されている。

ただし、経典類に多く見られる類話と比べ、『大唐西域記』には今昔所収話と共通する要素が遥かに多いため、今は『大唐西域記』を参照し、今昔所収話に特徴的な感情表現や構成に注目しながら詳しく見ていきたい。

まず天帝釈が三獣を試そうと考える場面での、天帝釈の言葉である。人間であっても、殺生をしたり、人の財物を奪ったり、父母を殺し、兄弟が仇のように憎み、または笑顔を浮かべながら邪悪な思いを抱いたり、男女の恋愛の情にも憤怒の情が混じったりするというのに、ましてや動物が誠に貴い菩薩行を行う心を持つとは思えない、という。人間についての考え方も面白いが、動物の道心が全く信用されていないという始まり方をするのである。

　次に、布施の場面であるが、今昔所収話は、翁の依頼に対し、猿と狐は実にたくさんのものを集めてくる。猿は、樹上から「栗・柿・梨・棗《なつめ》・柑子・橘」などの果実、里から「瓜・茄子《なすび》・大豆《まめ》・小豆《あずき》・大角豆《ささげ》・粟《あは》・稗《ひえ》・黍《き》ビ」などの野菜・穀物、狐は「粢《しとぎ》・炊交《かしきがて》（混ぜご飯）・鮑《あはび》・鰹《かつを》」などの料理や魚など、具体的な名が数多く挙がる。集めた物の種類の多さは、類話に比して圧倒的に多い。猿と狐が多くの物を集めるほど、一つも持って来られない兎の無力がより強調されることになる。

　続いて翁に、猿と狐だけにしか深い道心が無いと非難された兎の行動を描写した箇所である。「励《はげみ》ノ心ヲ発《おこ》シテ灯《ともしび》ヲ取リ、香ヲ取テ、耳ハ高ク瘟《くぐ》セニシテ、目ハ大キニ、前ノ足短カク、尻ノ穴ハ大キニ開《ひらき》テ、東西南北求メ行《あ》ルケドモ、更ニ求メ得タル物無シ」とある。この箇所は、兎の必死な様子を伝えるところで、芥川龍之介は「今昔物語鑑賞」※2において、『大唐西域記』などの類話に見えないこの表現により、「生《な》まなましさ」が出て、兎の様子がありありと感じられると注目している。なお芥川龍之介は、この「生まなましさ」を『今昔物語集』の芸術的生命とし、「本来の面目」であると高く評価しているのである。

　さて兎は、必死で努力しても何も手に入れられないのだが、その兎を今昔所収話では、翁ばかりか、猿と狐まで恥ずかしめ、侮蔑し嘲笑する。兎は仲間にまで責められ、とうとう自身を食物として提供する決断をする。兎は、「我レ翁ヲ養ハムガ為ニ野山ニ行クト云ヘドモ、野山怖シク破無《わりな》シ。人ニ被殺《ころさ》レ、獣ニ可被噉《くらはるべ》シ。徒《いたづら》ニ、心ニ非ズ身ヲ失フ事無量《はかりな》シ。只不如《しか》ジ。我レ此ノ身ヲ捨テヽ、此ノ翁ニ被食《くらはれ》テ永ク此ノ生ヲ離《はなれ》ム」と考えた。「徒ニ」は、『今昔物語集』では、似たような表現に、「同ジ死ニヲ」（同じ死ぬならば）がある。[※3]死を覚悟した際に、死をただ待ち、そのまま受け入れるのではなく、死の覚悟を強い意志に変えて状況の打開を計る、より積極的な行動に出て命を全うしようとする。翁を養うために野山に行って、獣に食われることになれば、翁には供養が出来ず、何にも出来ぬままに畜生として命を終えることになり、それでは来世は期待できない。自らこの身を捨てて、翁の食物となれば、その功徳でこの畜生道を離れる願いを遂げよう、という訳である。

さて、火を焚くように頼んで一旦兎はこの場を離れる。戻って来た兎が手ぶらであるのを見て、翁は反応が描かれないが、猿と狐は激しく罵倒する。火を焚かされたことも、「嘘を言って人をだまし、木を拾わせ火を焚かせ、それは自分が暖かい火にあたろうと思ってのことか。憎たらしい」と散々な言いようである。翁に責められた場面、さらに努力したが得られずに戻って来た場面、さらに火を用意させた後の場面と、三つの段階を踏み、猿や狐に激しい非難を受けながら、兎が一人、徐々に追い詰められる構成となっているのである。こうした今昔所収話の特徴は、経典中の類話を見るとより顕著になる。

二　経典中の「月の兎」

兎が布施の食物とするために自ら火中に投じる話は、仏典に多く語られている話である。『南伝大蔵経《なんでんだいぞうきょう》』三一「本生経」、三一六「兎本生物語（ササ・ジャータカ）」は、次のような話である。[※4]

これは仏が祇園精舎《ぎおんしょうじゃ》で説法をした折、布施について語った話である。

その昔、菩薩は兎に生まれた。兎は、猿・犲《やまいぬ》・獺《かわうそ》が友達であった。ある日、賢者である兎は明日が「布薩会《ふさつえ》」（戒経の読誦を聞き、各々罪過を懺悔する行事）の日であることを知り、明日は堅く戒を守り、食を求める者には自分の食物を施すように三匹に勧めた。承知した各々は、それぞれ食べ物を準備した。

帝釈天は兎を試すために婆羅門の姿になり、皆の許を回った。獺は用意しておいた魚を、犲は肉と大蜥蜴《とかげ》と牛酪を、猿は熟した菴羅果《あんらか》（マンゴー）を渡した。兎の許へ行くと、兎は自分の食べ物であるダッパ草を施すことは出来ないと思い、婆羅門に、薪を集めて火を起こすように頼んだ。帝釈天が炭火を起こすと、兎は自分の身体を施すために火に飛び込んだ。しかしその火は、婆羅門が威力で起こした火で冷たく、兎は焼けることがなかった。

婆羅門は自分が帝釈天であることを告げ、兎の心を試すために来たことを明かした。そしてこの兎の偉業を世界中に知らせるために、山の汁で月に兎の姿を描いた。この四匹は戒を守り、それぞれ生まれるべき所に生まれた。この獺は阿難、犲は目連、猿は舎利弗、兎は私、釈迦であった。

兎の捨身は共通し、「月の兎」となるが、話を構成する要素が違う。動物は四種で、兎は釈迦の前世と語られる。結末も異なり、兎を焼く火は、婆羅門《ばらもん》（帝釈天）が神通力で起こした火であったために兎が焼け死ぬことは無く、月の兎は、帝釈天が世界中に知らせるために月に描いた兎の姿であった。婆羅門や他の動物が兎を責めることもなく、兎が辱められることもなかったのである。

経典類には、他にも兎の捨身供養を語る話が数多くあるが、話の要素が様々である。付録の表は、話の要素を一覧にして、比較できるようにしたものである。参照しつつ、代表的な話の例を見てみよう。

まず登場人物が、『南伝大蔵経』と同様「四獣」である話には、『六度集経《ろくどじっきょう》』[※5]や『旧雑譬喩《くぞうひゆ》経』[※6]（『法苑珠林《ほうおうじゅりん》』四一に転載）[※7]がある。

深山で長い間修行をする百二十歳の道人（仏道の修行者）がいた。狐・獼猴《びこう》（大猿）・獺・兎の四獣はお互いに親しく、この修行者の説戒を長年聞いて暮らしていた。ある時、山中の食べ物が尽き、修行者はこの山を離れようと考えた。そこで四獣は、修行者を引き留めるために、食料を集めて供養した。猿は他の山から甘果を、狐は一袋のご飯を、獺は大魚を取ってきた。兎も施す物を考えた。そこで修行者に自分を食べるように告げて、炭火を起こして自ら火中に投じた。しかし兎の身体は燃えなかった。修行者は兎の志に感じてその地を離れなかった。この修行者は今の提和竭《だいわか》〔羅《ら》〕仏（燃燈《ねんとう》仏）、兎は私、釈迦である。また猿は舎利弗《しゃりほつ》、狐は阿難、獺は目犍連《もくけんれん》であった。

この『旧雑譬喩経』の話では、四獣は、修行者と長い間付き合っており、今昔所収話が初めて会う老人に布施をするのと異なる。また修行者は兎や他の獣を試したわけではなく、布施も求めず、布施は、四獣が修行者を引き留めようと自ら行ったものである。火の中に身を投じた兎は焼けなかったし、月とも全く関わらない。また『六度集経』では、兎の行為に感じた修行者は、そこを離れずに留まり、四獣に説法して教えを授けたという。

以上は四獣が登場する「四獣型」の話だが、経典類では、兎のみの「一獣型」である話の方が多い。ざっと、『菩《ぼ》薩本縁《さつほんえん》経』※8『生経《しょうきょう》』※9（『経律異相《きょうりついそう》』※10に再録）、『菩薩本生鬘論《ぼさつほんじょうまんろん》』※11『一切智光明仙人慈心因縁不《ふ》食肉《じきにく》経』※12（『法苑珠林』※13六四に転載）『撰集百縁経《せんじゅうひゃくえんぎょう》』※14『雑宝蔵経《ぞうほうぞうきょう》』※15が挙げられる。

兎のみの「一獣型」の話の一例を『菩薩本縁経』から見てみよう。兎は、多くの兎の王として、普段から仏法を説き、兎たちを教化・指導していた。ある時、世を厭い仙法を修道していた婆羅門がこの兎王の説法を聞いて感激し、以来、兎と一緒に長い間暮らした。ところがある時、干魃となり野山は枯れてしまう。飢窮した婆羅門がこの地を去ろうとしたため、兎王は、夜通し兎衆に説法してのち、婆羅門には我が身を食べて欲しいと告げて、焚いた火に身を投じた。婆羅門は驚き火中より兎王を助け出したがすでに死んでいた。亡骸を膝上に置いて泣き嘆いた後、婆羅門は亡骸を抱いて火中に身を投じた。これを知った帝釈天は供養塔を建てた、というものである。

ここでの兎は、多くの兎の上に立ち指導的立場の兎王である。他の獣が居ないので、兎だけが布施が出来ないことを責められる場面はない。兎王は安楽を求め、兎衆を救うために身を投じて絶命した。しかし婆羅門も亡骸と共に火中に身を投じる。兎王は釈迦の前生であった。婆羅門は兎を試さず、布施は兎自らのもので、また月は全く関わらないのである。

『生経』では、兎王の相手は仙人と表現は変わるが山林修行者であるのは同じで、共に長い年月を過ごすのも一致する。結末が『菩薩本縁経』と少し異なるのは、兎王は火中に飛び込み兜率天に生じ、仙人も断食して兜率天に処したというものである。『一切智光明仙人慈心因縁不食肉経』は、兎王母子が、連雨による洪水で七日食べ物が無くて飢えた一切智光明仙人に布施をしようとする。火中に身を投じた兎王に母も後を追う。山樹神が仙人に兎王母子の供養を伝えて食べるように言うが、仙人は悲しんで不食肉を誓い、自身も火に投じた。『撰集百縁経』では、仙人は兎の骸骨を収めて塔を建てる。ここまでの話では仙人は兎を食べないが、『雑宝蔵経』では、仙人は、兎が自分のために身命を捨てたことに感じ、大苦悩しつつもその肉を食べた。それに天が感じて雨を降らせ、五神通を得た、ということである。

以上、経典における兎の捨身（焼身供養）の話をたどったが、多くの経典は、相手の修行者や仙人と獣は長く一緒に過ごしており、布施は修行者をとどまらせるためのものであり、兎の道心を試す話ではなかった。また兎が火中に投じた後に、修行者も投じる話が多かった。死後は、供養のために卒塔婆を立てたり塔を建てたりしている。また『南伝大蔵経』以外はすべて、月と関わることは無かった。こうした違いを見ると、最も近い型としては、『大唐西域記』であることに納得がいくだろう。それでもなお、心理表現や構成について『今昔物語集』には特有のものが多く見いだせるのである。

三　日本における「月の兎」の展開

さてここで『今昔物語集』を離れ、「月の兎」の語が、日本でどのように理解され用いられていたのか、確認してみたい。

古くは中宮寺蔵国宝「天寿国曼荼羅繍帳《てんじゅこくまんだらしゅうちょう》」にその図像が見える。断片的に残る繍帳は、推古天皇三〇年（六二二）に聖徳太子が没した後、天寿国に往生した太子の様子を表したものである。その中に、月中に兎・壺・木のある図が見える。少なくとも『大唐西域記』以前に、すでに日本でも「月の兎」は知られていたのである。

次の例は少し時代が下る。鎌倉時代の仏教類書『金言類聚《きんげんるいじゅう》抄』[※16]には、巻二三・獣類部の「兎一事」で「月中兎事」と目録に記される。本文が欠文のため内容は不明であるが、目録題から同類話と判断できる。『八幡愚童訓《はちまんぐどうくん》』（乙本）巻上「放生会事」[※17]には「弥勒仏の光明仙人とて深山に修行し給し時、兎みづから焼死て肉を供養せしに、「吾肉をくゐばこそ、かゝる不便《ふびん》の事はあれ」とて、其よりして長く肉を断じ給も思しりぬべきおや。月の中に兎のかげあり、末代にしめさむために帝釈これをうつすと云へり」という。『一切智光明仙人慈心因縁不食肉経』の系統に、『大唐西域記』の系統が合わさった話となっている。

行誉の著した室町時代の百科全書『壒嚢抄《あいのう》』[※18]（文安二年（一四四五）頃成立）は、問答形式で事物の由来などを記す。「月ノ中ニ有レ兎ト云云」という問いに、「これに就きて、その義多けれども、ただ過去の霊兎の白骨を取て、帝釈月の中に置給ふ故と云云」とする。さらに『玄賛要集』十の引用として、「問いて云う、月中の兎は、何に因《より》て有るぞや」とあり、答えには、『未曽有経《みぞうきょう》』の引用で、波羅底斯国の烈士池の西に獣の卒塔婆がある。狐・猿・兎が菩薩の行を修する処に、当時、一匹の兎が身を焼く供養をした。帝釈は骸骨を月の中に安在させて、天下の人に示した、という話を載せる。また『法苑珠林』の引用として、「西国伝に云く」として、過去世に釈迦は兎であり、菩薩行を行っていた時に、帝釈が試みた話を伝える。身を火中に捨てると、天帝はこれを愍れみ、そのこげた身体を取って月の中に置いた。未来の衆生に過去の菩薩の慈を行う身を伝えよう、ということである。いずれも引用経典の内容を簡略にまとめて引用としている。これらの説は、天文元年（一五三二）に「僧某」によって改訂を施した『塵添壒嚢《じんてんあいのう》抄』[※19]でも同様に紹介された。

室町中期、天台僧尊舜が『法華経』を談じた『鷲林《じゅりん》拾葉鈔《しゅうようしょう》』（永正九年（一五一二）成立）[※20]には、二箇所に、月の兎の話が載る。初めは序品一之三「弥勒菩薩事」の条で、弥勒の前世、光明仙人が修行していた時の話を語る。仙人が山林修行をしていた時に天下飢饉となり、仙人は七日食を絶ち、餓死しそうになっていた時、国の宝である仙人を助けるためにと兎王が火中に身を投じた、『一切智光明仙人慈心因縁不食肉経』の系統の話を簡潔にまとめたものとなっている。またもう一箇所は、序品一之三「三光天子」の条で、三光（日月星）のうち月について解説する箇所に、「日中の烏、月中の兎」として月の兎の話を語る。「玄奘三蔵の西域記」によるとして、『大唐西域記』の所収話を簡略にまとめている。結末は、「帝釈天は、兎を取って天に登り、内大臣である月天子に預け置いた。月の宮にいさせて、月が兎を守っている」という話で、「月が彼の兎を守護し給へり」という解釈が加えられている。栄心撰『法華経直談抄』[※21]では、「日中之烏、月中の兎」の項で『鷲林拾葉鈔』の後者の話とほぼ一致する話を引く。結末は、帝釈は後までの証拠として、兎を月の宮に預け、これによって月の中に兎があるのだとまとめている。

なおこの「日中の烏、月中の兎」は、『和漢三才図会』[※22]にも描かれる。月の中には桂と思われる木があり、兎は何かを搗いている（次頁図）。

兎の焼身供養の話は、経典に多く見られたが、「月の兎」は、日本でも主に仏教者の間で知られ、活用されていたと考えられる。

次に、和歌の世界も目を向けてみたい。「月の兎」を和歌に詠んだ例には、八例を確認できる。[※23]上代〜中古の作例は確認できないが、中世以降には散見される。最初は、元久元年（一二〇四）成立の、源光行（一一六三〜一二四四）作の句題和歌集『百詠和歌』六「祥獣部」に、「兎」を詠んだ歌として、次のように見える。

『和漢三才図会』巻一「天部」より「月」

漢月澄秋色　月のうちに玉の兎あり、月は陰の精なり、けだ物にかたどるゆゑなり

吹く風に雲のけごろもはるる夜や月のうさぎも秋をしるらん（一二一〇）

またこの頃、藤原定家に師事した順徳院（一一九七〜一二四二）の著した『八雲御抄《やくもみしょう》』巻三「獣部」に、「兎」として「月のうさぎ。月の中に有也」と記される。[※24]

以下、どのように詠まれているのかを見てみよう。正徹《しょうてつ》（一三八一〜一四五九）作『草根集《そうこんしゅう》』の恋部三字題「寄獣恋」には、

見てもしれ空行く月のうさぎだに光にかよふ契ある世を[※25]（八二一一）

しるらめやおよばずとても妻とみて月のうさぎのこふるならひは（八二一三）

と詠まれる。一条兼良作で文明五年（一四七三）成立の『ふぢ河の記』には、

渡し守ゆききにまさるくひぜ河月の兎もよるやまつらん　（三〇）

とみえる。正徹の弟子、歌僧正広《しょうこう》（一四一二～一四九四）の『松下集《しょうかしゅう》』「自歌合三百六十番」の「九十三番右　深山狩猟」では、次のようにある。

かり人の太山ぢ暮れて弓張の月の兎の出づるをぞまつ　（三一六〇）

なお、連歌の寄合の語を集めた一条兼良作『連珠合璧集《れんじゅがっぺきしゅう》』[※26]には、「十七、獣類」に「兎トアラバ」として「月　萩　筆の毛　狩場　雪野　ながれをはしる　馬　耳」とあり、月の兎が意識されていたことが確認できる。

時代は下り、延宝五年（一六七七）に版行された『続歌林良材集《ぞくかりんりょうざいしゅう》』[※27]には、「月の宮古の事」の付けたりに「月の兎の事」が載る。西域記が引用された後、「月の中でなぜ白兎が薬を搗くのか」という問いが出される。また、内伝外伝の異説があるといっても、月の兎は有る事であると結論づける。そして源俊頼の歌として「月見ても頼みをかけて待わたる道橋とむる兎住けり」という歌を紹介する。また日の性は烏、月の性は兎という。

最後に、良寛（一七五八～一八三一）の長歌を紹介したい。良寛の歌集『良寛自筆歌抄』には、長歌「月の兎」が載る。[※28]少々長いが全文を示す。

石の上　古《ふり》にしみ世に　有《あり》と云ふ　猿《まし》と兎《をさき》と　狐《きつに》とが　友を結びて　朝には　野山に遊《あそび》　夕には　林に帰《かへり》　かくしつゝ　年のへぬれば　久方の　天《あめ》の帝の　聴《きき》まして　其が実を　知《しら》むとて　翁となりて　そが許《もと》に　よろぼひ行て　まうすらく　汝等《なむたち》たぐひを　異にして　同じ心に　遊ぶてふ　信《まこ》と聞《きき》しが　如《ごと》あらば　翁が飢を　救へとて　杖を投て息《いこ》ひしに　やすきことゝて　やゝあり　猿はうしろの　林より　菓《このみ》を拾ひて　来りたり　狐は前のかわらより　魚をくわひて　与へたり　兎はあたりに　飛び飛《とべ》ど　なにもものせで　ありければ　兎は心　異なりと　詈《ののし》りければ　はかなしや　兎計りて　まうすらく　猿は柴を　かりてこよ　狐は之を　焼てたべ　言ふが

如《ごとく》に　為《なし》ければ　烱《けぶり》の中に　身を投げて　しらぬ翁　与けり　翁は是を　見《みる》よりも　心もしぬに　久方の　天を仰ぎて　うち泣て　土に僵りて　やゝありて　胸打叩《たたき》　まうすらく　汝等みたりの　友どちは　いづれ劣るとなけれども　兎は殊に　やさしとて　骸を抱《かゝへ》て　ひさかたの　月の宮にぞ　葬《はふり》ける　今の世までも　語継《かたりつぎ》　月の兎と　いふことは　是が由にて　ありけると　聞《きく》吾さへも　白栲の　衣の袂は　とほりてぬれぬ　（二〇九）

『大唐西域記』所収話に近い内容が、長歌の形で示されている。また良寛は、月の兎を、別の長歌にも詠んでいる。良寛晩年の愛弟子貞心尼《ていしんに》が、良寛の没した四年後に編纂した良寛の歌集『はちすの露』（天保六年（一八三五）成立）に、「月のうさぎをよめる」として、以下の長歌を載せる。[※29]内容や構成はほぼ一致しているが、表現が異なっている。

あまぐもの　むかぶすきはみ　たにぐくの　さわたるかぎり　くにはしも　（中略）　をさぎはぬべに　はしれどもなにもものせず　ありしかば　いましはこころ　もとなしと　いましめければ　はかなしや　（中略）　をさぎをわれは　やさしとて　からをいだいて　はろばろと　あまつくもゐを　かきわけて　つきのみやにぞ　をさめける　しかしてしより　つがの木の　いやつぎつぎに　いひつぎて　つきのうさぎと　いふことは　これがもとにて　ありけりと　きくわれさへも　すみぞめの　ころものそでは　とほりてぬれぬ　（八七）

熊谷直好（一七八二〜一八六二）の作『浦のしほ貝』（弘化二年（一八四五）刊）では、「とくさより月の出でんとするところ」として、

久堅の月のうさぎもやどりけりそのはら山のとくさがくれに

と詠まれている。後述する、「木賊《とくさ》に兎」の連想と、「月の兎」が融合している。また大田南畝（一七四九〜一八二三）の狂歌集『蜀山《しょくさん》人自筆百首狂歌[※30]』（文政元年（一八一八）刊）では、「日の鼠月の兎のかはごろもきて帰るべき山里もがな」（八六）と詠まれる。

以上、「月の兎」が古典文学作品で用いられている例をたどってみた。経典の引用を示す例も多く、中でも『大唐西域記』の影響が大きいことが確認できた。また主として、僧侶の間で広く享受されていたこともうかがわれた。

四　日本古典文学における兎

ここまで「月の兎」に関してみてきたが、ここからは少し視点を広げ、日本古典文学の中での兎について概観しておきたい。

まず『今昔物語集』には、他に兎が登場する話が三例ある。いずれも、狩りの対象として登場する。第一は、震旦部巻九・二一話「震旦代洲人《しんだんのだいしうのひと》、好畋猟失女子語《かりをこのみてによしをうしなへること》」である。狩りを好んだ男には大変美しい娘がいたが、七歳になったある日、娘は突然行方不明となる。必死の捜索の結果、三十余里離れた棘の中で発見したが、兎に似た声を出すだけで人間の言葉を出せず、体中棘のとげだらけという酷い有様であった。家に帰り必死で看病したが、一ヶ月間何も食べずに遂に死んだ。父の長年の殺生の罪を受けたものと悔い改め、それ以降は家中で戒を守った、という話である。兎は鳴き声しか登場しないが、狩りを好んだ男は兎も多く殺したであろう。その報いが与えられたという感がある。

また本朝部巻二〇・二八話「大和国人《やまとのくにのひと》、捕菟感現報語《うさぎをとらへてげんぽうをかんずること》」の話も、現報譚である。殺生を業とした男は、ある日、野に兎を捕らえ、生きながら皮を剥ぎ、身体を野に放った。その後この男は、いく日も経たないうちに、毒の瘡が身体中に出来、皮膚がただれて激しく痛み、医者にも手立てが無く、遂に死んだ。人々は兎を殺したことによる報いだと言い合った。「殺生は人にとって遊びに過ぎなくても、生類にとっては人が命を惜しむのと同じである。生き物の命も自分と同じと思い、殺生は止めるべきである」と結ぶ。実に無惨な話であるが、兎の皮を剥いだ「因」が、毒の瘡が出来て皮膚がただれて苦しむという「報」に直結している。現報が速やかに訪れるという話である。

また巻二六・五話「陸奥国府官大夫介子語《みちのくのくにのふくわんたいふのすけのこのこと》」にも兎が登場する。陸奥国の勢徳ある家に後妻に入った女は、先妻の息子を殺し、自分の連れてきた娘に財産を独り占めさせようと考えた。従者に命じ、息子をさらって生き埋めにした。丁度その折、父の弟は急にこの甥子に会いたくなり、兄の家に向かった。その途中で、草の中から兎が出てきて、甥のことを忘れて兎を追う。いつもは射外すことなど無いのに、この日に限って何度も外すうちに、野中にうめき声を聞き、生き埋めになった甥子を危機一髪で救い出した。この話からも兎が狩りの対象であることがわかるが、同時にこの話では、神の使者であるかのようでもある。以上が『今昔物語集』の所載話であった。

次に『今昔物語集』を離れ、広く日本古典文学作品の中から、兎の造形を探ってみる。『古事記』や『因幡風土記』逸文に見える著名な「因幡の白兎」の話は、鰐をだまして、仕返しに皮をはがれてしまう話である。この白兎は後に神となる。

兎を神とする考えは、様々に存在している。まず「山の神」と考える信仰が全国にあり、近畿地方では白兎が初春に稲の種を蒔き、秋には稲の落穂を拾うという伝承もあるという。また東北地方を中心に、「産神」とする信仰があり、兎が多産のために、豊饒の神とされた可能性が指摘される。※31

兎にはまた、十二支の兎という面がある。十二支の動物たちが活躍する『十二類絵巻』では、歌合わせでは兎は六番で鶏と対し、「明方の月の光の白卯さぎ（兎）耳にぞ高き松風の声」と詠み、「松風耳に高き」の語が耳ざわりだとして負けた。その後、判者を慰労するために催された、肴を一品ずつ持ち寄る「一種物」の宴に、「この書き物には萩の花と中候。名の上は、優しくて持ちて候」と言って、ぼた餅を持参する。

身近な動物としても存在している。高山寺蔵『鳥獣戯画』（十三世紀初頭には成立）では、兎は蛙と相撲をしたり、猿と囲碁をしたり、僧として蛙の供養をするなど、数多く登場している。

和歌の例もいくつか見ておきたい。慈円の『拾玉集《しゅうぎょくしゅう》』第二「詠百首和歌（賀茂百首[※32]）」では、「雑三十首」に、「なにとなくかよふうさぎもあはれなり　かたをか山のいほのかきねに」（一二三九〇）と詠まれる。また『夫木和歌集《ふぼくわかしゅう》』第二七、雑部九動物部「兎」に、先の慈円歌の他に、

月見てもたのみをかけてまちわたるみちはしとなるうさぎすみけり　（一三〇四〇[※33]）
まよふなり月の光の白うさぎ雪にはふかき道もわすれて　（一三〇四一[※34]）
つゆをまつうのけのいかにしほるらん月のかつらのかげをたのみて　（一三〇四二[※35]）

などと詠まれている。

ところで日本での「月の兎」の展開には、中国からの影響も大きい。古くから中国では月のことを「玉兎」と言った。月と兎の関係を表す文献を少したどってみたい。[※36]従来、『楚辞《そじ》』の「夜光何徳、死則又育、厥利維何、而顧兎在腹」（夜光（＝月）は何の徳ぞ、死すればまた育つ。その利はこれ何ぞ、而して顧兎は腹に在る）の例が最古とされてきたが、現在は顧兎はヒキガエルとする説が出されて見直されている。月と兎が関わる例として続くのは、前漢時代（前二〇六〜九）の時代、劉向《りゅうこう》撰『五経通義《ごきょうつうぎ》』があり、「日中有三足烏、月中有兎与蟾蜍」（日中に三足烏あり、月中に兎と蟾蜍あり）とある。後漢初期の王充撰『論衡《ろんこう》』には、「月中三獣、兎蟾蜍也」（月中に三獣あり、兎・蟾蜍なり）と記され、西晋時代（二六五〜三一六）の傅玄が「月中何かある、白兎薬を擣《うすづ》く」（月中で、白兎が薬を搗く）と詠じている。『楚辞』や『五経通義』『論衡』に見られる蟾蜍《せんじょ》（ヒキガエル）は、月と深く関わり、紀元前一二〇年頃に著された『淮南子《えなんじ》』精神訓では「日中有踆烏、而月中有蟾蜍」（日中踆烏あり、月中蟾蜍あり）とあり、説林訓には「月照天下、蝕於詹諸」（月は天下を照らせど、詹諸に蝕せらる）とある。この「詹諸」は蟾蜍と同じで、月の満ち欠けは蟾蜍によ

るとされている。こうして月には兎や蟾蜍がいるという考えがあったことが確認できた。

また「月の兎」で連想される「兎の餅つき」であるが、これには二つの説がある。一つは「望月」が「餅つき」に変化したというもので、[※37]もう一つは、西王母に関わる説である。[※38]西王母は、『山海経《せんがいきょう》』によれば崑崙山《こんろんざん》に住むが、崑崙山は仙人の住む山とされたことや、西王母は不老不死の薬を持つという説から、西王母は神から仙人に転換した。画像石に刻される西王母像にも変化があり、随伴する動物（例えば兎）が薬（恐らく不老不死の薬）をついている絵が多く記された。また西王母に仕える「羽人」と呼ばれる仙人は耳が長く、兎と混然として展開した可能性が指摘されている。なお、西王母には、月中の蟾蜍に関してこのような話もある。『淮南子』覧冥訓に、「羿、請不死之薬於西王母。姮娥、窃以奔月。（羿、不死の薬を西王母に請う。姮娥、窃みて以て月に奔る）とあり、高誘の注には、「姮娥は羿の妻。羿は不死の薬を西王母に請う。未だこれを服するに及ばずして、姮娥盗みてこれを食し、仙を得て奔りて月中に入り、月精と為す」とあって、逃げた月精が蟾蜍[※39]だと考えられていたようである。

最後に、兎の図像について紹介したい。[※40]特に日本独自のものとされる兎の図像には、「秋草に兎」「木賊に兎」「波に兎」などがある。まず萩と兎を描いた「秋草に兎」の絵は院政期頃から見られる（例、俵屋宗雪筆「萩兎図屏風」石川県立美術館蔵）。月は画面には出てこないが、天を仰いだ兎は月を見ていて、画面には描かずに月も表現しているとされる。「木賊に兎」は江戸時代に生まれる図像である（例、円山応挙筆「木賊に兎図」一七八六年、静岡県立美術館蔵）、謡曲『木賊』から生じた絵で、謡曲中で「木賊刈る園原山の木の間より磨かれ出づる秋の夜の月影をいざや刈らうよ」と歌われる場面、つまり絵には描かれなくとも背景には月影があるという構造になっている。

また「波に兎」の図像は、謡曲『竹生島《ちくぶしま》』の「月海上に浮かんでは、兎も波を走るか、面白き浦の気色や」とあるのによるとされる。作例では、海上の月が描かれる場合とそうでない場合とがあるが、「月海上に浮かんでは」という情景が背景に考えられる。与謝蕪村に「名月やうさぎのわたる諏訪の海」という句もある。このように月が直接描かれない兎の絵も、月と兎の連想から生まれている場合が多いのである。

おわりに

『今昔物語集』の「月の兎」の話を端緒として、古典作品における「月の兎」の用例を探ってみた。今昔所収話にみられる兎の焼身供養の話は、釈迦の本生譚（ジャータカ）として、経典に多く見られる話であったが、経典の間でも物語を構成する要素に違いがあることが確認できた。獣の種類や、布施の理由、火中に飛び込んだ後の結果など、全く異なる点が多いのであった。『今昔物語集』所収の「月の兎」の話の場合、骨格は『大唐西域記』に近いが、表現や構成については、ずっと表現が細やかで練られているのが特徴的で、兎が火中に身を投じていくまで、兎が追い詰められていく様子や、猿・狐との関係などが丁寧に描かれていることを指摘した。また日本の古典文学作品における「月の兎」の展開は、『大唐西域記』からの引用（直接でないとしても）の系統や、他の経典の系統など、様々有るが、仏教者の著述に例が多いことも注目された。

最後に、古典文学における兎を概観し、月との関係も考えてみた。中国の言説や、図像などから概観したが、兎にはまだまだここでは述べられなかった要素が多くある。兎をめぐる言説は実に多様である。

現在伝えられる、「月に兎がいる」「月の兎が餅をつく」という考えは、こうした「月の兎」にまつわる様々な言説が関わり合い、影響し合い、長い時間をかけて醸成してきたものだったのである。こうして今も、月には兎が生き続けているのである。

＊『今昔物語集』の使用テキストは、岩波新日本古典文学大系を使用した。

注

1　『大唐西域記』七、『大正新脩大蔵経』（以下、大正）五一・九〇七頁中段。
2　芥川龍之介「今昔物語鑑賞」（『日本文学講座』六、新潮社、一九二七年四月）。
3　池上洵一「説話のうらおもて――中山神社の猿神――」（『今昔・三国伝記の世界』池上洵一著作集三、和泉書院、二〇〇八年）。
4　『南伝大蔵経』三一、「本生経」三一六、三九〇頁（大蔵出版、一九三五年）による。
5　『六度集経』三・二一、大正三・一三頁下段。
6　『旧雑譬喩経』下・四五、大正四・五一八頁上段～中段。
7　『法苑珠林』四一・供養篇引証部、大正五三・六〇七頁上段。
8　『菩薩本縁経』下・兎品第六、大正三・六四頁下段～六六頁下段。
9　『生経』四・三一「仏説兎王経」、大正三・九四頁中段～下段。
10　『経律異相』四七・一二「兎」一「兎王依附道人投身火聚生兜率天」、大正五三、二五二頁下段～二五三上段。
11　『菩薩本生鬘論』二・六「兎王捨身供養梵志縁起」、大正三・三三七頁中段～三三八頁中段。
12　『一切智光明仙人慈心因縁不食肉経』大正三・四五七頁下段～四五九頁上段。
13　『法苑珠林』六四・慈悲篇畜生部四、大正五三・七七七頁中段～七七八頁上段。

14　『撰集百縁経』四・三八「兎焼身供養仙人縁」、大正四・二二一頁中段～下段。
15　『雑宝蔵経』二・一一「兎自焼身供養大仙縁」、大正四・四五四頁中段～下段。
16　成立未詳、弘安元年（一二七八）の奥書があるため、鎌倉期には成立していたとわかる。編者は未詳ながら、正六位相当の大学助である。『真福寺善本叢刊』第一期五巻（臨川書店、二〇〇〇年）による。
17　正安三年（一三〇一）～嘉元二年（一三〇四）の間に成立。『寺社縁起』（日本思想大系、岩波書店、一九七五年）による。
18　『壒嚢抄』九・二五（『日本古典全集』、日本古典全集刊行会、一九三六年）
19　『塵添壒嚢抄』一四・一、『大日本仏教全書』一五〇・三三五頁下段～三三六頁上段。
20　日本大蔵経二四、序品一之三、三八二頁下段～三八三頁上段、同三八七頁上段～下段。
21　『法華経直談鈔』一、一九六頁～一九八頁（『法華経直談鈔』一、臨川書店、一九七九年）。
22　寺島良安編『和漢三才図会』上、巻一「天部」、四頁（東京美術、一九七〇年）。
23　『新編国歌大観』では、「月の桂」は詞書・判詞を含めて六百五十五例、「月の鼠」は二十六例ほどが確認できる。それに比べ、「月の兎」の例は多いとは言えない。
24　日本歌学大系、別巻三による。
25　正徹の名を冠する『正徹千首』（但し、通説は一条兼良撰、一条兼良は一四〇二～一四八一）にも、「恋二百種」の中、「寄獣恋」にも「見てもしれ空行く月の兎だに光にかよふ契有る世を」（七六一）とある。
26　成立は未詳ながら、兼良の次子冬良が文明八年（一四七六）に書写したものがあるので、この年には既に世上に流布していたと考えられる。『連珠合璧集』は『連歌論集』一（中世の文学、三弥井書店、一九八五年）による。
27　下河辺長流（一六二七～八六）の編。『続歌林良材集』下・二九七頁（『続々群書類従』一五、続群書類従刊行会、一九六九年）。

28 『近世和歌集』（日本古典文学大系、岩波書店）による。

29 『近世和歌集』（前掲注28）では、全九五首、『新編国歌大観』九では、一六二首を載せる。ここでは、『新編国歌大観』によった。旧大系本の二八一番と二八二番の間に位置する。

30 『川柳狂歌集』（日本古典文学大系、岩波書店）による。

31 赤田光男『ウサギの日本文化史』（世界思想社、一九九七年）を参照した。

32 承元二年（一二〇八）からの西山での隠棲時代に、諸社に奉納した法楽百首のうち。

33 詞書「家集、雑歌中」、俊頼朝臣。

34 詞書「百首歌、獣五首中」藤はら為顕。

35 詞書「十題百首」前中納言定家卿。

36 小川博章「玉兎考――月の兎はどこから来たか――」（『書学文化』五、二〇〇四年三月）等を参照した。

37 吉野裕子『十二支――易・五行と日本の民俗』（人文書院、一九九四年）九四・九五頁、諸橋轍次『十二支物語』（大修館書店、一九六八年）等を参照した。

38 小川博章「玉兎考――月の兎はどこから来たか――」（前掲注36）等を参照した。

39 罰として蟾蜍に変身させられたもの。

40 今橋理子「〈月の兎〉の図像と思考（上・下）」（『学習院女子大学紀要』三・四、二〇〇一年三月、二〇〇二年三月）による。

【参考文献】

池上洵一「天竺から来た説話――月の兎――」(『今昔・三国伝記の世界』池上洵一著作集三、和泉書院、二〇〇八年)
小川博章「玉兎考――月の兎はどこから来たか――」(『書学文化』五、二〇〇四年三月)
今橋理子「〈月の兎〉の図像と思考(上・下)」(『学習院女子大学紀要』三・四、二〇〇一年三月、二〇〇二年三月)
赤田光男『ウサギの日本文化史』(世界思想社、一九九七年)
花部英雄「昔話「月の兎」考」(『昔話伝説研究の展開』三弥井書店、一九九五年)
松本寧至「兎」(『国文学　解釈と教材の研究』一九九四年一〇月、臨時増刊号、特集「古典文学動物誌」)三四・三五頁

【表】「月の兎」経典類話対照表

×は記載無し。

	動物	相手	前世	兎の結末	月との関わり	場所、その他
今昔物語集	〔三獣〕兎・狐・猿	翁（帝釈天）	×	火中に身を投じて焼け死ぬ	帝釈天は、兎が火に入った形を月に移し、衆生に見せるよう月の中に籠めた	天竺
大唐西域記	〔三獣〕兎・猨（猿）・狐	老夫（帝釈天）	×	火中に身を投じて焼け死ぬ。老夫は帝釈天の身に戻り、灰をどけて亡骸を収めた	帝釈天は、兎の心に感じ、月輪に寄せて後世に伝えた。	婆羅痆斯国。後人、卒塔婆を建てた。
本生経（南伝大蔵経）	〔四獣〕兎・猿・豺・獺	婆羅門（帝釈天）	兎は釈迦、獺は阿難、豺は目連、猿は舎利弗	火中に身を投じるが、帝釈の神通力で起こした火のために焼けなかった。	山の汁で月の面に兎の姿を描いた	波羅奈国。四獣は親しく過ごし、後、各々生まれるべき所に生まれた
六度集経	〔四獣〕狐・獺・猴（猿）・兎	道士（年百二十）	道士は定光仏、兎は釈迦、猿は鶖鷺子（舎利弗）、狐は阿難、獺は目連	火中に身を投じるが、燃えなかった。	×	山沢。兎の行為に感じた道士は留まって説法し、四獣に授けた
旧雑譬喩経	〔四獣〕狐・獼猴（猿）・獺・兎	梵志・道人（年百二十）	兎は釈迦、梵志は提和竭仏、猿は舎利弗、狐は阿難、獺は目犍連	火中に身を投じるが、燃えなかった。	×	山中。道人は山中の果が尽きて去ろうとする
法苑珠林四一	同右	同右	同右	同右	×	『旧雑譬喩経』の引用
菩薩本縁経	〔一獣〕兎王（無量の兎の上首）	婆羅門	兎王は釈迦（菩薩）	一晩中衆兎に法を説き、自ら準備した火に身を投じて死んだ。婆羅門は兎を膝上に置き悲しんだ後、兎を抱き共に火に投じた	×	山中。婆羅門は、旱魃で食べ物が得られず、去ろうとする。帝釈天は、骨を収めて塔を建てた

生経	〔一獣〕兎王	仙人	兎王は釈迦、諸眷属は諸比丘、仙人は定光仏	火中に身を投じ、都率天に生じた。仙人も穀を断ち、都率天に処した	×	山中。仙人は冬になり、人里に戻ろうとする
経律異相	〔一獣〕兎王	仙人	兎王は釈迦、仙人は定光仏	火中に身を投じ、都率天に生じた。仙人は穀を断ち、都率天に処した	×	生経第三・第四、兎王経に依るとの注記あり
菩薩本生鬘論	〔一獣〕兎王（無量百千兎中）	仙人（婆羅門）	兎王は釈迦、仙人は弥勒	火中に身を投じる。婆羅門は兎王の亡骸を膝に置き悲しむ。その後婆羅門は兎王の亡骸を抱いて共に火に投じた	×	山谷。一部始終を見ていた帝釈天が、卒塔婆を立てて供養した
一切智光明仙人慈心因縁不食肉経	〔一獣〕兎王（母子）	一切智光明仙人	兎王は釈迦、兎児は羅睺羅、仙人は弥勒、五百群兎は摩訶迦葉等五百比丘、二百五十山樹神は舎利弗目犍連等二百五十比丘	火中に身を投じ、母も後に従った。山樹神は仙人に兎王母子の供養を伝え、二兎の肉を食べるように言うが、仙人は悲しんで不食肉を誓い、自らも火に投じた	×	彼国。連雨による洪水で、仙人は七日食べ物を得られず飢えていた
法苑珠林六四	同右	同右	同右	同右	×	『一切智光明仙人慈心因縁不食肉経』の引用
撰集百縁経	〔一獣〕兎王	仙人	兎王は釈迦、仙人は抜提比丘	自ら火を燃やし、身を投じた。兎王は命已り、仙人は兎王の身を抱え、深く悲しんだ。天は感じて妙花を降らして兎を覆った。仙人は食べられず。	×	波羅奈国。仙人は干魃で飢え、乞食しようとする。仙人は兎の骸骨を収めて塔を建てた
雑宝蔵経	〔一獣〕兎	仙人	兎は釈迦、仙人は比丘	火中に身を投じる。自分のために身命を捨てたことに大苦悩を生じるが食べた。天が感じて雨を降らし、五神通を得る	×	国名無く「山中」。仙人と兎は親しかった。天下干魃で仙人は食べ物が得られず、乞食しようとする

かるもかき臥す猪の床のいをやすみ
さこそ寝ざらめかからずもがな

歌語「臥猪の床」

君嶋亜紀

はじめに

和歌の世界では、猪はいつも寝ている。

現実の動物としての猪は、下生えが多く、餌場となり身を隠すこともできる里山などの低山帯に棲み、北海道を除く日本列島のほぼ全域に生息する。農作物を荒らす害獣として、また食肉をもたらす狩猟獣として、日本人にとって古くから野獣の中でも身近な存在であった。[※1]「猪武者」「猪突猛進」の語が示す猛々しさと、豚に似た体躯がもたらすどこかユーモラスな風情——そのような野獣が和歌の世界ではなぜ眠れる獣となったのか。その姿は猪についてどれほどの真実を描き出していて、また、人はその姿にどのような思いを託したのか。以下に、猪の寝床を詠む歌語《かご》「臥《ふす》猪《い》の床」の変遷を辿ってみたい。

一　誕生—和泉式部

歌語「臥猪の床」は、平安時代中期、和泉式部の次の歌によって誕生した。

かるもかき臥す猪《ゐ》の床のいをやすみさこそ寝ざらめかからずもがな　（後拾遺集・恋四・八二一）

「かるも」は枯草の意。下句に「さこそ」「かからず」と指示語が連なり、文脈がやや入り組んでいるが、それぞれ「猪のようには」「このように眠れない状態ではなく」ととる。「枯草をかき集めた猪の寝床は安眠できるもの、そんなふうにぐっすりと眠ることはできないでしょう、けれど少しは眠ってこの思いから解放される時間があればいいのに」。眠れぬ自身と対照的な存在として、枯草の寝床で安眠する「猪」の姿を持ち出したものである。

当時の宮廷の人々が抱いた猪のイメージといえば、多産であろう。『宇津保《うつほ》物語』では、子どもの多さを言うのに、

「猪《ゐ》の子の侍らむやうに」（蔵開・上）と表現しているし、『蜻蛉日記』の作者藤原道綱母には、時の帝（一条天皇。円融天皇ともいう）の誕生五十日目のお祝いに、猪の置物を作った折の歌が見える。

当帝《たうだい》の御五十日《いか》に、亥《ゐ》の子の形《かた》を作りたりけるに
よろづ代《よ》を呼ばふ山辺の亥の子こそ君が仕ふるよはひなるべし
（『蜻蛉日記』巻末歌集）

猪は多産ゆえにめでたい動物とされていた。宮中には亥の子餅という行事もあって、旧暦十月の初亥の日に、大豆・小豆等七種の粉をまぜて猪の子形に作った餅を食べると、万病をはらうとも、猪の多産にあやかって子孫が繁栄するともいわれる。実際、猪の産子数は一回に二～八子（ふつう三～五子、なおウシやシカの仲間はふつう一回に一子）と多産で、成長も早く、初産齢は一～二歳、以降毎年春に出産する、繁殖力の強い動物である。ただし、多産のため子どもが小さく生まれよく死んでしまうし、成獣となったものも寿命は短い（野生で五～十年と推定）。平安朝の宮廷社会では、猪からこの「多産」というめでたき一面を取り出し、その生活を飾る意匠としていたのである。

『訓蒙図彙』「野猪」

和泉式部はそんな猪の眠る姿を詠んだ。猪は有蹄類では例外的に巣を作る動物で、地面を鼻で掘った楕円形のくぼ地に落ち葉などを敷いて寝床を作る。ただし、嗅覚が鋭いので寝ている姿を人間の目にさらすことはない。また出産期や冬季には、草や木の枝を積み上げ、屋根のある巣を作るという。これは、多産のため小さく生まれてよく死ぬ子どもを雨風や外敵から守るためでもある。そしてこの寝床で、猪はよく寝る——人間の影響で夜行性を示すようになったが、元来は昼行

性のようで夜は寝るし、朝も寝坊、また昼寝もする。いかにも安眠の象徴にふさわしい。ただし、寝床で共に寝るのは通常メスとその子どもたちで、オスは交尾期を除いて別行動である。オスなしで子どもたちと体を寄せあってスヤスヤ眠るメス。歌人は猪の生態をここまで把握していたのだろうか。ともあれ、よく子を産むめでたい動物が自分の寝床で安眠している、そののどかさ、健やかさは、「かるもかき」詠の作者が抱える穏やかならざる思いを鮮やかに浮かび上がらせる。

ところで、この歌の詠歌事情はわからない。第四番目の勅撰集『後拾遺和歌集』（応徳三年〈一〇八六〉成立）の恋の部に「題しらず」として収められているが、『和泉式部集』（一三三）では詞書に「帥宮うせ給ひてのころ」とあり、和泉式部の恋人であった帥宮敦道《そちのみやあつみち》親王が寛弘四年（九八二）十月、二十七歳の若さで亡くなった頃の歌とされている。一方、『和泉式部続集』（三二）では「物思ひはんべりけるころ」とあり、恋とも哀傷とも明言していない。[※2] 帥宮に先立たれた折の歌なのか、あるいは生きている、けれど思うようにならない相手との恋の歌なのか。そのいずれとも決定しがたいが、眠れぬほどの物思いを抱えた自身の煩悶懊悩を表すのに、どこかユーモラスな猪の姿を引き合いに出してきたところに、ある種の自嘲が漂うようである。そして、この一風変わった比喩を用いた歌は、『後拾遺和歌集』という勅撰集に「発見」されたことで、後世の人々の関心の的となっていく。

二　展開──院政期

院政期の歌人たちは新奇な題材や珍しい表現を求め、模索を繰り返した。そのなかで和泉式部の「臥猪の床」詠も、珍しい歌語を用いた歌、難解歌として注目された。この歌を取り上げた院政期の歌学書は、枯草の床で安眠するという生態への興味を示している。

『後拾遺和歌集』の撰者藤原通俊《みちとし》の甥で、その撰集に協力したとされる隆源の著『隆源口伝《りゅうげんくでん》』は、「かるもかくとは、枯れたる草などはかき集めて、猪《ゐのしゝ》の臥す也。猪はいを寝《ぬ》るなればかく詠むなり」という。枯草をかき集めて寝る、とあるのみで、藤原範兼《のりかね》（一一〇七～一一六五）の『和歌童蒙抄《どうもうしょう》』もこの点は同じだが、「猪《ゐ》のながいとて七日まで伏と云へり」、七日も寝続けると付言している。一方、隆源とも親交のあった源俊頼（一〇五五～一一二九か）の『俊頼《としより》髄脳《ずいのう》』は少し違う。「これは、猪の、穴を掘りて入《い》り伏して、上に草をとりおほひて臥しゐれば、四五日も、起きあがらで臥せるなり。かるもといふは、かの上におひたる草をいふなり」。俊頼は、猪が枯草を敷いた上に寝るのではなく、穴を掘ってその中に入り、自分の上に枯草をかけて寝ると考えていた。寝る日数も四五日である。以上の二説は並存したようで、のちに鎌倉時代の歌学書『和歌色葉《いろは》』は、枯草をかき集めて「その中に」七日まで臥す、とやや折衷気味、『色葉和難集《いろはわなんしゅう》』は俊頼の説を引用している。

さて、こうした生態への興味は、この時期の猪の歌にも反映している。

①君恋ふと猪のかるもより寝覚めしてあみけるぬたにやつれてぞをる　（散木奇歌集〈源俊頼〉・恋下・一一三三）

②恋をして臥す猪の床はまどろまでぬたうちすます夜半の寝覚に
（久安百首〈一一五〇年頃詠進〉・恋・一一七九　待賢門院安芸）

ともに寝床と泥浴びの習性を詠む。①は俊頼が藤原忠通《ただみち》のもとで詠んだ恋の歌で、「ぬた（沼田）」は泥土、「あみける」は浴びた、の意。「あなたが恋しくて、猪が枯草の寝床の中から目を覚まし、泥浴びをしてやつれて（みすぼらしい感じになって）いるように、私もやつれて（やせ細って）いるよ」という。猪は体温調節や寄生虫駆除、においづけ等のため、気温の高い日によく泥浴びをする。その行為を「ぬたうつ」といい、泥浴び場を「ぬた場」という。俊頼はたびたび滞在した近江国田上《たなかみ》の山荘で向かいの山に大猪を目撃したこともあり（『散木奇歌集』一三四六）、その生態にも興味をもっていたのだろう。②も①と同様、寝床から起き出し泥の中でのたうちまわる猪の姿に輾転《てんてん》反側する自身を投影する。二首ともに和泉式部が「猪のようにはなれない」と言った、その姿に自身を重ねたため、泥にまみれた姿と相俟って、和泉式部の歌よりもユーモラスな感じがする。

一方、床に臥す猪という題材は、四季の歌にも展開していく。「かるも（枯草）」を詠み込むためか、その多くは秋や冬の歌である。

③秋の野のかるもがしたに月もりて並び臥す猪のかげも隠れず　（夫木抄《ふぼくしょう》・一二九四二）

④降る雪にかきしかるる（ママ）もうづもれて並び臥す猪も床たえにけり　（風情集〈藤原公重〉・二八〇「雪」）

③はこんもりとした枯草の下に月の光がもれさして、中で「並び臥す猪」の姿を露わにしている秋の野原の景。『俊頼髄脳』のように、猪が枯草の中に潜っていると捉えている。『夫木抄』の詞書に、「保延四年（一一三八）権中納言経定卿歌合、月」として見える、忠通家の女房参河の歌である。④では冬になり、かき集めた枯草も雪に埋もれ、「並び臥す猪」の床もなくなってしまった、とする。「並び臥す猪」は、先に述べた猪の生態に則すならば、母親と子どもたちの共寝になる。多産というイメージとつながる情景であろう。

俊頼と同時代人で、新奇な素材や表現を好んだと評される源仲正も猪に関心を寄せたようで、「ゐのこぶし」「まだらゐ」「ゐのこ雲」など、独特の表現を用いている。

⑤春の野にいざ思ふどち小萱《をがや》ふくあますのしたに猪《ゐ》のこぶしせん　（夫木抄・一二九三七）

⑥照る月に萩のもとあらも下枯れて気清《けぎよ》く見ゆるまだら猪のふし　（夫木抄・一二九三八）

⑤は「行路春雨」題の歌。「あます」は未詳だが、春雨の歌なので、萱で編んだ雨除けの筵《むしろ》「雨簾」であろうか。春になった、さあ仲のよい者どうし野原に出かけて行って、春雨が降ってきたら雨宿りして、猪のように共寝しよう、

というのだろう。春の出産と、出産期に屋根のある巣で眠る子どもたち、といった猪の生態を想起させる。⑥は「月照草中」題の歌。下葉が散って根元がまばらになった萩の傍らで眠る猪、萩の隙間を漏れる月光に照らし出され、まだらに見えるその毛並みを清らかだと捉えている。同様の発想が、仲正も参加した『為忠家後度百首《ためただけごどひゃくしゅ》』の歌「ますらをの待ち木の下に立つ鹿をまだらに見する夜半の月かな」（三六七「木間月」源頼政）にも鹿で見える。ただし、夜半に狩られる鹿と安眠する猪との差異は大きい。

「萩」といえば名所として名高いのは東北地方の「宮城野」だが、忠通が保安二年（一一二一）九月に主催した歌合では、次のような歌も詠まれている。

⑦秋深み風吹きとよむ宮城野に臥す猪の床も荒れやしぬらん　（関白内大臣家歌合・「野風」五番右負　源定信）

題の「野風」を、晩秋の宮城野に吹き渡り、臥猪の床を荒らすものと捉えた。番《つがい》の相手は主催者忠通で、この歌は負けとされているが、藤原基俊《もととし》の判詞はその理由の一つに「宮城野には妻恋ふる鹿こそすむと知りて侍るに、臥す猪の床も聞きならはずぞ覚え侍る」、すなわち宮城野と臥猪は結びつかない、ということを挙げている。「臥猪の床」という新鮮な題材も、和歌の文脈に一端取り込まれると、やがてその世界の規制に絡めとられていくであろうことが予想される。

以上、院政期には、忠通の主催する場や俊頼、仲正ら新奇な題材を求めた歌人を中心に、「臥猪の床」が取り込まれ、恋や四季の歌に展開していった。すでに「かるも」を詠み込むなど、和泉式部の歌を基盤とした歌語としての定型が形成されつつあるが、その多くが猪の習性や具体的な姿に興味を示しており、それゆえに卑俗さやユーモラスな雰囲気を抱え込んでいる。そうした俗っぽさが消えていくのが、次の新古今時代である。

三　洗練—新古今時代

鎌倉時代初頭の建久期（一一九〇～一一九九）、藤原良経、藤原定家、寂蓮《じゃくれん》、藤原家隆、慈円《じえん》らが集い、のちに新古今歌風と称される新風を生み出す磁場となっていった九条家歌壇で、歌語「臥猪の床」は卑俗性を脱していった。まずは建久二年（一一九二）冬、良経・慈円・寂蓮・定家が詠んだ『十題百首』の「獣部」十首の中に猪の歌が見える。

落ちつもる木の葉もいくへつもるらん臥す猪のかるもかきもはらはで
（拾遺愚草〈藤原定家〉・七六三）

おどろかぬ臥す猪の床のねぶりかなさらでも夢にすぐるこの世を
（秋篠月清集〈藤原良経〉・二六八）

定家は目覚めぬ猪の枯草の寝床の上に落葉の積もる様子を描写した叙景歌。良経は「臥猪の床」を、この世の無常を悟らず眠り続けるものの喩としている。前者では猪の姿が見えないこと、後者では「臥猪の床」が安眠の象徴として記号的に用いられており、具体的な習性が捨象されていることに注目したい。

続く『六百番歌合』の恋八「寄獣恋」題の二十一番は、「臥猪の床」の番となっている。

左　勝　　　　　　　　定家朝臣

うらやまず臥す猪の床はやすくとも歎くも形見寝ぬも契りを

右　　　　　　　　　　隆信朝臣

いかにわれ臥す猪の床に身をかへて夢のほどだに契り結ばん

右方申云、初五字、聞にくゝや。末もいと心得にくし。左方申云、床《とこ》に身をかへむ事、如何《いかが》。

判云、左右、「臥す猪の床」、左は五字も聞きにくゝ、末も心得にくしと云々。悪気重畳之由《あくきちようでふ》、不《ル》レ能《ハ》レ加《フル》レ詞歟《ヲか》。右は、床に身をかへんとにはあらじ。猪にしばしなりて契結ばんとにや侍らん。臥す猪の夢、いか様にかは見侍らん。「臥す猪うらやまず」といへらんにも劣るべくや。

定家の歌は右方に、初句の五文字が唐突で、下句もわかりにくいと批判されている。隆信の歌の「床に身をかへて」は左方に、寝床に変身するのか、と揶揄《やゆ》されている。俊成の判詞は、定家の歌を一度批判した後、隆信の歌について、床に変身するのではなく、猪になって眠り、夢の中で恋人と逢おうというのだろう、しかし猪はどのように夢を見るのか、として、定家の歌を勝ちとする。[※3] この歌と判詞から、歌語「臥猪の床」をどのように恋歌の文脈に生かしていくのかという試行錯誤の跡がうかがえよう。定家の歌は、のちに定家に私淑し、「恋の歌は、定家の歌程なるは、昔から有まじき也」（正徹物語《しょうてつものがたり》）と、その恋歌を称揚した室町時代の歌僧正徹によって、「まことに哀《あはれ》なる心也。」（同）と絶賛された。

定家は、「私はうらやまない。猪の寝床が安眠できるものだとしても。こんなふうに歎くのもあの人が私に残した形見、眠れないのもむしろあの人との宿縁」とする。臥猪をうらやんだ和泉式部に反論するような形で「かるもかき」詠を本歌取りし、恋の懊悩をその恋の記念としてあえて受け入れる姿勢を打ち出したものである。右の方人に批判されているように、各句が断片的でやや意味がとりにくいが、むしろその唐突な初句切れ、臥猪のような安眠の否定、歎きの甘受、と断片的に積み重ねられていく思い詰めたような息遣いが狙いだろう。「形見」とあるので、相手との仲は遠くなっている。この、失いかけた恋の歎きに眠れぬ夜の苦しさを、身をもって味わいつくそうとする姿勢に正徹は「あはれ」を見た。苦しみを味わうことこそが恋、というのだろうか。ここではもう猪は安眠の象徴でしかない。多産も母子の共寝も泥浴びも、そうした卑俗な生態は想像しなくてよい。「臥猪の床」は、動物の生態を離れた、和歌世界の文脈に生きる歌語として自立したのである。

ただし、「臥猪の床」で新しい恋歌を詠むのは、なかなか難しそうである。

いかにせん臥す猪もしらぬ浪の上も海士《あま》のかるもに猶乱れつつ
（壬二集〈藤原家隆〉・二八六七）

臥猪などいない波の上にも、臥猪の「かるも（枯草）」ならぬ海人の「かるも（刈藻＝刈り取った藻）」があって、私の心はやはり乱れてしまう。「かるも（枯草）」から「刈藻」へと連想をつなげ、自分の心を乱し続けている恋を訴えたものだが、猪と海人の姿が各々主張してしまい、一つの映像を結びにくい。恋歌では和泉式部詠との差異を出しにくいためだろうか、新古今時代には「臥猪の床」の歌は、恋歌よりもむしろ四季の歌が多い。

①夏の野の萩の初花折りしかん臥す猪の床に枕ならべて
（拾玉集〈慈円〉・二一九〇「野」、二二七一「旅」に重複）

②さてもなほ臥す猪の床ややすからんかるもがうへは荻の夕風
（壬二集〈藤原家隆〉・一〇六一「荻」）

③さのみやは月に臥す猪のいをやすみ寝られぬものを秋のよなよな
（千五百番歌合・秋三・七百番左負　藤原隆信）

④小萱原《をがやはら》かるも乱るる秋風に臥す猪の床もいやはやすけき
（明日香井集〈藤原雅経〉・四八五「刈萱」）

⑤かるもかくあたりも雪に跡見えて臥す猪も人にしられぬるかな
（御室五十首・冬・七八九・生蓮〈師光〉）

⑥さえわびて臥す猪の夢や覚めぬらんかるもの床に霰ふるなり
（正治初度百首・冬・七七一・藤原忠良）

①は珍しく夏の歌で、院政期にも見えた猪と萩との組み合わせ。②以下は秋冬の歌で、枯草の上を涼しい荻の夕風が吹きわたる秋は猪も安眠できる（②）、物思う秋は月下の猪のようには安眠できない（③）、枯草を吹き乱す秋風のために猪だって安眠できない（④）、また、枯草の床の周辺の雪に足跡がついて臥猪の居場所が知られてしまう（⑤）、枯草の床に霰の降る冬の夜は寒さに臥猪の夢も覚める（⑥）、とある。床に臥す猪という当初は新奇であった題材が、ここでは、荻の上風がその到来を告げる秋は、月の光や風に物思いのまさる季節、冬は積雪につく足跡や冴えわびて

眠れぬ夜を詠む、といった既存の和歌世界の文脈に取り込まれている。「臥猪の床」はここにきて、恋や四季の歌を詠むのに抵抗なく用いることのできる歌語としての洗練を果たしたといえよう。寂蓮は言う。

歌のやうにいみじき物なし。猪などいふ恐ろしき物も、臥す猪の床など言ひつれば、やさしきなり。

（『八雲御抄』六）

これはのちに『野守鏡《のもりのかがみ》』や『徒然草』十四段にも引かれる、和歌の「やさし」さをいう著名な発言である。歌は「やさしき」もの、優美であるべきもの。「恐ろしき」野獣猪も、寝床に安眠する親しみ深い姿を発見されたからこそ、歌語として定着していったのである。

四　類型化

鎌倉時代中期以降、歌語「臥猪の床」の普及と並行して、「猪」が歌題として成立していく。まず、『続後撰和歌集』の撰集資料として、宝治二年（一二四八）後嵯峨院が詠進させた『宝治百首《ほうじひゃくしゅ》』では、「寄獣恋」題で作者四十人中六人が「臥猪の床」を詠んでいる。「猪」題の早い例は、後嵯峨院皇子で鎌倉幕府六代将軍となった宗尊《むねたか》親王の歌に見える。

うれへあればやすくやは寝《ぬ》るかるもかく臥す猪は物や思はざるらん

（竹風和歌抄・一・二四四）

文永三年（一二六六）七月、叛意ありとして将軍位を廃された親王が帰京後の十月に詠んだ五百首歌の一首で、題は「猪」。失意に眠れぬ政治的敗者が自身と対照的な存在として安眠する猪の姿態を引き寄せたものである。そして元亨三年（一三二三）七月に後宇多院《ごうだいん》が主催した『亀山殿七百首』には「寄猪恋」題の歌一首が見え、雑歌の「山家獣」題でも後宇多院が「臥猪の床」を詠む。南北朝期に入って延文元年（一三五六）、北朝の後光厳《ごこうごん》天皇が『新千載和歌集』

の撰集資料とすべく下命した『延文百首《えんぶんひゃくしゅ》』には「寄猪恋」題が設定され、三十三名の歌が残っている（うち三十一名が「臥猪」を詠む）。下って『為尹千首《ためまさせんしゅ》』にも「寄猪恋」題が見え、また他に、頓阿の『草庵集《そうあんしゅう》』に「月前猪」、正徹の『草根集《そうこんしゅう》』に「七夕猪」題の歌が一首ずつ見える。以上、「猪」に関する題詠歌は、数では恋歌が多い。このうち『延文百首』の「寄猪恋」題の歌から、詠み方のパターンを見出しておこう。

①いたづらに臥す猪のかるもかきたえていもやすからぬ夜を明かしつつ　（一〇八一・二条良基）

②とはれねばひとり臥す猪の床とはに恨みてのみぞ夜を重ねける　（六八一・梶井宮尊胤《そんいん》）

③ひとり寝はいかに臥す猪の床なれば夢路もやすく通はざるらん　（一六八一・足利尊氏）

④涙しく床を臥す猪にくらべばやさこそかるもの露深くとも　（一三八一・藤原道嗣《みちつぐ》）

⑤憂き仲は名のみかるものかきたえてよそに臥す猪の床ぞあれゆく　（二六八一・二条為明）

まず、①のように和泉式部の歌をふまえ、「かるも（かく）」や「やすく（臥す）」を用いるものが多い。さらに、②のように「臥猪の床」に「ひとり臥す」や「とことはに（永遠に）」を掛けるもの、③のようにすでに『六百番歌合』の隆信詠に見えた「夢」を詠み込むもの、④のように恋の「涙」と枯草に置いた「露」を詠むもの、また、①や⑤のように「かるもかき」から「かき絶え」を導き、途絶えてゆく恋を詠むもの、などを見出せる。こうした用語を用いて、恋する相手のいない床に一人臥す状況を詠むのが、歌人たちの試行錯誤や歳月の淘汰を経て形成された歌語「臥猪の床」の類型表現である。なお、この時期、「臥猪の床」詠は、『後拾遺和歌集』の和泉式部以来の勅撰集への復活を果たしている。『宝治百首』の一首が『玉葉和歌集』恋二に、右の③が『新千載和歌集』恋二に（のち重複して『新後拾遺和歌集』恋二にも）入集し、恋歌以外では『続後拾遺和歌集』秋上にも一首見える。

ところで、右の『延文百首』「寄猪恋」題の歌には、「臥猪の床」を詠まず、摂津国の歌枕「猪名野《ゐなの》」（兵庫県伊丹市・

尼崎市を流れる猪名川流域の平野）を用いたものがある。

これをわが身のたぐひにやしながどり猪名野のみ狩あはぬ恨みは　（一四八一・源通相《みちすけ》）

「しながどり」（水鳥の一種）は「ゐな」に掛かる枕詞で、古くは『万葉集』に見える。『俊頼髄脳』にはこの「しながどりゐな」をめぐる伝承が語られている。

昔、雄略天皇、その野にて狩し給ひけるに、白きかのししの限りありて、ゐのししはなかりければ、言ひそめたるなり。しながどりといへるは、白きかのししの限りさされたれば言ふなり。ゐなのとは、ゐのししの無かりければ言ふなりとぞ申し伝へたる。

昔、雄略天皇がその地で狩をした時、白い「かのしし（鹿）」は獲り尽し（ゆえに「鹿無《しな》が獲り」という）、「ゐのしし（猪）」は全くいなかったので、「ゐなの（猪無野）」と言い初めたのだ、という。猪名野の狩で獲物に会えない恨み、それはあなたに逢えない恨みと同じだという通相の歌は、この伝承をふまえたものだろう。鹿とともに名の挙がる、狩られる獣――眠る獣・猪のもう一つの顔がここには息づいている。

五　狩猟獣の記憶

雄略天皇が葛城山で狩をした際、突如草中から、追われて怒った猪が飛び出てきた。

俄《にはか》にして、逐《お》はれたる嗔猪《いかりゐ》、草の中より暴《あからさま》に出でて人を逐《お》ふ。　（日本書紀・巻十四）

射殺せと命じられた舎人《とねり》は恐れて木に逃げ登り、天皇が突進してきた猪を「弓《みゆみ》を用《も》ちて刺し止《とど》め、脚《みあし》を挙げて踏み殺したまふ」。雄略天皇の勇猛さを語る話だが、猪は古来、猛る姿で登場し、狩られる獣でもあった。

下って南北朝期、後醍醐天皇の皇子で、南朝の准勅撰集『新葉《しんよう》和歌集』の撰者となった宗良《むねよし》親王は、「寄猪恋」題で次のような歌を詠んでいる。

あらちをの狩る矢のさきにたける猪も人の憂きにぞ身をば捨つなる

（新葉和歌集・恋一・六六七）

『新葉和歌集』は読人不知とするが、宗良親王の『天授《てんじゅ》千首』に見える（五句は「身をばかふなる」）、親王の歌である。狩人の突き付けた矢の前で、射られまいと猛り狂う猪も、恋する相手がつれないと自ら進んで身を捨てるといいます……。狩人の矢面に立たされた鹿の心境を引き合いに出して、恋に懊悩する自身を訴えた柿本人麻呂詠「あらちをの狩る矢の先に立つ鹿もいと我ばかり物は思はじ」（拾遺和歌集・恋五・九五四）を本歌とし、鹿を猪に変えた。「寄猪恋」題で「臥猪」ではなく「猛る猪」を発想したのは新鮮である。

宗良親王は南北朝の分立後、東国各地を転戦し、信濃国大河原という山深い地に二、三十年に及ぶ歳月を過した。晩年、花山院長親に宛てた消息の中で、自身の一生を回想して、「遠国と申しながら心なきさつおの中にてのみ明かし暮し候しかば」と述べており、東国で世話になった土地の者たちを「さつを（猟師）」と呼んでいるが、実際、山中の狩は身近にあり、田上で向かいの山に猪を見た俊頼のように、猪を身近に感じることもあったのだろう。その背景が、「寄猪恋」題に異例の猛る猪の姿を呼び寄せたのではないか。ここで視点を変え、和歌の世界に表れた猪の、狩られる獣、猛る獣としての姿を追ってみたい。

早く鎌倉時代中期、『新撰和歌六帖』に「かや」題で見える藤原為家の歌は、「臥猪」の歌としてはやはり変わっている。

はた山のをのへつづきのたかがやに臥す猪ありとや人とよむなり

（六・二〇〇二）

「たかがや（高茅）」は丈の高い草。畑のある山の峰に続く丈高い茅の草むらの中に「臥猪がいるぞ」と人々がどよめいているのが聞こえるという、狩の情景を詠んだものである。

また、室町時代、先に定家の『六百番歌合』の「臥猪」詠を絶賛していた正徹（一三八一～一四五九）は、「臥猪の床」のさまざまな詠み方を試みている。そのなかで、

夜半によるともしの鹿を哀とも知らで臥す猪の夢な覚しそ　（草根集・二八七〇）

は、狩を詠む「照射《ともし》」題九首の一首である。夜半、鹿は火におびき寄せられて狩られる、それも知らずに眠りこける猪。両者の対照は「秋獣」題の二首にも見える。

妻や待つ臥す猪のかるもかきこめて花野の秋の床ぞ色なる　（草根集・三七九二）

山田もる庵のたく火におどろくやともしかなしき秋のさを鹿　（草根集・三七九三）

正徹以前にも、「山陰に冬の小鹿はしのびゐて臥す猪は雪にかるもかくなり」（他阿集《たあしゅう》・三一九）などとあり、人に身近な狩猟獣として鹿と猪は同時に想起されやすかった。人麻呂の鹿の歌を猪に置き換えた宗良親王の発想には、そうした背景も想定できよう。

また、次の正徹の「寄猪恋」題の一首は、宗良親王の歌を意識したものと思われる。

われぞ狩る人の心の怒《いか》り猪《ゐ》に猶ますらをがむかふ思ひに　（草根集・八二四〇）

怒り猪に立ち向かう狩人の心境に、手に負えない相手にそれでも恋心を注ぐ自身を重ねている。「怒り猪」は先の雄略天皇の話に登場していたが、和歌では古く『拾遺和歌集』の物名歌「怒り猪の石をくくみて噛み来《こ》しはきさのきにこそ劣らざりけれ」（三九〇・藤原輔相《すけみ》）に見える表現で、石を噛み砕きながら迫ってくる恐ろしいものとされており、正徹以降にも室町期から近世にかけて数例見える。

①恋すてふ束《つか》ね緒《を》もがな怒り猪のかるもの下に思ひ乱れて　（為広集1〈上冷泉為広〉・一八四「寄獣恋」）

②うらみある心のうちは怒り猪の立ちむかふべくもなき身とをしれ　（雪玉集〈三条西実隆〉・二一〇七「寄猪恋」）

③狩人の射る矢にむかふ怒り猪のかへり見られぬ恋の道かな　（桂園一枝《けいえんいっし》〈香川景樹〉・五八六）

④ときしもあれ雪をくくみて怒り猪のたける狩場に霰《あられ》降るなり　（桂園一枝拾遺・三九四「狩場霰」）

①では怒り猪で「かるも」を詠む。「怒り猪」に臥猪を詠む際の歌語を用いた例は、「おのがうへに何怒り猪のいをやすく臥さば臥すべき身をも忘るる」（芳雲《ほううん》集〈武者小路実陰〉・四六七九「猪」）にも見える。③は宗良親王詠を意識したと思われるが、「怒り猪のかへり見られぬ」という表現は興味深い。他に、「千よろづの仇にむかひて走り猪のかへり見せぬを心ともがな」（うけらが花〈加藤千蔭〉・一三〇五「猪」）等の例もある。近世には「怒り猪」もしくは「走り猪」が「かへり見（せ）ず」を導く詞となっていたようで、これはまさに猪突猛進のイメージであろう。

　また、④は先の『拾遺和歌集』物名歌をふまえる。雪を噛み砕く怒り猪の熱を冷ますかのように霰が降る、冬の狩場の情景で、中世までの歌に見える、雪のために枯草の床もかき絶えたと詠むような冬の光景とは異質である。近世には他にも、こうした狩の情景や、人の心の喩ではない、山野を駆ける獣の姿そのものを詠もうとした歌が散見する。

⑤やすくこそ臥す猪のかるも狩る人も見えぬ深山《みやま》のとことはに住む　（芳雲集〈武者小路実陰〉・四六八〇「猪」）

⑥山陰の草や臥す猪の床ならん弓末《ゆずゑ》ふりたて向ふあらちを　（芳雲集・四八四九「猟師」）

⑦ふみ迷ふ富士の裾廻《すそみ》の真かや原あら猪のかよふ道は見えけり　（藤簍冊子《つづらぶみ》〈上田秋成〉・五八五「猪」）

⑧心のみ深山の奥に走れども世につながるる身をいかにせん　（浦のしほ貝〈熊谷直好〉・一五〇四）

⑤は狩人もいない奥山に棲む猪の安眠。⑥は臥猪の床を見つけた狩人が弓を振り立て向かっていくさまを詠み、『新撰和歌六帖』の為家詠を思わせる。この二首では「臥猪の床」「かるも」という伝統的な歌語を用いつつ狩猟獣としての猪を詠んでいる。また、⑦は猪の通る獣道を詠む。富士の裾野は鎌倉時代、源頼朝の巻狩で大猪の狩られた記録のある地である。⑧は詞書に「猪つなげるところ」とあり、人に飼われる猪を見てその心を忖度したものであろう。

以上、狩人と対峙し、猛り、狩られる獣、山野を駆ける獣としての猪——和歌の世界では和泉式部の提示した安眠する獣のイメージが支配的となるなかで、人との関わりを示すこのもう一つの顔も、中世から近世の和歌に見え隠れしている。

おわりに

かるもかき臥す猪の床のいをやすみさこそ寝ざらめかからずもがな　（和泉式部）

眠る猪の姿は多産という生態を喚び起こす、とはじめに述べた。しかしまた、眠る猪の姿には、猪が狩られる宿命を負った獣だという認識も底流していなかっただろうか。身に迫る危険をよそに、手製の枯草の寝床でスヤスヤと眠る猪——この世のはかなさ、人の命のあっけなさを知る私は、そのように何も知らない顔をして眠りこけることはできないけれど……。この歌はやはり通常の恋の歌ではなく、恋しい人を亡くした折の歌と捉えたい気もする。

野獣猪を和歌世界になじむ「やさしき」ものとした歌語「臥猪の床」は、その背後に、多産と狩猟という猪の生と死のあり方を、産み、狩られる現実の獣としての存在感を抱え込んでいる。人は姿形こそ違え、同じく他者と関係し有限な命をもってこの世を生きる存在であるという共感に支えられて、和歌に獣を詠み込んでいたのではないだろうか。

注

1　以下、猪の生態は、『日本動物大百科』第2巻・哺乳類Ⅱ（日高敏隆監修、伊沢紘生・粕谷俊雄・川道武男編、平凡社、

一九九六年）一〇四～一二三頁による。なお、千葉徳爾『狩猟伝承』（法政大学出版局・ものと人間の文化史、一九七五年）も参照。

2 なお、寛弘二～三年（一〇〇五～一〇〇六）頃の成立と推定される私撰集『麗花集』はこの歌を巻八・恋下に収めている。恋の部に収める『後拾遺和歌集』は、序文に撰集資料の一つとして「麗はしき花の集」（『麗花集』のこと）の名を挙げていることからも、同集から採ったものと思われる。『麗花集』の成立が推定通りならば、この歌は帥宮の生前に詠まれた歌、相手不明の恋の歌となろう。

3 以上、新日本古典文学大系『六百番歌合』（久保田淳・山口明穂校注、岩波書店、一九九八年）参照。

＊本文の引用は以下による。和歌…新編国歌大観、六百番歌合…新日本古典文学大系、八雲御抄…日本歌学大系、正徹物語…歌論歌学集成第十一巻、日本書紀・蜻蛉日記…新編日本古典文学全集。なお、いずれも漢字・句読点は適宜当てた。

歌題「けだもの」

豊田恵子

けだ物に猶おとりてもみゆるかな
人をばしらぬ人のこころは

はじめに

「けだもの」とは、一般的に四つ足の哺乳類を指し、犬・牛・馬（駒）・熊・猿・鹿・獅子・象・虎・羊・猪などを言う。[※1]一見、みやびな和歌とは無縁な題材のようではあるが、『万葉集』や漢故事に典拠が求められ、それを拠り所として、『古今集』以後、摂取され詠じられた。しかし、歌材として定着したものの、「けだもの」という題として現れるのは、藤原良経《よしつね》主催の『十題百首』（建久二年（一一九一）十二月）をまたなければならない。[※2]その後、同じく良経によって行われた『六百番歌合』では、「寄獣恋《けだものによするこい》」として出題される。これが先例となり、「寄獣恋」題は、以後の百首題・歌会に出題され、定着することとなる。だが、その後、「けだもの」題は様々な結題《むすびだい》として出題され詠じられるものの、「寄獣恋」のようには定着しない。

そもそも、「けだもの」とは俗語であり、和歌に詠み込んではならないはずである。その俗である「けだもの」題が、なぜ、最もみやびな概念である「恋」と結びつくことによって定着したのであろうか。本論では、「寄獣恋」を中心に検討することによって、「けだもの」がみやびな「恋」と共に定着していくことを探って行く。

一　歌語「けだもの」

歌題としての「けだもの」を論ずる前に、歌語としての「けだもの」についても触れておきたい。歌語「けだもの」は、

七一八　物いはぬよものけだ物すらだにもあはれなるかなや親の子を思ふ

（『金槐和歌集』雑部、慈悲のこころを、源実朝[※3]）

のように、総称としての獣《けもの》を意味する例も見られたが、ほとんどの用例は、『古今集』に収められた壬生忠岑《みぶのただみね》の用例を踏まえたものである。

一〇〇三　くれ竹の　世世のふること　なかりせば　いかほのぬまの　いかにして　思ふ心を　のばへまし　あはれむかしべ　ありきてふ　人まろこそは　うれしけれ　身はしもながら　ことのはを　あまつそらまで　きこえあげ　すゑのよまでの　あととなし　今もおほせの　くだれるは　ちりにつげとや　ちりの身に　つもれる事を　とはるらむ　これをおもへば　けだものの　くもにほえけむ　心地して　ちぢのなさけも　おもほえず　ひとつ心ぞ　ほこらしき　かくはあれども　てるひかり　ちかきまもりの　身なりしを　たれかは秋の　くる方に　あざむきいでて　みかきより　とのへもる身の　みかきもり　をさをさしくも　おもほえず　ここのかさねの　なかにては　あらしの風も　きかざりき　今はの山し　ちかければ　春は霞に　たなびかれ　夏はうつせみ　なきくらし　秋は時雨に　袖をかし　冬はしもにぞ　せめらるる　かかるわびしき　身ながらに　つもれるとしをしるせれば　いつつのむつに　なりにけり　これにそはれる　わたくしの　おいのかずさへ　やよければ　身はいやしくて　年たかき　ことのくるしさ　かくしつつ　ながらのはしの　ながらへて　なにはのうらに　たつ浪の　浪のしわにや　おぼほれむ　さすがにいのち　をしければ　こしのくになる　しら山の　かしらはしろくなりぬとも　おとはのたきの　おとにきく　おいずしなずの　くすりがも　君がやちよを　わかえつつ見む

（『古今集』巻第十九、雑体、ふるうたにくはへてたてまつれるながうた）

忠岑が古今集撰者に選ばれた喜びを詠じたもので、長歌に見られる「けだもの」とは、忠岑自身の比喩と考えられる。卑賤な身を「けだもの」に例えたと考えられるのだが、和歌においてみやびでない語を詠みこむことは、当時から避けなければならなかったはずである。では、なぜ忠岑は詠じたのであろうか。傍線部「けだものの　くもにほえ

けむ　心地して」の表現は、諸注が指摘するように、『神仙伝《しんせんでん》』巻四の劉安の末尾部分を踏まえたものである。以下にその末尾部分のみを引用する。

時人伝、八公安、臨二去時一、余二薬器一置二在中庭一。鶏犬、舐二啄之一尽得レ昇レ天。故鶏鳴二天上一、犬吠二雲中一也。
（『神仙伝』※4）

鶏と犬が器に残った仙薬を舐めたところ、天にまで昇り、雲の中で犬が吠えたという説話を踏まえているために、俗語であっても「けだもの」という語は和歌に摂取されたのだと考えられる。先に挙げた総称としての「けだもの」という用例は一方で見られるものの、『古今集』以後、「けだもの」が詠みこまれた和歌はその影響を受けたものとなる。つまり、歌語「けだもの」は、総称としての獣《けもの》か、または『神仙伝』を踏まえた意味での「けだもの」、即ち犬または獅子の用例しか指摘できず、かなり限定されたものといえる。

では、歌題「けだもの」はどうであったか。題の例として早いものと考えられる、『十題百首』を見てみたい。『十題百首』は、冒頭でも触れたが、藤原良経の主催によるもので、良経・慈円《じえん》・寂蓮《じゃくれん》・定家の四名が出詠した。題は、「天部」・「地部」・「居処」・「草」・「木」・「鳥」・「獣」・「虫」・「神祇」・「釈教」の十題であり、新奇なものを含むことが窺える。このうち、定家の「獣」詠を掲出する。

一三三　いつしかと春の気色にひきかへて雲井の庭にいづる白馬
七六二　霜ふかくおくるわかれのを車にあやなくつらき牛の音かな
七六三　おちつもる木のはもいくへつもるらんふすゐのかるもかきもはらはで
七六四　露をまつうの毛もいかにしをるらん月の桂の影をたのみて
七六五　山里は人のかよへる跡もなし宿もる犬のこゑばかりして

七六六　花ざかりむなしき山になくさるの心しらるる春の夜の月
七六七　思ふにはおくれんものかあらくまのすむてふ山のしばしなりとも
七六八　つかふるきつねのかれる色よりもふかきまどひにそむる心よ
七六九　ほどもなくくるる日影に音をぞなくひつじのあゆみきくにつけても
七七〇　たか山の峰ふみならすとらのこののぼらん道の末ぞはるけき
（『拾遺愚草』、獣十）

以上のように、歌語「けだもの」のように限定されることなく、具体的に馬、牛、猪、兎、犬、猿、熊、狐、羊、虎を詠みこんでいる。ここでは、本来は和歌にそぐわない、みやびでない語が詠みこまれているようであるが、いずれも先例があるもの、または漢詩を踏まえている語であり、和歌に摂取するのが許容されたものであると言えよう。たとえば、犬は『源氏物語』の浮舟巻を踏まえ、狐は『白氏文集』巻四の新楽府《しんがふ》「古塚狐」に拠っている。[※5] また、熊は『万葉集』に詠まれて以後、『拾遺集』にも用例が見いだせる。[※6]

歌材としての「けだもの」が歌語として定着していたことは、勅撰集などの歌語を集めた『八雲御抄《やくもみしょう》』巻第三、枝葉部に、獣部が立項されていることによっても知られる。これによれば、鹿、馬、牛、犬、猿、猪、熊、羊、虎、狐、兎、猫、鼠、鼯《むささび》、狸の十三種が挙げられている。

このように、歌語「けだもの」と異なって、題としての「けだもの」は一つの意味に限定することなく、それまでに詠じられた先例のあるものや、漢詩・説話を踏まえたものであれば、和歌として詠じられたため、題としては広がりをもったと考えられる。

たとえば、近世初期に後水尾院によって編纂された『類題和歌集《るいだいわかしゅう》』では、「暮春獣」、「春獣」、「夏獣」、「七夕獣」、「暮秋獣」、「秋獣」、「雪中獣」、「狩場獣」、「冬獣」、「冬見獣」、「寄獣恋」、「寄獣顕恋」、「山家獣」、「獣」、「原獣」が

見られ、「けだもの」題が展開していったことが窺える。※7

しかし、『類題和歌集』では「けだもの」題は、組題としての発展をみるものの、その用例はきわめて少なかったようで、「獣」以外で具体的な用例が挙げられたのは、「寄獣恋」、「寄獣顕恋」、「山家獣」のみであった。そのうちで、最も引用例が多いのが「寄獣恋」の題であった。「山家獣」が二例であったのに対し、「寄獣恋」題は、二十二例が挙げられていた。さらに、国歌大観で検索したところ、一六九例に及んだ。これは、「寄獣恋」題が、歌題「けだもの」の中でも最も定着したということを示すのではないか。

「けだもの」と「恋」という、最もかけ離れたイメージのものが結びつき、かつ、その題が広く受け入れられた背景には何があったのか。以下、実際に「寄獣恋」の用例を検討することによって、探っていきたい。

二 「寄獣恋」について

「寄獣恋」の題は、建久四年(一一九二)頃成立とされる(一説には五年)、『六百番歌合』が初出である。藤原良経が主催した歌合であり、『十題百首』の翌年に出題されたことが、『拾遺愚草《しゅういぐそう》』に「歌合百首　建久四年秋、三年給題云々」とあることから知られる。※8 なお、出題された題は特殊なものが多く、それまでの百首題で、組題の手本とされた堀河百首の題に拠るのではなく、永久百首の題に拠っていることが、松野陽一氏をはじめ先学によって指摘されている。※9 また、百首のうち、恋題が半数の五十首を占めており、寄物題《きぶつだい》の一つの題として「寄獣恋」は出題されている。※10

十九番　左　持　兼宗朝臣

一〇五七　うち頼む人の心は荒熊のおそろしきまでつれなかりけり

右　経家卿

一〇五八　恋をのみすがの荒野にはむ熊のおぢられにける身こそつらけれ

廿番　左　季経卿

一〇五九　いかにしてつれなき中を渡るべき足《あ》の音もせぬ駒のありとも

右　勝　中宮権大夫

一〇六〇　道遠み妹《いも》がりいそぐその駒に草取り飼はんなづみもぞする

廿一番　左　勝　定家朝臣

一〇六一　うらやまず臥《ふ》す猪《ゐ》の床はやすくとも歎くも形見寝ぬも契りを

右　隆信朝臣

一〇六二　いかでわれ臥す猪の床に身をかへて夢のほどだに契《ちぎり》結ばん

廿二番　左　勝　有家朝臣

一〇六三　唐国《からくに》の虎臥す野辺に入るよりもまどふ恋路《こひぢ》の末ぞあやふ《（う）》き

右　家隆

一〇六四　我宿は人もかれ野の浅茅原《あさぢはら》通ひし駒の跡もとゞめず

廿三番　左　持　顕昭

一〇六五　身を捨てて思へといはば唐国の虎臥す谷に世をもつくさん

右　寂蓮

一〇六六　もろこしの虎臥す島もへだつらん思はぬ中のうときけしきは

（『六百番歌合』、寄獣恋）

それでは、具体的に『六百番歌合』の「けだもの」の詠まれ方を見ておこう。

一〇六一番の定家の詠は、『正徹物語《しょうてつものがたり》』で正徹が絶賛した歌である。

一、作者の哥《うた》は、詞の外に、かげがそひて、何となく打詠ずるに哀に覚る也。六百番に、寄レ猪恋に、

うらやまず伏猪の床はやすくとも歎くもかたみねぬも契を

心は、ひるはひねもすに恋かなしびて、歎も人の形見、よるはすがらに、ねもせで心を尽くすも、世々のちぎりなれば、我はふすゐの安くぬるもうら山しからずと云也。まことに哀なる心也。

(『正徹物語』※11)

一〇六一番の大意は、「羨まない、寝床で猪が安眠するといっても。あの人を思って歎くのも形見であり、思い悩んで眠られないのもあの人との契りであるから」である。一日中、恋の思いに身を沈めて思い悩む姿を詠じた歌であるが、正徹が「哀なる心」としたのは、その歎きでさえも、人を思うよすがである、としたことである。通常であれば恨みに思う様が詠じられるところを、あえて詠じないところがこの歌の眼目と言えよう。そうであるから、安眠できる猪はうらやましくない、としている。なぜ、猪が引き合いに出されるかと言うと、和泉式部の歌が定家の歌の背景にあるからである。

八二一　かるもかきふすゐのとこのいをやすみさこそねざらめかからずもがな

(『後拾遺集』巻十四、恋四、題不知)

和泉式部の歌の大意は、「枯れ草を掻き集めてそこに臥す猪が安眠している。そのように眠れないとしても、あの人を思って眠れなくなることがなければなあ。」である。定家は、この歌に詠まれている、安眠している猪をうらやましく思うところを踏まえ、「うらやまず」と詠じた。以後、「ふすゐ」はこの『後拾遺集』の歌を踏まえ、安眠する猪というイメージが定着し、恋の思いに煩悶する詠作主体との比較で詠じられた。定家の詠は、うまく恋の本意に沿って、猪という「けだもの」を詠じたものと言えよう。

このように和歌での猪は、猪突猛進といった激しい動的なイメージから離れ、ある種の美化された静的なイメージのみが詠じられる。この傾向は、

二三三　つまごふるしかぞなくなる女郎花《をみなへし》おのがすむのの花としらずや

（『古今集』巻四、秋歌上、朱雀院のをみなへしあはせによみてたてまつりける、凡河内躬恒《おおしこうちのみつね》）

といったように、鹿が妻を思って恋い慕うという様が、みやびなものとして定着したことに通じよう。つまり、「けだもの」を詠じるのであっても、獣の持つ本質的な部分に着目して詠じるのではなく、むしろ、人間的な行為に注目して詠じたと言えよう。

このことは、和歌は俗なものを排し、みやびなものを詠じるものであるから、当然と言えよう。それは、鹿と猪が「寄獣恋」から発展した題とも言える、「寄鹿恋」、「寄猪恋」の用例が多く見られることからも、獣という範疇にあっても、みやびなものとして定着していたと考えられる。[※12]

しかし、その一方で、獣の本来の性質である荒々しさ、激しさを詠みこんだ歌も見いだせる。虎と熊と駒を詠じた歌である。以下で触れる。

三　虎をめぐって

「寄獣恋」では、猪、鹿、駒が多く詠みこまれるが、これらに次いで多く詠じられるのが虎である。『六百番歌合』でも、十首中三首に虎が詠みこまれている。

廿二番　左　勝　有家朝臣

一〇六三　唐国の虎臥す野辺に入るよりもまどふ恋路の末ぞあやふ《(う)》き

廿三番　左　持　顕昭

一〇六五　身を捨てて思へといはば唐国の虎臥す谷に世をもつくさん

右　寂蓮

一〇六六　もろこしの虎臥す島もへだつらん思はぬ中のうときけしきは

「虎臥す」という表現がいずれにも見えるが、これは、『拾遺集』の和歌に拠るものである。

一二二七　有りとてもいく世かはふるからくにのとらふすのべに身をもなげてん

（『拾遺集』巻十九、雑恋、をとこもちたる女を、せちにけさうし侍りて、あるをとこのつかはしける、藤原国用《くにもち》）

大意は、この世に生きながらえても、幾代も経て長くは生きられない、ならばいっそ、よその国の虎が臥すという野辺に身を投げてしまおうか、という恋の辛い思いから逃れようとする心境を詠じたもの。これは、『金光明最勝《こんこうみょうさいしょう》王経《おうきょう》』に見える、薩埵《さった》王子が自分の身を飢えた虎の母子に与えたという、仏教説話を踏まえる。『拾遺集』の歌では、虎に身を投げるよりもなお辛い恋心を表現するために、この説話が効果的に詠じられている。[※13]『六百番歌合』以外でも、「寄獣恋」で詠じられた例が見いだせる。

二九九六　今はげにとらふす野辺に身をすててさのみはつらき心をもうし　（『宝治百首《ほうじひゃくしゅ》』、寄獣恋、但馬）

八二三二　恋に身を行きても捨てんここになど虎住む野べのなき世なるらん　（『草根集《そうこんしゅう》』、寄獣恋、正徹）

『宝治百首』の大意は、「今は本当にもう、虎が臥している野辺にこの身を捨ててしまいたい。恋にばかり苦しむのは嫌だ」となろう。『草根集』は、「恋路を行き尽してこの身を捨ててしまおう。（本当は恋の辛さにこの身をいっそ捨ててしまいたいのに）ここはどうして虎が住む野辺がない世なのだろうか。」と考えられる。両首とも、『拾遺集』と同じく、辛い恋に身を置くくらいなら、いっそ虎に身を投げたい、としている。

　ここで、注目したいのが、恋の辛さが虎に食われる恐ろしさよりも勝る、という点である。『拾遺集』以降、「とらふすのべ」は虎を詠じる歌では定型化するのだが、この点が仏教説話を踏まえた歌では共通している。つまり、死よりも辛い恋心なのである。詠作主体にとっては、死の方が恐ろしくないとも言えよう。恋歌の表現では、「恋ひ死ぬ」という観念が存在するが、それらの歌はいずれも「死」という言葉を詠みこみながらも、例え恋い死ぬような辛い目に遭ってもこの思いを貫こう、といったような、ある種の決意の表明であったり、恋人に対して気を引くことが狙いであったりする。詠作主体は実際の死を望んでいないのだ。しかし、「とらふすのべ」を踏まえた歌は、辛い思いに耐えきれないために、積極的に死に向かおうとしている。『宝治百首』や『草根集』のような詠じられ方は、通常、優美なものとして詠じられる恋においては、とても激しい表現と言えよう。このことは、本来ならば身を捧げて、虎の命を救うという献身的な説話に基づく「とらふすのべ」という表現が、その世界から切り離され、辛い恋の程度を表すために、虎に食われるという恐ろしい行為として描かれているに過ぎない。仏教説話を踏まえるものの、虎が人を食うという、荒々しい一面が詠じられることは、前で見た鹿や猪が優美な面のみで詠じられたことと一線を画する。みやびでない、排除すべき俗のように思われる部分が詠じられたと言えるのではないか。

　さらに、仏教説話を踏まえない用例では、虎の本性がより強く強調される。

虎
（『和漢三才図会《わかんさんさいずえ》』）

三八四二　人心なににたとへん虎よりも猶はげしさのまさるつらさは
(『新明題《しんめいだい》和歌集』巻五、恋、寄獣恋、平松時量《ときかず》)

四〇四八　人心我にはとらのはげしさやよその手がひの契もぞある
(『芳雲《ほううん》集』恋部、寄虎恋、武者小路実陰《さねかげ》)

両首とも、近世の用例ではあるが、虎に思い人の心をなずらえて、その激しさを表現している。このように「けだもの」になずらえるのは、虎に限らず、熊でも詠じられている。

四　熊をめぐって

熊は、特に「あらくま」と詠まれることが多く、『六百番歌合』でも、藤原兼宗が、思い人の冷たい態度を「あらくま」に例えている。

十九番　左　持　兼宗朝臣

一〇五七　うち頼む人の心は荒熊のおそろしきまでつれなかりけり

右　経家卿

一〇五八　恋をのみすがの荒野にはむ熊のおぢられにける身こそつらけれ

この他に、思い人に対して「あらくま」とする例えは、「寄獣恋」で熊を詠じる場合に多く用いられた。

一二四五　したへども人の心はあら熊のなつかぬ中をなにしのぶらん
(『菊葉《きくよう》和歌集』巻十、恋二、千首の歌の中に、寄獣恋を、三善直衡《みよしなおひら》)

一三八三　我が為に人の心はあらくまのくいのやちたび身をばまかせん
(『挙白《きょはく》集』巻三、恋歌、寄獣恋、木下長嘯子《ちょうしょうし》)

いずれも、人の心は「あらくま」のように荒く恐ろしいことを詠じる。さらには、

二九五八　あらくまもなればなれなんしはせ山しばしもあらずつらき君かな

（『宝治百首』恋二十首、寄獣恋、後嵯峨院）

八四一　人ぞうき太山のおくのあらぐまもなるればなるる物とこそきけ（『永享《えいきょう》百首』恋二十首、寄獣恋、浄喜）

のように、思い人がいつまでも打ち解けない様を、「あらくま」よりも馴れないとして詠じている。なずらえることにとどまらず、その恐ろしく荒々しい熊よりも人は勝るものとする。「あらくま」の類型として「あらこま」も挙げられ、

二九七一　草しげきみづのみまきにかふ駒のあれ行く人を何したふらん（『宝治百首』恋二十首、寄獣恋、二条資季《すけすえ》）

二九七三　いかにせん野がふをぶちの駒よりもあれのみまさる人の心を　（同、源有教《ありのり》）

二九七四　逢ふことはかたがひこまのはなれつつあれのみ行くか人のこころの　（同、花山院師継《もろつぐ》）

三八四四　我がかたにひくとはなくて人心たたれぬ駒のあれまさるらん

（『新明題和歌集』巻五、恋、寄獣恋、飛鳥井《あすかい》雅綱《まさつな》）

「あらくま」同様に、打ち解けない様子を「あらこま」になずらえる。※14

前章から見てきたように、なぜ、思い人の辛い仕打ちや態度を虎、熊、駒の激しさ、荒々しさになずらえたのか。さらにはそれだけに留まらず、それらの「けだもの」よりも荒々しい性質が勝ると表現したのだろうか。

それは、

一四八七　花にても身は心なきけだものの雲に吠えけんためしをぞしる

（『草根集』、寄花獣、正徹）

とあるように、「けだもの」とは、「心なき」ものであるというのが、共通認識であったからではないか。「心」がな

いからこそ、「けだもの」は人間よりも一段低い存在として見られていた。しかし、今までに見てきた用例での想い人は、「心」がない「けだもの」よりも同じであるか、それ以上であるとされていた。これは何を意味するのであろうか。それは、以下に掲げた歌に表されている。

二九八一　つひにさて雲にほえけんけだ物のなさけ程だにかけぬ君かな　（『宝治百首』恋二十首、寄獣恋、真観《しんかん》）

この歌では、恋した相手は、「けだもの」よりも、詠作主体に対して情けをかける「心」がないと詠じられている。「けだもの」よりも「心ない」とすることで、全く人の心を理解しない存在であることが強調されているのである。つまりは、想い人を「けだもの」よりも貶めていることになる。このことを端的に示すのが、釈教の歌ではあるが、右の一首である。

三八五　けだ物に猶おとりてもみゆるかな人をばしらぬ人のこころは　（『久安百首』尺教、大集経、二垂《（ママ）》弾呵、藤原顕輔《あきすけ》）

人の心を解《かい》さない人は、人ではなく、「けだもの」よりもなお劣った存在なのである。これこそが、「けだもの」を詠みこんだ歌の言いたかったことではないか。つまり、この思いが「寄獣恋」題の根底にあったからこそ、想い人に対してその性質が「けだもの」以上に激しいなどといった表現となったのではないか。

なぜ、ここまでの表現をしなければならなかったのか。それほどに詠作主体の思いが、想い人に全く通じていない、ということを示したいからではないか。「心」がない「けだもの」の方が、まだ思いが通じると詠じることで、より一層、恋人の辛い仕打ちや態度を効果的に表そうとしたと考える。そして、恋がどれほどに困難であるかを表現しようとしたのではないか。

優美な思いを詠ずるのも恋歌ではあったが、自身に辛く悲しい思いをさせるのも、恋歌の一側面としては確実に存在した。「寄獣恋」題では、恋の思いの辛さや、思い人が自身に心を許してくれない、慣れてくれないということを「けだもの」になずらえて詠ずることで、それまでに詠じられることのなかった、「恋」の持つ恐ろしい側面を表現することができたのではないか。そのために、あえて、俗な要素と思われる「けだもの」の恐ろしい本性を詠じたと考えられる。

五　歌題「けだもの」の定着

では、なぜ、歌題「けだもの」が「恋」題で定着したのだろうか。他の「けだもの」題を検討することによって浮き彫りにしたい。試みに『類題和歌集』に収められている題に基づいて、国歌大観で検索した用例を掲出する。

春獣　五五九　めづらしきはるのいろとぞみえわたるあをきむまひくももしきの庭
（『伏見院御集《ぎょしゅう》』、伏見院）

夏獣　三〇八二　宮城野に立つやをしかの思草《おもひぐさ》葉末《はずゑ》のともし消ゆる夜もなし
（『草根集』、夏、正徹）

七夕獣　一九　七夕をなれもうらやむ心とや妻待つくれに鹿のなくらん
（『沙玉集《さぎょくしゅう》』、応永十二年七月七日めされし三首、後崇光院《ごすこういん》）

秋獣　五四　さをしかはつまこひわびぬ草がれのをのの夜さむの秋風のころ
（『後二条院御集』、後二条院）

冬獣　一五二三　しもにさゆる月かげさむし里の犬のこゑふけすめる冬のさよなか
（『伏見院御集』）

山家獣　一二〇六　さをしかの跡だにのこれおのづから山路絶えずは人もこそとへ
（『草庵集』巻九、雑歌、民部卿一日千首に、頓阿）

以上に挙げた歌の用例は、それぞれ、「春獣」は十例、「夏獣」は八例、「七夕獣」は四例、「秋獣」は五例、「冬獣」は十九例、「山家獣」は六例であり、少ない。詠みこまれた「けだもの」も、かなり限定的であり、ほとんどが鹿で、それ以外であると、飼育されている犬などで、荒々しさを主眼として詠じられた例は見られなかった。

これらの例が示すことは、まず、俗な「けだもの」が主題であると、それをみやびに詠みこなすことが難しかったと考えられる。そのため、すでに、みやびなものとして定着していた鹿、または、飼育されている犬などの穏やかなイメージを持つ「けだもの」を詠じるしかなかったのではないか。これらの「けだもの」を詠じれば、俗な性質である荒々しさ、激しさは詠みこまれないものの、それでは、「けだもの」の持つ本来的なイメージから離れることになってしまう。そのため、題の本意と矛盾が生じてしまうため、「けだもの」の題はほとんど定着することはなかったのではないか。

では、なぜ歌題「けだもの」が「恋」の題と結びつくことで定着したのか、ということをふたたび考えたい。それは、恋という優美な大枠があるからこそ、俗な「けだもの」であっても詠みこなせたのではないか。「けだもの」の本性である荒々しさを詠じても、またみやびなものとして定着した鹿や猪を詠じても、それはすべて恋の持つ様々な側面を表すものとして包括されたのではないか。どれほどに「けだもの」の荒々しさを強調しても、それは「けだもの」そのものについて言うのではなく、思い人の「心ない」態度や仕打ちの程度を示す形容なのである。それゆえに、前で見たように、恋人は「けだもの」よりも「心ない」と貶められるが、それは詠作主体が真に想いを寄せているからこそ、このような想いを抱くのであり、それらの表現はかえって思いの深さを示すことになったのではないか。この点が、「けだもの」の本意を詠じても俗になることはなく、「恋」の本意をみたすことになったと考える。だからこそ、「恋」という題によって、正反対の「けだもの」題が、その荒々しさ、激しさという性質を示すものだけの題ではなくなり、和歌にふさわしいみやびな要素を持つことができたのではないか。そして、それは、それまでにない「恋」題の新たな趣向となったと考える。

おわりに

歌題「けだもの」は、組題としては、用例がみられるものの決して多いとは言い難く、定着したとは言えない。ただし、「寄獣恋」という「恋」題と組まれることによって、歌題「けだもの」は定着したと考える。その要因として、「寄獣恋」題が、『六百番歌合』で出題されたことによるものが大きいと言える。しかし、先例があるというだけではなく、「寄獣恋」題によって、俗である題材「けだもの」が、「恋」題の新たな一面を切り開くことになったためでもあると考える。それは、虎や熊、馬などが、荒々しさ、激しさという「けだもの」の本意とも言っていい部分を切り離さずに詠み込まれたことが、そのことを示していよう。

歌題「けだもの」は、「恋」というみやびな枠に取りこまれることによって、それまでにない新たな和歌を生み出し、恋歌の世界に、より一層広がりを持たせたのではないか。

注

1　「けだもの」については、久保田淳、馬場あき子編『歌ことば歌枕大辞典』（角川書店、一九九九年）の鈴木健一氏の項目執筆を参考とした。また、先行研究として、川村晃生「「獣歌」考」（樋口芳麻呂編『王朝和歌と史的展開』所収、笠間書院、一九九七年）がある。

2　『十題百首』については、久保田淳『新古今歌人の研究』（東京大学出版会、一九七三年）所収、第三節「新儀非拠達磨歌の時代―建久期―」に詳しい。本編での理解は基本的にこの書に拠る。

3　本文中の和歌の引用は、特に注しない限りは新編国歌大観に拠った。但し、『万葉集』のみ旧編の番号に拠る。

4　本文は、福井康順著『中国古典新書　神仙伝』（明徳出版社、一九八三年）に拠った。

5　犬が和歌に詠まれたことについては、稲田利徳「象徴としての犬の声―中世隠遁文学表現考―」（『国語国文』、二〇〇三年四月）に指摘がある。論中では、犬が登場する場面は浮舟巻のみであることが指摘されている。以下にその場面を引用する。

宮は、御馬にて、すこし遠く立ちたまへるに、里びたる声したる犬どもの出で来てののしるもいと恐ろしく、（中略）夜はいたく更けゆくに、このもの咎めする犬の声絶えず、人々追ひ避けなどするに、（浮舟巻）

また、定家詠での狐が、『白氏文集』巻四の新楽府「古塚狐」に拠っていることは、前掲注2論中で指摘されている。

古塚狐。妖且老。化為婦人顔色好。頭変雲鬟面変粧。（中略）翠眉不挙花顔低。忽然一笑千万態。見者十人八九迷。仮色迷人猶如是。真色迷人応過此。

6　『万葉集』と『拾遺集』の用例を示しておく。

二六九六　荒熊の住むといふ山の師歯迫山責めて問ふとも汝が名は告らじ（『万葉集』巻一一、作者未詳）

三八二　身を捨てて山に入りにし我ならば熊の食らはむ事も覚えず（『拾遺集』物名、よみ人しらず）

7　題の検索には、内閣文庫本（旧紅葉山文庫蔵、特二六／一七）に拠った。

8　松野陽一『鳥帚　千載集時代和歌の研究』（風間書房、一九九五年）所収、Ⅳ、（3）「六百番歌合の成立事情について」を参考とした。

9　前掲注8に同じ。他に、篠崎祐紀江「「六百番歌合」歌題考―四季の部をめぐって―」（『国文学研究』、一九八〇年三月）、新名主祥子「藤原良経研究―六百番歌合の企画意識について―」（『国語国文学研究』、一九八二年三月）、同「『六百番歌合』

の恋題をめぐって」(『国語国文学研究』、一九八三年二月)がある。

10 本文は、久保田淳、山口明穂校注『六百番歌合』(新日本古典文学大系38、岩波書店、一九九八年)に拠った。なお、引用に際しては、判詞を省略し、仮名遣いは適宜改めた上で、元の形を括弧に入れて示した。

11 本文は、川村晃生、鈴木淳編『歌論歌学集成』第十一巻(三弥井書店、二〇〇一年)所収、稲田利徳校注『正徹物語』に拠った。

12 鹿の用例を以下に一首示しておく。

三八八　このごろの心のそこをよそに見ばしかなくのべの秋のゆふぐれ

(『秋篠月清集』歌合百首、寄獣恋、藤原良経)

この歌では、詠作主体が、自身の心の奥底を、鹿が妻を恋い慕って鳴く、もの悲しい秋の夕暮れに見出す様が詠まれる。鹿が妻を恋い慕う行為に、自身の思いを重ね合わせているのである。

13 なお、この仏教説話にもとづく和歌については、田中宗博「捨身飼虎説話と和歌―『今昔物語集』『宇治拾遺物語』所収説話の読解のために―」(藤岡忠美先生喜寿記念論文集刊行会編『古代中世和歌文学の研究』所収、和泉書院、二〇〇三年)に詳しい。

14 「あらこま」の先例としては、

一二五二　みちのくのをぶちのこまものがふにはあれこそまされなつくものかは

(『後撰集』巻十八、雑四、よみ人しらず)

が挙げられる。

佐々木四郎が給はッたる御馬は、
黒栗毛なる馬の、
きはめてふとうたくましゐが、
馬をも人をもあたりをはらッてくひければ、
いけずきとつけられたり。

『平家物語』「いけずき」と「するすみ」

牧野淳司

一　宇治川合戦

『平家物語』には数多くの名場面がある。巻九の宇治川先陣はその一つである。ここでは、佐々木高綱《たかつな》と梶原景季《かげすえ》という二人の武士が宇治川合戦の先陣を争う。宇治川合戦は、源義経が率いる鎌倉軍とそれを迎え撃つ源義仲軍とがぶつかり合った戦いである。この時点で、平家はすでに都落ちしていた。かわって京に入っていたのが北陸道《ほくりくどう》から進撃してきた源義仲である。ところが義仲軍は、京都の治安を回復するどころか、かえって乱暴・略奪をほしいままにしたという。都の人々は東国にいる源頼朝の上洛を待ち望むようになっていた。そのような中、頼朝の軍勢がいよいよ都へ向けて進軍を開始した。その一隊を率いたのが義経である。こうして義経軍と義仲軍とは宇治川を挟んで激突することになったのである。

合戦の様子は巻九の「生《いけ》ズキノ沙汰」と「宇治川先陣」の章段に描かれている。両者は、『平家物語』の中で最もよく読まれてきた章段の一つと言えよう。『平家物語』を通読したことがない人でも、教科書やダイジェスト版、あるいは漫画などでこの合戦のことを知っている人は多いのではないか。宇治川先陣は大勢の人々に親しまれてきたと言ってよい。それでは、この章段の何が多くの人々の心を惹きつけるのであろうか。これについて、有名な小林秀雄の評論を参照してみよう。小林は、宇治川合戦が好まれる理由を実に魅力的に説明している。例えば、「いけずき」という馬に乗った佐々木高綱が登場する場面が取り上げられている。それは次のような文章である。

黄覆輪《きぶくりん》の鞍をいて、小総《こぶさ》の鞦《しりがい》かけ、しらあはかませ、とねりあまたついたりけれども、なをひきもためずおどらせて出できたり。

このような部分を示して小林は、「まるで心理が写されているというより、隆々たる筋肉の動きが写されている様な感じがする。事実、そうに違いないのである。この辺りの文章からは、太陽の光と人間と馬の汗とが感じられる、そんなものは少しも書いてないが」と評した。たしかに、太陽の光や人間と馬の汗を感じ取ることができるような気がする。何よりも力強さと躍動感があふれている。そして、この躍動感を生み出しているのが馬である。「しらあはかませ」とか「ひきもためずおどらせ」は、並大抵の力では制御しきれない荒々しい馬の気性を表現している。活躍する時を待ちきれず、あり余るエネルギーを放出している様子は、合戦場面に向けて読者の期待感を高める。宇治川合戦という名場面を創り上げていく立役者は馬である。

二 「いけずき」と「するすみ」

この戦いで活躍するのは「いけずき」と「するすみ」という二頭の名馬である。両馬とも鎌倉殿（源頼朝）が所有していた。それが、戦いに先立って佐々木高綱と梶原景季に与えられたという。その様子は、「生ズキノ沙汰」に描かれている。

義仲追討軍の出陣に当たって、最初に頼朝のところに参上したのは梶原景季であった。梶原は「いけずき」を賜りたいとしきりに頼朝に願い出る。これに対し頼朝は、「いけずき」はいざという時に自分が乗る馬だとして拒否する。そのかわりに、「するすみ」が与えられた。ところが次に佐々木高綱が参上すると、頼朝は何を思ったか、あっさりと「いけずき」を与えてしまう。馬を賜った佐々木は、「この馬で必ずや宇治川の先陣をしてみせましょう。先陣を逃した場合、宇治川で討ち死にする覚悟です」と豪語したという。きまぐれとも言える頼朝の差配によって、佐々木と梶原の対決が準備された。

梶原と佐々木、両者はともに宇治川合戦で先陣を勝ち取ろうという闘志を秘めていた。「宇治川先陣」は佐々木と梶原の先陣争いを中心に語っていく。その合戦場面、直前の文章は以下のようになっている。

比は睦月廿日《むつきはつか》あまりの事なれば、比良《ひら》のたかね・志賀《しが》の山、むかしながらの雪も消え、谷々の氷うちとけて、水はおりふしまさりたり。白浪《はくらう》おびたゝしうみなぎりおち、灘《せ》まくらおほきに滝なッて、さかまく水もはやかりけり。

「比は…」で始まる一文は、物語が山場に突入することを示す指標である。この文章が来ると読み手（聞き手）の高揚感は最高潮に達する。特に舞台を取り囲む風景が叙述されることが多いが、宇治川先陣の場合、軍勢の行く手を阻む宇治川の様子が写される。雪解け水で増水して白浪がおびただしくみなぎり落ち、滝のように大きな響きをたてたり、渦巻いて逆流しているところもある。果たして、このような川を突破して先陣を切ることは可能なのか。

増水した宇治川を前にした大将軍義経は、迂回するべきか、水量が減少するのを待つべきか、配下の者たちに問いかける。これに対し畠山重忠《しげただ》が進み出て、自分が浅瀬を見つけて川を渡して見せましょうと言う。配下の者を引き連れ、隊列を組んで川に進もうとした時、突如、宇治平等院の東北「橘の小島」の先あたりから、武者二騎がものすごい速さで馬を駆って進んでいく姿が視界に入る。一騎は梶原景季、一騎は佐々木高綱であった。

最初、やや出遅れた佐々木高綱は、先を行く梶原景季に対して「腹帯がゆるんでいるようだから締め直した方がよいですぞ」と声をかける。それを聞いた梶原はスピードをゆるめて腹帯を直す。その間に佐々木は「つッと」馳せ抜いて、馬を川へ「ざッと」と打ち入れた。だまされたと思った梶原もすぐ後に続く。今度は梶原が佐々木に「水の底にはきっと大綱が張ってありますぞ」と忠告すると、佐々木は太刀を抜いて、馬の足にかかる大綱を「ふつふつ」と打ち切りながら進んでいく。そうして「いけずきといふ世一《よいち》の馬」に乗った佐々木は、「宇治河はやしといへども、一文字にざッとわたひて」向かい側の岸へあがった。一方、梶原が乗った「するすみ」は、途中で押し流されて、はるか下流で岸にあがった。佐々木は足に力を入れて馬上で中腰に立ち上がり、大音声をあげて先陣の名乗りをあげた。見事一番乗りを果たすことができたわけである。

佐々木が先陣を遂げることができたのは、梶原との駆け引きに勝ったこともあるが、何と言っても「世一の馬」である「いけずき」に乗っていたことが大きい。「いけずき」は宇治川を「一文字」に渡った。対して、「するすみ」は流れに押し流された。勝負において馬が大きな役割を果たしたのである。またこの場面は多くの擬態語・擬音語を使用しているが、「つッと」や「ざッと」は、佐々木が乗る「いけずき」が駆ける様子や、川に乗り入れ水をかきわけ泳いでいく様子を表現している。馬そのものを描写しなくとも、擬態語・擬音語が馬の突き進む様子をよく伝えてくれる。簡潔で力強い文体は、馬の動きを活写するのに誠にふさわしい。逆の発想をすれば、馬の動きそのものが、この文体を創り上げたと言える。

三　名前の由来

溢れるばかりの力を発散してまわりを圧倒し、どんな障碍も突き破って一直線に進んでいく力。宇治川合戦からは、名馬の持つ力強さが十二分に伝わってくる。それは、先陣争いの勝負を左右しただけでなく、物語の文体そのものにまで影響を与えているかのようである。そのような馬の力は、いったい何処から湧き上がってくるのであろう。もちろん、合戦で重要な武力となった馬が実際に保持していた力が物語に力強さを与えたと言うことはできるであろう。躍動する馬の動きは、軍記物語という文学を生み出す力の源泉の一つであった。しかし、それだけではないのではないか。馬そのものが持つイメージも作用しているのではないか。戦場で活躍した馬に、伝説的な名馬が持つ強烈な力が重ね合わされることで、物語中の馬はより大きな役割を果たすようになったと考えてみたい。「いけずき」には、伝説的な名馬のイメージが付加されていると思う。そのことは、「いけずき」という名前の由来を説明した部分から感じ取ることが可能である。

「いけずき」と「するすみ」の名前の由来は、以下のように語られている。

佐々木四郎が給はッたる御馬は、黒栗毛なる馬の、きはめてふとうたくましゐが、馬をも人をもあたりをはらッてくひければ、いけずきとつけられたり。（四尺）八寸の馬とぞ聞えし。梶原が給はッたるする墨も、きはめてふとうたくましきが、まことに黒かりければ、する墨とつけられたり。いづれもおとらぬ名馬也。

どちらも「きはめてふとうたくまし」い馬であったが、「するすみ」がその色が黒かったことから付けられた名前であるのに対し、「いけずき」の場合は、「馬をも人をもあたりをはらッて」喰うという、その有様が名付けの理由とされている。「あたりをはらッて」喰うというのは、手当たり次第、見境無く喰らいつくということで、すべてのもの・秩序を破壊し、のみこんでいく絶大な力を感じさせるし、人をも喰らうという点は、制御不能な凶暴さを表現している。「するすみ」に比べて、暴力的な荒々しさがいっそう強調されていると言えよう。その力は、すべてのものを飲み込み破壊していくという意味で、神話的であるとさえ言えるかもしれない。

さてここまで、今日一般的に読まれている覚一《かくいち》本『平家物語』を参照してきた。ここで、『平家物語』諸本のうち、延慶《えんぎょう》本と呼ばれる本も見てみたい。『平家物語』には異なる物語内容を持つ本（諸本）が数多く存在しているが、延慶本もその一つである。この本には「いけずき」という名称について、覚一本より詳しい記述がある。

此馬ヲ生湌《いけずき》ト申ケル事ハ、二三歳ノ比、アドナカリケル時、ニクシト思フ者ヲクヒフセテ、サスガニクヰハコロサズ、生《いけ》ナガラ足手ナドヲクヰカキケルアヒダ、生湌ト名タリ

覚一本に比べ、より生々しい表現になっている。まだ二、三歳で右も左も分からない頃、憎いと思うものに食らい

ついては、足や手を食いちぎったという。さすがに殺すところまではいかなかったと言うが、生きたままの方がかえって残酷ではある。この説明は、覚一本より現実味が増しているともとれるが、神話的暴力性が強められていると見ることもできる。残酷さに拘泥することなく、好悪の感情に任せて喰らいつくという行動は、いまだ「あどない」時（物事の分別がつく前）であることによって、無邪気さや純粋さを感じさせるからである。これは世界（の始原・根源）に存在する、理屈では説明できない暴力性を表現したものと見ることもできよう。稿者は「いけずき」の形象に、現実の馬の力を超越していく神話的な能力が付与されていると見てみたいのだが、その点については後述することにして、本節では人を喰う馬について、「いけずき」以外の事例を確認しておこう。

人を喰う馬として藤原頼通《よりみち》の「花形」が知られている。『中外抄《ちゅうがいしょう》』下・二六に、

宇治殿は、花形といふ御馬に乗らせ給ひたりけるに、兼時といふ随身の、「御馬、腹立仕り候ひにたり。下りさせおはしませ」とて、他人を乗せて御覧じければ、御馬臥《ふし》まろび、乗る人をくひなどしけり。

とある。花形は機嫌が悪くなった時に、乗る人を落として食らいついたと言う。荒々しい気性の馬は多く存在したようで、『塵添壒嚢鈔《じんてんあいのうしょう》』は「沛艾《はいがい》」という言葉に関連して、

文選ニ沛艾《ハイカイ》トヲドリアガルトヨム。馬ノ武クテ寄ル者ヲクヒフムニ寄テ（中略）馬ノ半漢《イサミ》狂《クルヘル》ヲ云詞也

とある。「沛艾」は、寄る者を喰い踏むような暴れ馬を形容する言葉であった。『徒然草』百四十五段は、「沛艾の馬」を好んだ下野入道信願《しもつけのにゅうどうしんがん》が落馬して死んだことを書き留めている。また、説経『小栗判官《おぐりはんがん》』に登場する馬「鬼鹿毛《おにかげ》」は、「人秣《まぐさ》」を食う馬であった。「いけずき」は、これら暴れ馬の系譜に連なる馬と言えよう。気性の荒さゆえ人に喰らいつくというのは、凶暴な馬であることを示す指標の一つであった。「いけずき」はこのような性格を付与されれて造形されている。

四　地獄の池を泳ぐ馬

延慶本には先に見た名前の由来の他に、もう一つ別の説が記されている。

又ハ奥州ニ能《のう》ノ海トテ、メグリ卌里《しじふり》ノ池アリ。日本国ノ鷲ノ集ル池ナリ。大地獄トテ又大池アリ。其間ニ名誉アル人ノシヌレバ必ズ魂魄《こんぱく》定テ此ノ池ニ没ストイヘリ。カクノゴトキラノ池ハ多ト云トモ、魚ノミアテ船ハナシ。コレニヨテ池ノ辺ノ魚捕等、一丈計ナル棹ニ細《網賦》ヲハリテ、此馬ニ乗テ池上ノ水ニヲヨガセテ魚ヲスキケルニヨテ、池ズキト名タリトモイヘリ。

「能ノ海」という周囲が四十里ある池は、東北地方のどの池を指すのか不明である。実際の地名であったかどうかも分からない。その池に日本中の鷲が集まるというのも、何か深い意味がありそうだがよく分からない。また、大地獄という大池もあるという。「名誉ある人」が死ぬと、その魂魄がこの池に没するという。こういった池が多くあるが、魚はいても船がない。そこで、漁師たちは棹に網を張って馬に乗り、池の上を泳がせて魚を捕獲したという。だから「池ズキ」という名前がついたというのである。

奥州のどこかに能の海とか大地獄とかいう池があって、そこには鷲が集まったり、霊魂が沈んだりしている。その池を、魚をすきながら悠々と泳ぐ馬。何とも幻想的な風景である。どう読み解くべきか分からない点も多いが、とにかくこれが、「いけずき」の生まれ故郷であった。「いけずき」という名馬が出現してくる秘密の土地、そこには地獄と繋がる池があった。「いけずき」はその「池」を、名前として確かに背負っていたわけである。

名馬と地獄の池という組み合わせを前にした時に想起されるのは、馬と水との深い関係である。中国大陸の伝説的な馬について述べた西脇隆夫氏の文章を参照すると、伝説的な神馬が水辺に出現したことを記す文献がいくつか紹介されている。酈道元《れきどうげん》（四六九―五二七）の『水経注《すいけいちゅう》』に「滇池《てんち》（雲南省昆明市にある湖）の中に神馬がいて、家馬がこれと交わると駿馬を生み、一日に五百里も行く」とあり、晋の常璩《じょうきょ》の『華陽国志《かようこくし》』には「四頭の神馬が滇池の中から現れた」と記されているという。また『瑞応図《ずいおうと》』には「龍馬とは神馬であり、河水の精である」との記述があるという。神馬・龍馬はしばしば水の中から出現したようである。また、馬が洞穴を出入りした伝説も紹介されている。夷陵《いりょう》県（現、湖北《こほく》省宜昌《ぎしょう》県）の北三十里に馬穿という石穴があり、かつて白馬が出て来た。ある人が馬を追いかけて穴の中に入り、潜行すると漢中（陝西《せんせい》省南部の県）に出たという（『水経注』巻四三、江水）。あるいは、西域のトカラ国でも、頗黎《はれい》山の南崖の洞穴に神馬が棲み、その側に雌馬をつないでおくと名駒を生んだという（『隋書《ずいしょ》』巻八三、「西域列伝」）。洞穴は地下の水脈に通じているから、これらの伝承はやはり馬と水神との結びつきを示しているという。

この問題については、柳田国男の「河童駒引《かっぱこまひき》」の発想を継承した石田英一郎の「馬と水神」を参照することができる。ここには興味深い事例が豊富に紹介されている。例えば、漢の郭憲《かくけん》の撰と伝えられる『別国洞冥記《べっこくどうめいき》』の「修弥《しゅみ》国ニ神馬多シ。騾驢《らろ》ハ十丈、毛色皎然、能ク水上ヲ行ク。両翼有リ、或イハ海上ニ飛ブ。常ニ牧馬ト合スレバ則チ神驢《しんろ》ヲ生ム」は、水上・海上を行くことができる神馬について記述している。石田は名馬を産む滇池・青池（竜池）についても紹介している。あるいは柳田国男が言及した伝説（奥州名久井嶽の麓住谷野の牧の馬が月明の夜、嶽の頂きの竜の棲む池の水をのんでたちまち駿馬池月となった話や、義経の愛馬薄墨一名太夫黒が安房太海村太夫崎の巌窟から出たという話）を含めた数多くの文献・伝説を紹介して、馬と水神・龍との深い繋がりを示してみせた。

こういった伝説は、延慶本が語る「いけずき」の話の読み解き方の解答をはっきりと与えてくれるわけではない。しかし、「いけずき」誕生の原風景を語る幻想的かつ不思議なエピソードが、馬と水神に関わる伝説とどこかで繋がっていると考えることは許されるのではないか。「魂魄」が沈む「大地獄」という池は、洞穴・地下水脈と通じ合う。

池の上を泳ぐ姿は、水上や海上を自在に行き来する神馬のイメージを彷彿とさせる。「いけずき」の形象には、ユーラシアに広く分布した神馬・龍馬の姿が投影されている可能性がある。神馬の能力をもってすれば、宇治川を一文字に渡ることも容易いことだったということになるが、それは言い過ぎであろうか。

五　馬に乗った王／喰らい尽くすもの

前節では中国や日本の名馬が持つ神話的・伝説的能力が「いけずき」に付与されている可能性を考えてみたのであるが、ここで別の側面から馬が持つ象徴的な力やイメージを探ってみたい。手掛かりは仏教世界における馬である。なぜ、仏教なのか。覚一本を読む限り、宇治川合戦の物語に仏教の匂いを感じ取ることは難しい。しかし、延慶本を読むと、趣がずいぶんと異なる。例えば、佐々木が頼朝から馬を賜る場面は次のように描かれている。

佐々木四郎隆綱、鎌倉殿ニ参タリ。イカニ今マデ遅カリツルゾト宣ヘバ、老少不定ノ堺ニテ候シ上、合戦ノ道ニ向キ候事、再ビ故郷ニ帰ルベシトモ存ゼズ候アヒダ、父ニテ候シ者ノ墓所ニ暇乞候ツル次《ついで》ニ、十三年ノ追善ヲ引コシテ仕リ候ツル間、遅参仕テ候。ヤガテアレヨリコソ打出ベク候ツレドモ、親ノ孝養ヲ引コシ候程ニ、无常ヲ観ジ候ナガラ、争カ今一度ミモマヒラセ、ミヘモマヒラセ候ハデハ候ベキト存候テ、参テ候トテフシメニゾナリタリケル。鎌倉殿モ御覧ジテ、御目ニ涙ヲウケサセ給ケリ。

出陣に遅れた佐々木に頼朝がその理由を問うと、「合戦に出かけるからには再び故郷へ戻れるかどうかは分かりません。そこで父の墓に参りましたが、そのついでに追善供養を行っておりました。だから遅くなってしまいました」と答えたという。さらに、追善供養で世の無常を強く観じ、主君に再び会えるかどうかも分からないと意識したので、たとえ遅くなったとしても頼朝に挨拶を申し上げないわけにはいかないと思ったという。これを聞いた頼朝は目に涙を浮かべた。これに続く場面で、佐々木に「いけずき」が与えられるのだが、それは佐々木の神妙な心構えに頼朝が感動したからなのであった。

また延慶本は、佐々木と梶原の先陣争いに先立って、熊谷親子の橋桁渡しを描いている。これは橋板が外された宇治橋の橋桁を、熊谷親子らが決死の覚悟で渡ったことを語ったものである。この時熊谷直実《なおざね》は、まだ十六歳の息子直家の頼もしさを実感する。と同時に、息子をいとおしく思う気持ちを強くした。ここで親子の情愛を切実に感じたことが、後に熊谷が出家する原因となったという。延慶本は、熊谷の一人称の語りを交えながら次のように語っている。

我若《もし》落バ小次郎定テ取《とり》留ムトシテ共ニ落《おち》ム事ノ心ウク思ケル時、他力往生来迎引接ノ阿弥陀如来ヲ念ジ初メ奉リタリケリ。摂取不捨ノ本願、只今コソゲニタノモシクハ覚侍レ。云ニ甲斐ナキ小次郎ダニコソ、落ム所ヲバ取助ムトテ後ニハツヾキタレ。マシテ三尊来迎シテ生死ノ苦海ニ沈マム所ヲ来迎引接シ給ハム事、憑テモナヲタノムベカリケリ。平山、佐々木、渋屋、熊谷親子、南無阿弥陀仏〳〵ト申テゾ西ノ岸ニハワタリツキタリケル。

橋桁渡しの際、自分が落ちたら息子も落ちるだろうことを考えた時に、阿弥陀にすがる気持ちが起こったという。橋桁渡しは熊谷が阿弥陀信仰を抱くきっかけになったのである。実際にこの物語は、話の要素と構成が善導《ぜんどう》（中国の浄土教思想家）の『観経疏散善義《かんぎょうしょさんぜんぎ》』に説かれる二河白道《にがびゃくどう》の譬えとよく合致することが牧野和夫氏によって指摘されている。二河白道の譬えとは、此岸において群賊悪獣に追い詰められた行人が火と水の二河を跨ぐ細い白道を渡り切ることで対岸へと逃げる話で、此岸が現世、彼岸が極楽浄土を表している。熊谷が宇治橋を渡す物語は、浄土教を広める説法談としての性格を持っていた。

延慶本に存在する以上のような仏教的要素は、宇治川合戦の物語が仏教との関わりを持ったことを示している。佐々木と梶原の先陣争いについても、説法の場で語られた可能性を考えてみてもよい（そのことを示唆する資料として、後藤丹治氏が指摘した『拾珠鈔《しゅうじゅしょう》』がある）。

そのような観点から見た時、延慶本の次の文が注意を引く。鎌倉から都へ進む途中、梶原が自分の馬が一番だと思いながら軍勢を見渡しているところへ、「いけずき」が登場する場面である。

誰トハ不知、アキヨゲナル武者一騎、乗替四五騎馬ニ疋引セテ鞭ヲ揚テ出来タリ。誰ナルラムト目ヲ懸タル処ニ、師子ヤ大象モカクヤ有ラム、麒麟八疋ノ駒モ此ニハスギジト覚ヘタル馬、マ先ニ引セテ出来タリ。ミレバ佐々木ノ四郎隆綱也。引セタル馬三疋ノ内ニ生飡アリ。

ここで佐々木が引かせている馬は、獅子・大象・麒麟八匹の駒と比較されている。これに似た記述が、『源平盛衰《げんぺいじょうすい》記《き》』巻二十八「源氏落㆓燧《ひうち》城㆒」にある。「師子訊迅ノ振舞、龍馬酔象ノ有様、穆王八疋ノ天ノ駒」という記述で、細部の表現は異なるが獅子・象・八疋の駒が出る。この中で有名なのが穆王《ぼくおう》の八頭の馬である。『穆天子伝』などに記述がある伝説の馬で、周の穆王は八頭の駿馬にまたがって天下をかけめぐったとされる。この馬のことは日本中世でもよく知られていた。天台即位法に関わって説かれた慈童《じどう》説話に登場するからである（天台即位法や慈童説話については、伊藤正義氏や阿部泰郎氏の論文を参照）。軍記物語では『太平記』巻十三「竜馬進奏事」に詳しい物語がある。穆王は八匹の天馬に乗って霊山の尺尊《しゃくそん》法花《ほっけ》説法の場に赴き、法花経四要品の八句偈を授かった。この偈こそが、「理世安民の治略、除災与楽の要術」であった。これが日本にも伝わって、代々の聖主は即位の日にこれを受持してきたという。『太平記』はこの話を洞院公賢《とういんきんかた》の口から語らせているが、話は「是れ偏に穆王天馬の徳也」と結ばれている。聖主が代々秘密裏に伝受してきた「文」は、まさに「天馬」によって獲得されたというわけである。延慶本の「麒麟八疋の駒」は穆王八匹の馬を連想させる。いけずきは王にとって至上の価値となるものをもたらしてくれるのである。これを頼朝が所有しており、佐々木に与えたということは、王としての頼朝の姿が暗示されていると見ることもできよう。高橋秀樹氏によれば、実際に鎌倉殿は御家人にとって良質な馬の供給者であった。頼朝は王権を支えるべき強大な軍事力として馬を保持していたのである。その中でも特に伝説的な名馬の力を手にしたのが佐々木であり、これが頼朝の敵を退けていくのである。

さて、「いけずき」に穆王の馬を重ね合わせた時にさらに浮上してくるのが、耀く太陽のイメージである。仏教における馬の神話的イメージを豊富に記述している彌永信美氏の著書は、馬と太陽の結びつきにも触れている。

インドでも太陽（神）＝スーリヤSūryaは七曜を表わす七頭の馬が曳く馬車に乗ることが知られているし、またスーリヤ自身が馬の形をとることもある。仏教でも、たとえば『大日経疏』では「日天衆は八馬車輅中に在り…」と言い、胎蔵曼荼羅の諸図像でも、日天や「日曜」は五頭または三頭の馬に牽かれている。

太陽神や日天は複数の馬に乗る姿で表象されることがあった。彌永氏はまた馬頭観音信仰に触れて、その特徴を以下のように記述している。

馬頭観音信仰の特徴は、何よりも太陽と火／炎との関係、そして「喰らい尽くすもの」としての表象にあると言える。『大日経』や『大日経疏』では、馬頭観音はまず「朝日の輝きを有し、白蓮華で身を荘厳して、猛烈な火炎を鬘として牙を剥き出し忿怒する」尊格として現れる。『大日経疏』はまた、これを「転輪王の宝馬が休むことなく四州を巡履する如く」つねに衆生のために「身命を顧みず」に「生死の重障」を「摧伏」する明王であると説く。

これらから、仏教における馬が太陽神や、支配し喰らい尽くす王のイメージを喚起したことが分かる。このように見てくると、「あたりをはらって」人を喰い、あり余る力を放出するいけずきの形象は、仏教における馬のイメージと地下水脈を介して通じ合っているように思えてくる。

六　彼岸へ渡す馬

ところで、先に触れた二河白道の譬えについて、これを絵画化した二河白道図が鎌倉時代に多く作成されたことが知られている。おおむね善導の『観経疏散善義』に説かれるモチーフを忠実に描いているが、中にはそこに存在しない図様も描かれている。その一つが暴れ馬で、画面の最下部、二河の手前（此岸）に描き込まれている。光明寺本・クリーブランド美術館本・シアトル美術館本など、いくつかの遺品に共通しているから、画家の気まぐれによって書かれたものではなく、何らかの宗教的意味付けがあった可能性がある。そのことを指摘した加須屋誠氏は、仏教教理の中で煩悩や放逸の心が暴れ馬に喩えられていることを踏まえ、二河白道図の馬も、現世に住む煩悩に囚われた人間の心の有様をイメージ化したものと理解した。放逸の心を野馬に喩えることは『七天狗絵《しちてんぐえ》』などにも見える常套表現である。馬は煩悩・放逸という好ましくないイメージも喚起したのである。

右のような事例は、馬が複雑なイメージを喚起したことを示している。衆生のために生死の重障を摧伏する馬は、煩悩・放逸を体現する存在でもあったのである。言わば、両義的な存在ということになる。しかし、それは相矛盾するものではないであろう。生死の煩悩を破砕するものは、それ自身が相手に負けないだけの強力な力を持たなければならない。煩悩を喰らい尽くすために常軌を逸した荒々しい力を発動する姿は、それ自体がまさに煩悩と放逸を体現しているように見える。このような両義的な意味付けは、いけずきにも当てはまるのではないか。憎いと思うものに食らいついて、足や手を食いちぎる姿はまさに放逸そのものであるが、乗主を得て戦場へ出ると、一文字に宇治川を渡して敵を退散させた。いけずきは佐々木の前に立ちふさがる障碍を見事に打ち破ってみせた。

ところで出陣前に頼朝のところへ出向いた佐々木は、「合戦ノ道」に向かうからには、再び故郷へ帰ることはできないかもしれないと語っていた。であるからこそ、親の追善仏事を行ったのである。これは、戦いを専門とする武士であろうと、戦場へ向かうことは大きな試練であったと語ろうとしているように見える。戦いで命を落せば、それ以降は親の菩提を弔うこともできない。このことを罪深いと考えるのは仏教の立場であろうが、延慶本はそれを佐々木に語らせているのである。さらに言えば、戦場で命を落すことは永く悪趣に沈むことであったであろう。武士にとって戦いは宿命であるが、仏の救済から漏れることは恐ろしい。ではどうすればよいか。延慶本は佐々木を通して、このようなテーマを提示しているように思える。

　こう考えてみたとき、佐々木を救ったのは何かというと、それがまさに馬であった。馬が窮地を切り抜けるための救世主となったのである。いけずきには救い主としての能力も付与されているのではないか。熊谷直実にとって宇治川は火と水の二河に喩えられる恐ろしい河であった。これを直実は、阿弥陀仏を念じながら渡り切った。同じように佐々木にとっても宇治川は乗り越えなければならない障碍であった。これを佐々木は馬の力で渡り切ったのである。「いけずき」は衆生を此岸から彼岸へ導く馬でもあったと言える。そして、このような馬の働きはやはり仏教の中で語られている。「雲馬Balāha本生」として知られる有名な物語がある。彌永信美氏の著書を参照して紹介すると、

　五百人の商人たちが難破してシンハラ島に漂着する。そこには美しい女鬼のラークシャシーたちが棲んでいて、商人たちを誑かし、彼らと夫婦になってともに暮らす。しかし、この女たちはじつは人食いの女鬼で、次の難破船が来たら前の夫たちを鉄の獄に閉じ込めて一人ひとり喰らい、新しい男たちをまた騙して夫婦となるのであるという。そのことに気づいた商人たちを天馬が来たって救い出す。

というもので、『中《ちゅう》阿含《あごん》経』『増一《ぞういつ》阿含《あごん》経』『六度集《ろくどじつ》経』『出曜《しゅつよう》経』などに出ており、『大唐西域記』では僧伽羅国の建国伝説となっている。また、『仏説大乗荘厳宝生経』では、観音菩薩が「聖馬王」となって商人の首領を救い出す設

定になっているという（片山寛明氏の論文も参照）。

延慶本では第一末（巻二）「基康《もとやす》ガ清水寺ニ籠事《こもること》、付康頼《やすより》ガ夢ノ事」に、「観音ノ御変化ハ白馬ニ現ゼサセ給トカヤ」との記述がある。観音が白馬に化身して人を救う発想は『うつほ物語』俊蔭《としかげ》や『宇治拾遺物語』などにも見られるが、その背景には「雲馬本生」の系譜につらなる物語を持つ仏典類が存在したことが想定できる（櫻井陽子氏の論文を参照）。海難などで窮地に陥った者を救助する馬のイメージは、日本の中世でもかなり広まっていたと考えることができるのである。宇治川合戦の「いけずき」は、佐々木高綱の窮地を救ったという意味で、海難救助の馬の系譜にも連なっていると言えよう。

『平家物語』に登場する「いけずき」と「するすみ」は、覚一本と延慶本とで描かれ方が異なるが、戦いの場で実際に活躍した馬の姿を写しているだけではない。特に「いけずき」の場合、インド・中国・日本の伝説や神話に登場する名馬の姿が重ね合わされているように思う。また、仏教世界で立ち上げられた馬のイメージも投影されていると見てみたい。馬に関する諸種の意味付けやイメージを様々な形で吸収する中から、「いけずき」は生み出された。そして、それを主役として宇治川合戦の物語が立ち上げられた。宇治川合戦が魅力的かつ奥行きのある物語となっている一要因は、このようにして形成された馬をめぐる小宇宙が物語に内包されているからであると言えよう。

『平家物語』の引用は、以下による。ただし、表記を改めた箇所がある。
覚一本…新日本古典文学大系『平家物語』岩波書店
延慶本…大東急記念文庫善本叢刊『延慶本平家物語』汲古書院

【参考文献】

小林秀雄「平家物語」（『モオツァルト・無常といふ事』新潮文庫、一九六一年）
西脇隆夫「天馬の歌―中国大陸の民俗からの展望―」（小島瓔禮編著『人・他界・馬』東京美術、一九九一年）
石田英一郎「馬と水神」（岩井宏實編『馬の文化叢書6　民俗　馬の文化史』財団法人馬事文化財団、一九九五年に採録）
牧野和夫『延慶本『平家物語』の説話と学問』（思文閣出版、二〇〇五年）
後藤丹治『改訂増補　戦記物語の研究』（磯部甲陽堂、一九四四年）
伊藤正義「慈童説話考」（『国語国文』四九巻一一号、一九八〇年十一月）
阿部泰郎「慈童説話の形成（上）（下）―天台即位法の成立をめぐりて―」（『国語国文』五三巻八・九号、一九八四年八・九月）
高橋秀樹「鎌倉幕府と馬―三浦氏とのかかわりを中心に―」（『市史研究横須賀』一号、二〇〇二年二月）
彌永信美『観音変容譚　仏教神話学Ⅱ』（法蔵館、二〇〇二年）
加須屋誠『仏教説話画の構造と機能』（中央公論美術出版、二〇〇三年）
片山寛明「馬頭観音誕生の背景と変容」（『アジア遊学』三五号、二〇〇二年一月）
櫻井陽子「観音の御変化は白馬に現せさせ給とかや」（水原一編『延慶本平家物語考証』一、一九九二年）

『徒然草』奥山の猫又

中野貴文

奥山に猫またといふ物、人をくらふなり

一　疑心、猫またを生ず

第八十九段に見えるこの化け猫にまつわる逸話は、『徒然草』の中でも最も著名なものの一つであろうが、まずは全文を掲げておく。

「奥山に猫またといふ物、人をくらふなり」と人の言ひけるに、「山ならねども、これらにも猫の経あがりて、猫またになりて、人取ることはあなるものを」と言ふ者ありけるを、何阿弥陀仏《なに》とかやいひて、連歌しける法師の行願寺の辺にありけるが聞きて、「ひとり歩かむ身は心すべきことにこそ」と思ひける頃しも、ある所にて夜ふくるまで連歌して、たゞひとり帰りけるに、小河《こがは》の端《はた》にて、音に聞きし猫また、あやまたず足元へふと寄り来て、やがてかき付くままに、首のほどを食はんとす。

肝心も失せて、防かむとするに力なく、足も立たず、小河へ転び入りて「助けよや。猫またよや〳〵」と叫べば、家〳〵より松明ども出だして、走り寄りて見れば、このわたりに見知れる僧也。「こはいかに」とて、河の中より抱き起こしたれば、連歌の賭け物取りて、扇、小箱など懐《ふところ》に持ちたりけるも、水に入りぬ。稀有《けう》にして助かりたるさまにて、這《は》ふ〳〵家に入りにけり。

飼ひける犬の、暗けれど主を知りて、飛びつきたりけるとぞ。

恐ろしい「猫また」のうわさを耳にしていた法師が、連歌の帰りの夜道、突然何物かに飛びかかられたため、恐れおののいて河へ転がりおちてしまう。連歌の賭け物として勝ち取った扇なども台無しになってしまうが、その正体はなんと、自身が飼っていた犬に過ぎなかったという話である。「助けよや」と叫ぶ法師の描写は、滑稽を通り越して悲哀すら感じさせるものがあるだろう。

この話が秀逸な点は何より、誰も実際には猫またの実物を見たものはおらず、うわさがうわさを呼ぶようにひとり歩きした結果、化け物を幻視《げんし》してしまったことにあるだろう。冒頭「山奥に猫またという化け物がいて、人をたべるそうだ」「山だけでなく、このあたりでも猫が年をとって猫またになって、人を殺すことがあるというに」と、この化け猫に関する風聞が記される。どちらの発言も「くらふなり」「あなるものを」と伝聞・聴覚推定を表す助動詞「なり」が用いられている点に注意したい。いずれも、確かな根拠のある話ではなかったのだ。にもかかわらず、それを耳にした「何阿弥陀仏」とかいう法師は、「ひとり歩きする自分のような者は、注意しなければ」と不安を抱くに至り、そのことが飼い犬を化け物に見誤るという悲喜劇を招いてしまう。まさしく、疑心が暗鬼を生んでしまったわけだが、この筆の運びからは、根拠なきうわさに惑わされる人の心のあり様に対する、兼好の関心の強さを読み取るべきであろう。先学の多く指摘するところだが、やはり第七十三段を参看したい。

奈良絵本『徒然草』第89段　蓬左文庫蔵

世に語り伝ふること、まことはあひなきにや、多くは皆空言《そらごと》也。あるには過ぎて、人は物を言ひなすに、まして年月過ぎ、境も隔たりぬれば、言ひたきまゝに語りなして、筆にも書きとゞめぬれば、やがて定まりぬ。

確かにうわさの厄介なところは、時が経てば経つほど、そして発信地から遠く離れれば離れるほど拡大・変奏してしまう点であろう。その理由を兼好は、本当の話というのは大抵「あひなき」すなわち面白くないものであり、人は自分の言いたいように語ってしまうものだからだと述べる。この百字にも満たない文章の中に、意図的にそうするという意を表す「動詞＋なす」の形が、「言ひなす」「語りなす」と二度も繰り返されているように、話をふくらませてしまいがちな人の性が喝破《かっぱ》されている。

二　連歌と兼好

そもそも、末尾の「飼っていた犬が、暗い中主人に気づいて、飛びついたのだという話だ」という一文から知られる通り、実はこの逸話自体が伝聞に過ぎない。しかしその割には、地名や台詞などディテールがむやみに詳細であり、話を面白く描こうとする兼好の思惑がうかがわれまいか。例えば、この法師の名前が「何阿弥陀仏とかや」となっている点は注意されてよいだろう。「〇阿弥陀仏」という呼び方（これを「阿弥号」「阿号」などという）は、浄土宗や時宗の僧に見られるもので、やがて簡略化して「〇阿弥」と称されるようになった。例えば能楽で名高い「観阿弥」「世阿弥」は、それぞれ「観阿弥陀仏」「世阿弥陀仏」の略号である。その由来は『愚管抄《ぐかんしょう》』巻第六に「東大寺ノ俊乗房ハ、阿弥陀ノ化身ト云フコト出キテ、ワガ身ノ名ヲバ南無阿弥陀仏ト名ノリテ、万ノ人ニ上ニ一字ヲキテ、空阿弥陀仏、法阿弥陀仏ナド云フ名ヲツケヽルヲ、マコトニヤガテ我名ニシタル尼法師ヲヽカリ」などと見え、十二世紀以降、宗徒の間に定着していったらしい。この阿号を持った法師が、猫またに襲われ（たと勘違いし）、「助けよや」と叫ぶのである。ここには、稲田利徳『徒然草論』が鋭く指摘するように、「人々は危機に瀕したとき、最後の頼みの綱として、

「南無阿弥陀仏」と六字の名号を唱えて仏にすがる」ものであり、「何阿弥陀仏」が「南無阿弥陀仏」と唱える羽目に陥るという、かなり底意地の悪い諧謔《かいぎゃく》を読み取ることもできるだろう。

同様に、救出後の法師の様を形容した「這ふ〳〵」という表現も注意される。この語は「ほうほうのていで」「やっとのことで」などと訳されるものだが、元々は「這ふ」という動詞を二つ重ねたものであり、ここは先に「足も立たず」とあった部分と対応していると考え、「這うようにして」と原義のままに解すべきであろう。その場合、猫また（動物）に襲われた法師（人間）が、まるで動物のように四足で這って逃げていることになり、これまた痛烈な嘲笑に他ならなくなる。このように、全体的にこの法師に対する皮肉な筆致が徹底されているのであり、うわさというものがそうであるように、この章段自体もまた、兼好自身がある意図のもとに脚色している、まさに「言ひたきまゝに語りなし」ていると見なければなるまい。

例えば、この連歌法師が「行願寺の辺」に住んでいたと、ことさらに地名、しかも寺の固有名を挙げてまで説明されるのはなぜか。これも稲田前掲書によれば、「行願寺」あるいは「小河（同寺の近くを流れていた川であり、固有名詞）」の辺りは、「連歌師をはじめ、遁世者と呼ばれる雑芸で生計をたてる在家僧が多く住みつき、一種の文人町といったものを形成して」いた場所と言われる。したがって、これらの地名の強調からは（話にリアリティを加える効果があるのはもちろんだが）、連歌にうつつを抜かす遁世者たち全体に対する、兼好の批判的な姿勢が透けて見えよう。前掲、第七十三段の後半には、次のような一節が見える。

とにもかくにも、空言多き世なり。たゞ常にある、めづらしからぬ事のまゝに心得たらむに、よろづは違ふべからず。下ざまの人の物語りは、耳驚く事のみあり。よき人は怪しき事を語らず。

冒頭で猫またの話に花を咲かせていたのは、まさしく「下ざま」の人々であったろう。ところが、風聞から枯れ尾花に恐怖して醜態をさらしたのは、それら「下ざま」の面々ではなく、本来かかる根拠なき怪異からは遠くあるべき、出家者であった。猫またに襲われたのが仏者であったことを繰り返していたのは、如上の転倒に話の勘所を見出していたが故ではなかったか。

加えて、法師が襲われてから助け出されるまでの、まるで見てきたかのような描写の存在も看過できない。「音に聞きし猫また」(三木紀人『全訳注』が指摘するように、この表現の存在によって、「読者もだまされたまま読み進め」てしまうことになる)が、「足元」そして「首のほど」と迫ってくるこの一連の描写は臨場感に満ちあふれており、しかもその実態が読み手にも明かされないため、法師の恐怖のほどがひしひしと伝わってこよう。加えて、近隣の人々が「松明」を持って助けに来た段階で、猫またの正体は明らかになっているはずだが、兼好は種明かしを最後まで引っ張り、前述の如く、這うようにして帰宅した法師の姿を活写する。この逸話をできるだけ面白く語ろうとする、筆の意匠が確認できるわけだが、ここでも河から救い出された後、法師の様子よりも先に「連歌の賭け物」として手に入れた「扇、小箱など」が水に浸って台無しになったことを記すなど、無様な連歌師への辛辣な視線が徹底されていることに注意したい。

兼好が連歌という文芸そのものをどう捉えていたかは判然としないが、少なくとも、賭け物連歌に夢中になってしまう人々を冷ややかに見ていたであろうことは、例えば第百三十七段、

よき人はひとへに好《す》けるさまにも見えず、興ずるさまもなほざりなり。かたゐ中の人こそ、色濃くよろづはもて興ずれ。花のもとにはねぢ寄り、立ち寄り、あからめもせずまぼりて、酒飲み、連歌して、はては大《おほき》なる枝、心なく折り取りぬ。泉にては手足さしひたし、雪には降り立ちて跡付けなど、よろづの物、よそながら見ることなし。

かかる一節の存在などからもうかがい知れよう。兼好にとって連歌のイメージは、風趣を解さない「かたゐ中の人」と結びついていた。彼の生きた十四世紀頃に賭け物連歌が盛行していたことは、つとに諸注釈書が指摘してきた通り『園太略《えんたいりゃく》』や『連理秘抄《れんりひしょう》』などから、また賭け物として「扇、小箱」などが出されていたことも、『花園院宸記《しんき》』元応二年(一三二〇)五月四日・同十一月十一日条などから確認することができる。

それに対し、例えば「何事も古き世のみぞ慕しき。今様はむげに賤《いや》しうこそ、成り行くめれ(第二十二段)」「今様のことどものめづらしきを言ひひろめ、もてなすこそ、又うけられね(第七十八段）」などと強い尚古姿勢を有し、また「さるべきゆゑありとも、法師は人に疎くてありなむ（第七十六段）」「仏道を願ふといふは、別のことなし。暇ある身に成りて、世の事を心にかけぬを第一の道とす(第九十八段)」などと、法師が俗事に夢中になることを(恐らくは、自戒をこめてであろうが)強く戒めていた兼好にとって、「夜ふくるまで」流行の連歌に熱中するような法師は、擁護の埒外であったに違いない。当該話は、悲喜劇の主人公たる法師が連歌を嗜む者であったことを強調することで、遊戯に没頭する出家者を嘲笑する話としての性格を付与するように語り直されているのであり、その意味で、この段と並んで有名なかの仁和寺《にんなじ》の法師の滑稽譚と、ベクトルを同じくするものとみなし得る。

三　妖猫の中世史

ところで、兼好自身は、猫またの存在を信じていたのだろうか。この化け猫にまつわる風聞は『徒然草』以前の文献からも、わずかながら確認することができる。これまた先行諸注釈が繰り返し指摘してきたものだが、『明月記《めいげつき》』天福元年(一二三三)八月二日条を見られたい。原文は漢文だが、ここでは便宜を考え『訓読　明月記』により訓み下されたものを引用する。

夜前、南京の方より使者の小童来たり云ふ、当時南都に猫胯《また》と云ふ獣出で来。一夜に人七八人を噉《く》ふ。死する者多し。或は又件《くだん》の獣を打ち殺す。目は猫の如く、其の体犬の長さの如しと云々。二条院の御時、京中に此の鬼来たる由雑人《ざふにん》称す。又猫胯の病と称し、諸人病悩《びやうのう》するの由、少年の時、人、之を語る。若し京中に及ばば、極めて怖るべき事か。

これによれば、京の南に「猫胯」という獣が現れ、一晩のうちに幾人も食い殺した。その後これを打ち殺したところ、目は猫のようで、体は犬の大きさだったという。定家はさらに続けて、二条院の御代（二条天皇の在位は保元三年（一一五八）から永万元年（一一六五）、定家は応保二年（一一六二）の生まれ）にも、「猫胯の病」といって多くの人が病に苦しめられたことについて、幼少の頃、周囲の人々が語っていた記憶を回想している。兼好が『明月記』を読むことがあったか否かは定かではないが、彼は定家の曾孫に当たる二条為世の歌道の弟子（為世門下の四天王と称された）であり、この逸話を耳にする機会はあったかもしれない。なお『日本伝奇伝説大事典』が指摘するように、犬くらいの体長、病の流行等の情報からして、この「猫胯」の正体は狂犬であったろう。

時代をさらにさかのぼれば、『本朝世紀《ほんちょうせいき》』久安六年（一一五〇）の七月条に、「近江美濃の両国の山内に奇獣有り。夜陰に村閭《そんりょ》に群れ入り、児童《じどう》を食損す。俗に之を猫狗と号《ごう》すと云々」などと見え、山中に棲息する「猫狗」と呼ばれた「奇獣」が、夜中に村の子供たちを食べたという。これなども仮に事実であるとしても、猫ではなく狼などの類の仕業ではないかと思われるが、人にあだをなす四足の獣を、猫の変種として把握する発想の現れとは言えよう。

この他、建長六年（一二五四）成立とされる『古今著聞集』にも、猫またというわけではないが、猫にまつわる怪異説話が散見する。例えば、巻第十七・変化・六〇九話には、以下の如き説話が見える。嵯峨に住む観教《かんきょう》法印は、どこからともなく迷い込んだ美しい唐猫を飼っていたが、ある時、その猫が秘蔵の守り刀を口にくわえて走り逃げてしまう。人々は追いかけて捕まえようとしたが、猫の行方はようとして知れなかったという。説話はその末尾を、「この猫、もし魔の変化して、まもり（刀）を取りて後、はばかる所なく犯して侍るにや。おそろしき事なり」と結んでいる。「はばかる所なく犯」すとは、観教法印にとり憑くことを意味するのであろうか、やや判然としないが、姿を消した猫を不気味な存在と見る感覚を、この説話から確認することができる。

もう一つ『著聞集』から、巻第二十・魚虫禽獣・六八六話を掲げる。

保延の比、宰相《さいしやう》の中将なりける人の乳母、猫を飼ひけり。その猫たかさ一尺、力のつよくて綱を切りければ、つなぐこともなくて、はなち飼ひけり。十歳にあまりける時、夜に入りて見ければ、背中に光あり。かの乳母、つねにこの猫に向ひて、「汝死なん時、われに見ゆべからず」と教へけるは、いかなるゆゑにか、おぼつかなき事なり。十七になりける年、行方を知らず失せにけり。

背中の光る不思議な猫を語る説話だが、ここで注意したいのは、この猫が「たかさ一尺」、集成の頭注に従えば足先から肩までがおよそ三十センチと大柄で、力も強かったため、綱でつながれずに飼われていた点である。意外に知られていないことだが、この時代、猫は首綱《くびつな》をつけて飼われていた。

簾《す》の外《と》、高欄《かうらん》にいとをかしげなる猫の、赤き首綱に白き札つきて、はかりの緒、組の長きなどつけて、引き歩くも、をかしうなまめきたり。

時代はずれるが、『枕草子』「なまめかしきもの」の一節である。赤い首綱に白い名札をつけ大切に愛玩されていた宮中の猫の様子が伝えられている。さらに江戸初期成立の御伽草子である、その名も『猫の草子』は、慶長七年八月中旬に「洛中、猫の綱を解き、放ち飼ひにすべきこと」という高札が掲げられる場面から始まっており、これらから、猫を綱でつないで飼うことは長い間一般的であったと想像することは許されよう。

当時の人々が猫をつないで飼っていた理由は、唐猫が貴重な舶来品であったことに加え、犬とは異なりどこか自由で、飼い主である人間の思うがままにはならないその生態と無縁ではないだろう。事実、つながれていなかったからこそ『著聞集』六八六話の猫は飼い主の前から姿をくらましてしまったのであり、これは恐らく六〇九話も同様であろう。こちらが用意した拘束を断ち切り、急に自分のもとから離れてしまった存在に対する不安が、これらの猫への恐怖の奥底にあったと考えるのは、穿ち過ぎであろうか。

さらに、六八六話の猫が「汝死なん時、われに見ゆべからず」という飼い主の台詞にも見える通り、老齢になってから行方知れずになっている点も見逃せない。死期が近づくと姿を消すのは、（科学的な根拠はあるまいが）猫の習性として今でもよく言われるところであるが、常識のレベルを超えて長く生きる動物に対する畏怖《いふ》もまた、化け猫という幻想を生み出す一因であったと思われる。猫の平均寿命を「現在で十五歳前後、昔は十歳程度か（集成の頭注による）」と想定するならば、「十七」まで生きたという六八六話の猫は、それだけでどこか、人の心をざわつかせるに足る存在であったろう。人々はこの老猫が、姿を消した後も生き続けていたのではないかという疑念を抱いたはずである。そして『徒然草』当該段において「山ならねども、これらにも猫の経あがりて、猫またになりて、人取ることはあなるものを」とうわさした者のように、姿を隠した後に化け猫へと転じたと思い込む者もあったのではないか。少なくとも、目の前から消えた老齢の猫という存在が、中世の人々の想像力を刺激せずにはおかなかったであろうことは、想像に難くない。ちなみに、文化八年（一八一一）刊の『耳袋《みみぶくろ》』巻の四には、人語を解す猫の台詞として「猫の物をいふ事、我らに限らず。十年余も生き候へばすべて物は申すものにて、それより十四五年も過ぎ候へば、神変を得候事なり」と見える。

四　事実は猫またより奇なり

しかしながら、「よき人は怪しき事を語らず（第七十三段）」とうそぶいた兼好である。他の人々はともかく、少なくとも彼は妄信などしていなかっただろう。むしろ、実は飼い犬がじゃれついてきただけであったというこの話の「オチ」に、「やはりその程度だったのだ」と得心して、満足していたのではないか。『徒然草』をひもとくと、世の中の様々な事象において非論理的な発想を退け、自らが納得の行く理由を求めようとする、兼好の思考のパターンを見出すことができる。一例に、第百四十六段を示す。

明雲座主《めいうんざす》、相者《さうじや》にあひたまひて、「をのれ、もし兵杖《ひやうぢやう》の難やある」と尋ねたまひければ、相人《さうにん》、「まことにその相おはします」と申す。「いかなる相ぞ」と尋ねたまひければ、「傷害の恐れおはしますまじき御身にて、仮にもかくおぼしよりて尋ねたまふ、これ既にその危ぶみのきざしなり」と申しけり。

はたして、矢に当たりて失せたまひにけり。

『平家物語』などでも有名な明雲が、人相見に「兵杖の難」すなわち武器によって害に遭う相はあるかと尋ねると、人相見は確かにその相があると答えた。明雲が重ねて、それはどのような相かと尋ねたところ、「本来、「兵杖の難」の心配などする必要のない高僧の身でありながら、そのような質問をしてしまうこと自体、既にその危険が近づいている証に他ならない」と述べた。果たして、明雲は矢に当たって命を落としたという逸話である。ここからは、占いのようなものではなく、人間心理に対する合理的な考察を評価する『徒然草』の傾向がはっきり読み取れる。

この他、「吉日に悪をなすに、必ず凶なり。悪日に善を行ふに、必ず吉なり」「吉凶は人によりて、日によらず」などと断じた第九十一段などを読む限り、兼好が神秘的なものに関して極めて冷淡であり、物事とは「人による」ものだと捉えていたことは確かであろう。この猫またの話も、単なる飼い犬を化け猫に昇華せしめたのは、連歌法師の恐怖心であり、その恐怖心を生み出したのは、面白おかしくうわさをふくらませてしまう、人の世そのものであった。

　これまで述べてきたように、兼好は猫またのことを信じていなかったであろう。しかしながら全く皮肉なことに、彼が『徒然草』にこの話を書き残した結果、猫または有名な化け物として、近世以降、広く知られることになるのである。執筆されてから後長い間、『徒然草』にはほとんど読まれた形跡がない。現在のところ、史料上確認できる最も古い読者は、室町時代中期の歌僧正徹《しょうてつ》であり、それ以降は、歌人や連歌師（これも皮肉なことだが）たちに、主に歌書として受容されていたと想定されている。ところが、近世期に入ると一転、爆発的な流行を見せ、数多の注釈書が刊行されるようになる。季吟《きぎん》・貞徳《ていとく》ら文人たちの研究・講義の対象となり、最も有名な古典の一つとして、幅広い階層の読者に浸透していく。さらに書き手兼好への関心も高まり、伊賀の地で没したとか、南朝の忠臣であったなどの伝説まで生まれるに至ったのである。

　そして、かかる『徒然草』の盛行に比例する形で、猫または最も有名な化け物の一つとして、広く知られるようになったものと想像される。近世期に多数刊行された化け物図鑑の類には、ほぼ必ず猫またが登場している。文学作品中にも、例えば延宝五年（一六七七）刊の『御伽《おとぎ》物語』巻之四第一「ねこまたといふ事」には、夜中狩りに出ていた男の前に母親に化けた猫が現れ、射殺された話が載る。貞享三年（一六八六）刊の、西鶴『好色一代女』巻六「夜発《よほっ》の付声《つけごゑ》」にも、「宵に猫またの姥に化けたる咄《はなし》をせしが、この事を思ひ出して、おそろしがるなり」などとある。中でも、天明四年（一七八四）刊の伊勢《いせ》貞丈《さだたけ》『安斎随筆《あんさいずいひつ》』巻之九・猫には、「数年の老猫、形大に成り、尾二岐になりて妖怪をなす。是れを猫マタとも云ふ。尾岐ある故なるべし」「つれ〴〵草にねこまたの事あり。昔よりいふ事と見えたり」と見え、『徒然草』が猫また典拠の一つと捉えられていたことが知られよう。

『百怪図鑑』「猫また」福岡市博物館所蔵

ここで改めて、第七十三段の一節を思い出したい。「あるには過ぎて、人は物を言ひなすに、まして年月過ぎ、境も隔たりぬれば、言ひたきまゝに語りなして、筆にも書きとゞめぬれば、やがて定まりぬ」まさに「筆にも書きとゞめ」てしまったがために、兼好自身が猫またのうわさの流布に、一役買ってしまったというわけだ。彼も、よもや自分の書いたものがベストセラー（そもそも当時は、そのような概念・現象自体なかったわけだが）になるとは、夢想だにしていなかったろう。それにしても『徒然草』当該段を素直に読めば、「猫またなどという化け物はいない」という結論になりそうなものなのだが……。

【参考文献】

三木紀人『徒然草全訳注』（講談社学術文庫、一九八二年四月）
三木紀人「説話・随筆、中世的世界と猫」（国文学、一九八二年九月）
乾克己・小池正胤・志村有弘・高橋貢・鳥越文蔵『日本伝奇伝説大事典』（角川書店、一九八六年一〇月）
京極夏彦・多田克己『妖怪図鑑』（図書刊行会、二〇〇〇年六月）
稲田利徳『徒然草論』（笠間書院、二〇〇八年一一月）

能〈江口〉の象

石井倫子

すなはち普賢菩薩と現はれ、
舟は白象となりつつ

はじめに

今日、象は我々にとって大変親しみのある動物となっているが、日本に元からいた動物ではない。日本では、長い間、象は主に仏典そして仏画や仏像などの仏教美術、そして仏教説話を介してその姿が知られるに過ぎなかった。例えば、釈迦は兜卒天《とそつてん》から白象の姿となって降り、摩耶夫人の胎内に宿ったとされるし、釈迦入滅の様子を描いた涅槃図ではしばしば釈迦の死を悼んで号泣する白象の姿が描かれる。白象に乗って影向する普賢菩薩《ふげんぼさつ》図像も有名である。日本人にとっての「象」は「白象」であったのだ。

はじめて象が渡来したのは応永十五年（一四〇八）のこと。『若狭国《わかさのくに》守護《しゅご》職《しょく》次第《しだい》』によれば、この年の六月二十二日に、日本国王（将軍足利義持）への進物として象・山馬・孔雀・鸚鵡《おうむ》などを積んだ南蛮船が若狭国に到着したという。同記録の「生象一疋。黒。」という記述からは、本物の象を見た人々の興奮、そして、その象が白くないことへの驚き（あるいは軽い失望？）がうかがわれる。

それから十六年後の応永三十一年（一四二四）、世阿弥は能〈江口〉を作った。この能の最後の場面で後シテである遊女・江口の君の幽霊は普賢菩薩に変じ、彼女が乗っていた舟は白象となって、普賢菩薩を乗せて西の空へと消えていく。象が登場する古典文学作品の中でも、ひときわ印象的な光景を描き出していると言えるだろう。そこで本稿では、「象」という視点から〈江口〉を眺めてみたい。

一　渡来以前の象のイメージ

1　美術

先に述べた通り、日本において象は専ら仏教美術を通じて親しまれてきた。上品蓮台寺《じょうぼんれんだいじ》蔵『絵因果経《えいんがきょう》』（国宝）の「試芸」（釈迦が従弟の提婆達多《だいばだった》らと力比べをする場面）には、象を投げ飛ばすシーンがある。正倉院御物の「象木臈纈《ぞうきろうけちの》屏風《びょうぶ》」にも白象が描かれている。

『法華経』第二十八品「普賢菩薩勧発品《かんぼつぽん》」の中で、普賢菩薩は仏に「この人若《も》しは行き若しは立ちてこの経（法華経）を読誦せば、我はその時、六牙《ろくげ》の白象王に乗り、大菩薩衆と倶《とも》にその所に詣りて、自ら身を現はし、供養し守護して、その心を安んじ慰めん。亦、法華経を供養せんがための故なり」と誓う。普賢菩薩を乗せた象の姿は、はやく、法隆寺金堂壁画（第十一壁）に見えている。

普賢菩薩像　東京国立博物館蔵
Image:TNM Image Archives Source:http://Tnm Archives.jp/

密教絵画にも象はしばしば登場する。九世紀に入ると、円珍《えんちん》請来の密教図像集『五部心観』（三井寺蔵・国宝）には、阿閦如来《あしゅくにょらい》をはじめとする金剛界大曼荼羅《まんだら》三十七尊の中の主な東方尊が騎象形で描かれているが、これらはアジアゾウの特徴を比較的良く表現しているらしい。その後、十一世紀初頭までの間に象の図像は著しく和様化されることになり、その代表例が、高山寺《こうざんじ》蔵『鳥獣戯画《ちょうじゅうぎが》』乙巻に描かれる二頭の象だという。[※1] 細い鼻の付け根の両脇には三日月型の両眼、頭の左右に垂れ下がる耳、背は低く、足は短く、後ろ足の関節が馬や牛のように後方に折れている。

和様化された象の姿は、平安時代以降、いわゆる普賢菩薩来儀図の中で一般的なものとなっていった。その代表的な作品が、東京国立博物館蔵「普賢菩薩絵像」（十二世紀中頃）であろう。散華《さんげ》の中を白象に乗った菩薩が歩みを進める。白い身体に淡紅色の隈取りを施した普賢菩薩は合掌して鞍上の蓮華座に結跏趺坐《けっかふざ》し、その普賢菩薩を乗せた六牙の白象は鋭い眼差しでこちらを振り返っている。優美で気品のあるその姿は、見る者に厳粛な気持ちを抱かせずにおかない。普賢菩薩に仕える霊獣としての象のイメージは、法華経信仰の広まりとともに人々の間に根付いていったのである。

2　文学

『日本書紀』天智十年（七二〇）十月の条には、「天皇、使を遣して袈裟・金鉢《こかねのはち》・象牙《きさのき》・沈水香《ちんすいこう》・栴檀香《せんだんこう》及び諸の珍財を法興寺の仏に奉らしめたまふ」とあり、動物としての象より先に、宝物としての象牙が知られていたらしい。十世紀前半に編集された『和名類聚抄《わみょうるいじゅしょう》』に「和名岐佐　獣名。水牛に似て大耳、長鼻、眼細く牙長き者也」とあるように、早くから「きさ」という和名が付いていた。「きさ」は、「木目」が原義であり、象牙の紋を木目に見立てたところから象の意を生じたとも言われる。

唐の李瀚《りかん》が著した幼学書『蒙求《もうぎゅう》』は早くから我が国において漢学入門書として享受されたが、ここには幼い蒼舒《そうじょ》が大きな象の重さを船を使って量ることを思いついた「蒼舒秤象」のエピソードが語られ、元久元年（一二〇四）、源実朝に献上するため作られた源光行の『蒙求和歌』にも当該話が取り上げられている。
中国説話の影響を強く受けている『今昔物語集』天竺部には象の登場する説話が多いが、そこでの描写は概ね

1　人間を乗せる　　巻一―二十九、巻二―十二、十五、三十、巻五―十七、二十
2　人間を踏み殺す　巻二―二十八、巻四―十八
3　親への孝行心が強い　　巻五―二十六、二十七

の三点に絞られている。また、それとは別に、巻五―三十二「七十に余る人を他国に流し遣りし国の語」では右の「蒼舒秤象」と同工の話が語られる。

このような象のイメージは、実物の象を見たことがない人々の間でも共有されていたらしく、『徒然草』第九段には、

されば、女の髪筋をよれる綱には大象もよく繋がれ、女の履ける足駄にて作る笛には、秋の鹿かならず寄るとぞ言ひ伝へ侍る。

と、女性がいかに男性の心を惑わせる存在であるかを語る際に、女の髪筋を撚って作った綱に繋がれる大きな象が引き合いに出されている。「言ひ伝へ侍る」というぐらいであるから、当時は一般に良く知られた諺だったのであろう。

とはいえ、やはり人々にとっては「普賢菩薩の乗り物」としての白象の方がより馴染み深いものであったらしい。『宇津保物語』「俊蔭巻」には、乗っていた舟が難破して波斯国《はしこく》に流れ着いた主人公の俊蔭が、七人の天人から琴の秘曲を伝授してもらうべく西方を目指す場面で「象出で来てその山を越しつ」とある。孔雀や象などの動物に守られつつ、俊蔭は西へ西へと進む。これらは波斯国すなわちペルシャに相応しい風物であるが、孔雀に乗った俊蔭の姿は孔雀明王を、そして象に乗った姿は普賢菩薩を連想させる。

また、『源氏物語』「末摘花」巻には、大輔の命婦の手引きで故常陸宮の姫君末摘花と一夜を共にした翌朝、はじめ

て明るいところで彼女の顔を見た光源氏は、その不器量さに落胆すると同時に、垂れ下がった赤鼻を目の当たりにして「普賢菩薩の乗物」を思い出したと記される。普賢菩薩を乗せた白象のビジュアル的なイメージがいかに当時の貴族社会に広まっていたかを示すエピソードである。

一方、和歌や歌謡の世界で象もしくは白象が詠まれたものは極めて少ない。たとえば

釈迦の説法聴きにとて、東方浄妙国土より、普賢文殊は獅子象に乗り、娑婆の穢土にぞ出で給ふ

（『梁塵《りょうじん》秘抄《ひしょう》』巻第二・一九五）

という今様は、普賢菩薩が象、文殊菩薩が獅子に乗って釈迦の説法を聴聞しにやってくるという『法華経』「普賢品」の世界をダイナミックに描き出してはいるものの、『梁塵秘抄』の中では基本的に『法華経』そのもの、そして「法華経を受持する者の前に普賢菩薩が影向する」ことへの関心が主であり、象をことさら強調してはいない。和歌でも

満三七日已乗六牙白象のこころをよめる　中原有安

まちいでていかにうれしくおもほえんはつかあまりの山の端の月

（『千載和歌集』巻第十九・釈教・一二四七）

このように題詠として法華経の心を詠んだものがあるぐらいで、江戸時代以前に、白象（もしくは象）を直接詠んだ和歌は見あたらない。象という巨大な、しかも見たこともない動物は和歌の世界の美意識には馴染まなかったということなのだろう。[※2] このような流れを押さえたところで、能〈江口〉の検討に入りたい。

二　能〈江口〉における白象―改作の問題をめぐって

まず、岩波日本古典文学大系『謡曲集』上の小段構成にしたがって能〈江口〉の構成を示そう。

1　［次第］［名ノリ］［上ゲ歌］［着キゼリフ］　旅の僧（ワキ）が天王寺詣での途中に摂津国江口の里を訪れる。
2　［問答］　僧は里男（アイ）に江口の旧跡を尋ねる。
3　［□］　僧は、西行が江口の遊女に一夜の宿を乞うて断られた故事を思い出し、そのとき西行が詠んだ歌「世の中を厭ふまでこそかたからめ……」を口ずさむ。
4　［問答］［上ゲ歌］　里の女（前シテ）が現れ、僧が江口の君の返歌「世を厭ふ人とし聞けば仮の宿に心留むなと思ふばかりぞ」を詠じないことを咎め、江口の君の真意を説く。
5　［ロンギ］　女は江口の君の幽霊だと正体を明かして消え失せる。
6　［問答］　里男は江口の君が普賢菩薩となる奇瑞を語り、僧に供養を勧める。
7　［□］［上ゲ歌］　僧は江口の君を弔う。
8　［上ゲ歌］［下ゲ歌］　江口の君一行（後シテ・ツレ）が舟に乗って現れ、遊女の身の上を嘆く。
9　［掛ケ合］［（上ノ詠）］［歌］　一行は舟遊びの様子を見せ、棹の歌を歌う。
10　［クリ］［サシ］［クセ］　人間は六道輪廻する定めだと語る江口の君は、たまたま人間の身を受けたにもかかわらず遊女として生まれた己の罪業の深さを嘆く。
11　［ワカ］【序ノ舞】［ワカ］　江口の君は静かに舞を舞う。
12　［□］［ノリ地］［歌］　全ての執着心を捨てれば菩提へ赴くことができると説くと、江口の君は普賢菩薩、舟は白象となり、白雲に乗って西の空へと消えて行く。

〈江口〉の素材として、まず『山家集』『新古今和歌集』所収の西行と江口の遊女の贈答歌が挙げられる。江口の遊女に雨宿りさせてくれと頼んで断られた西行が、「この浮き世を厭って世を捨てることは難しいだろうけれど、この世の宿まで惜しむとはなんと心の狭いこと」と皮肉を言うと、遊女は「あなた様が世を捨てたお方と伺いましたので、仮の宿に執着なさるなと思うばかりです」と自らの真意を説明する。西行仮託の仏教説話集『撰集抄《せんじゅうしょう》』ではその間の事情がより詳細に語られている。

　過ぬる長月の廿日あまりのころ、江口と云所をすぎ侍りしに、家は南北の岸にさしはさみ、こころは旅人の往来の舟をおもふ遊女のありさま、いと哀れにはかなき物かなと、見たてりしほどに、冬を待えぬむらしぐれのさえくらし暮し侍りしかば、けしかる賤がふせ屋にたちより、はれま待つまの宿をかり侍しに、あるじの遊女ゆるす気色の侍らざりしかば、なにとなく、

　　世の中をいとふまでこそ難からめ仮のやどりを惜しむ君かな

と詠みて侍しかば、あるじの遊女、うちわらひて、

　　家をいづる《世をいとふ》人とし聞けば仮のやどに心とむなと思ふばかりぞ

とかへして、いそぎ内にいれ侍りき。ただ、時雨のほどのしばしの宿とせんとこそ思ひ侍りしに、此歌のおもしろさに、一夜のふしどとし侍りき。（以下略）　（『撰集抄』巻九―八）

江口の里でこのエピソードを思い出したワキは、ふと西行の歌を口ずさむのだが、彼自身が冒頭で「月は昔の友なれば、世の外いづくなるらん」、すなわち月だけを友とする世捨て人として登場する点が重要であろう。西行といえば、花と月の歌人。当然のことながら、ワキには西行のイメージが重ねられている。そして、遊女の歌の真意をワキに説いて聴かせる里女も、宿を貸さない理由を西行に返歌で説明した江口の遊女とオーバーラップする。〈江口〉はこのような入れ子型の構造を持っているのである。

もう一つ、〈江口〉の本説として大きな役割を果たしているのが、『古事談《こじだん》』『十訓抄《じっきんしょう》』『沙石集《しゃせきしゅう》』『撰集抄』などに

みえる性空《しょうくう》上人《しょうにん》の普賢感得説話である。『十訓抄』第三―一五によれば、生身の普賢菩薩を拝することを願っていた播磨国書写山の性空上人が、神崎の遊女の長に会いに行くべしとの夢の告げを受け、不思議に思いながら神崎の長者の家を訪ねると、宴もたけなわ、長者は鼓を打ちながら「周防むろづみの中なるみたらひに風はふかねどもさざら波立つ」という今様を謡っている。酒宴の喧噪から離れたところで一人心を澄まし、目をつぶっている性空の前に、長者は忽ち普賢菩薩となり、六牙の白象に乗って顕れ「実相無漏《じっそうむろ》の大海に五塵六欲の風は吹かねども、随縁真如の波の立たぬ時なし」と説く。眼を開けば最前と同様の遊女の姿、また眼を閉じれば普賢菩薩。これをたびたび繰り返し、性空は感涙を流して長者を礼拝して帰路に就くが、長者はこっそり性空の許へやってきて「この事を口外してはならぬ」と告げて頓死。空には異香が満ちていたと長者の極楽往生をほのめかしてこの話は終わる。

応永三十一年（一四二四）九月二十日奥書世阿弥自筆能本〈江口〉（宝山寺蔵）には、所々に詞章の加筆・訂正がみられるが、それに加えて、一度全て書き終えた後に能本末尾部分が切り継がれ、改訂されたことも判明している。この改訂に関しては、田口和夫氏「世阿弥自筆能本《江口》から―『古事談』系説話との出会い[※3]―」、落合博志氏「〈江口〉の構想と成立―形成の問題を中心に[※4]―」、松岡心平氏「「江口」のキリについて[※5]」などで論じられているので詳しくはそれらに譲りたいが、たとえば

【第2段】アイが江口の君についてワキに教える際、もともと「観音ノ化身」であったものが「普賢菩薩ノ化身」と改められている。

【第6段】以前にもある尊い人が江口の君が普賢菩薩になる夢を見たことがあったとアイがワキに語る部分で、「ノチニハ歌舞ノ菩薩トナツテ」の「歌舞ノ」が「普賢」に改訂され、「シカ〳〵」とせりふが省略されていた最後の部分に「マコトワ昔ノ江口ノ長ハ普賢菩薩ノ顕現トコソ申シ伝ヘテ候ヘ」が加筆されている。

狩野柳雪筆「能之図」の〈江口〉国立能楽堂蔵

といった具合である。

切り継がれた終曲部にも詞章の訂正が多く見られる。傍線部が訂正後、（ ）内が訂正前の詞章である。

【第12段】コレマデナリヤ帰ルトテ、スナワチ普賢菩薩トアラワレ（ナリ）、舟ワ白象トナリツ、（ニアラワレ）、光モ共ニ白妙ノ、白雲（雲ノ波）ニウチ乗リテ、西ノ空ニ行キ給フ、有難クゾ覚エタル、有難クコソ覚エタレ

（傍線は私に付す。世阿弥自筆本からの引用に際しては適宜漢字を補い表記を改めた）

当初は「江口の君＝歌舞の菩薩（観音菩薩）」という設定だったものが、性空普賢感得説話を取り入れることで「江口の君＝普賢菩薩」に変わっており、この改変に伴って「遊女達の乗っていた舟が普賢菩薩を乗せる白象となる」という趣向が加わったと考えられる。中世において、色を売る遊女は罪深い存在であると同時に、歌と舞によって神仏とつながる聖なる存在でもあったのだから、後場で遊女の芸としてさまざまな歌舞を見せる江口の君は、歌舞の菩薩であっても決しておかしくはない。

前シテが後シテとなって本来の姿を現す一般的な複式夢幻能《むげんのう》と

は違い、〈江口〉の場合は後シテ・江口の君がさらに普賢菩薩と変ずる最後のシーンが一番の見せ場となる。「変ずる」という言葉は適切ではないかもしれない。性空には見えていた普賢菩薩としての遊女の姿は、〈江口〉のワキには最初のうち見えていなかったのである。栂尾《とがのお》の明恵《みょうえ》上人が夢を重視し、自分の見た夢を詳細に記録していることは有名だが、『明恵上人仮名行状』には、高雄に住んでいた明恵が閑居修行を企てた際に、「普賢菩薩を礼拝しようとしたが、普賢菩薩の乗る象が頭を振ってその礼拝を受けてくれない」夢を見たと記されている。この夢での象はいわば普賢菩薩の名代的な役割を担わされており、明恵はこれを普賢菩薩が自分の閑居修行を許していないのだと解釈している。普賢菩薩は自分が認めた者の前にのみ姿を現すという明恵の理解を〈江口〉に当てはめるならば、全ての執着心を捨てれば菩提を得られると悟ってはじめて、ワキは普賢菩薩と白象の姿を観ることが可能になったといってよい。『撰集抄』巻九ー八は西行と江口の遊女との交流にかなり筆を割いており、江口の遊女たちの様子を「いと哀れにはかなき物かな」と憐憫の情をもって見つめていた西行は、和歌の贈答をきっかけに言葉を交わした江口の君の深い道心に心動かされ、我が心にもまた無常菩提の種が芽生えぬはずがないとの確信を得ることになる。遊女との出会いを通じて西行は悟るのである。小峯和明氏は当該説話について、「往生を契機に結縁をはかろうとする救済への指向」や「遊女の往生を語り、哀惜し同化のまなざしで迎え取ることで、語り手や読者の往生希求をも保証し充足させる、という構造」を指摘している。[※6]

〈江口〉の改訂は「平面的な芸能羅列の傾向もあった遊舞能的印象の作品から明確な基調・主題を持った作品への変化（或はその完成）を伴うもの」（落合氏先掲稿）であり、ワキが江口の君と言葉を交わし、彼女が普賢菩薩に変じて白象に乗り西の空へと姿を消すまでの一部始終を見届けたことによって、ワキばかりでなく観客も救済を約束されたことになる。

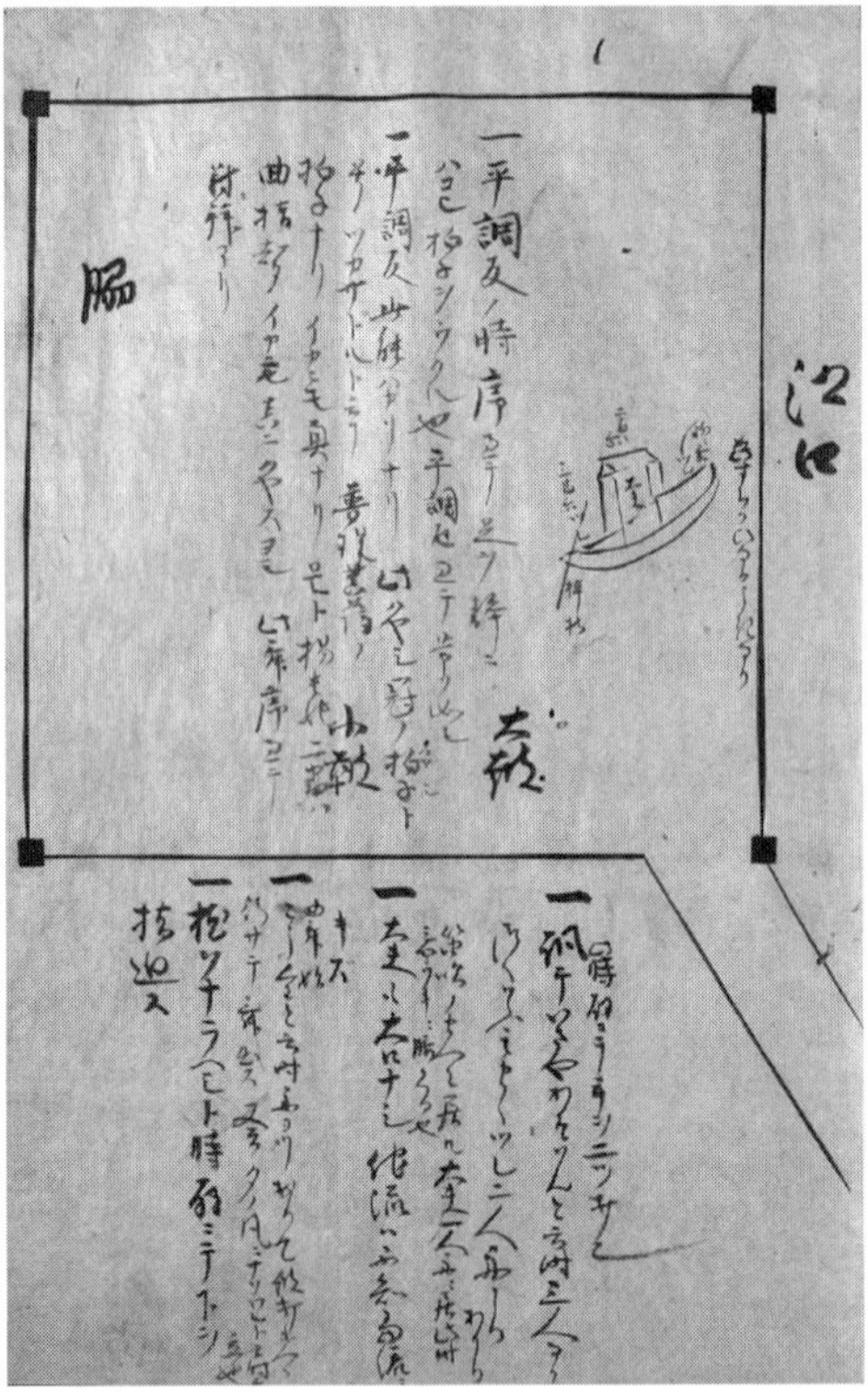

『岌蓮江間日記』「江口」法政大学能楽研究所蔵

もちろん、大がかりな舞台装置を用いない能では、舟が白象に変ずるさまを早変わりで見せることはできないし、そのようなリアリティは能の志向する方向とはほど遠い。そもそも〈江口〉の後場では、

一、……後にツレ女二人。シテの跡先に立、シテハ中に出る。舟に乗、「河舟をとめてあふせの浪枕」と諷出す。跡に出るツレ、舟棹持、クリノ間ニツレ女ハ、二人なから舟より上りワキノ下ニ居。シテハ舟ノ内に腰かけて居。「夕まの風にさそはれ」と云所にて、舟よりあがる。観世にハ、「世を渡ル一ふし」を諷て「いさや遊ばん」と云てより、シテもツレも舟より上ル。シテ鼓打の前に腰かけて居。ツレハワキノ下ニなをる。シテ上り候てより舟がくやへ入也。

（彰考館蔵『能出立之次第《のういでたちのしだい》』）

傍線部のように、シテ・ツレが舟から上がると、作り物の舟は後見によって片付けられてしまう。舟の作り物が「如此すぢかひなるよき也」（下間少進『岌蓮《ぎゅうれん》江間日記』）、「脇正面の方、右手の向の柱の方へへさきをなをし、少すぢかうてをく也」（『金春安照《こんぱるあんしょう》秘伝書』）のように、舞台の脇正に斜めに置かれたままでは、舞を舞う際の邪魔になるからであろう。

「舟は白象と……」の部分でどのような所作をするのか、江戸時代の型付類で確認してみると、

「舟ハ」と云時正面へむき、扇を折返しながら左へくハつとさしいだし……　（『宗節《そうせつ》仕舞付《しまいづけ》』）

一「船はびやくざうと」、ぶたひさきをあふぎにてさし、右へまハる。　（『金春安照仕舞付』）

「船ハ白象」トいふ時、正面ヲミテ出、「光とトモト《（ニ）》白妙」ト左へ大キニ廻リ……　（『少進《しょうしん》能伝書』）

舞台正先に舟がある心持でワキと向き合っていたシテが正面を向く、あるいは正面を扇で指してから回る。また、『岡家本江戸初期能型付』では、

間の謡過、作物、舟を出す。……作物、シテ柱の前に、ともの方を少大鼓の方へすぢかへて置。……「夕べの風にさそわれ」《つゞミ、ツゞケテよし。》より、ふねおる、。扨、舟取入也……「舟ハ白象」と、舟の有たる所をさし廻し、それより又右へ廻る。

とあり、舟は常座（「シテ柱の前」）に大鼓方寄りに少し艫の方を向けて斜めに置き、【第10段】［クセ］の冒頭でシテ・ツレが舟から下りると片付けられるが、舟のあった場所を意識させることにより、観客には舟が白象となるさまがイメージしやすくなる。

これに対して世阿弥自筆能本の場合、【第8段】の前に「飾リ舟ニテ遊女二三人」「橋掛リニテシヅ〳〵ト謡フベシ」の注記があり、末尾に「秋風《しゅうふう》蘿月《らげつ》ニ　コノ時分ヨリ立ツベシ」「アル時ハ色ニ染ミ　コ、ニテ舟ヨリ出ヅベシ」との指示があるから、橋掛りに据えられた飾り舟の中で謡っていたシテは【第10段】［クセ］の半ばで立ち上がり、上ゲ端の謡で舟から下りたことがわかるが、舟を片付けるタイミングについては何も指示していない。橋掛りに置かれている舟は仮にそのまま残しておいても舞を舞う際の邪魔にはならないだろうし、舞い終えたシテが再び舟に乗ることも可能である。この能のクライマックスともいうべき最後の場面で、実際にシテが舟に乗るさまを見せれば、観客に

は舟が白象へと変ずる瞬間がより視覚的に想像できるはずである。観客がメタモルフォーゼの一部始終をはっきりと「見る」ことによって、宗教劇としての〈江口〉が完成したのではなかったか。

三　その後の〈江口〉

謡の普及によって能の享受者層が広がった江戸時代には、〈江口〉を素材とした狂歌も作られるようになった。寛文六年（一六六六）刊の『古今夷曲集』には次のような歌がある。

江口のわたりさらしの里にてよめる　　宗也
此里は江口の君のめされたるきやふのあまりのさらしなるらん（608）

「遊女即普賢菩薩」という〈江口〉の世界を現実の遊郭に見立て、「この里は江口の君がお召しになった腰巻の余り布の晒（の里）なのだろうよ」と、「さらしの里」に「晒」を掛けて詠んだものである。

明和から天保年間に掛けて刊行された『誹風柳多留《はいふうやなぎだる》』（明和二〈一七六五〉～天保一一〈一八四〇〉）にも〈江口〉を詠んだものが散見する。

遊女とはあんまりはでな化身なり（二六1）
白象にのるまで面白い化身（三二17）
客は大象おいらんはぼさつ也（四二14）
紺地に金泥江口から文が来る（一〇六2）
白象となる気か禿船を漕ぎ（六五26）

ここでは「遊女は普賢菩薩の化身」という認識がすっかり定着しており、その上で、普賢菩薩の化身である花魁《おいらん》を乗せる象に客を喩えたり、紺地に金泥で書かれた法華経を江口の遊女が客に送る文に見立てたりしている。また、禿がうとうと舟を漕いでいる様子から〈江口〉の舟を思い浮かべ、「白象にでもなる気なのか」と茶化すものもあって、宗教劇であったはずの〈江口〉の世界が見事にパロディ化されている。

また、〈江口〉を題材にした見立絵も描かれるようになった。一番有名なのは円山応挙《まるやまおうきょ》（一七三三〜九五）「江口君図」だろうか。婉然と微笑む江口の君を背に乗せた象は、柔和な表情でおとなしく彼女の足下にうずくまっている。応挙の弟子駒井源琦《こまいげんき》（一七四七〜一七九七）にも「江口君図」があり、全体の構成は応挙の「江口君図」とほとんど同じだが、こちらの江口の君は象に腰掛け馴染みの客からの文を読んでおり、白象の姿も少々艶めかしい。竹田春信（生没年不明）の「見立江口」は、「舟は白象となり」の情景を、舟に寄せる波が雲となって象の姿を浮かび上がらせる趣向で描き出す。勝川春勝（一七二六〜九三）「見立て江口の君図」は客からの文を手にした遊女が白象と共に白雲に乗って昇天していく様子が印象的である。また、葛飾北斎（一七六〇〜一八四九）も「江口の君」で口元を袖で押さえ、立膝で象に乗る遊女の姿を描いている。

これ以外にも松村景文《けいぶん》（一七七九〜一八四三）と田中訥言《とつげん》（一七六七〜一八二三）の合作「江口君図」、河鍋暁斎《かわなべきょうさい》の娘暁翠《きょうすい》（一八三一〜八九）の「普賢菩薩見立・江口の君」など、同じ趣向の見立絵が数多く作られており、いかにこの画題が好まれていたかがわかる。〈江口〉を媒介として聖なる普賢菩薩のイメージが俗なものへと一八〇度転換し、描かれている象も皆どことなく愛敬のある親しみやすい表情に変化している。

享保十三年（一七二八）六月十三日、将軍吉宗に献上するための象が長崎に来日して、顔見世をしながら江戸へ行き、行く先々で一大ブームを巻き起こした。象が描かれた瓦版は瞬く間に売り切れ、『象志《ぞうし》』『馴象俗談《じゅんぞうぞくだん》』のような象に関する書籍も相次いで出版され、象に対する関心が大いに高まった。当時、象はもはや想像上の霊獣ではなかったの

三代歌川豊国「見立江口の君　市村家橘」
早稲田大学演劇博物館蔵（101－6522）

である。

さらに文久二年（一八六二）七月には、馬爾加国《ばるかこく》（現マレーシア）からアメリカの商船シタン号によって横浜に持ち込まれた象が、翌年の三月から西両国で見世物として好評を博し、「中天竺馬爾加国出生新渡船来大象之図」という錦絵も作られ、[※7] 仮名垣魯文《かながきろぶん》は「一度此霊獣を見る者は七難を即滅し七福を生ず」という説明文を添えている。翌月、市村座では早速この象を当て込んで、「花卯木伊賀両《はなうつぎいがのりよう》刀《とう》」の大詰所作事に〈江口〉の趣向を取り入れた「恋討文殊知恵輪《こいのてくだもんじゅのちえのわ》」を上演。絵本番付から判断するに、象を飼っている茶屋へ越後獅子や放下師が来て芸をみせるうち、「江口」の情景に居所変わりする趣向であったらしい。三代歌川豊国（一七八六～一八六四）がこの舞台を錦絵「見立江口の君」に仕立てているが、遊女の乗っている象は見世物の象よろしく濃い灰色をしており、普賢菩薩と不可分の存在であったはずの白象が本物の象に取って代わられている。

文化十二年（一八一五）三月中村座の「五大力艶湊《ごだいりきいろのみなと》」の二番目大詰所作事「其九絵彩四季桜《そのここのえさいしきざくら》」で、三代目中村歌右衛門が九役を早替わりで踊り分ける変化舞踊の一齣として上演された「江口の君」も初代豊国（一七六九～一八二五）

が錦絵にしているが、図柄も象の色も「恋討文殊知恵輪」のそれと殆ど同じである。宗教劇からエンターテインメントへ変わりこそすれ、歌舞伎所作事においても、能〈江口〉のこのイメージを根本的に覆すような趣向は生み出されなかったということなのだろう。

注

1 中野玄三「密教図像と鳥獣戯画」再論（下）（『仏教美術』二八四号・二〇〇六年一月）
2 鈴木健一「霊元院歌壇の俊秀たち—象を観た堂上歌人—」（『和歌文学講座　第八巻　近世の和歌』勉誠社、一九九四年）
3 『能楽タイムズ』三九三号、一九八四年一二月
4 『能　研究と評論』一五号、一九八七年五月
5 『銕仙』三五四号、一九八七年一二月
6 「水辺と街道の遊女」（『立教大学日本学研究所年報』四号、二〇〇五年三月）
7 河添裕『江戸の見世物』（岩波書店、二〇〇〇年）

面影のとまるならひのありとせば
鏡をみても慰めてまし

鼠の恋——室町物語『鼠の草子』の世界

齋藤真麻理

一　鼠と日本人

昔話「鼠の浄土」によれば、鼠穴の先には素晴らしいユートピア「鼠の浄土」「かくれ里」があるという。この話は日本全国に伝えられており、広島県の昔話では、鼠たちが、

　鼠の浄土に猫さえござらにゃ
　　これ世の花盛り
（岩崎美術社『安芸国昔話集』）

と歌いながら、楽しく餅つきをしていた。古くは、オオクニヌシノミコトが野原で火攻めに会った時に鼠に助けられ、鼠穴にもぐって難を避けたというが（『古事記』）、これなどは「かくれ里」の古い例のようでもある。決して覗き見ることのできない鼠穴の向こうに、人々は至福の楽土を夢想したのであった。

大黒天の使いである鼠は、福をもたらす動物としても信仰を集めた。明治の世に入ってなお、白鼠《しろねずみ》を「お福様」と呼んで大事にしていた人があったそうである（中勘助『銀の匙』）。江戸時代の辞書によれば、群馬県あたりでも鼠を「おふく」と呼んでいた（『物類称呼《ぶつるいしょうこ》』二）。ねずみ算式で増える鼠は旺盛な生命力を感じさせるところから、富貴繁昌と結びつきやすい動物だったといえるだろう。

一方で、鼠は食べ物や衣服、道具類までかじって家を荒らす害獣であった。小さな穴から敏捷《びんしょう》に出入りし、夜には凄まじい物音さえ立てて荒らし回る。当然、忌避や畏怖の念をも人々に抱かせたであろう。

室町物語の中には、鼠を主人公とする作品群がある。鼠のめでたさを描いた作品もあれば、その不可思議な力を語った作品もある。

前者の代表作としては、大黒天信仰と深く結びついた『弥兵衛鼠《やひょうえねずみ》』が挙げられる。白鼠の弥兵衛は美しい鼠と結

婚して子宝に恵まれる。一度は妻子と生き別れになるものの、人間に助けられてめでたく帰京し、人間の方も弥兵衛から富を授かったという。めでたづくしの楽しさが人々に喜ばれ、正月には書き初めならぬ「読み初め」の本として、人気を博した。

これに対して、鼠の不可思議な力が前面に出ている作品には、ここに取り上げる『鼠の草子』がある。早速、その不思議な鼠の物語を紹介しよう。

二　古鼠の恋

いつ頃のことであったか、都四条堀川の院のほとりに、齢《よわい》百二十歳を過ぎようかという古鼠《ふるねずみ》が住んでいた。名を「鼠の権《ごん》の頭《かみ》」という。

あるもの寂しい雨の日、権の頭はつくづくと我が身をかえりみて、物思いにふけっていた。何より無念に思われたのは、いくら前世の因果とはいえ、鼠のようなつまらない動物に生まれたことだった。しかし、人間に契りを結んだならば、子孫の代には畜生道を逃れることができるのではないだろうか――。

室町物語『鼠の草子』は、この古鼠の悲恋の物語である。成立は室町時代後期から江戸時代初期、本文は概ね四種類の系統に分けられる。現在、天理大学附属天理図書館、桜井健太郎氏、サントリー美術館、東京国立博物館、ニューヨーク公共図書館スペンサー・コレクションなどに所蔵されている。サントリー美術館の『鼠の草子』は、複製や写真版でも良く見かける絵巻で、第三系統の本文を持つ。この系統の本は江戸時代初期に制作され、絵草紙屋《えぞうしや》で売られたと考えられている。それだけ人々に親しまれたテキストだったともいえるだろう。ここでは、そのサントリー美術館本によって、あらすじをたどってみよう。

図1　『鼠の草子』サントリー美術館所蔵

人間との結婚を決心した権の頭は、家来の「穴掘りの左《さ》近尉《こんのじょう》」に相談した。左近尉は大賛成し、「権の頭様は光源氏にも負けない美男子でいらっしゃるから、よほどの女性でなければ釣り合いません。京都の五条あたり、油小路《あぶらがこうじ》の柳《やなぎ》屋《や》の娘ならば申し分ないでしょう」と進言した。彼女は十七、八歳になる絶世の美女で、左近尉はいつも屏風の切れ目や縁の下、壁の虫食いや抜け穴などから様子を覗いていたのだった。

ただ一つ問題なのは、相手が鼠ではないことである。普通の手段では結婚など叶《かな》うはずもない。この際、清水《きよみず》の観音におすがりするしかないと、権の頭は清水参りに出かけた。

ところで柳屋の方では、なぜかその美しい一人娘が良縁にめぐまれず、長者夫婦はそればかりを悲しんでいた。そこで侍従《じじゅう》の局《つぼね》をお供につけ、花見がてら、娘を清水へお参りさせた。偶然にも、それはちょうど権の頭がおこもりをしている最中のことであった。

さて観音は、一心に祈りを捧げる古鼠がいとおしく、一方の柳屋の娘にはちょうどよい相手が見つからず、いっそこの両者を結びつけて思いを晴らしてやろうとお考えになったものか、権の頭に夢のお告げを下された。

「夜が明けたならば、音羽《おとわ》の滝のほとりに参詣の女たちがいるであろう。これを妻として与えよう。」

図2　『鼠の草子』
鼠の本性が現れた時には衣類は身につけない。めでたい白鼠は一匹も描かれていない。

権の頭は喜び勇んで滝に向かった。果たして美しい女たちがおり、とりわけ、一枝の桜を手にした女性は素晴らしい美女であった。これこそ我が妻となる女性に違いない。権の頭は侍従の局に夢のお告げを語り、「すべて私に任せて頂きたい」と申し出た。侍従も観音様のお告げならばと、権の頭に姫の将来をゆだねることにした。

嫁入り道具は、穴掘りの左近尉が見事に整えた。嫁入り行列の華やかさといったら、とても言葉につくせないほどである。いよいよ権の頭の屋敷へ到着した〔図1〕。美しい障子《しょうじ》の数々にたくさんの金屏風が立て並べてあり、庭には柳桜《やなぎざくら》が植えられ、まるで桃源郷《とうげんきょう》のよう。盛大な婚礼の宴には、京都中の芸能の名人たちがお祝いにかけつけて、引き出物を頂き、喜んで帰っていった。権の頭は姫君をこの上なく大切にし、二人は幸せな毎日を送った。

ある日、権の頭は清水観音にお礼参りをしようと思い立った。姫に「この座敷から決してお出になってはなりません」と念を押すと、権の頭は屋敷をあとにした。

ところが、姫君はすぐに侍従の局を呼び、障子のすきまから屋敷の様子をこっそり覗くことにした。うすうす、ここは普通の家ではないと感じていた彼女は、夫の言葉も腑に落ちず、ついにその戒めを破ってしまったのである。

姫君たちが目にしたのは、恐ろしい事実であった。座敷ではおびただしい数の鼠が走り回り、あらゆるものを食い散らし、荒らし回っているではないか【図版２】。

姫は愛用の琴の糸を結び、鼠捕りの罠を仕掛けた。あわれにも、権の頭はこの罠にかかった。左近尉に助けられて命拾いしたものの、その隙に姫君と侍従の局は逃げ出してしまう。屋敷だと思っていたのは、実は古い塚であった。それでも、何となく名残が惜しまれるのか、姫がふと後ろを振り返るのもはかないことであった。

姫を失った権の頭はただ「くうくう」と泣くばかり、せめて行方だけでも知りたいと占いの名手に頼んでみたが、彼女は都の人と幸福な結婚をし、凶暴な猫まで飼っているという。なおも諦めきれず、今度は巫女《みこ》に頼んで姫君の魂を呼んでもらったが、「未練が残っているならば猫をけしかけますよ」とまで言われる始末である。望みは尽き果て、権の頭は姫君の形見の道具類を眺めつつ、一品ずつ和歌に詠んでは涙にくれた【図版３】。

とうとう権の頭は、この悲しい別れを悟りの縁にしようと出家して「ねん阿弥《あみ》」となった。導師の上人は五戒を守るよう諭したが、権の頭は煩悩を捨てきれず、「第一の殺生戒ですが、口寂しい時には、少しばかりの海老やイナゴくらいは、殺して食べても良いことにして下さい」などと、戒律を少しずつゆるめてくれるよう、懇願するのだった。

さて、ねん阿弥は傘《からかさ》一本をさして仏道修行に出発した。高野山《こうやさん》を目指してゆくと、道のほとりで二百歳余りになる猫の坊に出くわした。震え上がるねん阿弥に向かい、猫は自分も最愛の妻と別れて出家遁世《しゅっけとんせい》した身であるから、もはや殺生はしないと告げた。猫と鼠は仲良く高野山に上っていったという。

こうして古鼠の命をかけた計画は失敗に終わるのだが、古来、「人間」と人間以外の「異類《いるい》」との結婚は、破局を

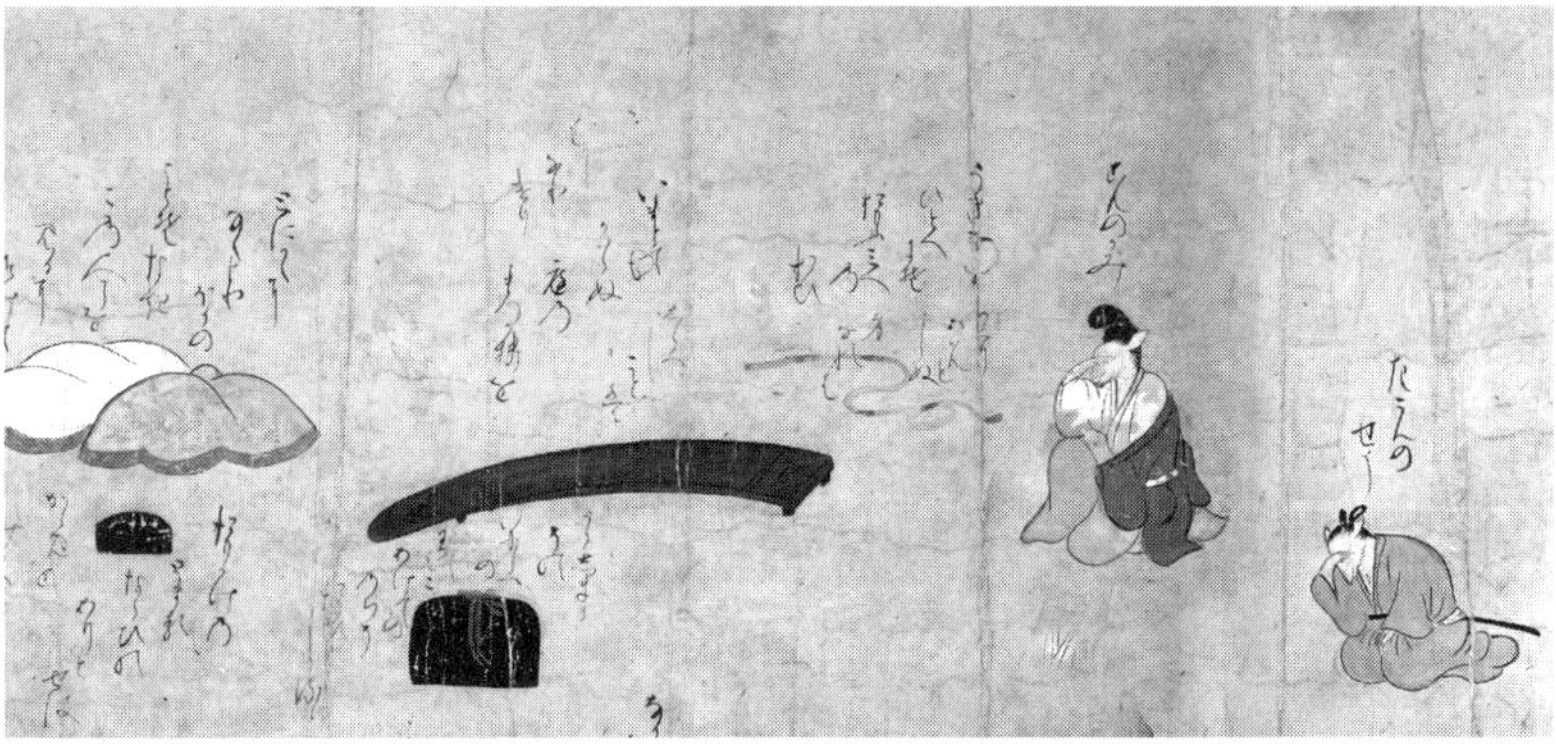
図３　『鼠の草子』形見の品を前に、泣き沈む権の頭。

迎えるものと決まっていた。また、主人公によって示された禁忌が破られた場合にも、必ず悲劇が訪れる。「浦島太郎」や「鶴の恩返し」は良い例である。『鼠の草子』もそうした定型を踏まえており、最初から幸福な結末など望むべくもない。

主人公たちが参詣した清水観音は別名を「妻《つま》観音」といい、配偶者を授けてくれる観音として絶大な人気を誇っていた。狂言「二九十八《にくじゅうはち》」にも、

清水の観世音は妻観音にて有と申す程に、清水に籠ってござれば、
（大蔵虎明本《とらあきらぼん》「二九十八」）

という台詞《せりふ》がある。この男も首尾よく観音のお告げを賜り、寺の西門で女と出会って家に連れ帰るが、実は大変な醜女《しこめ》だったので、逃げ出してしまう。『鼠の草子』の清水参詣も、当時の読者にとってお馴染みの設定である。しかし、より強く印象に残るのは、人と異類との間には厳然たる境界が存在すること、清水観音の力をもってしても、これを越えられなかったことだろう。

『鼠の草子』には可憐な挿絵があり、権の頭の悲恋をより印象的に彩っている。擬人化された鼠たちの様子も生き生きと描かれ、たくさんの台詞が画中に書かれている。彼らは室町小歌《こうた》を歌い、芸能を演じ、当時の口語や方言で賑やかに会話を交わす。そこにはさまざまな言葉遊びも盛り込まれ、豊かな室町文芸の世界が広がっている。

次は、言葉の面白さを味わいながら、『鼠の草子』の舞台設定について考えてみよう。

三　『鼠の草子』の舞台―油小路の柳屋

『鼠の草子』の女主人公は、「柳屋の三郎左衛門」という長者の娘であった。「柳屋」は都で評判の酒屋だったらしく、多くの文献に関連する記事が見える。永正元年（一五〇四）に書かれた漢詩の注釈書には、

柳トイフハ酒ゾ、唐土ニモヨイ酒ヲ柳トイフゾ、日本ノ京ニモイフゾ。　（『湯山聯句抄《とうざんれんくしょう》』三）

と書かれている。また、ある僧侶は文正元年（一四六六）七月四日の日記に、「柳屋は毎月、公方《くぼう》様に美酒を六十貫ずつ献上している」と記した（『蔭涼軒日録《いんりょうけんにちろく》』）。大蔵虎明本狂言「餅酒《もちさけ》」でも「松の酒屋や梅つぼの、柳の酒こそすぐれたれ」と歌われるなど、つまりは柳屋といえば、都に知らぬ者のない名店なのであった。

鼠は福神大黒天の使者であるから、富と名声を兼ね備えた柳屋ならば、お相手として申し分ないようにも見える。だが、一つ、見落としてはならない点がある。それは、権の頭は初めから「油小路の柳屋」に的を絞り、その縁組みを清水観音に祈ったことである。単に良縁を祈願した柳屋の娘や狂言「二九十八」の男とは、この点で決定的に異なっている。いわば、油小路の柳屋は「鼠に狙われた」のである。それは果たして、柳屋が有名な大店だったゆえに、室町物語にもその名が使われたという、ごく単純な理由に過ぎないのだろうか。

思うに、柳屋が鼠に狙われた第一の理由は、この店が「油小路」にあったからではないか。油は鼠の大好物であった。俳諧連歌《はいかいれんが》では、鼠は油と付け合いの動物で（『俳諧類船集《はいかいるいせんしゅう》』）、寛永十三年（一六三六）には、

ひとへに鼠あれてうたてさ
そさうにや入る俵の油かす　（『熱田万句』五四）

という句も詠まれている。また、天理図書館蔵『鼠の草子』(別本)の挿絵には、顔を洗おうとする女鼠が描かれ、傍らに「さて〳〵顔より油が出てぬらめく〳〵」という独りごとが書き込まれている。この台詞は油好きの鼠が口にしてこそ面白い。鼠の権の頭が「油小路」に住む姫君を狙うのは、油を好む鼠に相応しい設定だといえるだろう。

もう一点、目を引くのは「柳屋」という店の名である。油小路は都を南北に貫く通りで、いろいろな店が軒を並べていた。なぜ、その中から特に「柳屋」が選ばれたのだろうか。

この疑問を解くには、天理図書館蔵『鼠の草子』が参考になる。挿絵には婚礼の宴の準備に忙しそうな鼠たちが描かれており、一匹の女鼠「はる」がこんな台詞を口にする。

我々をば、殿様をはじめ、皆々も「ふり良し」と仰《おほ》せられ候《さふらふ》。顔も柳顔にて候とて、御ほめ候、嬉しや〳〵。

(天理図書館本『鼠の草子』)

「殿様も周囲の皆も、私を柳顔《やなぎがお》の美女だとほめて下さる、ああ嬉しい」。柳顔とは、細面《ほそおもて》の美しい顔のたとえ。細面の鼠が主人公の物語だからこそ、『鼠の草子』の作者は、「柳屋」を取り合わせたのではなかったか。

恐らく、『鼠の草子』の「油小路」「柳屋」という設定は、名高い酒屋が偶然に、あるいは無造作に顔を出したものではない。鼠の物語にふさわしく、作者が意識して選んだ結果であって、ここには作者の遊び心を読み取るべきだろう。

このように、『鼠の草子』という作品は、作者が仕掛けた言葉遊びに満ちているのであるが、それは鼠たちの名前や台詞にも、存分に生かされている。

次はその鼠たちを紹介してみよう。

四　鼠たちの擬人名

『鼠の草子』に登場する鼠たちはみな、楽しい擬人名を持っている。原文はほとんど平仮名で書かれているが、試みに漢字をあててみよう。すると、次のような名前の鼠たちが闊歩《かっぽ》していることになる。

まず、鼠の習性を名前につけてもらった鼠たち。

穴惑《あなまど》いのひょんの助、隙間数《すきまかぞ》えの鼠左衛門《そざえもん》、土堀りの孫助、窓くぐりの左馬助、棟木伝《むなぎづた》いの兵助、隅木《すみき》登りの兵右衛門、灰俵《はいだわら》の太りの助、米噛みの内蔵允《くらのじょう》、櫃《ひつ》さがしの八右衛門

どの名前からも、丈夫な歯を持ち、敏捷に走り回る鼠の姿を想像できるだろう。食欲も旺盛だ。このほか、「桁走《けたはし》りの猿千代」「桁走りのささ左衛門」という鼠も出て来るが、桁の上を走り回るなど鼠には朝飯前のわざ、その様子は狂歌にも「まばらなる軒のあなより影見れば　月の鼠も桁はしるなり」(『吾吟我集《ごぎんわがしゅう》』巻第三)と詠まれている。人々にとって、桁を走り回る鼠の姿はごく見慣れた姿であった。狂言「居杭《いぐい》」では、占い師がこんな怪しげな呪文を唱えて占いを行う。

犬、土走れば、猿、木へ登る。

鼠、桁走れば、猫、きっと見たり。

(大蔵虎寛本「居杭」)

また、「ちい阿弥」「口細《くちほそ》の千右衛門《ちえもん》」なども出てくる。「口細」は、やはり細面の鼠の特徴を生かした名前だろう。「ちい」「ち」は鼠の鳴き声を捩った命名である。当時の人々は鼠の鳴き声を「ちち」「じいじい」と聞きなしていた。慶応義塾図書館蔵『弥兵衛鼠』では、子鼠と生き別れとなった鼠が「姫まつ恋しや、若まつ恋しや、しひ〱」と泣いているし、ニューヨーク公共図書館蔵『鶏鼠《けいそ》物語』の鼠の筑後守《ちくごのかみ》は「さらば我らの朝夕の鳴き声のごとく、せめて

ち、とは賜れかし」と発言している。もちろん、「筑後守」も鼠の鳴き声に由来する。

望月の鼠がわれとかぶるやら　よべからち、とはたのへり行　（『古今夷曲集』巻第三）

母にいつをくれはしけむ小鼠の　あけ暮ち、となく声のする　（『古今夷曲集』巻第九）

このように、鼠の名前一つにも、室町らしい遊び心が反映されている。同時に、時には家中を荒らす困り者であり、時には愛らしい同居者だった鼠に対する、日本人の親近感を感じることができるだろう。

五　形見の和歌

華やかな婚礼場面を過ぎ、数々の言葉遊びを楽しみながら読み進んでゆくと、一転、物語は悲劇へと急展開する。「座敷から出るな」という禁忌が破られた途端、幸福な日々は崩れ去ってしまった。古鼠の悲嘆は、姫君の形見を前にして最高潮に達する。挿絵には雛道具を思わせる愛らしい品々が描かれ、一段と読者の哀れを誘う。

今、形見の道具を一覧してみると、帯、琴、手箱、元結《もとゆい》、蒲団、鏡、扇、櫛、団扇《うちわ》、碁盤、硯、綿、貝桶、火取《ひとり》、かづら、手拭が描かれ、それぞれ歌が添えられている。合計十七品、十七首。これらは物づくし、道具づくしの趣向といってもよい。実際の婚礼の際には、貝桶や手箱、元結箱、火取の香炉、帯の箱、櫛の箱などが準備される風習があり（『娵入記《よめいりのき》』）、形見の十七品の中にはそれと重なる道具も含まれているから、婚礼調度づくしのようにも見える。最近の研究では、中世に流行した扇絵との関連なども考えられているが、いずれにしても、十七種の品が何を基準に選ばれたのか、和歌の典拠が何であるのか、明確な説明はされていない。

しかし、中世に数多く編纂された「類題集《るいだいしゅう》」を参照すると、これら形見の品の多くが、調度や服飾に関する歌題と一致していることに気づく。「類題集」とは、古人の和歌を題ごとに分類した歌集の総称で、連歌師なども盛んに活用しており、室町物語の成立にも影響したことが分かっている。平安時代の『古今和歌六帖《こきんわかろくじょう》』（全四三七〇首）をはじめ、次々と類題集が編纂されるようになるが、圧巻は鎌倉時代の『夫木和歌抄《ふぼくわかしょう》』である。収録歌も一七三五〇余首と抜群に多く、珍しい題や変わった表現を用いた和歌も少なくない。

代表的な類題集『古今和歌六帖』『新撰六帖題和歌』『夫木和歌抄』を一見すると、調度の歌題のうち、帯、琴、元結、鏡、扇、櫛、硯、綿、火取、玉かづらの十品が『鼠の草子』と一致する。『夫木和歌抄』「玉」の項には「玉手箱」の歌も入っているから、合計十一品と数えても良い。『鼠の草子』形見の品の半数以上は、類題集の歌題だったことになる。和歌に少し心得のある人ならば、こうした歌題は十分に承知していたはずである。

類題集は、俳諧連歌をたしなむ人々にも歓迎された。連歌では、「梅」に「鶯」を合わせるように、前の句のことばや物に対し、縁のあることばを付け合せて一つの世界を構成する。これを「付合《つけあい》」「寄合《よりあい》」と呼ぶ。付合を集めた本も多く作られたが、その際、題ごとに和歌を集成した類題集は、大変便利な書物として活用された。そして、『鼠の草子』の作者もまた、俳諧連歌に親しんでいた人物らしい。

『鼠の草子』の和歌から、冒頭の帯の歌を読んでみよう。

憂きことをひとへにぞ思ふ三重の帯　めぐりあはんも知らぬ身なれば
（『鼠の草子』）
（悲しいことを一重（偏）に思ってやせ、三重にも巻ける帯。またいつめぐり逢えるかどうかも分からない身であるから）

続いて、室町時代の寄合集『連珠合璧集《れんじゅがっぺきしゅう》』から、「帯」の項目を参照してみよう。

帯トアラバ　むすぶ　みち　（中略）　三重
（巻三十「衣類」）

つまり、前の句に「帯」という語が出て来たら、「むすぶ」「みち」「三重」などの付合語を付け合わせれば良い、という意味である。『鼠の草子』の和歌は、連歌の付合をきちんと守って「帯」の歌に「三重」を詠み込んでいる。『連珠合璧集』の見出し語を確かめると、「帯」のほか、「琴・手箱・鏡・扇・櫛・碁・綿・貝・火取・玉かづら」の合計十一品は『鼠の草子』の形見と一致し、それぞれの付合語も鼠の歌の中に生かされている。以下、少し『鼠の草子』の和歌を読んでみよう。

塗桶にかかりし人はしらぬいの　筑紫の綿も今はなにせむ

(塗桶《ぬりおけ》を使っていた人のことは今は知らない。もう不知火《しらぬい》の筑紫《つくし》の温かな綿も役には立たない)

みだれ碁を十二十三十と数へにし　その面影の忘られぬかな

(乱れ碁の勝負で、十《とお》、二十《はた》、三十《みそ》と碁石を数えた、あの人の面影が忘れられない)

むすびにし筧の水も石ぞかし　かきたえて見る形見ばかりを

(手にすくった筧《かけい》の水も今は石ばかり。流れが絶え、書く人もいなくなり、形見の硯を見るばかりだ)

身はかくて富士の煙のたき物の　ひとり残りてくゆるなりけり

(自分一人だけ残され、富士や火取香炉のくゆる煙のように、悔い悲しむことだ)

俳諧連歌の付合を一見すれば、鼠の和歌が付合を忠実に踏まえていることが分かる。

綿トアラバ　しらぬいのつくし
碁トアラバ　みだれ
石トアラバ　碁
火取トアラバ　薫物《たきもの》

(『連珠合璧集』)

さらに、鼠の歌では、「硯」の和歌に「石」が詠み込まれ、「碁」の歌の次に置かれている。『連珠合璧集』「石」の付合語は「碁」だから、和歌の並べ方にも連歌らしい連想が働いているようである。
このように照らし合わせてみると、『鼠の草子』の作者は類題集や連歌の付合を駆使して、権の頭の和歌を創作したと考えられるだろう。

六 『鼠の草子』と『源氏物語』

その一方で、類題集や連歌資料では解釈できない和歌もある。例えば「人がら」の歌がそうだ。

とにかくに泣くよりほかのことぞなき　この人がらを見るにつけても
（『鼠の草子』）

歌意は、「とにかく泣くよりほかはない。あの人がいなくなった、この人がら（人柄、抜け殻）を見るにつけても」となろうか。挿絵には、蒲団なのか衾《ふすま》なのか、ちょうど人が抜け出したあとのように少し膨らんだ布製の品が描かれている。この歌は何を踏まえて詠まれたのか。

答えは恐らく、『源氏物語』空蟬《うつせみ》の巻である。

空蟬の巻には、光源氏が思いを寄せる人妻が登場する。源氏が垣間見しているとも知らず、彼女は継娘の「軒端の荻」と碁を打ったあと、ともに眠りにつく。源氏はそっとその部屋に入るが、いち早く気配を察した女は、蟬の抜け殻のように衣だけを脱ぎ捨てて逃げてしまった。翌朝、源氏は彼女に一首の歌を贈る。

空蟬の身をかへてけるこのもとに　なを人がらの懐かしきかな
（『源氏物語』「空蟬」）

これにより、この巻は空蟬と呼ばれる。『鼠の草子』が蒲団らしき品を描き、「人がら」という言葉を詠み込んだのは、『源氏物語』空蟬の恋を踏まえたものに違いない。

そうだとすると、先ほどの『鼠の草子』「碁」の和歌もまた気にかかって来る。空蟬の女は「碁」を楽しみ、勝負の後に優雅な様子で石を数えていたと『源氏物語』には描写されている。あの鼠の歌も、空蟬の物語と関係があるのではないか。

みだれ碁を十二十三十と数へにし　その面影の忘られぬかな
（『鼠の草子』）

乱れ碁は「らんご」「らご」ともいう。詳しい遊び方は不明だが、指で碁石を押して拾ったり弾いたりして、取った石の数で勝負を決めたもので、女性の遊びの一つであった。

女のあそびは、ふるめかしけれど、乱碁《らんご》、けうとき、双六《すぐろく》、はしらき、篇《へん》つくもよし、
（前田家本『枕草子』第八七段「あそびわざは」）

中世にも乱れ碁はいろいろと楽しまれていたから、『鼠の草子』に登場しても不思議はない。しかし、上の句に「十二十三十《とおはたみそ》」と具体的な数が詠み込まれているのは偶然ではない。

中世に書かれた『源氏物語』の梗概書、『源氏小鏡《こかがみ》』に目を向けてみよう。『源氏物語』の梗概書はたくさん作られたが、『源氏小鏡』はその代表的な作品である。『源氏物語』の巻ごとにあらすじを記して注釈を添え、作中の和歌を記し、物語に基づいた付合のことば「源氏寄合」を挙げている。その空蟬の巻に次のような語句が載る。

碁。かいまみ。（中略）十《とを》。二十《はた》。三十《みそ》。四十《よそ》。劫《ごう》。
（京都大学本『源氏小鏡』「空蟬」）

つまり、「碁」も「十、二十、三十」も、空蟬の巻ゆかりのことば「源氏寄合」であった。『鼠の草子』の碁の歌は、これを詠み込んで一首に仕立てているのである。もちろん、『源氏小鏡』には、原作にある「人がら」の歌も載っている。

『源氏小鏡』は、『源氏物語』そのものを読まなくても手軽に『源氏物語』に親しめるとあって、多くの読者を獲得した。また、『源氏物語』に基づく付合を学ぶにも絶好の参考書であった。『鼠の草子』の作者は、こうした『源氏物

ことになる。

語』梗概書に親しんでいた一人であり、和歌や俳諧連歌のみならず、『源氏物語』の知識も持ち合わせた人物だった

最後に一首、権の頭が詠んだ鏡の歌を読んでおこう。

面影のとまるならひのありとせば　鏡をみても慰めてまし

(『鼠の草子』)

「使っていた人の面影が留まるというが、それが本当であれば、鏡を見て心を慰めるのに」。この一首、『源氏物語』に見える和歌と極めて良く似ている。

光源氏は勅勘をこうむり、須磨《すま》に隠棲《いんせい》する決心を固める。ふと鏡を見ると、自分のやつれた顔が映っていた。そこで彼は、紫の上に向かって一首の歌を詠む。「この身は須磨にさすらうとも、鏡に映った私の影はあなたのそばを離れないだろう」。

身はかくてさすらへぬとも君があたり　去らぬ鏡の影は離れじ

(『源氏物語』「須磨」)

紫の上は、目に涙をいっぱい浮かべて歌を返した。「別れても、あなたの影だけでも留まるものなら、鏡を見て心を慰めるのに」。

別れても影だにとまるものならば　鏡を見てもなぐさめてまし

(『源氏物語』「須磨」)

光源氏は遠く明石の地で彼女の歌を思い出し、「鏡を見ても、とのたまひし面影の離るゝ世なきを」と述懐する(『源氏物語』「明石」)。

紫の上の歌は、やはり『源氏小鏡』などに掲載されて広く知られるようになり、『鼠の草子』の哀歌に転用された。上の句の内容や仮定表現はもとより、下の句「鏡を見てもなぐさめてまし」に至っては、紫の上の歌と『鼠の草子』は全く同形である。『源氏物語』が幅広い読者層を獲得した時代だからこそ、『鼠の草子』も生まれ得たのである。

『鼠の草子』は、人と異類の結婚と破綻という伝統的な主題を軸にして、まずは婚礼の様子を楽しく描いた。形見づくしの哀歌をつらね、最後はやや滑稽な調子で物語を締めくくる。婚礼の細やかな描写や鼠たちの台詞など、興味はつきない。鼠をめぐる文化を考える上でも重要な作品である。

古雅《こが》な挿絵の魅力と相俟って、室町物語を代表する佳品と呼ぶにふさわしい『鼠の草子』、そこには『源氏物語』をめぐる教養も息づいていたことになる。

【参考文献】

『鼠の草子』に関する研究は多数あるため、ごく一部の参考文献のみ紹介しておく。
吉行淳之介『お伽草子　鼠の草子』(集英社、一九八二年)
佐竹昭広ほか編『鳥獣戯語』(福音館書店、一九九三年)
徳田和夫編『お伽草子事典』(東京堂出版、二〇〇二年)
『鼠の草子』(サントリー美術館、二〇〇七年)
徳田和夫編『お伽草子百花繚乱』(笠間書院、二〇〇八年)
石川透編『広がる奈良絵本・絵巻』(三弥井書店、二〇〇八年)
愛原豊『篠山本鼠草紙』(三弥井書店、二〇一〇年)

虎の背中に打ち乗って
威勢を千里にあらはせり

『国性爺合戦』和藤内の虎退治

鵜飼伴子

はじめに

現在、日本に野生の虎は棲息しない。そんなのはあたりまえだと思われるかもしれない。けれども、たとえば静岡県根堅《ねがた》遺跡で発掘された浜北人《はまきたじん》（放射性炭素年代測定の結果、約一万八千年～一万四千年前の旧石器時代の化石人骨であるとされている）の周辺洞窟から、虎の化石骨が出土しており、また北海道をのぞく全国各地で、新生代《しんせいだい》第四紀更新世《こうしんせい》（今から約五十万年～一万年前）の地層から、虎の化石が発見されているとのことなので、大むかしの日本には、野生の虎が存在していた可能性が高い。私たちの祖先は、虎を狩猟し食べていたのか、はたまた虎にエサとして命を狙われていたのか、太古のロマンに思いをはせてみるのは楽しい。しかし、少なくとも文字で歴史が記されるようになった有史時代以降、わが国で生きている野生の虎を目撃した記録はないようだ。だが日本人は歴史の長きにわたって、実物を見たことがないにもかかわらず、「虎」という動物の存在を知っており、さまざまなかたちで虎に関する記述をおこなってきた。

欲しいものは金銭と引き替えに、たいてい手に入れられる時代に生きる現代日本人が、本物の虎を観察したいと思ったら、観客に見せるため人工的に飼育している動物園やサファリパーク、サーカスなどの施設へ行きさえすれば目的はかなう。また、飼育施設へわざわざ出かけなくても、テレビや本、あるいはインターネットといったメディアを通じて配信される画像を享受するなど、家にいながらにして情報を得る方法はいくらでもある。もちろんその気になれば、実際の棲息地をたずねて、飛行機で海外の現地へ向かうことも可能であろう。かくいう自分自身の幼少時代を振り返ってみると、物心ついたころから、テレビや図鑑などを通して、虎の映像や写真を何度も目にしてきたし、動いている虎の実物を初めて見たのは、両親に連れられて行った、地元の動物園だったと記憶している。照りつける太陽の下で、仲間とじゃれ合いながらのんびりと寝そべっている姿に、何とも言えない美しさと威厳と恐ろしさを、子ども心に感じたことを鮮やかに覚えている。

ところで、私たちが虎に対して抱いているイメージは、どのようなものであろうか。テレビの動物番組で、獲物を全力で追いかけて仕留め、顔を血に染めながら肉をむさぼるドキュメンタリー映像を見ると、野生の虎の凶暴さを思い知らされるが、スタジオへ動物園で生まれたばかりの虎の赤ちゃんを連れてきて、ゲストに抱っこさせたりすると、まるでぬいぐるみのような愛くるしい姿に、視聴者は思わず「かわいい」「飼ってみたい」と言いたくなる。また、虎を意味する英単語を冠したプロ野球球団、阪神タイガースが勝利した翌日のスポーツ紙には「猛虎打線爆発」などと褒めたたえる一方で、惨敗したときには「ダメ虎」などと揶揄される。強く猛々しい剛のイメージと、かわいらしいとか、弱々しく情けないといった柔のイメージの両方が現代の虎には付されているが、後者は近代以降の日本社会の中で作られたものであり、それ以前の時代には、虎の印象としてはあり得ないものであった。テレビも飛行機も持たなかった前近代の人びとにとって、虎はイヌやネコのような身近に接することのできる生きものと違い、絵画や文芸作品に描かれた姿を手がかりに、実体を想像する幻想的な動物であり、猛く、荒々しく、人間を心から恐怖させる獰猛な獣、それが虎の伝統的固定イメージだったのである。

虎は人を襲って食う。過去のことばかりではない。今現在、人間が虎に襲われて命を落とす事件が、日本を含む世界各地で報告されている。野生の虎の活動圏と隣接して生活する人びとは、今も昔もひたすら虎を恐れてきた。とくに昔から国土の中に虎の棲息地を抱え、くりかえし被害に悩まされてきた中国では、生活実感から「暴虎馮河《ぼうこひょうが》」「苛《か》政《せい》は虎よりも猛し」「虎視眈々《こしたんたん》」などの故事成語を生み出した。日本でよく知られている「虎の威を借る狐」の故事は、『戦国策《せんごくさく》』の楚策《そさく》に見える有名な話であるが、これも虎が百獣を食らう動物として恐れられていることが共通認識としてあり、その獰猛なイメージを自分の有利になるように巧みに利用するずるがしこい狐の智恵が描かれている。虎の住まない地に生活し、自前の虎文化を持ちようがなかった日本人は、虎に関連する言葉やイメージを、大陸からの輸入物として自国の文化・文芸に応用してきた。

虎は、日本の文学にどのように描かれてきたのだろう。本稿では、近世以降の「虎退治」観を方向づけたとも言える人形浄瑠璃『国性爺合戦《こくせんやかっせん》』の二段目、明に渡った和藤内《わとうない》が、千里の竹で遭遇した虎を、激しい格闘のすえ服従させる場面を取り上げて分析し、さらに日本人が抱いてきた伝統的な虎のイメージを、さまざまな文芸作品等から明らかにしつつ、日本文学における虎の歴史的変遷と位相を考えてみたい。

一　『国性爺合戦』の和藤内

近松門左衛門作の人形浄瑠璃『国性爺合戦』は、正徳五年（一七一五）十一月十五日、大坂の竹本座で初演され、三年越し十七ヶ月連続の超ロングラン大ヒットとなった作品である。翌享保元年（一七一六）には京都で歌舞伎化され、同二年には大坂と江戸でも歌舞伎に書き替えて上演された。物語の全体をつらぬくおもなストーリーは、以前は大明《だいみん》国《こく》の忠臣であった鄭芝龍《ていしりゅう》が、日本へ亡命して老一官《ろういつかん》と改名し、肥前《ひぜん》国平戸《ひらど》で妻にめとった日本人女性との間に生まれたのが、和藤内（のちの鄭成功《ていせいこう》、俗称国性爺）で、父の故国の変を知り、明朝再興のため、父母とともに唐土へ渡って活躍するのというもの。

和藤内が虎と戦うのは、二段目「千里が竹の場」である。やや詳しくあらすじを述べてみよう。

唐土へ渡った和藤内たちは、異母姉錦祥女《きんしょうじょ》（鄭芝龍がまだ唐土にいたとき、先妻との間に生まれた娘）が嫁いでいる五常軍甘輝《ごじょうぐんかんき》を頼るべく、甘輝の在城である獅子が城を目指す。三人連れで人目に立つのを避けるため、和藤内は父鄭芝龍といったん別行動を取ることにして、母を背負い広大な大明国を進むうちに、千里が竹に迷い込む。やがて数万の人声と攻め太鼓の音が聞こえたかと思うと、風とともに猛虎が現れ、二人に襲いかかる。和藤内は素手で虎と互角に戦うが、なかなか決着が付かない。藪影より母が走り出て、肌に付けていた伊勢太神宮の守り札を和藤内に手渡す。和藤内がそれを虎に向かって差しかざすと、猛り狂っていた虎はたちまち勢いを失って恐れわななき、岩洞に隠れ入るので、尾をつかんで打ち伏せ、足下にしっかと踏まえる。この場へ虎狩りの勢子の者たちがやってきて、「この虎は右軍将李蹈天《りとうてん》が、韃靼《だったん》王へ献上のために狩り出した虎なので、早く渡せ。さもないとおまえを殺すぞ」と脅す。伊勢太神宮のお守りを首にかけられた虎は、和藤内に手なずけられ、勢子の大将が連れてきた官人たちを威嚇、屈服させる。和藤内は官人たちを家来とし、虎の背にまたがり、獅子が城へ向かう。

和藤内と虎の格闘シーンは、手に汗を握るような緊張感にあふれた文体でつづられている。「岩角に爪研ぎたて、二人をめがけ嘷《いが》みかゝるを事ともせず、弓手《ゆんで》になぐり馬手《めて》に受け、もぢつてかくれば身をかはし、弛《たゆ》めば、ひらりと乗り移り、上になり下になり、命くらべ根くらべ」「和藤内も大童《おおわらは》、虎も半分毛をむしられ、両方共に息疲れ」とあり、両者の力が拮抗しており、勝敗を決することができずにいることが示されている。この膠着状態を打開したのは、なんと日本の伊勢太神宮の御加護であった。これはちょっと注目すべき点であると思う。つまり和藤内は武勇で虎をやっつけたのではなく、神国日本に生まれた和藤内を守護する日本の神の威力が、猛り狂う虎を萎縮させ、戦意を奪った結果、和藤内は虎よりも優位に立ち、従わせることができたというのである。

和藤内は伊勢太神宮のお守りの力で虎を手なずけ、意のままに操ることができるペットのごとき存在にしてしまったが、命を奪うことまではしていない。千里が竹の場面の眼目は、和藤内と虎の互角で激しい闘いの様子を見せることと、虎や官人といったいかにも唐土を象徴する存在を、圧倒し、屈服させる神国日本の優位性を見せつけることにあったのではないかと思われる。現に和藤内のセリフに「うぬらが小国とてあなどる日本人、虎さへ怖がる日本の手並覚えたか」とある。和藤内の武勇を語るだけなら、虎殺しまでしまえばよい。だが、虎をあえて殺さずに生かしたまま、服従させるさまを見せることで、日本の神の偉大な力を表現したのだ。そう考えると、『国性爺合戦』における和藤内と虎の力関係には、日本の方が中国よりも強く、優れているのだと思いたい当時の日本人の心情が、反映されているように読み取れる。

和藤内はなぜ虎を殺さなかったのか。この場面における作者近松の創意が、和藤内個人の超人的怪力を描く方向のみに向いておらず、日本と中国の国家間の力関係を暗示する、壮大なスケールを踏まえているのだとみなせば、その理由が理解できるような気がする。

二　日本にもたらされた虎のイメージ

有史時代以降、日本で存在を確認されたことのない野生の虎を、近代以前の日本人はどのようなイメージで捉えていたのだろうか。

もっとも古いものでは、奈良県の法隆寺が所蔵する、飛鳥時代（七世紀）の仏教美術工芸品のひとつに、玉虫厨《たまむしのず》子《し》がある。須弥座《しゅみざ》部の側面に描かれているのが捨身飼虎《しゃしんしこ》図と呼ばれる絵で、仏教の経典のひとつ『金光明最勝王《こんこうみょうさいしょうおう》経《きょう》』巻十「捨身品《しゃしんぼん》」第二十六などに説かれる、釈迦の前世薩埵王子《さったおうじ》の逸話を元とする。七匹の子を産んだばかりの飢えた母虎に出会った薩埵王子は、みずからの肉体を食料として投げ与え、虎の母子の命を救った。玉虫厨子には、王子がかたわらの木に脱いだ衣服を掛けるところ、崖から身を投げ落下するところ、虎に食われるところの三場面が異時同図法で描かれており、とても興味深い。王子の行動には、宗教的な意味合いがあり、この絵の解釈には仏教思想への言及が不可欠であるが、今は描かれた事実のみを見ると、虎と王子（人間）の関係が、食う／食われるの関係として認識されていることが分かる。

今度は、虎に関する記述が見える古い書物には、どのようなものがあるかを見てみよう。

日本に現存する最古の歌集『万葉集』（成立は八世紀）では、巻第二、一九九番の柿本人麻呂作高市皇子《たけちのみこ》への挽歌に「小角《くだ》の音も　敵《あた》見たる　虎か吼《ほ》ゆると　諸人の　おびゆるまでに」、巻第十六、由縁ある雑歌の三八三三番「虎に乗り　古屋を越えて青淵に　蛟龍《みつち》捕り来む　剣大刀もが」、同じく三八八五番「韓国《からくに》の　虎といふ神を　生け捕りに」の三例が見出せた。四五〇〇首以上収められた万葉集の中で、わずかに三首の使用例しかないのは、虎が歌に詠み込むことばとして一般的ではなかったからであろうか。ただし、これらのわずかな手がかりからでさえ、虎の吠え声が人びとをおびえさせるものであり、乗るにはたいへんな勇気がいる猛獣であり、日本にはいない異国の恐ろしい神であることがうかがえる。

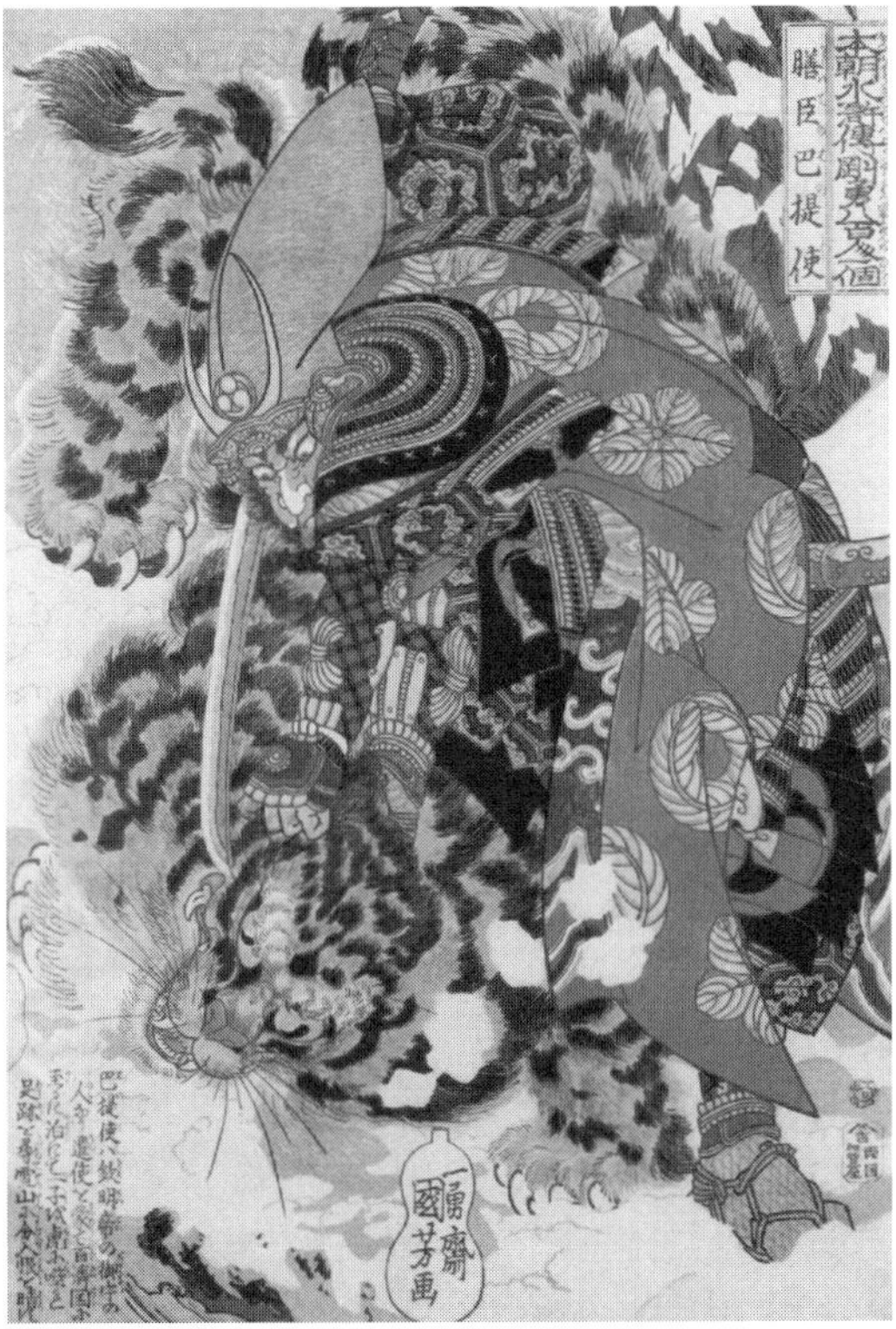

図１　『本朝水滸伝剛勇八百人一個』膳臣巴提使　大英博物館蔵
British Museum Collection Database. “2008,3037.02806” *www.britishmuseum.org/collection*, British Museum, last modified 09/01/2011. Online. Accessed 10/01/2011.

韓国《からくに》（＝朝鮮半島）の虎といえば、

奈良時代（八世紀）に成立したわが国最初の正史『日本書紀』の巻十九第五話、欽明《きんめい》天皇六年（五四五）三月に百済《くだら》へ派遣された膳臣巴提便《かしわでのおみはすひ》（図1）が、十一月に帰国して、次のような報告をおこなっている。「私についてきた妻子と一緒に、百済の浜で宿を取った晩、子どもが行方不明になった。その夜は大雪が降ったので、朝になってから探すと、虎の足跡があった。私は武装して岩穴を尋ね歩き、抜刀して虎に言葉をかけると、口を開けて飲み込もうと前進してきた虎の舌を左手でつかみ、右手で刺し殺して皮を剥ぎ取り、帰って来た」。当時、朝鮮半島では人間の生活圏のすぐそばに虎が棲んでおり、子どもが被害にあうこともあったようだ。

いまここにいくつかの例を挙げたような、美術工芸品に描かれた絵や、歌に詠まれた言葉や、海を渡り本物の虎を退治した人の証言、および剥いで持ち帰った証拠の皮などを通して、当時の日本人は、見たことがない虎への想像と畏怖を高めていったに違いない。

やや時代は下って、平安時代末期（十二世紀ごろ）に成立したと見られる説話集『今昔物語集』にも、虎が出てくる説話が数例ある。天竺（インド）の部に見えるのは、虎に食べられそうになった翁が「南無仏《なもぶつ》」と唱えて難を逃れた話、虎の威を借る狐が菩提心を起こした話で、震旦《しんだん》（中国）の部には、虎が法華経読誦におとなしく聞き入る話、親孝行な息子の孝心に感じた虎が彼を食べずに去った話、虎を匿って命を救ってやった孝子に虎が恩返しをする話、母を虎に殺された孝子が、敵の虎だと思って射た矢が突き刺さったのは、虎によく似た形の岩だったという話が収録されている。また、巻二十九の本朝（日本）付悪行の部の「鎮西《ちんぜい》の人、新羅《しらぎ》に渡りて虎に値《あ》ふ語《こと》」では、商売をするために朝鮮半島の新羅へ船で渡った鎮西の人たちが、突如現れた虎の襲撃を間一髪逃れ、その獰猛さを目の当たりにして、恐ろしさに震え上がりながら、命からがら帰国した話が記述されており、人を襲う虎への恐怖が、ありありと綴られている。

虎は、人を襲って食べる。古来、虎の棲息地に居住する東アジアの人々は、そのような共通認識を持ってきた。そしてその認識は、本物の虎の存在や襲撃可能性におびえる必要のない我われ日本人の心の中にも、天竺や中国からもたらされた思想の一部として、深く根付いた。人命を脅かす、とてつもなく恐ろしい獣。虎が仏教の信仰に耳を傾けたり、親孝行の心に感じたりするのはあくまでも説話上のフィクションで、現実世界では、油断をすれば、いつ襲われてもおかしくない。人と虎のそのような緊張した関係において、虎と互角以上に闘い、力でねじ伏せ、危機を取り除いてくれる力強いヒーローの登場が待ち望まれ、彼らへの強いあこがれが生まれたのは、当然のなりゆきだった。

三　虎を退治する男たち

勇猛な男が虎を退治するモチーフを扱った文学作品として、世界的にもっとも有名なのは、中国の明代（一三六八〜一六六一年）に書かれた白話《はくわ》小説『水滸伝《すいこでん》』だろう。『水滸伝』は、北宋末期、徽宗《きそう》皇帝（在位一一〇〇〜一一二五年）の治世を舞台に、一〇八人の個性的な豪傑たちが、運命に導かれて梁山泊《りょうざんぱく》に集結し、「替天行道・忠義双全（天に替わって道を行い、忠義双《ふた》つながら全うす）」の旗を掲げて、悪者たちと戦っていく内容を持つ通俗小説である。虎退治のエピソードが語られる登場人物はふたりいて、ひとりは武松《ぶしょう》、もうひとりは李逵《りき》という。

まず、武松の話から紹介する（百二十回本第二十三回）。清河《せいか》県出身の武松は、故郷で殺人未遂事件を起こし、一年あまり逃亡生活を送っていたが、被害者の命に別条がないことを知ると、故郷を恋しく思い、帰郷の途につく。大酒に酔って景陽岡《けいようこう》の峠を越えるとき、地元の人々が恐れる人食い大虎と遭遇するが、武芸を頼みになぐり殺す。その功により、陽谷県の組頭に取り立てられた。

李逵の逸話は次の通り（百二十回本第四十三回）。生まれ故郷の沂水《きすい》県へ老母を迎えに来た李逵は、母を背負って追っ手を逃れ、奥山の小道を進む。のどの渇きを訴える母親をひとり峠の上に残し、李逵が水を汲んで戻ると、母は洞穴へ引きずり込まれて、虎の子二匹の餌食になっていた。怒った李逵は長刀で虎の子を突き殺し、さらに襲いかかってきた雌雄の虎をもあっという間に退治した。

『水滸伝』は、江戸時代には日本へ輸入されているが、和訳され一般読者に普及するのは、『国性爺合戦』の初演（一七一五年）よりもずっとあとになってからのため、近松門左衛門が『水滸伝』から直接これらの虎退治エピソードを知り、武松や李逵をモデルに和藤内の人物造型をしたとは考えにくい。実際、和藤内は虎と互角の格闘をしているが、殺害するまでは至っていない。

『水滸伝』のエピソードを受けて構想されたことが明白なものには、曲亭馬琴作『南総里見八犬伝』における犬江親兵衛の霊虎退治がある（第九輯巻之二十七第百四十三回～巻之三十第百四十八回、天保十年〈一八三九〉・十一年刊行）。

瞳を描き入れたせいで、掛け軸より抜け出し暴れる巨勢金岡《こせかなおか》筆の虎を退治するよう、細河政元から依頼された犬江親兵衛は、白川山《しらかわやま》の談講谷《だんこうたに》で虎に遭遇する。名馬を駆って虎の攻撃をかわし、馬上から狙いを定めて矢を放ち、虎の左右の目を順に射潰すと、虎の動きが止まったのを確認してから馬を下り、虎の眉間を数発拳で殴って脳骨を打ち砕く。のちに虎は元の瞳なしの白眼の姿で、掛け軸の中に戻る。

本物の虎が生息する中国や朝鮮半島と違い、野生の虎がいない日本の土地に猛虎を登場させ、暴れるさまを見せるには、そこに虎が存在する合理的な説明が必要とされる。それで、名画家の力ある筆づかいで描写された生きものは、眼を描き入れるなどして魂が入ると、画中より抜け出し暴れるといった俗信を利用した。ちなみに描かれた虎が掛け軸から抜け出して暴れる趣向は、宝永五年（一七〇八）に大坂竹本座で初演された、近松門左衛門作の人形浄瑠璃『傾城反魂香《けいせいはんごんこう》』にも見られる。絵師狩野四郎次郎元信がみずからの血で描いた虎に魂が入って暴れだし、土佐将監が閑居を構えている山科の里に出没する。将監の弟子修理之助《しゅりのすけ》が、絵の虎ならば自分の筆力で描き消そうと言い、見事に成功する。江戸時代の文芸作品には、虎のほかにも鯉魚や鷹、ねずみなどが絵から抜け出す話があるので、この手の超常現象が当時の人びとには、もしかしたらあり得るかも知れないと考えられていたのは確かだと思われる。

絵から抜け出した幻の虎ではなく、本物の虎を退治したとの伝説を持つ、もっとも有名な日本人は、戦国時代の武将、加藤清正《きよまさ》だろう。もちろん舞台は日本ではなく、朝鮮半島でのできごとである。豊臣秀吉による文禄《ぶんろく》・慶長《けいちょう》の役（一五九二〜一五九八年）で、朝鮮へ出兵した加藤清正による虎退治の伝説は、現在さまざまな形で伝えられているが、ここではこの逸話を書き留めた最も古い文献である、元文四年（一七三九）の自序を持つ湯浅常山《じょうざん》著『常山紀談《きだん》』巻十の記述を見てみよう。

朝鮮のどのあたりであろうか、ある大山の麓に構えた清正の陣に、夜、虎が来て馬を襲い、小姓上月左膳《こうづきさぜん》をもかみ殺した。怒った清正は、夜が明けてから山を取り巻き虎を狩ると、一匹の虎が清正めがけてやってきた。清正は大岩の上で鉄砲を持ち、他の者たちには発砲しないよう命ずると、虎が口を開き飛びかかったところで咽に撃ち込み、深手を負った虎は、ついに絶命した。

清正が鉄砲ではなく、槍で突き殺したとする伝承もあり、この虎退治が本当に実話なのか、真相はわからないが、清正が秀吉に虎を送って感謝されていること、清正が狩った虎の頭蓋骨とされるもの（漆塗りで大小二頭あり。現在、愛知県の徳川美術館所蔵。大きい方は清正の娘の嫁入り道具のひとつとして、紀州徳川家に伝来。小さい方は徳川氏譜代の阿部家の旧蔵らしい）が現存することなどから、清正自身が直接手を下したかどうかはともかく、結果として仕留めた虎を日本へ持ち帰ったのは確かなようだ。

四　能の「龍虎」

『国性爺合戦』に話を戻そう。作者の近松は、寛文元年（一六六一）刊の通俗軍談『明清闘記《みんしんとうき》』（鵜飼石斎《うかいせきさい》著）に拠って『国性爺合戦』を構想し、脚色したと言われている。しかし、『明清闘記』に国姓爺が虎と闘う場面はない。では近松は何によって、和藤内と虎の闘いを創作したのだろうか。

信田純一「『国性爺合戦』の龍虎」（「語文」四十九号、一九八七年）は、『国性爺合戦』二段目に、謡曲「龍虎《りようこ》」の影響がみられることを指摘する。

「龍虎」は、観世小次郎信光作の五番目複式夢幻《むげん》能である。その内容は、諸国遊歴の僧侶が、仏法流布の跡をたずねて唐土へと渡る。遠山の麓の竹林に、俄に雲が覆い、風が凄まじく吹く様子なのを見て不思議に思い、通りかかった木樵翁に理由をたずねると、あれは龍虎が争うのだと告げて様子を語り、詳しく見たければ巌の陰に身を隠してご覧なさいと言って木樵翁は立ち去る。僧侶が教えられたとおりに岩陰に来てみると、嶺より雲起こって金龍が現れ、竹林の巌洞からは虎が現れて両者激しく闘ったのち、再び龍は雲中へ、虎は巌洞へと帰って行く、というもの。

古代中国の四方四神《しほうしじん》思想（東の青龍、南の朱雀、西の白虎、北の玄武）のうち、龍虎相打つ姿は室町時代ごろからとくに武家社会に好まれ、龍虎図屏風などが数多く製作された。謡曲「龍虎」には典拠らしいものが見つからないため、これらの龍虎図にヒントを得て創作されたのではないかと考えられている。『国性爺合戦』の和藤内も、虎と緊迫した闘いをくりひろげる点で、龍虎の争いがイメージの下敷きになっている可能性を十分に備えている。

五　和藤内の虎退治いろいろ

もともと人形浄瑠璃の作品として書かれた『国性爺合戦』が、好評のあまり十七ヶ月連続上演を果たし、初演後ただちに歌舞伎化されて、三都の舞台にかけられたことは先に述べた。近松自身もこの評判を受けて、享保二年（一七一七）二月に『国性爺後日合戦《こくせんやごにちかっせん》』、享保七年（一七二二）正月『唐船噺今国性爺《とうせんばなしいまこくせんや》』を書いているくらいだから、ましてほかの作者たち（浄瑠璃・歌舞伎作者に限らず）が創作意欲を刺激されなかったはずはない。

京都の浮世草子作者江島其磧《えじまきせき》は、『国性爺合戦』の評判をただちに取り込み、享保二年に『国姓爺明朝太平記《こくせんやみんちょうたいへいき》』を刊行した。序文に「人形店《にんぎょうだな》には軒をならべて千里が外まで張貫《はりぬき》の虎が三つ指つき髭喰《ひげくい》そらして和藤内に追従《ついしょう》するさま見るに心地よし（中略）操《あやつ》リ哥舞妓《かぶき》はいふにおよばす開帳市場の商人《あきうど》も老一官の銭をもうけてちかづきならぬ和藤内を贔屓して今もつはらもてはやらかしぬ」と記す。全体の内容は、『国性爺合戦』をベースに、シチュエーションや細かい設定などにさまざまな脚色を加えて話をふくらませたもので、和藤内の人気にあやかった便乗作品のきらいがある。ただ、当時の読者にしてみれば、和藤内のアナザーストーリーを読むことができて、楽しかったのではないかとも思われる。眼目の千里が竹の虎退治の場面は、次のような話として書かれている（二之巻「和漢《わかん》の調合《ちょうごう》親は唐人参子《とうにんじん》は和薬者《わやくもの》」）。

唐土へ渡った和藤内と両親は、千里が竹へやって来た。見ると二匹の虎が互いの体に噛みつき合い争っている。父老一官が、ここで虎に遭遇したのも運の尽き、むざむざとやられるよりは、せめて傷のひとつなりとも負わせてから果てようと言い、一匹ずつ手分けして挑もうと駆け出すのを和藤内は押しとどめ、卞荘子《べんそうし》の故事（卞荘子が二匹の虎を見かけ鉄砲で撃とうとしたとき、ある人が制止して、この二匹の虎は、牛の肉を食おうとしているように見えるので、互い

図２　『国姓爺一代記』三編13丁ウ・14丁オ　高木元氏蔵

に奪い合って戦うだろう。両虎が争えば、小さい虎はかみ殺され、大きい虎も傷つくから、それから撃てば一打で二匹の虎を殺す道理だと言ったので、様子をうかがい見るとその通りになったこと）を引いて、同じようにしばらく見守っていると、やはり一虎はかみ殺され、のこる一虎は傷つき弱ったので、和藤内はその虎を引つかみ、力も入れずにねじ伏せて、門出よしと喜んだ。

卞荘子の故事とは、中国北宋代の学者司馬光《しばこう》作の歴史書『資治通鑑《しじつがん》』（一〇八四年成立）の漢紀に「戦国策に曰」と引用注記された、虎を刺そうとした卞荘子をとめて管豎子《かんじゅし》が異見した話だが、原拠の『戦国策』の秦策では、虎を刺そうとした人物名は管荘子、彼をとめたのは管与となっている。さらに『戦国策』の本文には牛の肉うんぬんは見えず、また卞荘子が鉄砲を使うという設定はどちらにも書かれていないものなので、江島其蹟がこの故事を何の資料に取材したのか探る有力な手がかりとなりそうだが、それは本論から外れるのでとりあえず保留としておきたい。

『国姓爺明朝太平記』のように、和藤内の虎退治に独自の趣向をこらそうとした試みは、結局それほどの広がりを見せることなく、あくまでも近松の『国性爺合戦』に添った人形浄瑠璃や歌舞伎の演出が、ある種の型となって後代まで受け継がれて行く。

高橋則子著『草双紙と演劇―役者似顔絵創始期を中心に―』（汲古書院、二〇〇四年）の第一章第二節「草双紙から見た江戸での『国性爺合戦』の受容」に、江戸で二代目市川団十郎が演じた和藤内の演技を踏まえて製作されたと考えられる、青本や黒本の国性爺もの草双紙が、挿絵とともに紹介されており、また『国性爺合戦』の初演から八十八年後の享和三年（一八〇三）、江戸の戯作者式亭三馬が著した劇書『戯場訓蒙図彙《しばいきんもうずい》』の「虎」の項目に、「とらは半ぶん毛をむしられ、とうもろこしならすでにやきかけるばかりになつても、勢ひは甚猛し。そのとき太神宮のお祓箱をさし上ると、じみ〳〵とよはるなり」と少し茶化して書いてあるが、虎が和藤内と格闘の末に半分毛をむしられること、太神宮の神力に怖じておとなしくなることなどは、浄瑠璃初演時から変わることなく継承されてきた趣向と言える。

変わったところでは、幕末の切附本《きりつけぼん》（安政期〈一八五四～一八六〇年〉を中心に粗製濫造された廉価な末期中本型読本）に、鈍亭魯文《どんていろぶん》作『国姓爺一代記《こくせいやいちだいき》』がある。これは絵入読本『絵本国姓爺忠義伝』（前編は石田玉山作、文化元〈一八〇四〉年刊、後編は好華堂野亭作、天保五〈一八三四〉年刊）の抄録本であるが、タイトルどおり、国姓爺鄭成功の活躍をつづった物語で、文久元年（一八六一）の改印を持つ三編に、国姓爺による虎退治がある（図2）。その内容は次の通り。

大宛《たいわん》を平定した延平王《えんへいおう》国姓爺は、新たに築かせた城を点検したのち、背後にある天柱嶺《てんちゆうれい》という高山へ登る。すると大牛ほどの大きさの老虎が一頭おどり出て、国姓爺に襲いかかる。驚く家来たちを制して、虎のうなじを一撃、そして太股を一蹴りして倒すと、背にまたがり頭に拳を数十発打ちこんで虎をなぐり殺す。虎の死骸は十人がかりでやっと担ぎ上げることができる大きさだった。

国姓爺の武勇を中心に据えたこの物語の性格ゆえだろうか、ここには怪力で勇猛果敢な国姓爺の姿をいろどるエピソードとして、虎退治が語られており、日本の太神宮の威力で唐土の野蛮な獣を恐れさせ、服従させるといった、信仰的な部分がそっくり削られているのは、注目に値する。間もなく激動の明治時代を迎える江戸時代後期には、日本古来の神に対する信仰のありかたも、人びとの心の中で変化が起こりつつあったことをうかがわせる。

和藤内の虎狩りは、大ヒットした演劇作品の名場面として、絵の画題となったり、軽業など見世物のレパートリーに取り入れられたり、生人形のような細工物に作られたり、江戸時代の文化に多大な影響を与えた。また日本各地で民俗芸能に取り入れられ、現在も祭礼時に行われている（横須賀市浦賀の虎踊り、釜石市の片岸虎舞、静岡県の小稲の虎舞など）。

また、今ではあまりする人がいなくなってしまったが、虎拳《とらけん》（虎は老母に勝ち、老母は和藤内に勝ち、和藤内は虎に勝つという三すくみで勝負のつく拳遊び）も、『国性爺合戦』から生まれ、江戸時代に流行った遊戯であった。たった一つの演劇作品から生まれた文化の、想像を超える広がりの大きさには、感心するばかりである。

おわりに

日本国内に、生きた本物の虎が持ち込まれたのはいつのことだろう。現在知りうるかぎり、最も古い時代の伝承は、加藤清正が朝鮮から持ち帰った虎を、兵庫県宝塚市の伊和志津《いわしづ》神社境内で飼育していたとの民話だ。しかし、清正が生きた虎を日本へ連れ帰ったのが事実とすれば、当時相当センセーショナルなできごとのはずであり、さまざまな記録が残っていてしかるべきなのだが、残念ながらこの話には傍証となる同時代資料が皆無であり、また周辺地域への噂の伝播が認められず、特定の地域ピンポイントにしか伝わっていないことからも、かなり時代が下った後世になってから作られた伝説の感が否めない。

ある程度信頼できそうな他の記事を探してみると、朝倉無声《むせい》著『見世物研究』（昭和三年〈一九二八〉刊、春陽堂）の「天然奇物篇　珍禽獣」の項に、延宝三年（一六七五）に板行された『芦分船《あしわけぶね》』や、『摂陽年鑑』の延宝年間の記事に「虎の生けどり」が見えるのが最古だろうが、この虎と称したものが真物か、香具師《やし》の細工による贋物かは確証を得ないと記されていた。難波の名所旧跡などを記した最も古い地誌である一無軒道冶《いちむけんどうや》作『芦分船』巻三、道頓堀の項目を見ると、「して上るりには。何をかたるそ。是〳〵説教そこには。舞あり。孔雀鸚鵡に。種々の唐鳥。銭はもどりじや。元通《げんつう》くによし。虎のいけとり。竹田がからくり」と、道頓堀の芝居小屋周辺の景色描写があり、唐渡りの珍鳥とならんで、虎の生けどりが見世物に出ていたようだ。ただし、これも本物の虎と断定するには根拠が弱い。

文政九年（一八二六）に、筑前国（現在の福岡県西部）で虎の子として見世物にされていた動物や（桂川甫賢編『山猫図説』）、嘉永四年（一八五一）十月の江戸西両国広小路における虎の見世物興行（『藤岡屋日記』）は、いずれも正体は山猫だと同時代人に見破られるほどの粗末な細工であった。

正真正銘、偽りのない本物の生きた虎を日本の庶民が見たのは、文久元年（一八六一）のことである。阿蘭陀《おらんだ》船によって横浜へ運ばれてきた虎は、十月から江戸麹町福寿院境内で見世物興行に出され、その後、全国各地を回ったらしい（管見に入ったかぎりでは、伊勢、京都、岡山の記録がある）。ここに来てようやく、豹も虎も区別のつかなかった人びとは、正真の虎を目の当たりにしたのである。

時代はやや下って明治十九年（一八八六）、猛獣を含むサーカス興行をおこなうイタリアのチャリネ曲馬団が来日し、神田で興行的大成功を収めていた。翌明治二十年、この一行が連れてきた虎が子を三匹産み、そのうち雌雄二匹が、日本最初の動物園として明治十五年に開園していた上野動物園へ、ヒグマと交換で譲渡され、公開展示されるようになる。動物園へ行けばいつでも生きた虎に会える状況は、このとき始まった。「神田っ子のトラ」と呼ばれてたいそう人気を博したようだが、以後、虎はごく限られた特別な人しか見たり触れたりできない異国の幻想的な獣ではなく、檻の中に閉じこめられて陳列されたリアルな動物へと、一般庶民の認識の中で大きな変化を遂げたのである。

古来、本物の虎を見る機会のなかった日本人は、実際に虎が生息する中国や朝鮮半島経由でもたらされた、虎は人間を襲って食べる恐ろしい猛獣だとのイメージを、そのまま受容した。近代以前の日本文学に現れる虎は、ほぼ例外なく人食い虎なのである。さらに、虎は得体の知れない異国の象徴であり、肉体に危険を及ぼす恐怖と、未知のものに対して抱く漠然とした精神的恐怖とを具現化した存在であった。だからこそ読者や芝居の観客は、凶暴な虎に負けない勇気と力を持った英雄の登場を切望し、暴れる猛虎を彼らが小気味よく倒す姿に喝采を送ったのである。

『国性爺合戦』は浄瑠璃作品として、日本と中国を舞台としたスケールの大きさや異国趣味もさることながら、国家存亡の危機を救う超人的な力を持つ英雄（＝和藤内）の魅力にあふれた物語ゆえに、多くの観客の心を揺さぶり、感動を与えた。和藤内と虎との対決場面は、小国日本（和藤内＋太神宮）が、大国中国（虎）を圧倒する、まさにその願望のあらわれであり、日本人のプライドをくすぐって、忘れえぬ強い印象を残したのである。和藤内は、江戸時代の都市民が抱く共同幻想が生み出した、まぎれもないヒーローだった。和藤内がなぜ江戸時代の人びとに好まれ、現在に至るまで長く愛され続けてきたのか。本稿は、日本の文芸作品に描かれた虎のイメージとともに、その魅力にも迫ることができたと信じたい。

【参考文献】

『近松門左衛門集3』（大橋正叔校注、新編日本古典文学全集、小学館、二〇〇〇年）
磯野直秀「明治前動物渡来年表」（慶應義塾大学日吉紀要　自然科学、二〇〇七年）
高木元「鄭成功の〈物語〉」（科研費研究成果報告書「北東アジアにおける『記憶』と歴史認識に関する総合的研究」、二〇一〇年）
崔京国「絵本の中の虎」（「第二回絵入本ワークショップ」発表資料、二〇〇六年九月）

俳諧の猿

金田房子

猿三声我も又月に泣夜かな　蕪村

はじめに

猿は、犬や猫のようにいつも身近にいる動物というわけではないが、人に似ていて親しみが感じられ、昔話の主人公ともなってきた。顔やお尻の赤さからくるユーモラスな印象は、滑稽の文学である俳諧の格好の題材でもあった。

一方で、漢詩の世界においては、『世説新語《せせつしんご》』に載る、子を奪われて追いすがる母猿の故事は、深い悲しみを表す「断腸」という言葉の由来となり、「猿声」は哀しみを含んだものとしてのイメージが定着して読み継がれてゆく。それは、和歌にも影響を及ぼしたが、俳諧はさらに漢詩からの影響が大きく、数の多さはもとより、詩語のイメージを生かした表現の深まりという点においても、注目される句が多い。

これら以外に、「猿引《さるひき》」（猿廻し）が、新年の季語とされるように、猿は正月にかかわる景物として連想される。俳諧では歳旦吟が詠まれるので、そのような際に猿が思い起こされることも多く、干支の「申」との関わりでも詠まれている。

俳諧に詠まれる猿は、大別すれば、この三種類となる。以下に、具体的な例をあげて述べてゆくことにしたい。

一　身近な存在としての猿

昔話にも「猿の尻（顔）はなぜ赤い」などが知られるように、猿の特徴としては、顔やお尻の赤さが、まず連想される。このような具体的な猿の体の特徴は、猿を詠むことの少なかった和歌はもちろん、漢詩においても素材とされなかったが、俳諧においては早くから詠まれるようになる。

猿の尻木《こ》がらししらぬ紅葉《もみぢ》哉　　（『犬子集《えのこしゅう》』寛永一〇年〈一六三三〉序刊）

猿にまけぬ蛍の尻のあかさ哉　（『崑山集《こんざんしゅう》』慶安四年〈一六五一〉刊）
猿の尻はいづれをみるもまつかいに　（『玉海集《ぎょっかいしゅう》』明暦二年〈一六五六〉刊）
のぼり居ていづれか熟柿猿の貌　（『毛吹草《けふきぐさ》』正保二年〈一六四五〉刊）
紅葉葉《ば》にふんどし赤し峰の猿　北枝※1

次に思い浮かぶ猿の特徴としては、木登りのうまさ、身の軽さであろうか。しかし、猿の木伝う様は、既に和歌にも詠まれており、俳諧独自のものではない。『夫木和歌抄《ふぼくわかしょう》』巻第廿七「猿」の項には、

あしびきの山のゆきあひになく猿の声のうへふむみねのかけはし
谷ごしのまつのふる枝や友猿の山づたひする道となるらん
さらぬだにねざめの床のさびしきに木づたふさるの声きこゆなり

『俳諧二重染』（享保19年〈1734〉刊）
福井市立図書館蔵

といった歌があげられている。このような猿の姿は、俳諧においても、例えば、

かけはしに猿の折たる氷柱《つらら》かな　鬼貫《おにつら》
（『仏兄七車《さとえななくるま》』享保〈一七一六～三六〉頃成）
猿飛んで一枝青し雪の松　涼菟《りょうと》

のように詠まれている。これらは、「かけはし」「松」といった用語にみられるように、和歌を意識してはいるものの、単に伝統的な表現をふまえて詠んだというよりは、おそらく実景を見ての吟であったろうと想像される。

『本朝画林』（宝暦２年〈1752〉刊）
国文学研究資料館蔵

他にも、

山陰《やまかげ》や猿が尻抓《か》く冬日向《ふゆひなた》　コ谷
（『続猿蓑』元禄一一年〈一六九八〉刊）

には、猿を見る作者の温かなまなざしが感じられ、

猿の来て屋根かきちらす木葉《このは》哉　曲翠
（『誹諧曾我《そが》』元禄一二年〈一六九九〉序刊）

には、猿のたてる物音に耳をかたむけている作者の姿を、読みとることができる。

ある時はからかいの対象となるにしても、猿はやはり親近感を感じる存在であり、人に対するのと変わらない同情心をかきたてもする。

・さむさに猿は身をやもむらん
　いはほなるたるひ《（垂氷）》のさきは錐に似て
（『犬筑波集』[※2] 一五〇〇年頃成）

・しよぼしよぼとつらや時雨の木葉猿
（『塵塚《ちりづか》誹諧集』寛永一〇年〈一六三三〉跋）

・春夏は栗の味もやあしからん
　痩せて毛ながき猿のかはゆや
（『正章千句《せいしょうせんく》』慶安元年〈一六四八〉刊）

・月になみだは大豆《まめ》あめとふる
　哀れにもやせこけ猿は冷《すさま》じな
（『紅梅千句』明暦元年〈一六五五〉刊）

などのように、猿が生身に感じている寒さ・つらさ・餓えを思い遣る作例も少なくない。

芭蕉の有名な句、

初しぐれ猿も小蓑をほしげ也　（『猿蓑』元禄四年〈一六九一〉刊）

も、このような表現の流れの中に位置づけることができよう。冷たい時雨にうたれる猿を思い遣りつつも、ただこの芭蕉句においては、つらさと同時に、初時雨に興ずる心がある。それは諸注に述べられている通りである。[※3]

一方で、旅の心もこの句に読み取るべきであろうと思う。句は、故郷伊賀へ帰る旅の道すがら詠まれたことが、真蹟色紙の前書によって知られる。いまその事実を別にして発句の表現のみを見ても、伝統的に和歌・連歌に詠まれ「過ぎゆくこと・定めなきこと」を本意とする時雨は、芭蕉にとって旅心をかきたてるもので、旅にうかれたつ心に重なる。[※4] また、小猿がほしげな「蓑」は、「笠」とともに旅を象徴するものである。『おくのほそ道』の旅の途次に芭蕉が出会った金沢の北枝が、

翁に蓑をおくりて

しら露もまだあらみのゝ行衛《ゆくへ》哉　（『卯辰《うたつ》集』元禄四年〈一六九一〉刊）

と前書に記しているように、芭蕉自身も旅の途中に蓑をもらうことがあった。さらに、漢詩において猿の声が旅愁をかきたてるものであったことについては、次節でふれる。

庚申塔の三猿（東明寺・埼玉県和光市）

時雨のつらさ、旅のつらさを十分にわかった上

で、山を紅葉させる時雨の風雅に興じ、おまえも旅にでたいのだろうね、と猿に戯れかけるのである。それが、旅に生きた俳諧師芭蕉の姿勢であった。

ところで、あまり猿を見たことのない人にとっても、猿が昔話やことわざなどを通して、身近な存在であることは言うまでもない。現代でもよく知られる昔話「猿蟹合戦」に取材した、

柿の木にあそぶ子共《(供)》や蟹と猿　白雪（『類柑子《るいこうじ》』宝永四年〈一七〇七〉跋刊）

や、日常用いる「犬猿の仲」「猿も木から落ちる」といった成語やことわざを意識した、

・中《(仲)》のあしきをさていかがせん
　猿まはし通りかねるや犬のそば　（『犬子集』）

・猿も木から落るたとへの木葉かな　（『鷹筑波集』寛永一九年〈一六四二〉刊）

・猿も木から落栗を嘸《さぞ》拾ひぐひ　（『続山井《ぞくやまのい》』寛文七年〈一六六七〉刊）

などの句がみられる。

他にも「見ざる・聞かざる・言わざる」[※5]をふまえた、

・　見ざる
　秋悲し目に手を当て猿の声　涼菟
　　きか猿
　耳ふさぐ猿や浮世を秋の風　同
　　云ハ猿
　ぬき足の猿や案山子《かかし》に音《ね》も鳴《なか》ず　何友（『山中集』元禄一七年〈一七〇四〉刊）

・　ゑびす講には文も読れず　　蓮之
言ハ猿とさばかり座敷罷立《まかりたち》　　貞佐　（『梨園』享保二〇年〈一七三五〉刊）

や、さらにその他「猿まね」「猿知恵」等々、日常よく用いられる熟語をもじったものなど、身近な存在の「猿」はさまざまな趣向で俳諧に表現されている。

二　漢詩の猿―孤独と哀しみ

俳諧辞書『類船集《るいせんしゅう》』（延宝四年〈一六七六〉刊）の「猿」の項の解説は次のようなものである。

猿掛《ハリ》二垂藤《ニ》一鶴唳《ハナク》レ松《ニ》云々。「おもふ事大江の山に世中をいかにせましと三たびなくなり」「さらぬだに老いては物のかなしきに夕のさるに声なきかせそ」。猿の子をかなしむるを見て水に身をなげしは鄧艾《とうがい》とかや。養由が弓をはり矢をたむれば、猿は木をいだきて泣しと也。

「猿ハ垂藤ニ掛リ…」の典拠は未詳。「おもふ事…」は、『永久百首』及び『夫木和歌抄』巻第廿七「猿」の項所収の源兼昌の歌、「さらぬだに…」は『永久百首』の大進（肥後守定成女）の歌である。

「鄧艾」は三国時代・魏の武将であるが、該当する逸話はない。同時代の蜀の武将「鄧芝」に、戦いの帰りに黒い猿を見かけ、それを弩《ど》で射抜くと、その子供の猿が親に刺さった矢を抜いて傷口に葉を巻いて手当をした。鄧芝はそれを見て弩を川に投げ捨てたという話が伝わる（『三国志』）。名を「鄧芝」とし、親猿が「子をかなし」み、それを見て「身を」投げたとすることは、ともに誤りであるが、『円機活法《えんきかっぽう》』巻第廿四「猿猴」の項の【事実】にあげる「抜《ヌク》レ箭《ヤヲ》」には次のように記されている。（延宝元年〈一六七三〉刊本による。原漢文）

[蜀志]鄧艾、玄猿ノ子ヲ抱テ樹上ニ在ルヲ見テ、弩ヲ引テ之ヲ射テ猿ノ母ニ中《あ》ツ。其子為メニ箭ヲ抜キ、樹葉ヲ

巻テ瘡口ヲ塞グ。艾、嘆ジテ曰ク「吾レ物ノ性ニ違フ。其レ将《まさ》ニ死センカ。」乃レ《(ママ)》弩ヲ干水中ニ投ズ。

『円機活法』は、江戸時代に版を重ね、とてもよく読まれた漢詩入門書である。このような書に「鄧艾」とあることが参考とされ、また話の内容を誤解してしまったのであろう。

次の「養由」は、養由基《ようゆうき》のこと。春秋時代の弓の名手で、決して的を外さなかったことから「百発百中」という言葉が生まれた（『史記』周本紀）。彼が仕えていた楚の王が、飼っていた白猿を射たところ、白猿は王が射た矢を捕らえて戯れたので、養由基に射させることにした。すると、まだ弓をととのえているうちに猿は泣き叫んで木にしがみついたという（『蒙求』など）。これも同じく『円機活法』同項の【事実】に、「號《サケブ》レ弓ニ」という項があり、『淮南子』を典拠と注して養由基のこの逸話を載せている。

『類船集』の記述は、付合語と解説とで俳諧に必要とされる古典知識の最小限をまとめたものであるが、この解説に記された和漢の古典の猿のイメージは、すべて悲しみ・涙を共通項としている。

悲しさを基調とする猿のイメージは、漢詩に由来するもので、和歌はその影響を受けたものである。何よりも悲しみを誘うのはその声で、「猿声」は詩語として定着し、和歌でも主として声が詠まれてきた。

俳諧においても猿の声を詠んだものは多い。次の其角の句は、漢詩の世界をそのままに発句に再現したものである。

　巴峡の猿を

声かれて猿の歯白し峯の月　（『其便《そのたより》』元禄七年〈一六九四〉刊）

声だけでなく、むきだした歯の白さに注目したところが、俳諧らしい新しさであろうが、其角自身『句兄弟』（元禄七年〈一六九四〉序刊）で、

是こそ「冬の月」といふべきに、「山猿叫ンデ山月落」と作りなせる、物すごき巴峡の猿によせて「岑の月」と

は申たるなり。「沾衣声（衣ヲ沾《うる》ホス声）」と作りし詩の余情ともいふべくや。

と語っている。「巴峡」（巫峡）は、中国湖北省の長江の峡谷で、両岸には断崖絶壁が迫り、激浪さかまく舟の難所である。北魏・酈《れき》道元『水経注』の「巴東三峡巫峡長、猿鳴三声涙霑裳」でよく知られ、唐代には枚挙にいとまがないほどによく詩に詠まれるようになる。一例として、晩唐の詩人・杜牧の詩「猿」を次にあげる。

月白烟青水暗流　　月白く烟《もや》青くして水暗く流れ
孤猿銜恨叫中秋　　孤猿恨みを銜《ふく》んで中秋に叫ぶ
三声欲断疑腸断　　三声断たんと欲して腸断ゆるかと疑ふ
饒是少年須白頭　　饒《たと》ひ是れ少年なりとも須《すべか》らく白頭なるべし

この詩句にある「叫ぶ」も「猿」に関わって連想される事柄で、『類船集』では「叫」の項の付合語に「猿」があげられており、句にも次のように詠まれている。

・　山は菅がさ幽《かすか》なりけり　　高政（『是天道《これてんどう》』延宝八年〈一六八〇〉刊）
捨られて猿の子ひとり叫声《さけぶ》
・木がらしに猿さけぶなり鷲の影　　可吟（『国の花』宝永二年〈一七〇五〉刊）

また、涙や泣く様を詠むことも多い。

・　洞の地蔵にこもる有明　　翠桃
蔦の葉は猿の涙や染《そめ》つらん　　芭蕉（「秣《まぐさ》おふ」歌仙・元禄二年〈一六八九〉）
・猿の声きやつと云たがしぐるるか　　万乎（『渡鳥集』宝永元年〈一七〇四〉刊）
・猿三声我も又月に泣夜かな　　蕪村（安永六年〈一七七七〉『夜半叟句集』）

右の杜牧の詩にもあるように、悲痛な思いを表す「断腸」の故事の舞台も、この三峡である。舟に捕らわれた子猿を母猿が岸伝いに追い続け、ついに舟に飛び移ったが息絶え、その腸が悲しみのあまりに寸断されていた（『世説新語』）という有名な故事である。「断腸」はこれも詩語として、「猿声」のイメージにも影響を与えつつ、非常によく詠まれてきた。

落葉して腸《はらわた》寒し猿の声　　北枝

のように直接この言葉をふまえるものもあるが、親子の情に注目して想起されることも多い。『野ざらし紀行』の旅の途次、芭蕉が捨子を憐れんで詠んだ句、

猿を聞く人捨子に秋の風いかに　（貞享元年〈一六八四〉）

の後に添えられた文、「いかにぞや汝、ちちに悪《にく》まれたるか、母にうとまれたるか、ちちは汝を悪《にくむ》にあらじ、母は汝をうとむにあらじ。唯これ天にして、汝が性のつたなきを泣け。」には、痛みさえ感じられる。芭蕉は食べ物を投げて通ることしかできなかったが、子を思う親の情愛は、確かに信じられた。それは、漢詩文の影響というだけでなく、芭蕉自身の実感であったように思われる。深沢眞二氏は、「芭蕉・素堂両吟和漢俳諧「破風口に」歌仙注釈[※6]」において、

乳をのむ膝に何を夢見る
舟《ハ》鉤《ユルグ》風《ノ》早浦

の付合について、其角が『雑談集』に記した芭蕉の談を参考に、次のように述べている。

芭蕉は海女が舟の上で子に乳を与える場面を「仁心の発動」として、俳諧に表現すべく心に温めていた。

海女が舟の上で子に乳を与える場面を印象深く心に温めていた芭蕉。芭蕉が親子の情愛に敏感であったことを感じさせる例は、これにとどまらない。[※7]

ところで、「猿を聞く人」は、初案が「猿を泣旅人」であった。小学館日本古典文学全集『松尾芭蕉集』の頭注に「(「猿声」が詠まれるのは) 大体において旅懐をのべるものに多い」とあるように、猿の声は旅人に郷愁を感じさせ、望郷の念を起こさせるものであった。「猿声」は、旅人の姿を連想させるものなのである。[※8]

三　猿廻しと歳旦

『和漢文操《わかんぶんそう》』(文考編・享保一二年〈一七二七〉刊)に、僧一空の「猿ノ箴《しん》」という俳文が載る。「あらめでたや、猿は山王のつかはしめにて、老ては奥山に千とせをかさねて、岩に苔猿の名をかふむり、若きは孫子《まごこ》の枝もさかえて、木の葉猿ともいふなるよし。」という一文ではじまり、猿から連想されることがらを、和漢の故事から目の当たりにすることがらまで、軽妙な口調で短い文章にまとめている。冒頭の一文は、猿が山王権現の使いとされること、そして老若の猿の様を「苔猿」(痩せてみすぼらしい猿)・「木の葉猿」(樹上を身軽に伝う猿)という言葉に寄せて、縁語仕立てで表現している。末尾近くには、見せ物とされる猿の様子を、次のように描く。

　そのゝち人の手にかはれて、刀に羽織の丹前《たんぜん》をふり、杖に菅笠《すげがさ》の女舞をならふ。盤《ばん》に杉立《すぎだち》のくるしさも、綱に蜘舞《くもまひ》のあぶなさも、をのが心のわざならぬかは。

「丹前をふり」は、「丹前振」[※9]のことで丹前六方とも言い、歌舞伎において舞踊化された特殊な手の振り方と足の踏み方をいう。『類船集』には、「猿」の付合語として「歌舞妓おどり」があげられている。「杉立」はここでは逆立ちのこと、「蜘舞」は綱渡りである。「刀に羽織」「杖に菅笠」といった衣裳を着せられて当世人気の舞のまねをしたり、いろいろな軽業をさせられる、猿への同情が感じられる文章である。

見せ物の猿としては、現代ではほとんど見られなくなったが、獅子舞などと同様に正月の風物であった猿廻しがま

『倭人物画譜』（前編・寛政11年〈1799〉刊）国文学研究資料館蔵

ず思いうかぶ。『吾妻鏡《あづまかがみ》』寛元三年四月二一日の条に記載があり、既に鎌倉時代からあったというが、歳時記においては、竹亭著『誹諧をだまき』（元禄四年〈一六九一〉刊）の正月の項に「猿引（曳）」があげられるのをはじめとする。

季語となるのが元禄期以降なのは、猿廻しが他の季節にも見かけられ、正月に限るものではなかったからであろう。『誹諧歯がため』（天明三年〈一七八三〉刊）には、

是常も来るもの故、猿引は春、さるまはしは雑《ぞう》也、と心得たる人も有て会席にて争論も侍るよし。猿まはしといひても春也。他の季にせば、其季を断るべし。

と、この頃になっても季語ととるかどうかに、多少問題があったことが記されている。

猿廻しは、近世初期においては季語ではなかったが、それを詠んだ例は見受けられる。前にも引いた『犬子集』所収の句に「猿まはし通りかぬるや犬のそば」とあり、『短綆集《たんこう》』（延宝二年〈一六七四〉刊）の、

餝縄《かざりなは》や引まはしたる申の年　　永之

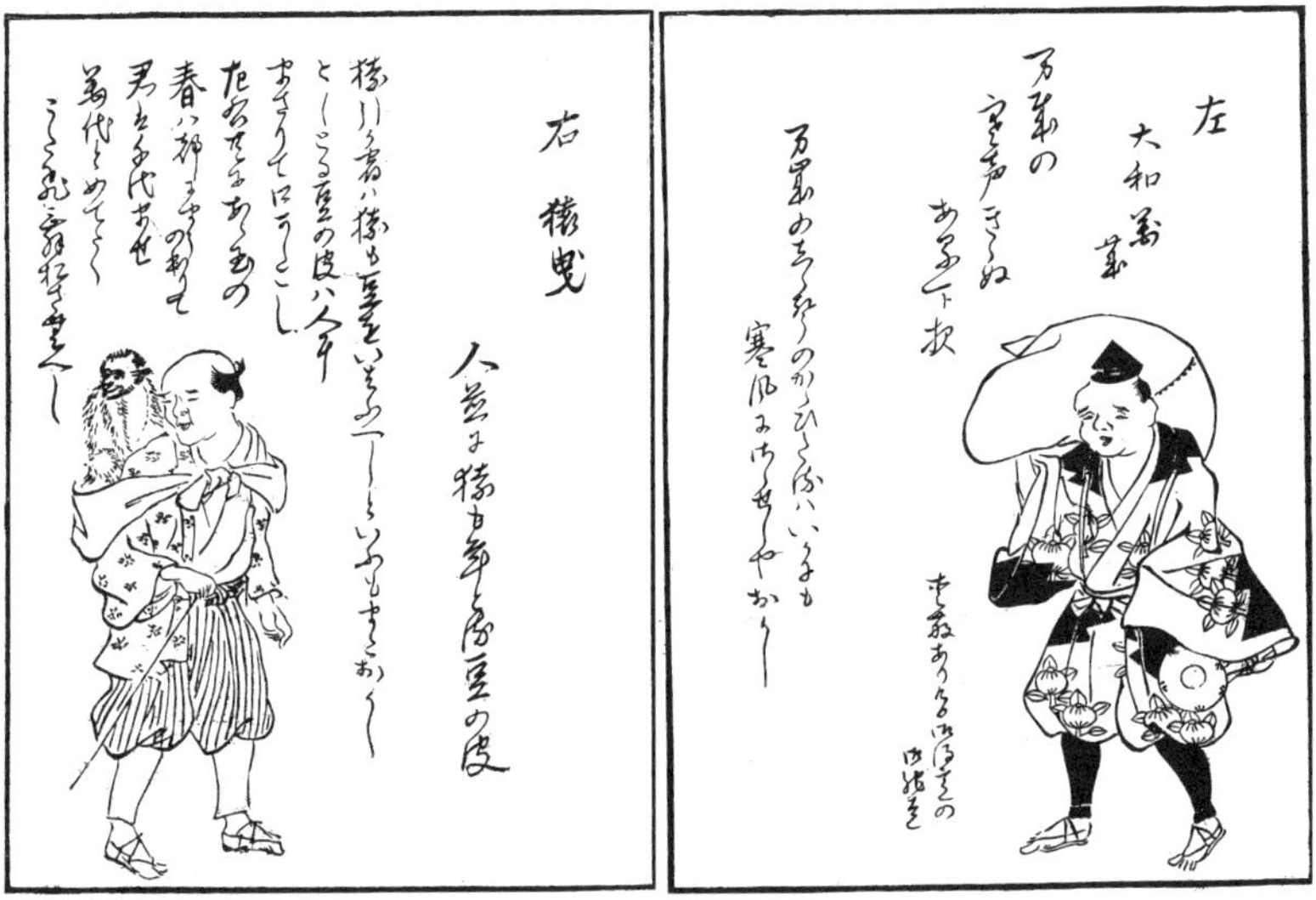

『職人尽発句合』（寛政９年〈1797〉刊）国立国会図書館蔵

は、「引まはしたる」に猿引きをかけたものと思われる。また元禄二年〈一六八九〉冬、芭蕉も一座した「霜に今」歌仙の付句、

　春の来て猿に小歌を舞せけり　村鼓

も、正月の猿廻しを詠んだものかと思われるが、年賀の猿廻しは猿をつれてきて寿《ことほ》ぎをするだけで舞はみせなかったとも言い、正月の様子とは決められない。

　芭蕉の作に目をむければ、

　さる引の猿と世を経《ふ》る秋の月（『猿蓑』所収「市中は」歌仙）

の付句があるが、これは下五に「秋の月」とあるように秋の句である。発句、

　猿引は猿の小袖をきぬた哉　（元禄年間〈一六八八～九四〉）

も、所収の浪化編『続有磯海《ぞくありそうみ》』（元禄一一年〈一六九八〉刊）で「擣衣《とうい》」と前書とされているように、新年ではなく秋の句として詠まれている。また、

　年々や猿にきせたる猿の面　（元禄六年〈一六九三〉）

は、季語がないことがまず問題となった。去来の『旅寝論』（元禄一二年〈一六九九〉成）に、次のように記されている。

一とせ先師歳旦に、年々や猿にきせたるさるの面と侍ルを、季はいかが仕《つかまつる》べきと窺けるに、としどしはいかにとの給ふ。いしくも承る物哉と退ぬ。年々は季の詞にあらず。表に季に見えずして季になる句、近年付句等にも粗《ほぼ》見ゑ侍る也。

「季の詞」ではないが季節感を感じさせる言葉、そうした季節感と言葉への関心は、新しい季語を生み出してゆく時代の息吹を感じさせる。

句意は難解であるが、土芳が『三冊子』（元禄一五年〈一七〇二〉成）に、

此歳旦、師のいはく、人同じ処に止《とどまり》て、同じ処にとしどし落入る事を悔ていひ捨たるとなり。

と記した内容を参考にして、概ね、

毎年毎年年が改まっても、人はちっとも変ることなく、同じようなあやまちを繰返している。猿に猿の仮面《めん》を着せたところで、一向変り栄えしないようなものだ。

（阿部正美『芭蕉発句全講』明治書院、一九九七）

のように訳されている。これに対して、矢島渚男氏は、「猿に着せたる猿の面」（『俳句研究』一九九二・四）において、『三冊子』の記す「人」は、一般的な人々を指すのではなく、芭蕉の自戒として読むべきだとし、

年改まっても、私は相も変わらず、猿回しの猿が滑稽な仕種で人々を笑わせるように俳諧師という面を着けて、月よ花よと浮かれ歩いているばかり。
それでは、俳諧師という仮面を取ったなら、その下の素顔はまともなのかというと、そうとも参らず、やっぱり猿のように愚かな人間なのですよ。
年々歳々、猿が猿の面を着せられているようなもの。全く嫌になるではありませんか。

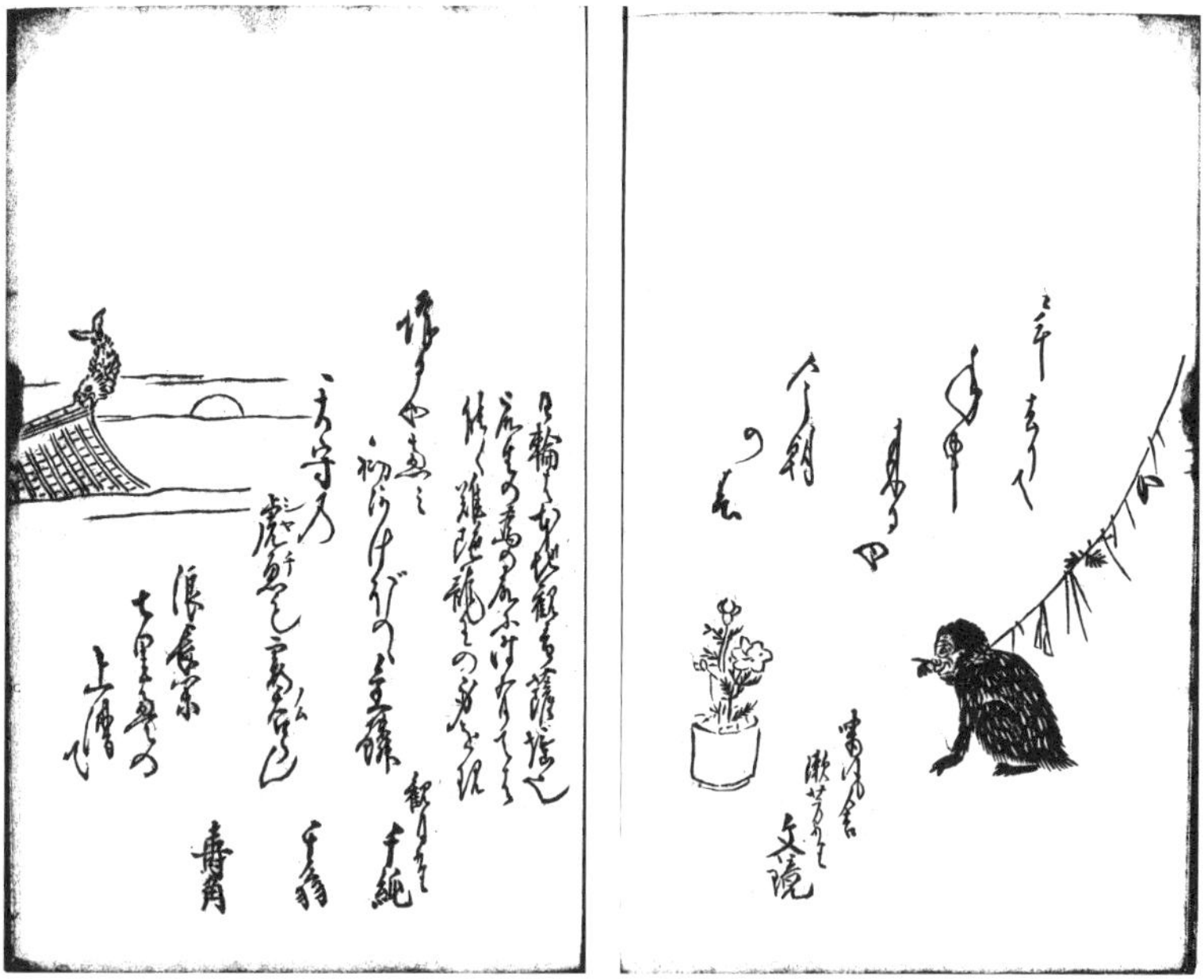

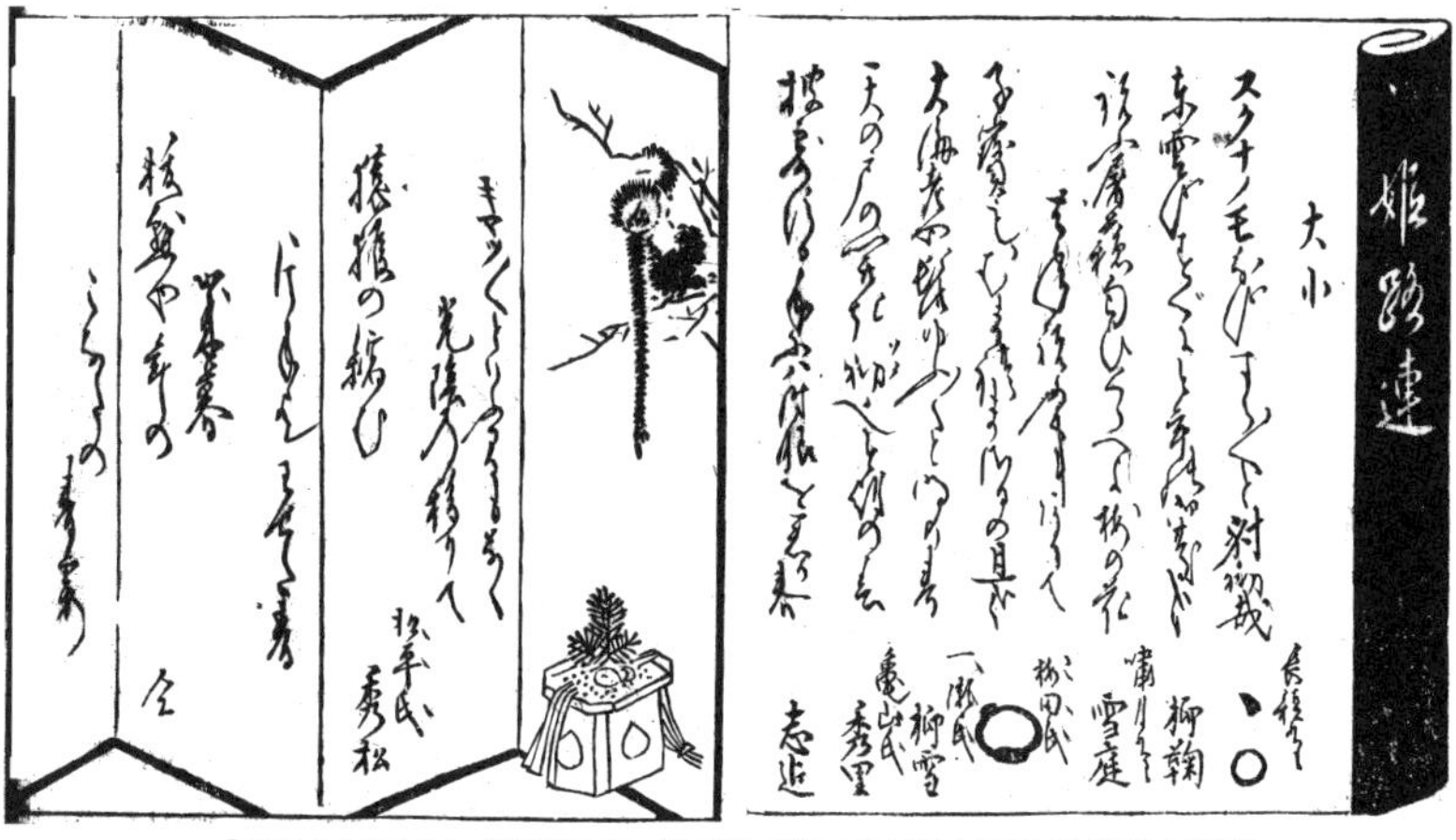

『歳旦金銭居士』（宝暦２年〈1752〉刊）富山県立図書館志田文庫蔵

と解釈する。魅力的な解釈ではあるが、芭蕉があえてこだわった、廻りくる悠久の時間を感じさせる「年々や」という詠嘆が必ずしも生きてこないように思われる。[※10]

このような解釈の難しさが、許六が芭蕉の言葉として伝える、

全く仕損《しそんじ》の句也。ふと歳旦に猿の面よかるべしとおもふ心一つにして取合《とりあはせ》たれば、仕損《しそんじ》の句也。

（『俳諧問答』元禄一〇年〈一六九七〉奥・「俳諧自讃之論」）

のように、「仕損の句」とされた所以であろうか。なお後考の余地があろう。

では、申年の歳旦吟はどのように詠まれているだろうか。

歳旦の吟に干支を詠み込む場合はあるが、申年の歳旦に必ずしも猿の句が詠まれているというわけではない。その中で、宝暦二年〈一七五二〉壬申の、不角の歳旦帖『歳旦金銭居士《こじ》』では、猿の句、

・年去りて年神来るや今朝の春

・　キヤツ〱といふ間もなく光陰の移りて

猿猴《えんこう》の縮む片手歟《か》わせた春

＊わせた：いらっしゃった

とともに、愛らしい猿が挿絵となっている。（前ページ図参照）

猿を申年にかけて詠むことは、言葉遊びを主な手法とした貞門俳諧に多く見られ、次のような句を例にあげることができる。

日のかほや今朝あかねさす申の年

（『犬子集』）

けふくるや山のかいある猿の年

（『境海草』万治三年〈一六六〇〉刊）

つとまいり御礼申せ猿の年

（同右）

おわりに

以上、俳諧に詠まれた猿のイメージを概観してきた。俳諧では、漢詩の伝統を受け継ぎつつ、卑近なことがらも取り入れて、時にからかいを含めて表現しているが、そこには親しみや哀れみの心が感じられる。猿は日吉（山王）神社の使いとして信仰の対象でもあり、一方では、昔話にみられるように、すばしっこくずるいものとして、卑しめられてきた。しかし句を詠むとき、猿は、詠み手の感情を投影する対象であり、そうした意味で、いつも人と一体化したものであったと言えよう。

注

1 以下、出典を示していないものは、古典俳文学大系『蕉門名家句集』によった。

2 三康文化図書館本による。小異はあるが『犬子集』にも収録されている。

3 例えば、小学館新編日本古典文学全集『松尾芭蕉集①』には、

「初しぐれ」は、日本の文学伝統の中で長い間かかって磨かれてきた素材であり、（中略）芭蕉も、長い旅の終りに、故郷に入らんとして初時雨に降られたことを、興あることと感じているのであって、

と書かれている。

4 『笈の小文』の旅への出立に際して詠まれた句「旅人と我が名呼ばれん初時雨」は、よく知られている。また、『猿蓑』の句と同じく元禄四年の「作りなす庭をいさむるしぐれかな」に詠まれた時雨も、庭を作ること―それは庵住の境地であ

るが、その束の間の定住から、旅に誘うものであったと考えられる。拙著『芭蕉俳諧と前書の機能の研究』（おうふう、二〇〇七）所収、「前書「庭興即時」について」参照。なお、時雨と旅との密接な関わりについては、兪玉姫『芭蕉俳諧の季節観』（信山社、二〇〇五）に詳細な考察がある。

5　三猿。青面金剛《しょうめんこんごう》の使いで、庚申講の本尊。成美の俳文集『四山藁』（文政四年〈一八二一〉刊）所収「三猿ノ箴　寛政庚戌〈一七九〇〉年作」には、三猿のまねをして遊ぶ子ども達の様子が描かれている。

6　『「和漢」の世界　和漢聯句の基礎的研究』（清水堂、二〇一〇年）

7　佐藤勝明編『松尾芭蕉』（ひつじ書房、二〇一一年刊行予定）所収、拙稿「芭蕉と先行文学」においてもふれたが、芭蕉は『金槐集』所収の和歌「ものいはぬよものけだものすらだにもあはれなるかなや親の子をおもふ」を心に留めていた。

8　松浦友久氏は、最も早い時期に猿声の〈悲〉や〈哀〉を記述したのが、呉やそれを併合した晋の人であり、彼らが〈客寓〉意識の保持者であったことを指摘している。

9　丹前振は遊客や侠客らの派手な風俗・丹前風から舞踊化されたもので、広袖の羽織をゆったり着るところに特徴があった。

10　例えば、

名もしらぬ昔の人ははかなくてとしどし青き野べの春草　（夫木和歌抄）

のように和歌に詠まれている。

【参考文献】

松浦友久『詩語の諸相―唐詩ノート―』（研文出版、一九八一年）

鈴木健一「絵画の猿　詩歌の猿」『江戸詩歌の空間』（森話社、一九九八年）
松浦友久編『漢詩の事典』（大修館書店、一九九九年）
飯田道夫『猿まわしの系図』（人間社、二〇一〇年）

人の詞に通じ。人の情も知る狐

『義経千本桜』河連法眼館《かわつらほうげんやかた》・狐忠信

佐藤かつら

はじめに

近世演劇に登場する動物として、狐は特殊な位置にいるように思われる。歌舞伎において考えてみると、馬、虎、猿、鼠、猫、蝦蟇《がま》、蛇、蜘蛛などが現れる狂言があるが、こういった動物たちの中で、人間に化けたり人間の言葉を話したりする動物は、舞踊劇を除けば多くはない。猫（鶴屋南北『独道中五十三駅《ひとりたびごじゅうさんつぎ》』文政十年（一八二七）など）、土蜘蛛（桜田治助『四天王宿直着綿《してんのうとのいのきせわた》』天明元年（一七八一）など）、そして狐が、人間に化ける動物として思い浮かぶが、猫と土蜘蛛はいわば悪役で、妖怪変化に近いものとして登場する。しかし狐は必ずしも悪役ではない。

狐は人形浄瑠璃の作品に多く登場し、代表的なものに『芦屋道満大内鑑《あしやどうまんおおうちかがみ》』（享保十九年（一七三四）初演）、『本朝廿四孝』（明和三年（一七六六）初演）、近松梅四軒・佐川藤太作『玉藻前曦袂《たまものまえあさひのたもと》』（文化三年（一八〇六）初演）、そして『義経千本桜』がある。これらの作品はすべて歌舞伎にも移入されている。悪役はこの中では『玉藻前曦袂』の狐だけで、この作品では天竺・唐土で世を惑わした妖狐が日本においても悪事を働く。

狐は人間の姿で『義経千本桜』などの作品の中に現れ、人間の言葉を話し、その心情を語る。本稿の課題として与えられた「『義経千本桜』における狐のあり方」は多くの研究によってこれまで論じられている。本稿では、それら先行研究に学びつつ、筆者なりに、『義経千本桜』における狐の描き方、また狐の意味について考えてみたい。

一　『義経千本桜』における狐の物語

人形浄瑠璃『義経千本桜』は、延享四年（一七四七）十一月、大坂・竹本座で初演された。全五段構成、二代目竹田出雲・三好松洛・並木千柳（宗輔）[※1]による合作である。

有名な作品だが、まず論の前提として作品の内容を確認したい。題名の通り本作は源義経（一一五九―八九）をめぐるものである。時は源平の合戦後で、兄頼朝と不和に陥った義経が都を落ち延びて行こうとする過程と、その間に義経の身辺に起こる事件を描いている。合戦で亡くなったはずの安徳天皇と平家の武将のうち三人、新中納言知盛《とももり》・三位の中将維盛《これもり》・能登守教経《のりつね》が、実は生きていたという設定が事件の前提となっている。

初段は物語の発端であり、初音《はつね》の鼓が後白河院から義経に与えられたこととその意味、維盛の妻子の旅立ち、また義経が都落ちをする契機が描かれる（「大内」「北嵯峨庵室」「堀川御所」）。二段目は義経が静と別れるくだり、また、知盛が義経を討とうとして果たせず自らの運命を悟って海に入る壮絶な一話である（「伏見稲荷」「渡海屋・大物浦」）。三段目は維盛を匿った吉野下市村の鮓《すし》屋一家の悲劇が描かれる（「椎の木」「鮓屋」）。四段目が狐の主に登場する段で、吉野山に匿われた義経と、そこへ現れた佐藤忠信《さとうただのぶ》（？―一一八六）をめぐって不思議な事件が展開する（「道行初音の旅」「蔵王堂」「河連法眼館」）。五段目は義経をつけねらう平教経と忠信らとの闘いが描かれ、教経が忠信に討たれるという結末となる（「吉野山」）。以下、狐の物語に重点を置き、もう少し詳しくまとめてみる。※2

源義経は平家追討の恩賞として、後白河院より「初音の鼓」を賜る。左大将藤原朝方《ともかた》は、頼朝と義経とを同士討ちさせようと企み、院宣と偽り、鼓を「打つ」によそえて、頼朝を「討て」と命じる。義経は院宣と言われ逆らうこともできず、自分では初音の鼓は打たないことを宣言し、鼓を拝領して去る。その後頼朝との関係が不本意にも悪化し、義経は都を退く。

義経の愛妾静御前は供を許されず、初音の鼓を義経の形見として預かる。静が鎌倉方の土佐坊の家臣逸見藤太に襲われそうになると、義経の忠臣佐藤四郎兵衛《しろうびょうえ》忠信が現れ静を救う。義経は忠信を称え、清和天皇の後胤《こういん》源九郎義経の名前と、自らの鎧を与え、静の供を命じて去る。大物浦での知盛の一件後義経一行は吉野山に身を隠す。

横川《よかわ》の覚範《かくはん》をはじめとする吉野一山の衆徒は義経を夜討にする計画を立てている。義経を匿った河連法眼《かわつらほうげん》の館へ、佐藤忠信が一人やってくる。義経は静のことを問うが、忠信は故郷の出羽から戻ったばかりだと言い、義経の言葉が理解できない。義経は忠信が鎌倉方について静を引き渡し、自分を探りに来たのかと怒るが、そこへ、静と忠信がやってきたという知らせが来る。二人の忠信の出現を不審がる義経。静が一人で現れ、同道の忠信を詮議せよとの義経の命を受ける。静が初音の鼓を打つと、もう一人の忠信が現れる。この忠信は、実は初音の鼓の皮に使われた夫婦狐の子の白狐であった。忠信の姿を借り、親を慕って鼓に付き添ってきたのである。狐忠信の話を聞いた義経は、狐忠信に初音の鼓を与える。狐忠信は喜び、横川の覚範（実は平教経）らの夜討の計画を義経に告げ、荒法師らを術で惑わす。

この後、鎌倉方の川越太郎重頼が頼朝追討の偽院宣を義経に与えた藤原朝方を捕えてやってくる。平家追討の院宣も朝方の企みであったので、教経は朝方を討ち、自らは忠信の兄継信の敵として、狐の助力を得た忠信に討たれ、安徳帝は出家し母建礼門院の弟子となるよう義経が計らうという大団円で結ばれる。

『義経千本桜』に登場する狐は、親の皮が張られた鼓に付き添う孝心厚い狐である。この初音の鼓の由来は次のように佐藤忠信に化けた狐自身の口から語られる。

桓武天皇の御宇。内裏に雨乞有し時。この大和の国に。千年功経《こうふ》る牝狐《めぎつね》牡狐《おぎつね》。二疋の狐を狩出し。その狐の生き皮を以て拵たるその鼓。雨の神をいさめの神楽。日に向ふて是を打てば。鼓は元来《もとより》波の音。狐は陰の獣《けだもの》ゆえ。水を発《おこ》して降る雨に。民百性は悦びの声を初めて上しより。初音の鼓と号《なづ》け給ふ。その鼓は私が親。私めはその鼓の子でござります

初音の鼓は宮中にあり、のちにこの子狐が語るように、八百万《やおよろず》の神々が番をしているために近づけなかった。と

ころが義経の所望が発端となり初音の鼓が宮中を出ることになった。子狐は親狐に付き従うことが出来るようになったので義経に恩義を感じ、傍に佐藤忠信がいたならば良かったという、二段目における義経の嘆きを聞き付け、忠信に化けて登場するのである。従って、危害を加えるためとか騙すためなどの理由で忠信に化けていたのではない。『義経千本桜』の狐はあくまで孝心厚く、恩義に報いる狐なのである。

二　狐の物語の発想

では、この作品において狐を登場させる発想はどこから来たのだろうか。このことは渡辺保氏『千本桜』をはじめ諸先行研究に詳しい。重複するところもあるが、狐を登場させる発想の由来について以下に若干述べておきたい。近松門左衛門作の浄瑠璃『天鼓《てんこ》』（元禄十二年〔一六九九〕頃初演とされる『丹州千年狐』の一部改作、元禄十四年初演）が『義経千本桜』の狐の物語に影響を与えていることは、黒木勘蔵氏の指摘以来（日本名著全集『浄瑠璃名作集』下、一九二九年）、周知のことと言えよう。

近松作『天鼓』は、狐の皮を張った鼓とそれにまつわるお家騒動を題材としている。下じきとなった能の作品に『天鼓』がある。能『天鼓』の鼓は、狐の皮を張ったものではない。能『天鼓』では、天より下った鼓を隠して皇帝に献上しなかった少年天鼓が呂水《ろすい》に沈められる。その後鼓は鳴らなくなるが、天鼓の父王伯《おうはく》が打つと音が鳴り、後に天鼓の霊が現れ舞を舞う。近松作『天鼓』では、楽人富士丸の家に伝わり娘の沢瀉《おもだか》姫が相伝する、千年を経た女狐の皮を張った天鼓という宝を、沢瀉姫の伯父の悪人、ふとみの県主時景が輦《てぐるま》の親王に献上すべく姫から奪おうとする。これに沢瀉姫の恋人呉服の中将雪枝の話がからみ、最後には時景の悪事が明かされる。天鼓の皮に張られた女狐の夫の狐（丹州四松の白狐）や、その命により三日替わりで鼓の番をする伊賀の弥左衛門狐・弥介狐の親子ら狐たちが登場し、人間に化けて天鼓を守護する。浄瑠璃『天鼓』においても、途中、沢瀉姫の死（実は偽り）を悲しんで天鼓が音を出さないというくだりがある。千年を経た狐の皮で張った鼓が、『義経千本桜』の初音の鼓の発想に使われているのは明らかである。

また、『義経千本桜』における狐は義経から「源九郎」の名前をもらう。浄瑠璃ではこのことが「大和国の源九郎《げんくろう》狐《ぎつね》」の由来譚となっているが、大和の源九郎狐は『義経千本桜』以前から伝わる存在である。浄瑠璃『天鼓』の最後の部分にも、伊賀の弥左衛門狐の呼び出しに応じ、播磨姫路のお次郎狐、富田林の与九郎狐ら各地の狐たちが通力で沢瀉姫らを伴って輦の親王の前に現れるが、その中に「大和狐源九郎」がいる。

源九郎狐はさまざまな書物に名前が出てくる。角田一郎氏・内山美樹子氏校注『新日本古典文学大系 竹田出雲 並木宗輔 浄瑠璃集』の脚注にあるように、『西鶴諸国はなし』巻一「狐四天王」（貞享二年（一六八五）刊）、『和漢三才図会』（正徳五年（一七一五）跋）、浮世草子『鎌倉諸芸袖日記』（寛保三年（一七四三）刊）のほか、浄瑠璃でも『大内裏《だいだいり》大友《おおともの》真鳥《まとり》』（享保十年（一七二五）初演）にみえる（黒石陽子「朱の鳥居・玉垣と義経・狐忠信―『義経千本桜』と伏見稲荷―」『朱』四七号、二〇〇四年三月に指摘）。菊岡沾涼『諸国里人談』（寛保三年刊）には大和国宇多の「源五郎狐」が登場する。現在、奈良県大和郡山市洞泉寺町に源九郎稲荷神社が存在するが、渡辺保氏はこの神社が吉野の寛平稲荷と関係があり、源九郎狐が義経から名前をもらったという伝説を紹介する。

『義経千本桜』における狐の物語に、近松作『天鼓』や義経（源九郎判官義経）と同じ名前を持つ源九郎狐が多く関与していることは以上の通りである。能『天鼓』の父子、近松作『天鼓』の狐の親子（弥左衛門狐と弥介狐）の見せる情愛も『義経千本桜』の狐の構想に関わる。ただ、近松作『天鼓』の狐たちは鼓を守護するのが主な役割であるが、『義経千本桜』では、源九郎狐の名前の縁から源義経や佐藤忠信という人間が関わることにより、近松『天鼓』とは狐の位置付けが異なってくる。以下、『義経千本桜』の狐の物語を詳しくみていきたい。

三　狐の恩愛の物語

『義経千本桜』における狐の物語の中心となるのは、狐が見せる親への孝心である。正体を現した狐が、四段目において長い身の上話をする箇所がある。よく知られたものではあるが、重要な場面なので、以下に適宜引用しつつみてみたい。狐忠信が静に「扨《さて》はそなたは狐じやの」と正体を見破られてから始まる。

この狐が親を殺された時はまだ子狐で何も分からなかった。成長し、藻を被って化けることも鳥居を越して妖力を増すことも覚えたけれど、一日も親孝行をしていないので豚・狼にも劣るものとして「六万四千の狐の下座《げざ》に着。只野狐《のぎつね》とさげしまれ。官上りの願も叶は」なかった。諸注にあるように、元禄十年（一六九七）刊『本朝食鑑』に、狐が鳥居を越えると妖力が増すこと、妖術に長けた者は位階を授かることなどの記述がある。忠信に化けた狐は六万四千匹の仲間達の下位に付き、蔑まれて生きてきた。鳥でさえ親孝行をする。まして「人の詞に通じ。人の情も知る狐」であるから、孝行ということを知らないはずがない。しかし孝行できる親はいない。「千年功ふる威徳」により皮に親の魂が留まった初音の鼓に付き添って守護することがまだしもの孝行と思うが、宮中におかれ八百万の神が守護するので寄り付くことができない。絶望したこの狐は「前世に誰れを罪せしぞ。人の為に怨《あた》する者。狐と生れ来るといふ。因果の経文うらめしく。日に三度。夜に三度。五臓を絞る血の涙。火焔と見ゆる狐火は胸を。焦する炎ぞや」と「業因ふかき身」を嘆く。※3 つまり現在の理不尽な状態を、狐は前世の因縁に見るのである。

ところが初音の鼓が義経の手に入って宮中を出たので、その日から鼓に付き添うことができた。これも義経のおかげと、この狐は、伏見稲荷において義経の言葉を聞いて忠信に化けて静を救う。そのため畜生の身に「清和天皇の後胤。源九郎義経といふ。御姓名」をいただき、「人間の果《くは》を請けたる同前」と、親孝行の善行の結果、人間として生まれ変わったかのような果報を得たと喜ぶ。

しかし人間の忠信に疑いがかかり苦しめることとなり、鼓に魂のとどまった両親から諫められ、帰ることを決意したと述べるのである。浄瑠璃は「涙。な。がらの暇乞《いとまごひ》人間よりは。睦じく」と、人間よりも哀切な親子の別れの様子の悲しさを伝える。さらに狐の述懐は続く。

「親父様。母様。お詞を背《そむき》ませず。私はもふお暇申まする」と狐は親に呼びかけつつ、これまで「暫くもお傍に居たい。産《うみ》の恩が送りたいと。思ひ暮し。泣き明かし。こがれた月日は四百年」と長く辛い思いをしてきたことを述べる。そして親に付き添うために、妻狐と自らの子狐を荒野に捨ててきたことを告白し、妻子が「飢《うへ》はせぬか。凍《こゞへ》はせぬか。若《もし》猟人に取られはせぬか。我親を慕《したふ》程。我子もてうど此様に我を慕はふがと。案じ過ごしがせらるゝは。切ても切れぬ輪廻のきづな愛着の鎖に繋留《つなぎとめ》られて。肉も骨身も砕る程」と、親子の情愛という執着の輪の中から抜け出られない我身の苦しさを「何たる業」と語る。せめて義経から賜った源九郎を自分の名にして、末世末代まで源九郎狐と呼ばれようと、この悲しみは癒えない。ここまで述べて、狐は一旦姿を消す。

狐の言葉を別室で聞いていた義経は、静に鼓を打たせて狐を呼び戻そうとするが、初音の鼓は鳴らない。鼓が鳴らないという趣向は能『天鼓』、近松作『天鼓』にもあることは前述の通りである。ここでは静は、親狐の魂が親子の別れを悲しんで鼓が鳴らなくなったと解釈し、「人ならぬ身も夫《それ》程に。子故に物を思ふか」と愁嘆する。そして義経の有名な述懐が続く。

ヲ、我迚《とて》も生類の。恩愛の節義身にせまる。一日の孝もなき父義朝を長田に討たれ。日かげくらまに成長《ひとゝなり》せめては兄の頼朝にと。身を西海の浮沈《うきしづみ》忠勤仇なる御憎しみ。親共思ふ兄親に見捨られし義経が。名を譲つたる源九

郎は。前世の業我《ごうわれ》も業。そもいつの世の宿酬《しゅくしゅう》にて。かゝる業因也《なり》けるぞ

この義経の嘆き、つまり「我（引用者注―源九郎狐の）身の上と大将の。御身の上を一《ひと》口に」重ねた義経の嘆きが恐れ多く、狐は再び姿を表わす。義経はその源九郎狐に、初音の鼓を与えるのである。

狐忠信（源九郎狐）の孝心、親子の恩愛の表現、義経の述懐と初音の鼓を源九郎狐に与える場面は、渡辺保氏も示唆するように『義経千本桜』における狐の物語の山場である。

狐が親子の恩愛を語るという趣向についてこれまで様々な見解がある。加賀山直三氏は狐という動物によって親子の骨肉愛に「本能の救いがたい陰鬱な深さ」を付与したとし（「ふるさとの歌・本能愛の哀しみ」）、加賀山氏に対して、狐社会の階級制に着目し、狐忠信劇の陰鬱さは階級・身分制社会が底辺の人々に強いた「みじめさ・むごたらしさ・非人間性の暗喩」とする落合清彦氏の論がある（「人面獣か、獣面人か」）。

戸板康二氏は、やはり狐の世界が人間の世界を写し出すという考えのもとにあるが、落合氏とは異なり、歌舞伎・浄瑠璃に動植物の世界をかりて親子・男女の感情を謳った芝居が多いのは、動植物の世界が「人間のうちにひそむ感情の純粋さを照らし出す鏡」だったからだと指摘する（「義経千本桜　河連法眼館の段」）。この鏡は純粋さと同時に人間の醜さも写し出すもので、狐忠信の純粋な恩愛の哀しさが義経の孤独を写し出す。義経が自分の孤独に思い至ったため、法皇の賜ものである鼓を狐に与えてしまう、とも戸板氏は述べる。

渡辺保氏は戸板氏と似て、狐は単なる動物ではなく人間世界の感情（さらには社会）を写し出す一つの鏡（仕掛け）として存在しているとするが、その根拠として同氏は吉野裕子氏『ものと人間の文化史39　狐』を引いて、日本人が狐に対して魅力と嫌悪の両方を感じてきたことを挙げている。渡辺氏は義経が鼓を狐忠信に与えた理由として、狐に義経自身のあわれさだけでなく、自分を疎外する兄頼朝の姿をも見たため、現世の秩序を乗り越えて鼓を狐に与える

決心をしたと述べる。加賀山氏の言う動物としてだけではなく、落合氏や戸板氏・渡辺氏の言うように、狐は人間の社会や感情を写し出すものとして作品中に表現されているということは少なくとも言えるだろう。

ただしこの狐は、単に動物であるのではなく、また単に人間の鏡であるのでもない。この狐は人間に化けることができ、作中で狐忠信として登場する。この点で、原道生氏が、この狐がいつかは確実に崩壊する「仮の姿」の忠信として鼓に付き添い、そのことによって得られた、子としての幸福が束の間のものとして一層美化され、さきに引用した義経の述懐と鼓の狐への授与が自然な成り行きとして説得力を持つと指摘していることは、狐の「人間に化ける」という特質を捉えた考察として重要であると考える(「「実は」の作劇法(下)」)。

以下では原氏と同じく狐の「化ける」という点に注目し、さらに狐忠信(源九郎狐)の慕う親が親そのものではなく、鼓であるということを手がかりに考えてみたい。

四 「初音の鼓」と狐の世界という異界

『義経千本桜』と同じく狐が人間に化けて親子の恩愛劇を演じる作品として、前述の『芦屋道満大内鑑』(元祖竹田出雲作、享保十九年(一七三四)、大坂・竹本座初演)がある。同作品では、陰陽師安倍保名《やすな》に命を救われた、信太の森に住む白狐が、葛の葉姫という女性に化け、保名と夫婦となり子(のちの晴明)をもうける。しかし本物の葛の葉姫の登場で狐は正体を明かし、子と別れ独り森へと帰っていく。

ここで改めて吉野裕子『狐』を参照する。吉野氏によれば日本の狐の諸相の源をなしているものは(一)昔の日本人によって捉えられた「狐の生態」に基づくもの、(二)「中国における狐」の影響、に絞られるという。(一)では狐の子が生後四、五ヶ月で親に巣から追放される「子別れの儀式」という狐の生態が、日本の狐伝承における哀愁を帯びた子別れに結びつくという。また、中国における狐はさらに（1）陰陽五行思想の理を負う狐と（2）百年・千年の劫を経た、妖怪中の妖怪として種々の妖術を行う狐に分けられるという。

葛の葉子別れのようないわゆる「狐女房譚」は、古くは『日本霊異記』に見え、その他中世の説話や御伽草子、民話に多く見出せる。[※4]吉野氏の観点を用いて整理すれば、狐の子別れの生態に基づく親子の恩愛譚であり、また、「狐が人間に化ける」という妖異性が話の前提となっている。『義経千本桜』の源九郎狐はさらに不思議なことに、親狐そのものではなく親狐の魂が留まった鼓に付き添うのである。親狐は千年を生きた狐ゆえに鼓に使われたし、またその魂が鼓に留まる。ここに吉野氏の言う狐の生態に基づく親子愛に加え、中国由来の狐の妖異性の両側面を見ることができる。『義経千本桜』における鼓は狐の妖しさの象徴でもある。

「初音の鼓」の意味について、改めて考えてみたい。初音の鼓は『義経記』において中国伝来の宝として出てくるが、狐ではなく羊の皮が張られた鼓である。『義経記』では清盛が持ち伝えていた初音の鼓を、義経が壇ノ浦で海上から拾得し秘蔵していたが、吉野山での別れの際に静に与える。『義経千本桜』ではこの初音の鼓を、雨乞のために作られたもので、源九郎狐の親の皮が張られたものとした。[※5]このことが源九郎狐が両親と別れ、孝行を尽くせない要因となり、狐はこの理不尽さを「業因ふかき身」と嘆くのである。

初音の鼓が宮中を出て子狐が付き添えることになった原因は、義経が所望したところにある。義経は「雨乞に用る鼓軍《いくさ》の為に」と、軍事利用の為に初音の鼓を望んだ。義経が戦を続ける理由は、さきに引用した述懐にもあるように兄頼朝への忠勤のためである。初音の鼓を望んだのも兄のためと解釈できる。ところが義経に直接鼓を与えた藤原朝方は、初音の鼓に偽とはいえ院宣を添えた。すなわち、この鼓の「裏は義経。表は頼朝。準《なぞら》へてその鼓を打て」、つまり、鼓を打つことによそえて頼朝を討て、との院宣である。義経は鼓を返そうとするが、綸言《りんげん》であると言われる。

綸言を受けなければ朝廷に背き、受ければ兄に背くことになる。義経は、自らの手では初音の鼓は打たないと誓いつつ鼓を拝領する。兄のために望んだ初音の鼓は義経にとって、兄への忠勤、親愛を象徴するものではなく、兄への敵対を意味する、理不尽さの象徴となった。

義経と狐とがおかれた理不尽な状況は、四段目において「前世の業」という言葉で表わされている。「義経が。名を譲つたる源九郎は。前世の業我《ごうわれ》も業。そもいつの世の宿酬《しゅくしゅう》にて。かゝる業因也《なり》けるぞ」との義経の嘆きは、妖術を使う異界の生き物としての狐と、人間世界の義経とが、「業」という概念でつながっていることを示している。「宿酬」とは現世に善・悪の果報をもたらす前世からの執着である（『岩波仏教辞典』第二版）。因果応報の世界観において、「業」の重なりを通して義経と狐とは一体のものと感じられている。義経が名前を譲った源九郎狐は、まさに、義経と同じ身の上なのであった。この一体性は四段目最後の「源九郎ぎつね（義・経）」という、読みにより義経と狐を一体化した言葉にも示されている。

義経は源九郎狐に初音の鼓を与える。その鼓は、人間の世界、義経の生きる世界においてはいまや兄と敵対する意味、あるいは朝廷に逆らう意味しか持たないものとなったが、狐の世界、妖力で親とつながることができる源九郎狐の世界においては、肉親を結びつける物として在ることができる。「狐忠信」は、狐の世界において、まさに義経の身代わり、さらに言えば分身として肉親との情愛を確かめ合う「源九郎狐」になれる。義経は分身としての狐の世界において、人間世界では不可能となった、肉親の情愛に結ばれることを願った。だからこそ義経は狐に鼓を与えたのである。ここにおいて、義経の、人間世界では決して癒されない深い悲しみを見るのである。

そもそも『義経記』巻五においては、佐藤忠信は義経に懇願し、義経の身代わりとなるためにその名を名乗ることを許される。忠信は義経を逃すため吉野山に一人残り、義経の身代わりとして奮戦する。浄瑠璃『義経千本桜』においても、狐忠信は源九郎義経の名を名乗ることを許される。そして、源九郎狐は義経の身代わり・分身として、いったんは引き裂かれた肉親の情愛に再び出会う。狐忠信（源九郎狐）は、狐であっても、やはり義経の身代わりであったのである。[※6] そこに、この狐が忠信に化けることの必然性もあったと考える。

おわりに

『義経千本桜』において、狐は、義経が狐の世界という異界において肉親の情愛に結ばれ、救われるという表現のために必要であったと考える。この場合、狐の生態としての動物的な親子愛のほかに、異界の生き物として人間に化けることができること、妖術を使うことという吉野裕子氏が指摘した狐の日本での伝統的なあり方が余すことなく使われている。つまり、忌み嫌われるだけの人間から遠い動物では意味がない。浄瑠璃『義経千本桜』の作者は、単なる動物としての狐ではなく、人間に近く、かつ妖術を使う動物として狐を描いたのである。

　最後に、人形浄瑠璃から移入された歌舞伎において、狐を舞台で表現することについて考えてみたい。そもそも人形浄瑠璃においても、初演から狐忠信の登場の仕方には何らかの工夫があったことが推定されているし（『竹田出雲 並木宗輔浄瑠璃集』）、現在の文楽の上演においても、狐には鼓抜けや早替り、狐詞といった工夫がなされている。[※7] 歌舞伎では人間の肉体が狐を表現するので、「ケレン」と呼ばれる工夫がさまざまになされてきた。ケレンとは見た目を重視し、仕掛けを多用した奇抜な演技・演出をいう。これらの演技・演出は批判を受けつつも存続してきた。

　江戸後期の歌舞伎作者西沢一鳳《いっぽう》は、四段目の静の詮議において初めて狐忠信が正体を明かすというのが浄瑠璃の「作者の意」であり、「生智恵の新工夫」は間違っていると批判し、三代目中村歌右衛門（一七七八―一八三八）は浄瑠璃太夫の見台や三味線の胴から出たりするなどこの芝居を「軽業狂言」にしたと非難している（「伝奇作書」）。江戸時代

図１　嘉永元年３月市村座『義経千本桜』　三代目豊国画　早稲田大学演劇博物館所蔵（100－4518・4519・4520）。データは演劇博物館浮世絵閲覧システムによる。

中期の役者評判記においても、狐の所作が過ぎるといった批判は見受けられる（初代尾上菊五郎への評、『役者千《やくしゃち》贔屓位指《びきのいし》』京の巻、明和六年（一七六九）正月刊）。

幕末の四代目市川小団次（一八一二―六六）はやはり見台や三味線の胴から抜けて舞台に現れるというケレンを演じたし、また御殿から回転してはるか下の平舞台へ飛び降りたり、客席の上を斜めに宙乗りをしたり、途中で止まったり後へ戻ったりという身の軽さを見せた（弘化四年（一八四七）三月刊『役者《やくしゃ》五十三《ごじゅうさん》駅路《つぎ》』下）。図1左は小団次の狐忠信の胴抜け、中央は坂東しうかの静、右は八代目市川団十郎の義経である。

近代、六代目尾上菊五郎（一八八五―一九四九）の演出に象徴されるようにケレンはなりを潜め狐の情の表現が重視されていたが、現代では周知の通り、三代目市川猿之助（一九三九―）が昭和四十三年に宙乗りを復活させ、早替りほか狐忠信のケレンを見せ、情の演技との両立を図ってきた。※8

筆者は、宙乗りなどのケレンは狐忠信の場合どうして

図２　沢村源之丞の狐忠信
（大正５年７月明治座）
（『新演芸』大正５年８月号より。
国立国会図書館所蔵）

も必要なものだと考える。それはこの狐における、動物というだけでなく、妖力を使う存在としての側面を重視するからである。猿之助氏や角田豊正氏が言うように「狐の化性」や神秘性の表現として、ケレンがあると考える（『猿之助修羅舞台』、角田豊正「お稲荷さん・狐・文楽」）。妖しさ、異界とのつながりが舞台で表現されなくては、義経が鼓を狐に与えることによってもたらされる救いも効果が薄れると思うのである。

　近代、六代目菊五郎と同時期、明治末期から大正初年に、沢村源之丞《げんのじょう》という狐忠信の早替りや宙乗りといったケレンを売り物にして、小芝居を主に廻っていた役者がいた（図2）。否定的に語られることが多い人だが、この源之丞の逸話に次のようなものがある。

　本人の云ふ処に拠れば狐が付いてゐて、自分が忠信の役になつて舞台へ出れば、自分で返るのでなく、狐がさうさしてくれるのだと云ひふらして、其手段としては楽屋へ油揚を置いて置くと、いつの間にか無くなつてしまふといふやうな御景物までを添へた噂が立ちました。此《この》源之丞が道行の幕外で引抜いて打《ぶ》つ返《かへ》りになり、白地へ赤で宝珠の玉を縫ひ取つた拵《こしらへ》で、後見の使ふ差金の蝶を追ひながら、至つて身軽く片足で体を持たせた儘伸びたり縮んだりいろ〳〵の形をしながら揚幕へ這入《はひ》る大ケレンを見せた事がありました。

（川尻清潭「狐忠信（歌舞伎劇型十八種）」『演芸画報』大正九年〔一九二〇〕一月）

狐が役者に取り憑く。この逸話に見られるような狐の妖しさが、『義経千本桜』の狐には必要である。近代から現代にかけては忘れられていく妖しさの「実感」を、沢村源之丞も、源之丞を喜んで観た観客も、保っていたと思うのである。

注

1 全体の構想を描き、主な場面を執筆する立作者が誰かということについては諸説あるが、内山美樹子氏は並木千柳（宗輔）とし、初段・二段目切・三段目の執筆者とみなす。同氏によれば、狐にまつわる二段目口と四段目は、三好松洛または二代目出雲の執筆である（角田一郎・内山美樹子校注『新日本古典文学大系　竹田出雲 並木宗輔浄瑠璃集』など）。

2 『義経千本桜』の引用は前掲『竹田出雲 並木宗輔浄瑠璃集』による。文字譜を省略し、適宜捨て仮名を省略あるいは平仮名にして本文に入れたり、適宜送りがな・ふりがなを加え、漢字を平仮名にひらくなどの改変を施している。

3 各注釈書に「因果の経文」を「業報差別経」かとする。

4 小泉道校注、新潮日本古典集成『日本霊異記』「古代説話の流れ」参照。

5 浄瑠璃では、鼓は波の音という慣用句、また狐が陰の獣である（雨も陰）という点から、狐の皮で雨を呼ぶ鼓が作られたとするが、雨乞いに狐が用いられたとする文献を未だ探し得ていない。

6　渡辺保氏は義経の身代わりとしての佐藤継信・忠信兄弟、その忠信の身代わりとしての源九郎狐という想定をしているが（同氏『千本桜』）、筆者は、源九郎狐は狐忠信として義経の身代わり、さらには分身となったと考える。

7　竹本織大夫「河連法眼館の段について」・桐竹勘十郎「狐の遣い方と早替りの仕掛け」『文楽』第八号、一九九〇年二月、水落潔「文楽の『義経千本桜』」『義経千本桜』淡交社、一九九八年など。

8　石橋健一郎氏は、六代目菊五郎も狐の演技については工夫していたのだし、「「狐」というものの実感」を表現する行き方は、六代目も猿之助氏も目指す境地は同じ、と指摘する（「〝異類〟の表現」『演劇界』一九九四年八月）。六代目を観た渡辺保氏も舞台における狐の妖しさに言及している（同氏『千本桜』）。

【参考文献】

加賀山直三「ふるさとの歌・本能愛の哀しみ―「義経千本桜」四段目―」（『歌舞伎の視角　十六種の狂言鑑賞を通して』角川書店、一九五六年）

祐田善雄校注『日本古典文学大系　文楽浄瑠璃集』（岩波書店、一九六五年）

落合清彦「人面獣か、獣面人か―狐忠信劇の動物社会学的考察」（『季刊雑誌歌舞伎』九号、一九七〇年七月）

戸板康二「義経千本桜　河連法眼館の段」『鑑賞　日本古典文学　浄瑠璃・歌舞伎』（角川書店、一九七七年）

原道生「「実は」の作劇法（上）（下）―『義経千本桜』の場合―」（『文学』一九七八年八・十月）

吉野裕子『ものと人間の文化史39　狐　陰陽五行と稲荷信仰』（法政大学出版局、一九八〇年）

市川猿之助『猿之助修羅舞台』（大和山出版社、一九八四年）

角田豊正「お稲荷さん・狐・文楽」（『朱』三一号、一九八七年六月）
渡辺保『千本桜　花のない神話』（東京書籍、一九九〇年）
角田一郎・内山美樹子校注『新日本古典文学大系　竹田出雲 並木宗輔浄瑠璃集』（岩波書店、一九九一年）
原道生編著『歌舞伎オン・ステージ　義経千本桜』（白水社、一九九一年）

〔付記〕図版の掲載をご許可下さいました各所蔵機関に深謝いたします。

秋のくれ仏に化る狸かな

蕪村『新花摘』の狸と狐

鈴木秀一

『新花摘《しんはなつみ》』は、前半の句日記部分と後半の俳文の部分から成っている俳諧句文集である。亡き母親の追善のための夏《げ》行《ぎょう》として計画され、安永六年（一七七七）四月八日から二十三日まで百二十八句が記されたが、「所労のため」中絶され、二十四日の欄に七句加えられたところで句日記は終わる。ちなみに、「所労」とは「病」のことであるが、実際には一人娘くのの離縁問題による中絶ともいわれている。その後に、京都に定住する宝暦元年（一七五一）以前の回想や俳文が追加され、一つの句文集という体裁となっている。蕪村六十二歳のときの作品である。

ところで、この後半の文章部分の大半を占めているのが五編の怪異話で、そのうち四編が狸、狐に化かされた話である。以下それらを紹介すると共に、蕪村が狸や狐をどのようにとらえていたかについても、随時触れていこうと思う。

一　丈羽《じょうう》の別荘の怪異

蕪村は、俳諧の師早野巴人《はやのはじん》（夜半亭）の死後、同門の砂岡雁宕《いさおかがんとう》を頼って江戸から下総《しもうさ》国結城《ゆうき》（現茨城県結城市）へ下る。寛保二年（一七四二）二十七歳のときである。その後、宝暦元年（一七五一）京に上るまでのおよそ十年間、この結城を拠点にして、奥州、羽州、総州を経巡り、遍歴苦行を繰り返すのである。

最初に語られるのは、そのころに蕪村自身が、結城にある丈羽の別荘で体験した怪異である。まず本文を挙げてみよう。

結城の丈羽《じやうう》、別業をかまへて、ひとりの老翁をしてつねに守らせけり。市中《まちなか》ながらも樹《き》おひかさみ草しげりて、いさゝか世塵《せぢん》をさくる便《たよ》りよければ、余もしばらく其所《その》にやどりしにけり。翁は洒掃《しやさう》のほかなすわざもなければ、弧灯のもとに念珠《ねんじゆ》つまぐりて秋の夜の長きをかこち、余は奥の一間にありて、句をねり詩をうめきゐけるが、やがてこうじにたれば、ふとん引きかうでとろ〳〵と睡《ねぶ》らんとするほどに、広縁《ひろえん》のかたの雨戸をどし〳〵どし〳〵とたゝく。約するに二、三十ばかりつらねうつ音す。いとあやしく胸とゞめきけれど、むくと起出《おきい》でて、やをら戸を開き見るに、目にさへぎるものなし。又ふしどに入りてねぶらんとするに、はじめのごとくどし〳〵とたゝく。又起出で見るにものの影だになし。いと〳〵おどろ〳〵しければ、翁に告げていかゞせんなどはかりけるに、翁曰《いは》く、「こざめれ、狸の所為《しょゐ》なり。又来《きた》りうつ時、そこはすみやかに戸を開きて逐《お》ひうつべし。翁は背戸《せど》のかたより廻《めぐ》りて、くね垣《がき》のもとにかくれ居て待つべし」と、しもとひきそばめつゝうかゞひゐたり。余も狸寝いりして待つほどに、又どし〳〵とたたく。「あはや」と戸を開けば、翁も「やゝ」と声かけて出合ひけるに、すべてのものなければ、おきなうちはらだちて、くま〴〵のこるかたなくかりもとむるに、影だに見えず。

かくすること連夜五日ばかりに及びければ、こゝろつかれて今は住《すま》うべくもあらず覚えけるに、丈羽が家のおとなるもの来《きた》りて云ふ、「そのもの今宵《こよひ》はまゐるべからず。此《この》あかつき藪下《やぶした》といふところにて、里人《りじん》、狸の老いたるをうち得たり。おもふに此ほどあしくおどろかし奉《たてまつ》りたるは、うたがふべくもなくしやつが所為也《なり》。こよひはいをやすくおはせ」などかたる。はたしてその夜より音なく成りけり。にくしとこそおもへ、此ほど旅わび寝のさびしきをとひよりたるかれが心のいとあはれに、かりそめならぬちぎりにやなど、うちなげかる。されば善空坊《ぜんくうぼう》といへる道心者をかたらひ、布施《ふせ》とらせつ、ひと夜念仏《ねぶつ》してかれがぼだいをとぶらひ侍りぬ。

秋のくれ仏に化《ばけ》る狸かな

狸ノ戸ニオトヅル、ハ、尾ヲ叩《たた》クト人云フメレド、左《さ》ニハアラズ。トニセヲ打《うち》ツクル音ナリ。

結城の丈羽の別荘に滞在していたころ、ある夜のこと、私（蕪村）は奥の一間で句を推敲し漢詩を苦吟していたが、くたびれたので眠ろうとしていたとき、広縁の方の雨戸をどしどしと二、三十回も叩く音がした。そっと戸を開けて見ても誰もいない。また寝床に入って眠ろうとすると、先程のようにどしどしと叩く。あまりに気味が悪いので、別荘の番をしている老爺に相談してみると、これは狸の仕業だとのこと。私（老爺）は裏口のほうから回って垣根の下に隠れているので、戸を叩く音がしたら、すぐさま戸を開けて追い払ってほしいという。様子をうかがっているとまたどしどしと雨戸を叩く音がしたので、すぐに戸を開けたが影すら見ることができなかった。

そんなことが五日も続き、心身ともに疲れ果てていたところ、丈羽の家の召使いの長がやってきて、「その狸は今夜はもう来るはずがない。今朝方土地の者が年老いた狸を討ち取りましたから。」と言った。果たしてその夜から何の音沙汰もなくなった。

憎らしいとは思ったけれども、旅寝のわびしさをなぐさめてくれたのだと思うとたいそう哀れに思い、善空坊《ぜんくうぼう》という僧に頼んで供養してもらい、「秋のくれ仏に化る狸かな」という句を詠んで彼（狸）の冥福を祈った。

当時蕪村は、まだ出家の身であり、この別荘の留守を守る老爺も「弧灯のもとに念珠《ねんじゅ》つまぐりて秋の夜の長きをかこち」というように、夜分一つきりの灯のもとで数珠をつまぐるような信心深い人物とすれば、たとえ狸を捕らえても殺すまでのことはしないであろう。大いに悩まされたとはいえ、相手が死んでしまったことを耳にして、急に寂しさと狸への哀れみがこみ上げてきたことは容易に想像できる。

しかしながら、この怪異話を読み終えて、じめじめした悲しみや重苦しさは、不思議と感じられない。それは「秋のくれ仏に化る狸かな」という句と、漢字片仮名混じりで書かれた最後の一節の効果であろう。いろいろなものに化ける狸が、しまいには死んで仏に化けてしまったよという句。また、狸が戸を叩くとき、尾ではなく体をぶつけるのだなあというとぼけたような締めによる俳諧的な面白味のせいなのであろう。そこに狸に対する蕪村の温かな眼差《まなざ》しも感じられるのである。

つれづれなる日々の中で、ふとそれを紛らわしてくれる狸という展開は、蕪村の発句の連作の中にも見ることができる。高橋庄次氏が『蕪村伝記考説』（春秋社、二〇〇四年）の中で指摘しているが、「落日庵《らくじつあん》句集」の中に収められている「秋を惜しむ六句」がそれである。

秋を惜しむ六句

しかじかと主も訪ひ来ます下り簗《やな》
秋惜しむ戸に音づるゝ狸かな
こちよりも御寺大事の野分哉《かな》
野分止んで戸に灯のもるゝ村はづれ
戸を扣《たゝ》く狸と秋をお（を）しみけり
もの云はでつくろふ（う）て去ぬ崩れ簗

「秋惜しむ」の句で、訪れて戸を叩《たた》くのが狸ということから、「しかじかと」の句の「主」は狸であることが連想され、下り簗を訪れるのは、狸のような主人とも、狸そのものとも受け取れる。そこに何ともユーモラスな雰囲気が醸《かも》し出される。ちなみに、「簗」とは、川を下る秋の落鮎を捕る仕掛けである。間に野分（台風）の訪れを詠む句を二句挟んだ後、「戸を扣く」の句では、過ぎ去る秋を、たずねてくる狸と共にしみじみと味わおうとする情趣を詠み、「もの云はで」の句では、秋も狸も去り、崩れてしまった簗を黙々と直して立ち去る様が描かれるのである。

丈羽の別荘での出来事を題材とした俳文と、この連作句の両者に共通することは、蕪村のわびしさ、寂しさを癒してくれたのは狸であったということである。十三歳で母に死別し、十五歳で一家離散を経験した蕪村は、人一倍孤独を味わっていたはずである。たとえ狸、狐であっても自分に関心を向けてくれるものに親しみを感じたに違いない。

二　見性《けんしょう》寺の怪異

さて、つぎの怪異は蕪村が三十九歳から四十二歳のころ〔宝暦四〜七年（一七五四〜一七五七年）〕、丹後《たんご》国（現京都府）与謝《よさ》郡の宮津《みやづ》にある見性寺で経験した怪異である。ちなみに、この話の舞台となった丹後国与謝といえば、蕪村の母の故郷であり、自身も十七歳まで過ごした地である。そして、宝暦四年（一七五四）は、亡母の二十七回忌に当たっている。この与謝滞在の三年間は、母とのつながりを再確認すると共に、己の生きてきた道を振り返り、気持ちの整理をつけるための三年間であったのだろう。

　むかし丹後宮津《みやづ》の見性寺《けんしやう》といへるに、三とせあまりやどりゐにけり。秋のはじめより、あつぶるひのためにくるしむこと五十日ばかり、奥の一間《ひとま》はいと〳〵ひろき座しきにて、つねにさうじひしと戸ざして、風の通ふひまだにあらず。其《その》次の一間に病床をかまへ、へだてのふすまをたてきりて有りけり。ある夜四更《かう》ばかりなるに、やまひやゝひまありければ、かはやにゆかんとおもひてふらめき起きたり。かはやは奥の間のくれえんをめぐりて、いぬゐの隅にあり。ともしびもきえていたうくらきに、へだてのふすまおし明けて、まづ右《みぎ》りの足を一歩さし入れければ、何やらんむく〳〵と毛のおひたるものをふみ当てたり。おどろ〳〵しければ、やがて足をひきそばめてうかゞひゐたりけるに、ものの音もせず。あやしくおどろしけれど、むねうちこゝろさだめて、此《こ》たびは左《ひだ》りの足をもて、こゝなんと思ひてはたと蹴《け》たり。されど露《つゆ》さはるものなし。いよゝこゝろえず、みのけだちければ、わなゝく〳〵庫裡《くり》なるかたへ立ちこえ、法師・しもべなどのいたく寝ごちたるをうちおどろかして、かく〳〵とかたれば、みな起出《おきい》づ。ともし火あまたてらして奥の間にゆきて見るに、ふすまさうじはつねのごとく戸ざしありて、のがるべきひまなく、もとよりあやしきものの影だに見えず。みな云ふ、「わどの、やまひにおかされて、まさなくそゞろごといふなめり」と、いかりはらだちつゝ、みなふしたり。

中々《なかなか》にあらぬことといひ出でけるよと、おもなくて我もふしどにいりぬ。やがて眠らんとする頃、むねのうへばんじやくをのせたらんやうにおぼえて、たゞうめきにうめきける。其声《そのこゑ》のもれ聞えけるにや、住侶竹渓師《ぢゆうりよちくけいし》いりおはして、「あなあさまし、こは何ぞ」とたすけおこしたり。やゝ人ごゝちつきて、かくとかたりければ、「さることこそあなれ。かの狸沙弥《たぬきしやみ》が所為《しよゐ》なり」とて、妻戸《つまど》おしひらき見るに、夜しら〴〵と明けて、あからさまに見認《みとめ》けるに、縁《えん》より簀《す》の子《こ》のしたにつゞきて、梅の花のうちちりたるやうに跡付《あとつ》きたり。扨《さて》ぞ先にそゞろごと云ひたりとて、のゝしりたるものども、「さなん有りける」とてあさみあへり。

竹渓師は、あはやといそぎ起出で給ひけるにや、おびも結びあへず、ころもうち披《ひら》きつゝ、ふくらかなる睾《かう》丸《ぐわん》の米嚢《べいなう》のごときに、白き毛種々《しやうじやう》とおひかぶさりて、まめやかものはありとも見えず。わかきより痒《かゆが》りのやまひありとて、たゞ睾丸を引きのばしつゝ、ひねりかきておはす。其有《あり》さまいとあやしく、かの朱鶴《しゆかく》長老の聖経《しやうぎやう》にうみたるにやと、いとゞおそろしくこゝろおかれければ、竹渓師うちわらひて、

秋ふるや楠八畳《くすはちでふ》の金閣寺　竹渓

秋口から熱病をわずらっていて、五十日ぐらい床に伏せっていたときのこと、ある夜、便所にいこうとふすまを開けて出ると毛むくじゃらの何かを踏み当ててしまった。とても気味悪かったが度胸を決めて蹴ってみると、何にも触るものがない。

蕪村が真っ暗闇の中を起きてくる気配を狸はいち早く感じ取り、ひとつ驚かしてやろうと思ったに違いない。わざと自分の体を踏ませ、瞬時に姿を消し、まんまと蕪村をパニック状態に陥れることに成功する。蕪村は僧や召使いたちを起こすが、灯火をともして皆で調べても奥の間には何も変わった様子はなく、結局熱に冒された蕪村がでたらめ

図1　豆狸（竹原春泉画『絵本百物語』）
国立国会図書館所蔵

を言ったのだということで片付けられてしまう。うまくいったことに気をよくして、もっと驚かしてやろうと思ったのか、自分の仕業と思われなかったことに対する物足りなさからなのか、さらに狸は再び眠りについた蕪村の腹の上に乗っかるといういたずらをするのである。二度に渡っていたずらを仕掛けるというのは、あるいは、自分をわざと踏ませて驚かそうとしたのではなく、寛《くつろ》いでいたところを踏まれたので、その仕返しとしてもう一度眠りについた蕪村の体の上に乗ったという解釈もできるかもしれない。しかしながら、いずれにしても、足跡はきちんと残すことで自分の仕業であるという証拠を示すあたりは、狸の自己顕示欲を垣間見るようで滑稽である。

ところで、この話の最後に描かれる、竹渓和尚の奇怪な風貌《ふうぼう》も印象的である。急いで起きてきた竹渓和尚の姿は、まるで街中で見かける信楽焼《しがらき》の狸の置物のようであり（図1）、さらには「狸の金玉八畳敷」という俗説を連想させるものである（図2）。また、竹渓和尚の姿が、「其有さまいとあやしく、かの朱鶴長老の聖経にうみたるにや」というように、経典を読み飽きたときの朱鶴長老の様子かと思われると表現されていることにも注目したい。朱鶴長老というのは、文福茶釜の伝説で有名な、上野国《こうづけ》（現群馬県）館林《たてばやし》にある茂林寺《もりん》の朱鶴長老のことであり、狸の化身だったといわれている僧なのである。まるで竹渓師もまた狸なのではないかと暗に言っているかのようである。

一読して、ここまで書いてもよいのであろうかと思ってしまうほどであるが、それだけ蕪村にとって竹渓和尚は気

図２　化け狸（『妖怪仕内評判記』）国立国会図書館所蔵

の置けない人物であったことを物語っているとも言える。享保十六年（一七三一）、何かの事情により一家離散の後、母の故郷である与謝に移ってその地で出家するという孤独な青少年期を過ごした蕪村にとって、その当時からの知己である竹渓和尚はかけがえのない友であったのである。この怪異を思い出すことは、竹渓との深い結びつきを実感することになり、さらにそれはそのまま自分自身の青春時代を振り返り、自分が自分であることを確認することにつながるのである。

また、「狸」というキーワードでつながるといえば、この見性寺の怪異を経験したころに書かれたと推定されている「木の葉経句文」である。これは、丹後滞在中、百万遍の念仏修行のときのこと、導師の老僧の念仏がさだかでないことから、この導師は古狸ではないかとの幻想を抱き、弘経《ぐきょう》寺（現茨城県結城市に存在する）の木の葉経（狸の化身である僧が写したといわれる経）を思い起こして書いた俳文である。念仏自体何を言っているのか分からないのは、老僧は実は狸であって、その経も自分の毛で作った筆をかみ

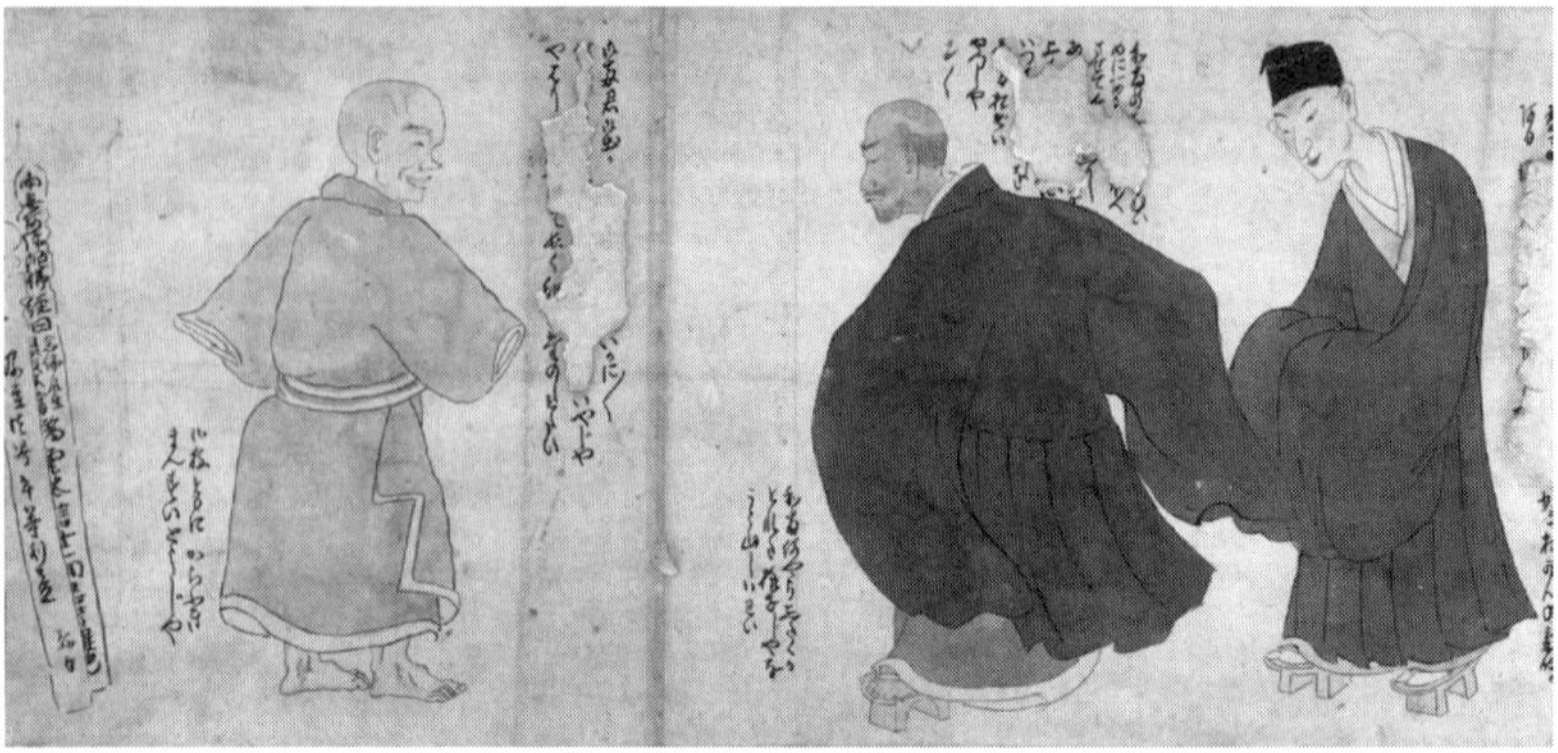

図３「三俳僧図」
個人蔵　京都府立丹後郷土資料館寄託

かみして書いた木の葉経だからなのではないかというのである。その老僧は、「閑泉亭《かんせん》」の老僧と記されているが、「閑雲亭《かんうん》」の誤写という説もあり、そうだとすると宮津の真照《しんしょう》寺の住職鷺十《ろじゅう》ということになる。この鷺十も、蕪村の一歳年長で、竹渓と同じ年齢であり、この三人は少年僧の時代からの極めて親しい間柄なのである。この竹渓、鷺十に両巴《りょうは》を加えた三人の僧を描いた「三俳僧図」（図３）という蕪村筆の絵画が残されている。これはちょうどこの怪異に遭遇したころ描かれたものであるが、うちとけてくつろいだ様子が伝わってくる楽しげな絵である。

　このようにみてくると、蕪村は竹渓、鷺十という気の置けない友を、共に狸に例えていることがわかる。しかも、蕪村とほぼ同じ四十歳にもかかわらず、いかにも老僧であるかのように描いているので、古狸といったほうがふさわしい。かなり失礼な書きぶりのようにも思えてしまうが、これらのことは、竹渓、鷺十に対する蕪村の親愛の情を表しているのである。この親友たちを狸にたとえているということは、蕪村は、狸に対しても他の動物にはない、親しい友人のような感覚をもっていたのではないかということを示しているような気がするのである。

三　中村風篁《ふうこう》邸の怪異（その一）

この話は、蕪村が結城を拠点に遍歴苦行をしていた間に経験したことなので、丈羽の別荘で狸に化かされたころとほぼ同時期の話ということになる。この怪異の舞台となった中村家はかなりの資産家で、藩主も時々訪れるほどの豪族であった。当主の風篁は、蕪村と同じ巴人の門ということもあり、当時蕪村は同家の客となったことも度々であった。ある年の暮れのこと、大きな桶《おけ》に入れておいた正月用の餅が、夜ごとに減るという事件が起きた。気味が悪いので、丈夫な蓋《ふた》をしてその上に大きな石を置いてみたが、翌朝調べてみると、蓋はそのままなのに餅が半分以上なくなっていたのである。

図４　風篁の妻阿満　画月渓筆「新花つみ」
柿衛文庫蔵

中村家で起きた怪異は、これに止《とど》まらなかった。夜中縫物をしていた風篁の妻阿満《おみつ》（図４）が実に不思議な体験をしたのである。

　ある夜、春のまうけに、いつくしききぬをたち縫ひて有りけるが、夜いたくふけにたれば、けごどもはみなゆるしつ、ねぶらせたり。我ひとり一間《ひとま》に引きこもり、くま〴〵かた〴〵とざし、つゆうかゞふべき瑕隙《かげき》もなくして、ともし火あきらかにかゝげつゝ、心しづかにもの縫ひて有りけり。漏刻《ろうこく》声したゝり、やゝうしみつならんとおもふをりふし、老いさらぼひたる狐の、ゆら〳〵と尾を引きて、五つ六つうちつれだちて、ひざのもとを過行《すぎゆ》く。もとより妻戸《つまど》・さうじかたくいましめあれば、いさゝかの虚白《きょはく》だにあらねば、いづくより鑚《きり》入るべき。いとあやしくて、めかれもせずまもりゐたるに、ひろ野などの碍《さゆ》るものなきところをゆきかふさまにて、やがてかきけつごとく出でさりぬ。阿満はさまでおどろしともおぼえず、はじめのごとく物縫うて有りけるとぞ。

あくる日かの家にとぶらひて、「いかにや、あるじの帰り給ふことのおそくて、よろず心うくおぼさめ」など、とひなぐさめけるに、阿満いつ〳〵よりもかほばせうるはしく、のどやかにものうちかたり、「よべかく〳〵のけいありし」とつぐ。聞くさへえりさむくすりよりて、「あなあさまし、さばかりのふしぎ有るを、いかに家子《けご》どもをおどろかし給はず、ひとりなどかたゆべき。にげなくも剛におはしけるよ」といへば、「いやとよ、つゆおそろしきとも覚えず侍りけり」とかたり聞《きこ》ゆ。日ごろは窓うつ雨、荻《をぎ》ふく風のおとだにおそろしと、引きかづきおはすなるに、その夜のみさともおぼさざりけるとか、いと〳〵ふしぎなること也。

ある夜、阿満が正月用の着物を一人で縫っていると、丑《うし》三つ時を過ぎたころ、どこからともなく年老いた狐が、仲間を五、六匹連れて現れた。狐たちは阿満の膝《ひざ》のあたりを通り過ぎ、ゆうゆうと行き来すると間もなくかき消すように出て行ってしまった。厳重に戸締りをしているので、何ものも入ってこられないはずである。奇怪なことであるが、不思議と恐ろしいとは思わず、阿満はそのまま縫物を続けたのである。

ちょうどこのころ、主人の風篁は藩の用事で江戸に出向いており、妻の阿満はその留守を守っていた。翌朝蕪村が何気なく阿満を見舞ったところ、昨夜このような不思議なことがあったと聞いて、ぞっとしたが、当の阿満はむしろ「いつ〳〵よりもかほばせうるはしく、のどやかに」（いつもより顔つきもきれいで、のんびりと）話したのでそちらのほうが驚きであった。

餅が夜ごとになくなるという怪異は、特に狐の仕業ということは記されてはいないが、阿満が経験した怪異の前置きのような形で述べられている。また、餅がなくなる事件のあとで年をとってやせ衰えた狐と他数匹の狐が登場するということは、力のある老狐が人間を化かして餅を奪い、他の狐に分け与えているのかとも連想できる。そうすると二つの怪異は狐にまつわる一連の話ともとらえることができよう。そしてお正月というおめでたい席で供される餅の消失と年老いてやせ衰えた狐の登場というのはどこか不吉で寂しげな印象を与える。餅が消える怪異が語られる前に蕪村は、「其家のかくおとろへんとするはじめ、いろ〳〵のもつけ多かりけり。」（その家がこのように衰えようとするはじめには、いろいろの怪しい出来事が多かった。）と述べているが、旧家の衰亡とこの一連の怪異が結びつけられたのであろう。

ところで、ここに登場する狐であるが、現れ方こそ不思議であるものの、全く恐ろしさは感じられなかったという。普段たいそう怖がりの阿満の言葉だけに蕪村も信じずにはおられなかったようである。むしろ、この怪異を語る阿満の表情がいつもよりもきれいでのんびりとした様子であったというのだから、阿満が見たものは童話的でほのぼのとした温かさすら感じさせる情景だったのであろう。ここで見られる狐の姿は、どこか寂しげでありながら、情緒的で優雅ささえ感じられる。

実は、蕪村は狐を題材とした発句も時折詠んでおり、そこに描かれる狐は、『新花摘』に登場する狐のイメージとも見事に一致するのである。

小狐の何にむせけむ小萩はら　（蕪村句集）
水仙に狐あそぶや宵月夜　（蕪村遺稿）
子狐のかくれ顔なる野菊哉《かな》　（新五子稿）

この三句などは無邪気な狐の姿を描いたものであり、童話的で絵本を見ているかのような温かさが感じられる。さらには「恋」を予感させるような句も存在する。

公達《きんだち》に狐化《ばけ》たり宵の月　（蕪村句集）

春の夜や狐の誘ふ上童　（蕪村遺稿）

巫女《かんなぎ》に狐恋する夜寒かな　（蕪村遺稿）

「公達に」の句は、狐が貴族の男性に化け、好きになった人間の女性、しかも身分の高い貴族の女性の許へ通うことを暗示している。次の「春の夜や」の句であるが、これも狐が貴族の若者に化け、身分の高い女性に仕える侍女に、恋心を打ち明けるということを示している。最後の「巫女に」も、そのあまりの美しさに思わず人間の女性、しかも神に仕える「巫女」に恋をしてしまった狐の姿が描かれている。

ここで、この三句に共通することを考えてみると、いずれも狐が人間の女性に恋をするという、いわばかなわぬ恋を描いているということである。かなわぬ恋といえば、まさに『新花摘』における蕪村の、阿満に対する恋心ということにもなるのではないだろうか。この二つの怪異話の前に、蕪村による阿満の人物評が語られている。「和歌のみち、いと竹のわざ（音曲の技芸）にもうとからず。こころざまいうにやさしき女也けり」という人物評には、阿満の人柄に対する蕪村の称賛と敬意が滲《にじ》み出ている。また、餅がなくなる怪異の折、阿満が、仕えている下々の者にまで情け深かったので、人々は皆阿満のことを気の毒だと涙をこぼしたと書いているが、当然この屋敷に時折厄介《やっかい》になっていた蕪村の気持ちも表していると言ってよい。狐の怪異があった翌朝に訪れた折の「いかにや、あるじの帰り給ふことのおそくて、よろず心うくおぼさめ」という言葉のかけ方なども、手は届かないが、気持ちの中では恋心を抱いていたのではないかと思わせる。

四　中村風篁邸の怪異（その二）

中村風篁邸では、家人の阿満のほかにも怪異を経験した者がいる。蕪村とも親交厚かった早見晋我《しんが》である。晋我は下総国結城の出身で、北寿《ほくじゅ》とも号した。蕪村の有名な俳詩「北寿老仙をいたむ」は彼の死を悼んだものである。その晋我が、晩秋の九月十八日に下館の風篁邸に泊まったときのことである。

又、晋我といへる翁有りけり。一夜風篁がもとにやどりて、書院にいねたり。長月十八日の夜なりけり。月きよく露ひやゝかにて、前栽《せんざい》の千《ち》ぐさにむしのすだくなど、ことにやるかたなくて、雨戸はうちひらきつ、さうじのみ引きたてふしたり。四更《しかう》ばかりに、はしなくまくらもたげて見やりたるに、月朗明《らうめい》にして宛《あたか》も白昼のごとくなるに、あまたの狐、ふさ〱としたる尾をふりたてて、広縁《ひろえん》のうへにならびゐたり。其《その》影ありく〱とさうじにうつりて、おそろしなんどいふばかりなし。晋我も今はえぞたゆべき。くりやのかたへ、たゞはしりいでつ、あるじのふしたる居間ならんとおぼしき妻戸《つまど》をうちたゝきて、「くは〱おき出で給へ」と声のかぎりとよみければ、しもべ等めさまして、「すは、賊《ぞく》のいりたるは」と、の、しりさわぐ。そのものおとに晋我もこゝろさだまり、まなこうちひらき見れば、厠《かはや》の戸をうちたゝきて、「あるじとくおきてたすけたばせ」と、よみゐたるにてぞありけり。「我ながらいとあさましかりけり」と、のちものがたりしけり。

月は清らか、露も冷ややかで、庭の植え込からは虫の音が聞こえてくるなど、ことさら感興にたえないので、晋我は、雨戸は開けたままで、障子《しょうじ》だけ閉めて寝ていた。四更《しこう》（午前二時）ごろになって、ふと向こうを見ると、月明かりを背にして狐がふさふさとした尾を振り立てて、広縁の上に並んでいた。その影がはっきりと障子に映っていたので胆《きも》をつぶしてしまった。部屋を走り出て行って、主人の寝ている居間であろうかと思われる妻戸をたたいて声の限りどなったので、召使いたちが目を覚まして、盗賊が入ってきたぞと騒ぎ立てた。するとそれで我に返って目を見開いて見ると、なんと便所の戸をたたいてどなっていたことに気づき、なんとも興ざめしてしまった。

蕪村はこのような話を晋我から聞いたことを思い出し、付け加えたのであろう。風情のある秋の夕べに、突然何匹もの狐の影が現われたとなれば、誰しもが驚くに違いない。しかしながら、特に危害を加えられたわけではなく、自らの慌てぶりを苦笑しながら語っている晋我の様子がうかがわれる。このような、突然現われて人を驚かすというような、いたずらをする狐については、発句中にも見られる。

石を打狐《うつきつね》守夜《もる》のきぬた哉《かな》　（蕪村句集）

飯盗む狐追《おひ》うつ麦の秋　（蕪村遺稿）

「石を打」の句は、衣を打つ砧の音を聞きながら、雨戸に石を投げつけていたずらをする狐の番をする夜が描かれている。また、「飯盗む」の句も、飯を盗んでいった狐を追いかけた初夏の日のことが題材となっている。

晋我の話もこの二句の場合も、狐に「してやられた」という気持ちは伝わってくるが、人々を震撼《しんかん》とさせるような恐怖や、狐に対する憎しみのようなものは感じられない。晋我の語りなどは、むしろ主人の寝室ではなく、便所の戸をたたいて助けを請うていたという、滑稽な自分の姿で締めくくられており、むしろ笑い話を聞いたかのような印象さえある。

五　蕪村の中の狸と狐

『新花摘』に描かれる狸と狐は、「人を化かす」という点では同じであるが、それぞれに個性的に描き分けているところが興味深い。丈羽宅と見性寺で蕪村を驚かした狸は、いずれもやんちゃで、人懐っこい。見性寺の狸などは、腹の上に乗ってくるなど、何をするかわからないという「怖さ」はあるけれども、誰かに相手をしてもらいたくて、わざといたずらを仕掛けているとしか思えないのである。その点ではまるで人間の幼児のようである。また、狐については、狸以上に人間的というか、情緒的に描かれている。発句でも度々登場するが、人を化かす不気味で危険な動物ではなく、人間社会に深く関わっている身近な動物という感覚で接しているように思える。阿満の前にも、そして晋我の前にも何気なく現われ、消えてゆく。意図的に驚かすわけではない。晋我の場合など、人間の方が勝手に驚いていると言ってもよい。狐という動物は、人間の社会に自然と溶け込んでしまっているかのようである。

図5　狸・狐
『頭書増補訓蒙図彙』（元禄八年）国立国会図書館蔵

それでは、今日まで狸、狐（図5）はどのような動物として描かれてきたのか。まず、狸から調べてみることにする。『日本書紀』から始まり、慶応三年（一八六三）以前の基本的文献から採録した史料を集めた『古事類苑《こじるいえん》』（一八九六年〜一九一四年にかけて刊行）の「狸」の項目を参照してみると、『新花摘』に登場する狸よりも総じて粗暴で質《たち》が悪い。人を化かしたり困らせたりするだけではなく、人を殺して喰うという話も記されている。大正十五年（一九二六）刊行された早川孝太郎著『猪・鹿・狸』（郷土研究社、一九二六年）にも、三河国《みかわ》（現愛知県）伊良胡《いらこ》（湖）岬にある御津の大山で、多くの人を襲って食べた大狸の話が「それほど古い出来事ではない」こととして伝わっていることが記されている。二十世紀に入っても、このような話がまことしやかに伝えられているように、狸は人に害を与えるもの、油断のならないものという固定観念が、古来から根強く続いていることがわかるのである。

一方狐の方は、どうであろうか。前出の『古事類苑』には、狐に関することが書かれた多くの文献が紹介されており、その量というと狸の約三倍である。やはりそれだけ人間社会に近しいということか。年を重ねると妖力を持つようになり、ときには頭に髑髏《どくろ》を乗せて北斗七星を拝んで人に化け、人々をたぶらかしたり、憑依《ひょうい》して悩ます。その一方で神の使いとして人々の信仰を集め、稲荷として祀《まつ》られている。稲荷神社は、全国のどこでも見られるほど身近な存在である。人を襲って喰ってしまう話も伝えられている粗暴な狸と比べると、狐は良くも悪くも人間との関わりがより親密である。特に『新花摘』の阿満の目の前に現われた、老いてやせ衰えた狐などは、ある意味その家の衰退に対する警告を示していたのだとも考えられる。

このように見てくると、『新花摘』に登場する狸・狐に対する蕪村の眼差しは、温かく優しい。享保元年（一七一六）摂津《せっつ》国東成《ひがしなり》郡毛馬《けま》村に生まれた蕪村は、十三歳にして母と死別、十五歳で一家離散。母の故郷である丹後国与謝郡で出家する。孤独な青少年時代を過ごした彼にとっては、たとえ狸や狐であっても自分と関わりを持ちたいと寄ってくるものに対しては親しみを持ったに違いない。また、こうした境遇の中で、世の中の不思議なものへの関心も高まっていったのであろう。自ら「百物語」の会を催し、「火桶炭団《たどん》を喰事《くふ》夜ごとに一ツ宛《まで》」という句を詠み、丹後滞在中に「妖怪絵巻」を描き残している。怪異小説集『雨月物語』の作者上田秋成とも深い親交があったことなどからも、蕪村の怪談好きは想像できる。

『新花摘』は、もともと母の追善の夏行に始まったことは前述したが、その母を思い出すにつけ、若き日の体験も思い出し、ついで阿満に対する恋心も心の中によみがえってきたのではないか。それらの思い出とともに、狸、狐も、蕪村にとっては恐れ忌むべき存在ではなく、孤独を救ってくれる、親しみの持てる相手であったに違いない。だからこそ彼らに対する蕪村の眼差しはとても温かなのである。

【参考文献】

高橋庄次『蕪村伝記考説』（春秋社、二〇〇〇年）
岩井良雄「新花摘評釈」（『俳句講座』第四巻　改造社、一九三二年）
谷口謙「見性寺の狸」（『蕪村の丹後時代』人間の科学社、一九八二年）
矢島渚男「河童の恋―怪談好き」（『与謝蕪村散策』角川書店、一九九五年）
高橋弘道「『新花摘』について―承前―」（文学研究、一九九三年六月）

竄済《ねらひすま》せし現八《げんはち》が、矢声《やごゑ》も猛《たけ》く発《はな》つ箭《や》に、
件《くだん》の騎馬《きば》なる妖怪《えうくわい》は、
左《ひだり》の眼《まなこ》を箆深《のぶか》に射《い》られて、

『南総里見八犬伝』の犬と猫

——『竹箆太郎』と口承伝承との関わり

湯浅佳子

はじめに

『南総里見八犬伝』（曲亭馬琴著、柳川重信ほか画、九十八巻百六冊、以下『八犬伝』と称す）には、犬、猫、狸、狐、牛など、様々な動物が登場する。本稿では、主人公となる八犬士の「犬」のイメージについて、口承伝承や先行する江戸文芸との関わりから考えてみたい。

一 「犬聟入」

『南総里見八犬伝』※1肇輯巻五第九回、安西景連軍の兵糧攻めで窮地に追い込まれた里見義実は、ある時戯れに飼い犬の八房に次のように語る。

「今試《いまこゝろみ》に汝《なんぢ》に問《とは》ん。十年《とゝせ》の恩《おん》をよくしるや。もしその恩を知《し》ることあらば、寄手《よせて》の陣《ぢん》へしのび入《いり》て、敵将安西《てきせうあんさい》景連《かげつら》を、啖殺《くひころ》さばわが城中《ぜうちう》の、士卒《しそつ》の必死《ひつし》を救《すく》ふに至《いた》らん。かゝればその功第一《こうだいゝち》なり。いかにこの事よくせんや」とうちほゝ笑《えみ》つゝ問給《とひ》へば、八房《やつふさ》は主《しゆう》の皃《かほ》を、つくぐくとうち向上《みあげ》て、よくそのこゝろを得《え》たるが如《ごと》し。義実《よしさね》いよく不便《ふびん》におぼして、又頭《またかうべ》を摩《なで》、背《そびら》を拊《なで》、「汝勉《つとめ》て功《こう》をたてよ。しからば魚肉《ぎよにく》に飽《あか》すべし」と宣《のたま》へば、背向《そがひ》になりて、推辞《いなめ》るごとく見えしかば、義実は戯《たはふ》れに、問給《とひ》ふこと又しばく。「しからば職《つかさ》を授《さつけ》んか。或《ある》は領地《れうち》を宛行《あておこなは》んか。官職領地《くわんしよくれうち》も望《のぞま》しからずば、わが女婿《むこ》にして伏姫《ふせひめ》を、妻《めあは》せんか」と問給ふ。此《この》ときにこそ八房は、尾《を》を振《ふ》り、頭《かうべ》を擡《もたげ》つゝ、瞬《またゝき》もせず主の顔《かほ》を、熟視《まもり》てわゝと吠《ほえ》しかば、義実ほゝとうち笑《わら》ひ、「現《げに》伏姫は予《よ》に等《ひと》しく、汝を愛《あい》するものなれば、得《え》まほしとこそ思ふらめ。締成《ことな》るときは女婿にせん」と宣《のたまは》すれば、八房は、前《まへ》足屈《あしをり》て拝する如《ごと》く、啼声悲《なくこゑかな》しく聞《きこ》えにければ、義実は興尽《きやうつき》て、「あな咻《がま》や、あな忌々《ゆゝ》し。よしなき戯言《たはこと》われながら、慢《そゞろ》なりし」とひとりごちて、軈《やが》て奥《おく》にぞ入《い》り給ふ。

ところが八房は、敵将の首を取ってくるなら伏姫を娶せようという里見義実の言葉どおり敵将安西景連の首を義実に取ってくる。安西軍を討った義実は、八房を第一の功績者とし厚遇するが、八房は満足せず、義実に何かを乞い求める様子である。その心を察知した義実は八房への愛情を失い、犬を遠ざけようとすると、八房は暴れて大奥に駆け入り伏姫の着物の裾を捉える。伏姫は、父義実の言葉を守るために八房の妻になると言う。八房とともに富山入りした伏姫は、やがて物類相感の道理によって受胎し、その後、切腹して八犬士を誕生させる。

（肇輯巻五第九回～第二輯巻二第十三回）

この伏姫と八房の物語は、犬と人が夫婦となるという奇妙な話なのだが、これは中国の『五代史』『後漢書《ごかんじょ》』の槃瓠説話をはじめ、日本においても「犬聟《むこ》入」という口承伝承として流布している。横山邦治氏[※2]によると、『今昔物語集』巻三十一「北山狗、人為妻語第十五」や巻二十六「美作国神、依猟師謀止生贄語第七」に犬人婚姻譚や犬の報恩譚があり、『松屋筆記』（小山田与清著）などの江戸期の随筆にも「犬聟入」に関連する記事がみえるという。またこのうち『日本昔話集成』[※3]第二部「本格昔話」一の一〇六「犬聟入」は、犬人婚姻譚が娘の粗相の話から始まっている点も『八犬伝』と一致しているという。この長崎県下県郡仁位村に伝わるという「犬聟入」は次のような内容である。

ある家に飼い犬がいた。その家のお母さんは、娘の小さい時に庭で便所をさせ、それを掃除するのを嫌がって、この娘が大きくなったらお前の嫁にやるから、娘の粗相を舐めておくれ、と頼んだ。すると犬はいつも娘について粗相の始末をしていた。やがて娘は嫁ぐ年頃になったが、いつも犬が娘の袂を銜えて放さないので、嫁に行くことができなかった。お母さんは以前の約束を思い出し、仕方なく娘を犬の嫁にやった。犬は大喜びで毎日よく働き、獲物を取ってきては嫁に与えていた。ところがある男が、嫁の器量よしに惚れ込み、自分の嫁にしたいと思い、犬が猟から帰る途中をうかがって鉄砲で撃ち殺してしまった。嫁が夫の犬の帰宅が遅いのを心配していると、その男が来て犬は死んでしまったと話し、嫁に求愛して夫婦となった。三年目のある雨の降る日、嫁が男の髭を剃っていると、雨垂れの音が、敵討て、敵討て、というように聞こえてきた。その時夫は、あの犬を殺したのは自分であると明かした。それを聞いた妻は、いくら畜生でも一旦は嫁した身であるから、男は夫の敵だと言い、持っていた剃刀で男を殺して仇を討った。

また高田衛氏[※4]は、『怪談とのゐ袋』巻五「白犬をもて我夫とす附七人の子の中にも女に心許すまじき事」について、『八犬伝』との関連を次のように指摘する。

> さて伏姫物語のうち、処女懐胎の奇怪な「玄妙なる物類相感」の論法は、あえて要約すれば、伏姫の腹中に成ったものは怪犬八房の子ではなく（かといって人間の子どもでもない）、伏姫と八房のそれぞれの宿因の結果である、というところにその力点があった。それと、金碗大輔の八房殺しを考え合わせると、いま紹介した「犬聟入」民話は、伏姫物語とかなり密接につながっていると考えられる。第一に伏姫が懐胎したのは八房の子ではないという点と、「犬聟入」の〈七人の子〉が犬の子ではないという共通性がある。第二に「犬聟入」では、女は犬を殺した山伏を夫の敵と恨んで討っているが、伏姫の方は末期の述懐で「又《また》八房を夫《をとこ》とせば、大輔はわらはが為に、こよなき讐《あた》に侍《はべ》るめり」と明言している。第三に「犬聟入」では、山伏は女を妻にしているが、大輔は伏姫にとって「親のこゝろに許させ給ひし夫《をとこ》」であった。第四に大輔は「獦人《かりひと》」（猟師）だが、これは山伏の原型と考えられる。シチュエーションが奇妙に一致しているのだ。

と、『八犬伝』の金碗《かなまり》大輔と伏姫との関係が、『怪談とのゐ袋』の山伏（前述の「犬聟入」では「ある男」に相当）と女との関係と類似することを述べる。

こうした諸氏の指摘から、『南総里見八犬伝』の伏姫と八房の物語が、中国の高辛氏槃瓠《はんこ》説話のみならず、日本の口承伝承や説話の類で行われていた「犬聟入」をふまえていることが肯ける。

三　読本『犬猫怪話　竹篦太郎』

この「犬聟入」説話を『八犬伝』に先んじて文芸作品として取り入れた読本として『犬猫怪話　竹篦太郎《しっぺいたろう》』（五巻五冊、栗枝亭鬼卵作、画者未詳、文化七年大坂秋田屋太右衛門ほか刊、以下『竹篦太郎』と称す）という作品がある。当作品と『八犬伝』との関わりについては、すでに横山邦治氏※5、高田衛氏※6、的場美帆氏※7等の指摘が備わる。横山邦治氏は『竹篦太郎』の作品的性格について次のように述べる。

竹篦太郎の民話たる犬人婚姻譚を高辛氏の故事に付会して中国臭を持たせ、猿神退治と猫又屋敷の民話を混じて、土岐家のお家騒動の中に猫又退治を付会、仇討話もからませた鬼卵の作品の出色のものであり、曲亭馬琴にその構想があったかどうかは別としても、『南総里見八犬伝』の八房伏姫の話と庚申山の話の先蹤としても注目すべきである。

では次に、『竹篦太郎』と『八犬伝』について、内容を比較しつつ関係性を再確認したい。まず、『竹篦太郎』の話は以下のとおりである。

建武二年、京都の按察《あぜら》中納言公善《きんよし》卿に百世《ももよ》姫という一人娘がいた。その乳母の橋立には蘭という百世姫と同年の娘がいた。姫君三歳の頃、蘭が鞠垣《まりがき》の砂に粗相をし、そこへ公善卿らが蹴鞠《けまり》を催しに来る。慌てた橋立は、飼い犬の白に、粗相を喰らい不浄を清めたなら娘を妻にしようと言うと、白はそれを平らげ、橋立母子は事なきを得た。

（巻一「按察中納言の乳母の娘、犬に嫁する話」）

少々尾籠な話なのだが、この話は、口承伝承「犬聟入」の、娘の粗相を喰らう犬の話に基づいたものと思われ、娘を嫁にやろうと犬と約束するという点において『八犬伝』の話とよく似ている。さらに『竹篦太郎』と『八犬伝』との類似は、次のような話にもみられる。

百世姫十六歳の時、蘭は病にかかり、不浄を食わせながら約束を違えたと口走るので、母の橋立は蘭に十三年前の出来事を明かす。それを聞いた蘭は、

「※8わが命《いのち》は露斗《つゆばかり》も厭《いと》ひはべらねど、母上姫君《ひめぎみ》の御身《をみ》の上こそ心《こゝろ》にかゝり候。縦令此侭《たとひこのまゝ》に果《はて》候とも、未来永《みらいゑい》く畜生道《ちくしやうどう》のくるしみを受《うけ》なんは必定《ひつじやう》なり。左あらば、現《けん》世の母上の御《み》心をやすめ、永《なが》く姫君に忠《ちう》を尽《つく》さんこそ本《ほん》意《い》なれ。わらは犬の妻《つま》とならば、三方四方の悦《よろこび》、此上やあるべき。忠孝の為《ため》に身を犬に任《まか》せ申さん」と涙《なみだ》ながら言《いひ》ければ、母は猶更《なをさら》かなしく、我一言《わがいちごん》の戯《たわむれ》より、娘《むすめ》一人を畜生道に沈《しづめ》ることよ」と伏沈《ふししづめ》ば（略）

（巻一「按察中納言の乳母の娘、犬に嫁する話」4ウ5オ）

やがて蘭の病はたちまち平癒し、その夜から白衣の若者が蘭のもとへ通い、蘭は身ごもり、竹篦太郎という白犬を産む（巻二）。

この話は『八犬伝』の次の場面と対応している。

伏姫との婚姻の約束を義実が果たそうとしないのに怒った八房が暴れ出し、大奥の伏姫の部屋に駆け入る。伏姫は、父義実がかつて八房に交わした約束の言葉を違えぬよう八房に嫁ぐことを決意、義実は自らが犯した言葉の過ちを後悔する。伏姫は八房とともに富山入りし、やがて物類相感の道理によって身ごもる。伏姫はその後、切腹によって我が身の潔白と晴らし、同時に八犬士を誕生させる。

伏姫と同じく、蘭もまた、畜生道に沈みながらも人としての道を貫こうとする。また、『竹篦太郎』で蘭が産んだ

白犬の竹篦太郎と、『八犬伝』で伏姫が誕生させた八犬士は、ともに母（蘭・伏姫）の志を受け継ぎ、主君の家（土岐家・里見家）の再興を果たそうと活躍する。さらに、言葉の過ちによって娘を畜生道に沈めてしまった親（橋立・義実《よしざね》）の苦悩を描いた点においても両作品は通じ合っている。こうして「犬聟入」は、読本世界《よみほん》に取り入れられると、忠・孝・貞といった人倫の問題が加味され、『八犬伝』においては、玉梓の怨念による因果応報という物語の枠組みが作られることにより、さらに壮大で不可思議な話へと展開していく。

四　犬の化猫退治

『竹篦太郎』の蘭は、白衣の男が忘れられないままに黒白斑《まだら》の犬を出産し、殺すに忍びず養うが、蘭は百世姫の婚礼のために四国へ下ることになり、犬に主家への恩愛を諭して立ち去らせ、母橋立とともに土佐へ下る（巻一）。やがて子犬は竹篦太郎と名乗り、蘭の霊に導かれて百世姫の嫁ぎ先である伊予・土佐国に現れ、太守土岐家の再興の手助けをし、母親蘭の仇討ちを果たすことになる。

一方、『八犬伝』においては、伏姫の切腹によって世に現れたのが八犬士であった。この八犬士たちもまたさまざまな活躍をし、やがて里見家の再興を果たすために結集する。

『八犬伝』第六輯巻五第六十回、犬士の一人犬飼現八は、下野《しもつけ》の国の庚申山《こうしん》に妖怪が出るという話を聞き、山中に向かう。夜中に両眼の光る恐ろしい山猫の妖怪が現れ、現八の狙い澄ました矢は、妖怪の左の目を射貫く。『八犬伝』のこの話に対応するのが、『竹篦太郎』の竹篦太郎が化け猫を退治する次の話である。

土岐式部少輔の妾金輪御前は、土岐家の跡継ぎで百世姫の夫である緑之助を殺害して土岐家横領を目論んでいたが、病となる。そこに飼い猫の三毛が金輪《かなわ》に乗り移り、金輪は正体を見られたため蘭を食い殺す（巻二）。土岐家再興を目指す緑之助と忠臣鞍手十内は、蘭の霊の導きにより、四国の山中で、猟師の畑次郎正勝と正勝の飼い犬で蘭の産んだ白犬竹篦太郎と百世姫に出会う（巻三）。安倍保清の手助けを得た十内らは、土佐丸・金輪御前を退治して土岐家を再興しようと宇和島城へ入り、土佐丸らと対面する（巻四・巻五）。三雲立仙という人物は土佐丸の一味と思われたが、実は土佐家の縁者であった。[※9] 立仙は十内らの味方となり、土佐家の宝である内侍所の鏡を掲げると、土佐丸と金輪御前はこれに怯える。

（立仙が）懐《ふところ》よりとり出《いだ》すは、刀《かたな》にあらで内侍所《ないしどころ》の御鏡《みかゞみ》なり。錦《にしき》の袋《ふくろ》をおし開《ひら》けば、光明四方《くわうめうよも》へ照《てら》しけるに、不思議《ふしぎ》や土佐丸《とさまる》、また沈酔《ちんすい》せし。後室《かうしつ》、むつくと起《おき》て、顔色土《がんしよくつち》のごとくになりけり。この時保清《ときやすきよ》、次郎《じらう》にきと目《め》くばせすれば、二ツの箱《はこ》を押開《をしひら》く。内《うち》より、竹篦太郎躍出《しつぺいたらうをどりいで》、後室目《かうしつめ》がけ飛《とび》かゝるに、金輪御前、仰天《ぎやうてん》して、「あな恐《おそろ》しや、竹篦太郎なりけるぞ」と逃《にげ》まどひぬるを、追詰《をいつめ》〳〵、追廻《をひめぐ》れば、いまは金輪御前も正体《しやうたい》をあらわし、年経《としふ》る猫《ねこ》となりて、爪《つめ》を立《たて》ていどみ戦《たゝか》ひければ、（以下中略）鞍手十内《くらてじうない》、ひとつの箱《はこ》よりあらわれ出《いで》、火花《ひばな》をちらして戦《たゝか》ひける。此内《このうち》、猫と竹篦太郎は、爰《こゝ》の隅《すみ》、かしこの詰《つま》りに追《をひ》つめ喰《くひ》あふありさま、おそろしなんども愚《おろか》なり。難《なん》なく竹篦太郎、猫を喰伏《くひふせ》、喉笛《のとぶえ》にくひつきて、一振《ひとふり》ふるよと見へしが、流石《さすが》の悪獣《あくじう》も、よはり果《はて》、傍《かたへ》に伏《ふ》しぬれば、太郎は大《おほひ》にうれしげに、飛上《とびあが》り〳〵、終《つい》にくひ殺《ころ》しける。

（巻五「安倍保清、土佐丸か術を折く。竹篦太郎、母の仇を復する話」17ウ〜19オ）

箱の中に隠れていた十内と竹篦太郎が現れ、土佐坊と金輪を殺す（巻五）。

横山邦治氏[※10]によると、『竹篦太郎』のこの話は、口承伝承の「猿神退治」に拠るものだという。「猿神退治」[※11]とは、ある和尚が人身御供の娘を化け物から助けるため、長持ちの中に竹篦太郎という犬を隠し、夜中に化け物たちが生け贄の娘を食べよう集まったところへ、竹篦太郎が飛び出して化物を退治するという伝承話である。『八犬伝』と『竹篦太郎』は、犬の化物退治という点でこの「猿神退治」のモチーフを共有しているという。

さらに「猿神退治」と『竹篦太郎』『八犬伝』の共通点は、化物が犬を恐れるという場面があることである。「猿神退治」では、山中のお堂に集まった化物たちが「あのことこのこと聞かせんな、竹篦太郎に聞かせんな」と歌って竹篦太郎を警戒するのを、隠れていた和尚が聞く。また『竹篦太郎』では、竹篦太郎を恐れる化物たちの次のような話がある。

伊予国立烏帽子が峰の麓の与左衛門淵に異形の物たちが集まり、生贄を喰らいながら酒宴を催す。その中に土岐式部少輔の妾の金輪に憑いた猫もいた。

暫《しばらく》ありて猫《ねこ》、吐息《といき》をはきていひけるは、「我々《われ〳〵》かゝる遊《あそび》をなして余念《よねん》なしといへども、只心《たゞこゝろ》にかゝるは、四《し》国《こく》の竹篦太郎なり。汝等《なんぢら》も生涯《しやうがい》竹篦太郎に逢《あふ》ことなかれ。われも竹篦太郎に出会《であわ》ざるやうにせん。若出会《もしであひ》なば、我術《わがじゆつ》も消失《きへうせ》ん。恐《おそ》ろしの竹篦太郎や」といひければ、満座《まんざ》各《おの〳〵》こゑをそろへ、「竹篦太郎に逢《あふ》なよ〳〵」と諷《うた》ひ訇《のゝし》りける（中略）。

（巻二「與右衛門淵の由来、鞍手十内怪異に逢話」10ウ）

これを隠れ聞いた鞍手十内は、勇者竹篦太郎を求めて四国へ出立する。

さて、『八犬伝』においては、犬士を恐れる者として、例えば妙椿《みようちん》がいる。第九輯巻十六第百二十一回、里見家の館山城を乗っ取った山賊の蟇田素藤《ひきたもとふじ》が八百比丘尼《はつぴやくびくに》妙椿と共寝していると、そこへ八犬士の一人犬江親兵衛《いぬえしんべえ》が乗り込む。妙椿に熟睡を起こされた素藤は、慌てて身構えるが、親兵衛が現れた時の妙椿は次のような様子である。

又妙椿は、親兵衛《しんべゑ》を、見しより横《よぎ》を頭《かうべ》に被《かつ》ぎて、狩場《かりば》の野鶏《きゞす》の草《くさ》に隠《かく》れ、影《かげ》に驚《おどろ》く束鮒《つかふな》の、藻《も》に籠《こも》れるに異《こと》ならず。戦《わなゝ》く随《まゝ》に錦綉《にしき》の夜被《よぎ》の、背筋《せすぢ》波打《なみう》つ生死《いきしに》の、海《うみ》には息《いき》も吻《つき》あへぬ、阿瞞《あま》の身《み》なれど、名号《みやうごう》の、六字《ろくじ》も出《いで》ず、九字《くじ》も印得《きりえ》ず、断《き》りしは珠数《ずゞ》か、術《じゆつ》なさに、縮《ちゞ》むは手《て》さへ、脚《あし》なき蟹《かに》の、入《い》る穴《あな》欲《ほ》しと思《おも》ふめる、胸《むね》の機関糸絶《からくりいとたえ》

て、挊《はたら》くよしもなかりしを、（中略）

という、度を超した恐れようである。親兵衛が二人を言葉激しく懲らしめると、素藤は抜き打ちに襲いかかり、その隙に妙椿は逃げようとする。

そが程《ほど》に妙椿《みやうちん》は、襀《よぎ》の裾《すそ》より抜出《ぬけいで》て、雨戸障子《あまとせうじ》を推倒《おしたふ》す、迅速《ときこと》恰《さながら》払《はら》ふが似《ごと》く、身《み》を免《まぬか》れて出《いで》んとせしを、親《しん》兵衛《べゑ》透《すか》さず素藤《もとふぢ》を、そが儘撻《まゝだう》と投伏《なげふせ》て、走《はし》り蒐《かゝ》りつ妙椿が、肩尖丁《かたさきちやう》と拿留《とりとめ》て、弥疾出《いやとくいだ》す霊玉《れいぎよく》の、護身嚢《まもりふくろ》を刺翳《さしかざ》せば、至宝《しほう》の霊験愆《れいげんあやま》たず、颯《さ》と濆走《ほとはしる》る光《ひかり》に撲《うた》れし、妙椿は、「苦《あ》」と叫《さけ》ぶ、声共侶《こゑもろとも》に閨衣《ねやきぬ》は、そが儘《まゝ》親兵衛が手《て》に残《のこ》りて、那身《かのみ》は裳脱《もぬけ》て楼上《たかとの》より、庭《には》へ閃《ひら》りと墜《おつ》る折《をり》、と見れば妙椿が身《み》の内《うち》より、一朶《いちだ》の黒気《こくき》涌出《ゆしゆつ》して、鬼《おに》燐《び》に似《に》たる青光《あをみ》あり、見《み》る間《ま》に西《にし》へ靡《なび》きつゝ、消《きえ》て跡《あと》なくなりにけり。

その後、妙椿は庭の手水鉢の中で牝狸の正体を現し、背には「如是畜生発菩提心」の文字が浮き出ていたという。『竹篦太郎』では、三雲立仙が内侍所の鏡を掲げると金輪御前と土佐丸がそれに恐れをなした。それと同じく、『八犬伝』の妙椿も、親兵衛の翳した「仁」の玉の放つ光に瞬時に滅びた。金輪御前や妙椿が、玉や鏡などの前にはなすすべもなく忽ち滅亡することや、玉や鏡などの神的なものの象徴をもって化物を退治するのが「犬」であることは、『八犬伝』にも『竹篦太郎』にも通じている。

犬が猫（狸）を退治するという話について、大木卓氏[※12]は次のように述べる。

（論者注・竹篦太郎に）退治される者すなわち怪神の正体は、猿（狒狒を含む）と狸（あるいは貉《むじな》）が圧倒的に多く、続いて猫で、いずれも犬とはあんまりよろしくない手合いである。（中略）『日本書紀』の推古紀に陸奥の国で狢《うじな》が人に化けて歌ったとか、垂仁紀に丹波国桑田村（もと京都府桑田郡、今、亀岡市東部）の甕襲《みかそ》という人の家の足往《あゆき》という名の犬が山獣牟士那《むじな》を食い殺し、そのムジナの腹から八畳敷きならぬ八尺瓊勾玉《やさかにのまがたま》が出たとやらの古記録が、この甲斐のムジナ退治（論者注・山梨県西八代郡の伝承）の話に影を落としているとみられるが、一方では、書紀の記録は丹波の竹篦太郎に近い話が古代にもあったことを示す断片かともうかがえるのである。氏の指摘のように、『日本書紀』や口承伝承に、竹篦太郎が猫や狸（狢）するという話の型があることを考えると、『八犬伝』の犬村角太郎や犬江親兵衛による化猫・狸退治の背景にも、そうした竹篦太郎の伝承が投影されていることも考えられるだろう。

五　まとめ

読本『竹篦太郎』に影響を及ぼした作品として、歌舞伎「竹篦太郎怪談記」がある。横山泰子氏[※13]は、『竹篦太郎』物語全体の筋や登場人物の名前や設定などは歌舞伎「竹篦太郎怪談記」に酷似しており、その影響下で竹篦太郎譚の細部を書き込んだ作品と指摘している。この歌舞伎「竹篦太郎怪談記」のほかにも、竹篦太郎譚に取材した作品として、黄表紙『増補執柄《しっぺい》太郎』（三巻、南仙笑《なんせんしょう》楚満人《そまひと》作、歌川豊国《うたがわとよくに》画、寛政八年刊）、黄表紙『復讐　しっぺい太郎』（一冊、唐来三和作、泉蝶斎英春画）等があり、「犬聟入」や「猿神退治」の口承伝承の世界が文芸として展開し、江戸の人々に享受されていたことをうかがわせる。

犬の八房が里見家の息女伏姫と夫婦になり、八犬士を誕生させるという『八犬伝』は、どこか奇想天外な物語である。その源泉は、「犬聟入」という動物と人間が共生する民間伝承の世界にあった。そこには、たとえ畜生であってもいちど嫁したからには夫であると思う女が描かれていた。そうした愛情が畜生と人間にもごく自然に存在するという民間伝承の世界は、『竹篦太郎』や『八犬伝』の文芸作品においても新たなかたちで享受されている。『竹篦太郎』の竹篦太郎が、母親の蘭の仇を討ち主君土岐家の再興に努めたのは、主家への恩愛を説いた母の教えがあったからである。また『八犬伝』では、伏姫と八房がともに法華経へ帰依することで思いを通じ合わせ、八犬士を誕生させた。これも一つの愛情のかたちである。また後の八犬士の物語には折々八房の背に跨った伏姫が現れ、犬士の危機を救っている。高田衛氏は、そこに八字文殊曼荼羅《はちじもんじゅまんだら》の神仏のイメージが投影されているとするが、そうした姿にも伏姫と八房が人と犬の境を越えて一心同体となったことを見ることができる。

「犬聟入」「猿神退治」から『八犬伝』へ、口承伝承の世界は江戸文芸の世界にも脈々と息づいているのである。

＊　本稿は、日本文学協会近世部会例会（平成十八年三月五日）での報告に基づきまとめたものです。席上にて様々なご教示をいただきました高田衛先生ほか部会会員の方々に心より御礼を申し上げます。

注

1　『南総里見八犬伝』の本文は、『南総里見八犬伝　名場面集』（湯浅佳子編、三弥井書店、二〇〇七年）に拠った。

2　横山邦治「白狗幻想」（『江戸文学』第十二号、一九九四年七月）、「「犬猫怪話　竹篦太郎」と「南総里見八犬伝」と」（『国文学攷』四十三号、一九六七年六月）。

3　関敬吾編『日本昔話集成』第二部本格昔話、角川書店、一九五三年。

4　高田衛『完本　八犬伝の世界』（ちくま学芸文庫、筑摩書房、二〇〇五年）第一章。

5　横山邦治「竹篦太郎」（『日本古典文学大辞典』第三巻、岩波書店、一九八九年）。

6　4に同じ。

7 的場美帆「『八犬伝』と『竹篦太郎』」(『叙説』第三十四号、平成二〇〇七年三月)。
8 『竹篦太郎』の本文は国立国会図書館蔵本(二〇一/一七二)に拠った。
9 藤沢毅「『竹篦太郎』の失敗」(『鯉城往来』第十二号、二〇〇九年十二月)に立仙の描写についての論が備わる。
10 横山邦治「『南総里見八犬伝』における〝八房〟の出自について」(『近世文芸』第三十九号、一九八三年十月)。
11 関敬吾編『日本昔話集成』第二部本格昔話、角川書店、一九五三年。
12 大木卓『犬のフォークロア―神話・伝説・昔話の犬―』(誠文堂新光社、一九八二年)第九章「竹篦太郎伝説」。
13 横山泰子「『竹篦太郎怪談記』と竹篦太郎譚」(『歌舞伎　研究と批評』第二十五号、二〇〇〇年六月)。

家に鼠あり、国に賊あり

『頼豪阿闍梨怪鼠伝』

久岡明穂

一　頼豪阿闍梨怪鼠伝

『頼豪阿闍梨怪鼠伝《らいごうあじゃりかいそでん》』（以下、『怪鼠伝』と略す）は、曲亭（滝沢）馬琴作で、文化五年（一八〇八）に前後編合わせて八巻九冊で出版された。源平争乱前後の時代を背景とした読本である。木曽義仲の子「義高《よしたか》」が父義仲の仇として源頼朝を狙い、また、その義高を、猫間光隆《ねこまのみつたか》（『平家物語』に登場する猫間光隆がモデル）を自殺に追いやった義仲の仇として光隆の舎弟《しゃてい》猫間光実が狙ったが、最後には、義高は義仲が討たれた正当性を理解して頼朝が入っていない頼朝の衣を刺し、光実は義仲の死で満足することとし、その兜を刺して仇討ちに代えるという物語である。そして、この物語に、『平家物語』、『源平盛衰記』で知られる頼豪《らいごう》説話や馬琴の創作である猫間家の家宝「金の猫」がからむ話となっている。

そして、物語によれば、義高は、父義仲の仇として頼朝を狙っている間に、頼豪の霊に遭遇し、頼豪の霊により義仲が法住寺《ほうじゅうじ》を攻める「乱妨《らんぼう》」に及んだのは、頼豪の霊の仕業であることを明らかにされた上で、頼豪の霊より「奇術」を使えるようになる。

馬琴の『怪鼠伝』創作のもとになった題材としては、『源平盛衰記』の頼豪説話や、その他浄瑠璃の趣向などが指摘されている。それらを用いて、室町時代以降に「鼠人」と呼ばれ鼠の怨霊として知られるようになった頼豪阿闍梨の説話と、木曽義仲及びその遺児義高と源頼朝をめぐる源平争乱前後の歴史背景とを結びつけた所にこの作品の特徴がある。

作品の読み方としては、石川秀巳氏が「『頼豪阿闍梨怪鼠伝』論―稗史的世界の構造―」（読本研究初輯、一九八七年）で、「源平争乱から鎌倉幕府草創に至る時期を背景として二重の敵討ち構想を展開させたもの」であり、史書・準史書に見える源頼朝対木曽義仲という対立・葛藤の史実をもとにした「史伝的世界に展開するもの」とは別の「二元的対立の原理にしたがう稗史的世界」として「猫鼠対立」も描かれているとしている。

このような源平争乱前後の時代背景や頼豪の「怨霊」説話を踏まえた読み方に加え、以下では、本書の「日本文学と動物」というテーマに即して、題名にもとられている「鼠」にいっそう焦点をあてて『怪鼠伝』を読んでみたい。

二　鼠について

そもそも、鼠は身近な存在であるため、世界的に文学にも取り上げられる。日本の文学でも多く取り上げられ、たとえば、「ねずみの走り歩《あり》く、いとにくし」（『枕草子』二五・にくきもの）のように忌み嫌われる存在として扱われている例が多々ある。しかし、一方では、①大国主神が素戔嗚尊《すさのおのみこと》に焼き殺そうされたとき鼠の言葉で助かる話（『古事記』）、②通称「おむすびころりん」として知られる、落とした握り飯を追って穴に落ちたおじいさんがネズミたちに歓待され、しかも富を得る話（御伽草子『鼠浄土』）、③通称「鼠の婿取り」と言われる説話（『沙石集《しゃせきしゅう》』）のように、好意的に描かれている有名な話もある。①の神話は現在の大黒天信仰につながるものであり、②の御伽話には鼠が富をもたらすという考えがある。つまり、鼠は人間に害をなす害獣であるが、実は、神話や説話では、好意的に扱われることも多い。

では、『怪鼠伝』を執筆した馬琴は、作品名に「鼠」をつけるにあたって、害獣としての「鼠」と、好意的に扱われるものとしての「鼠」と、どちらをイメージしていたのであろうか。『怪鼠伝』のはじめに、「曲亭馬琴識《しき》」とかかれた序文がある。そこには、鼠について次のようなことが書かれている。

二月鼠の穴を塞ぐ。つく〳〵汝がいたづらをおもへ。……粟を尽し器をそこなふは、殊更にいはじ。大棗《なつめ》をかむ牙にふるれば、病を生ず。（『怪鼠伝』巻之一序文。以下、作品本文は、鈴木重三・徳田武編『馬琴中編読本集成』9頼豪阿闍梨怪鼠伝』汲古書院一九九九年により、旧字体は通行の字体に改め、読み仮名を補う、省略する、送り仮名へ送るなどの手を加えた。）

以上のように馬琴は、現在でも一般的に言われる物理的な害を与える鼠の悪い面を序文のはじめに挙げている。さらに、先ほどの部分に続いて次のようにも述べる。

はづかしき文をちらして、男女の中をさまたげ。あやしき巣をつくりて、源平の乱をきく。

すなわち、馬琴は、鼠の害が、物理的な害だけではなく、ひいては人間関係や国家にも関係する災いになると述べている。

つまり、『怪鼠伝』においては、「鼠」は、①神話やおとぎ話のような好意的な存在ではなく、害獣の存在であり、②さらに、何かを壊されたり取られたりという範囲を越えて、人間関係にも関わるものとして描かれている可能性があることに注意する必要がある。

ただし、『怪鼠伝』には、登場するキャラクターとして実際の鼠が登場するわけではない。この点、同じく馬琴作の『南総里見八犬伝』に、実際に「八房《やつふさ》」という犬が登場するのとは異なる。『怪鼠伝』における「鼠」とは、題名が『怪鼠伝』であるように、「妖怪」の一種、すなわち「頼豪」という人物の怨霊が変化した鼠の怨霊（または奇術のことをさす。それでは、『怪鼠伝』における、頼家の怨霊とはどのようなものであろうか。

三　頼家の怨霊

頼豪阿闍梨とは、『怪鼠伝』で描かれる源平争乱前後（一一八〇年頃）より一時代前の白河天皇時代（一〇八〇年頃）

の阿闍梨である。『平家物語』研究では、頼豪の説話は、はじめから怨霊伝説であったわけではなく、『源平《げんぺい》盛衰記』『太平記《たいへいき》』など中世の軍記を通して説話が成長していく過程で怨霊化されていること、その理由が安徳天皇の夭折を怨霊の力と暗示するためであったことなどが指摘されている。

ここでは、馬琴自身が『怪鼠伝』末尾に、「頼豪阿闍梨怪鼠傳増補引用群書要語」（『怪鼠伝』執筆にあたり引用した文献の重要なことば）としてあげている「鼠祠《ねずみのほこら》」により、すでに怨霊伝説化していた頼豪の怨霊伝説を、馬琴の認識に即して確認したい。なお、原文漢字片仮名文の片仮名を平仮名に改め、（　）内に注を施した。

鼠祠　太平記　白河（白河天皇）の御宇《ぎよう》に、江の帥匡房《そつまさふさ》（大宰 権帥《だざいのごんのそつ》の地位にあった大江匡房《おおえのまさふさ》のことをいう。博学、雄弁で知られた）の兄に、三井寺《みゐでら》の頼豪僧都《らいごうそうづ》とて、貴《たと》き人有りけるを召され、皇子御誕生《ごたんぜう》の御祷《おんいのり》をぞ仰せつけられける。頼豪、勅《ちよく》を奉《うけたまは》って、肝胆《かんたん》を砕《くだ》きて祈請しけるに、承保《じようほ》元年十二月十六日、皇子御誕生有りてけり。帝《みかど》叡感《えいかん》の余りに、御祈りの勧賞《けんしよう》（功績のある人に物などを与えてほめはげますこと。）、よろしく請ふによるべしと宣下せらる。頼豪年来の所望なりければ、他の官禄一向に是を閣《さしお》きて、園城寺《おんじようじ》の三摩耶戒壇《さんまやかいだん》造立の勅許をぞ申し賜りけるに、山門又是を聴《き》きて、欵状《かんじよう》を棒《さゝ》げて禁庭《きんてい》へ訴《うった》へ、先例を引て、停廃《てうはい》せられんと奏《そう》しければ、力無く三摩耶戒壇造立の勅裁《ちよくさい》を召し返されける。頼豪是を怒りて、百日の間《あいだ》、髪をも剃《そら》ず、爪をも切らず、炉壇《ろだん》の煙《けふり》にふすぼり、嗔恚《しんい》の炎《ほのほ》に骨を焦がして、我願はくば、即身《そくしん》に大魔縁《まえん》と成りて、玉体を悩まし奉り、山門の仏法を滅《ほろ》ぼさんと云ふ悪念を発《おこ》して、遂《つひ》に三七日が中に壇上にして死にけり。其の怨霊果たして邪毒《じやどく》をなしければ、頼豪が祈り出し奉りし皇子、いまだ御母后《ごぼごう》の御膝《おんひざ》の上を離《はな》れさせ給はで、忽《たちま》ちに御隠れ有りけり。その後、頼豪が亡霊《ぼうれい》、忽ちに鉄《くろかね》の牙《きば》、石の身なる、八万四千の鼠と成りて、比叡山《ひえいさん》に登り、仏像経巻を噛《か》み破りける間、これを防《ふせ》ぐに術なくして、頼豪を一社の神に崇《あが》めてその怨念《おんねん》を鎮《しづ》む。鼠の禿倉《ほこら》これなり。盛衰記またこれに同じうしていよいよくわし

（『怪鼠伝』巻之八下）

頼豪は、『怪鼠伝』の舞台となる源平争乱前後の時代より一時代前の白河天皇の時代の三井寺（滋賀県園城寺）の僧である。皇子が生まれないことを心配した白河天皇の勅により祈祷をし、無事皇子を誕生させた。頼豪は、「勧賞」として三井寺に「戒壇」の勅許を願い出たが、山門（比叡山）の反対を受けた白河天皇は「戒壇」の勅許を出さなかった。頼豪はこれを深く怨み、自らの祈祷で誕生した敦文親王を死なせた。頼豪は八十三歳で死んだ後、鼠となり、園城寺戒壇の妨げとなった比叡山の経巻を食い破ったと言われるようになった。頼豪の怨みを被った比叡山では、頼豪の霊を鎮めるために頼豪を祀ったとされている。

つまり、馬琴の認識する頼豪伝説とは、天皇の願いを叶えたにもかかわらず、自らの望みがかなわず怨念を残して死に怨霊となったという、いわゆる怨霊伝説である。頼豪の伝説はここで終わっており、頼豪の霊を祀って久しく時を経た源平争乱期に、義仲や義高の行動として登場（復活）する頼豪の怨霊は、『怪鼠伝』における馬琴の創作である。

四　『怪鼠伝』における頼豪の怨霊と木曽義仲

『怪鼠伝』の本文で、最初に頼豪の名があらわれるのは、作品冒頭にあたる第一套《とう》で、木曽義仲が日吉末社の内の「鼠の禿倉《ほこら》」を見つけ、覚明（歴史上の実在人物で木曽義仲の文官）に説明させる場面である。覚明の説明は、前掲の『怪鼠伝』に馬琴が引用する『太平記』の頼豪伝説とほぼ同じである。この説明を聞き、義仲は、

実《まこと》に三井寺《みゐでら》に山門《さんもん》ある事、われに頼朝《よりとも》あるがごとし。頼豪が遺恨《いこん》理《ことはり》におぼし。夫子《それね》は北方《ほつほう》の神《かみ》なり。こゝに来《き》たつて思ひ合《あ》はすれば、先に清盛《きよもり》が家《いへ》の馬《うま》の尾《を》に、鼠の巣《す》を営《いとな》みし、と聞《き》きたることあり。是《これ》併《しかしながら》　義仲《よしなか》北国《ほつこく》の方《かた》より起《おこ》りて、南午《みなみうま》の方《かた》なる洛《みやこ》に入《い》るの祥《さが》にして、鼠の禿倉に因《ちなみ》あり。

（『怪鼠伝』巻之一第一套）

と考えて、

義仲忽地《たちまち》平家《へいけ》を討ち滅《ほろぼ》して、禁闕《きんけつ》（御所）を守護《しゅご》し、官位《くわんゐ》は頼朝に超《こ》ゑて、征夷大将軍《せいいたいせうぐん》になるならば、神田《しんでん》許多《あまた》を寄進《きしん》すべし　（同）

という願書を納めて帰る。さて、この義仲の願いは叶ったのか。

『怪鼠伝』では次のように描かれる。義仲は平家を都から追い落とし京都に入る。都から平家を追い払った功績に対し、後白河法皇から「勧賞は乞ふによるべし。何にまれ望《のぞ》ましき事あらば、聞こえあげよ」（同第二套）と言われ、義仲は征夷大将軍を望むが「征夷大将軍《せいいたいせうぐん》は輙《たやす》く宣下有りがたし」と拒まれ、「左馬頭《さまのかみ》」の位と「播磨国《はりまのくに》」のちに改め「備中国《びっちゅうのくに》」を賜る。これに対し、義仲は、次のように不満をいだく。

手裏覆《たなうらかへ》す綸言《りんげん》（君主の言葉）は、昔も今もかはらざりき。僅《わづか》に一箇国《いっかこく》の受領《じゅれう》を経《へ》んとて、砕身粉骨《さいしんふんこつ》の軍《いくさ》はせざりし。かくては君《きみ》の御《おん》おぼえも心もとなし。　（同）

さらに、第三套では、寿永二年八月に後白河法皇が、頼朝を自分にはかなえられなかった「征夷大将軍」にしたことで、義仲はますます暴れるようになる。そして、鎌倉でこれを聞き知った頼朝が派遣した範頼・義経の軍により、義仲は近江の粟津にて死ぬ。

つまり、義仲自身の「三井寺に山門ある事、われに頼朝あるがごとし」の言葉通り、かつての頼豪が山門（比叡山）があるために三井寺に戒壇の勅を得られなかったのと同じく、義仲は、自分ではなく頼朝が征夷大将軍に任命され、「官位は頼朝に超え」るという願いが叶わなかったために暴れ出すのである。

『怪鼠伝』における義仲について、石川秀巳氏「『頼豪阿闍梨怪鼠伝』論序説―稗史的世界の基底―」（山形女子短期

大学紀要一八号　一九八六年）は、馬琴は、『怪鼠伝』において、頼豪と義仲を、「褒美は望むものを」と言われながら、ともに、比叡山・頼朝という自分より上の存在があるため願いが叶えられなかったという設定にすることで、同じ状況においていると指摘する。また、『怪鼠伝』では、義仲が追いつめられた理由を、頼朝の嫌疑深い性格による義仲迫害、後白河天皇が征夷大将軍の位を授けてくれなかったこと、そして、それを助長する頼豪の怨霊によると述べる。つまり、『平家物語』で描かれる「理想的義仲像と否定的義仲像」という二面性を持つ義仲が、『怪鼠伝』では、「頼朝、後白河院あるいは頼豪の怨霊によって追いつめられていく被害者的存在として位置づけられ」、「義仲の理想性は守られたままその人物像が一貫することとなる」と説明している。（同石川論文）

義仲の不満は、後白河が一度口にした言葉を覆したこと、自分の奉公に対して後白河の御恩が少ないことにある。君主が一度口にしたことを実行しないことは悪いことのようであるし、国の政を私していた平家を討ったことは最高の戦であり、それにたいする勧賞が少ないという不満ももっともに見える。しかし、義仲は、ただ怨霊に取り憑かれた不幸な被害者なのか。

五　頼豪・義仲が望んだもの

これを考えるために、頼豪・義仲が望んだものについて考えたい。『怪鼠伝』の中で登場人物の覚明の説明によって語られる頼豪の伝説によれば、頼豪は、白河天皇から望む褒美を与えよう、と言われるが、官禄（官位と俸禄）にはまったく見向きせず、「戒壇」の勅許を望んだとされている。また、『怪鼠伝』で描かれる義仲は、武士が本来望む領国ではなく、「征夷大将軍」を望み、征夷大将軍のかわりにとして「播磨国」を賜るが納得せず、それでは「播磨国」ではなく「備中国」を賜ると言われても納得しない。つまり、頼豪、義仲ともに「官禄」のような褒美ではなく、頼豪は「戒壇」、義仲は「征夷大将軍」と、それだけを願っていたと書かれる。「戒壇」「征夷大将軍」とはいかなるものであるか。

「戒壇」とは次のようなものである。

授戒の式場をいう。……わが国においては伝戒師として来朝した唐僧鑑真一行が、天平勝宝六年（七五四）四月に東大寺大仏殿前に臨設の戒壇を築き聖武上皇ら四百余人に授戒したのが初例で、翌七年十月に大仏殿西方に常設の戒壇を中心とする伽藍が創立され、天平宝字五年（七六一）には下野国薬師寺・筑前国観世音寺にも戒壇を設け、畿内や東西の諸国出身者で官僧となる者の受戒の場とし、「天下之三戒壇」と称せられた。その後最澄は比叡山に大乗戒壇の建立を企て、南都僧綱との間に激しい論争が展開され、寂後七日の弘仁十三年（八二二）六月十一日、勅許されるに至り、ここに戒壇授戒の制は二分されるに至った。……園城寺すなわち寺門派と叡山すなわち山門派の軋轢がはなはだしくなった長暦三年（一〇三九）に至って、園城寺戒壇創設問題となり、長久二年（一〇四一）五月に諸宗に対して同寺戒壇建立の可否についての諮問があり、叡山の反対で挫折する……。

（『国史大辞典』吉川弘文館）

「戒壇」とは、授戒の式場であるが、東大寺に戒壇ができてからは、授戒を受けないと官僧にはなれなくなった。そして、比叡山に戒壇が認められて後は、日本の戒壇制度は、東大寺系三寺院と比叡山の二制度となっていた。つまり、「戒壇」は、物理的な授戒の場所であるだけでなく、公に認められた僧侶資格の認定を行う権限を持つことを意味する。「戒壇」とは、僧侶を認定するという仏教界を統括する役目のことである。

頼豪が属する三井寺（園城寺）は、比叡山と競い合う立場ではなく、天台宗の本山である比叡山に属する寺であり、三井寺（園城寺）に、「戒壇」を作り僧侶を輩出する仕組みを作るということは、いわば、反乱を起こし独立を望むようなものであるという状況であった。

一方、「征夷大将軍」とは、次のようなものである。

> もとは陸奥の蝦夷（これを「夷」といい、日本海側のそれを「狄」と称した）征討のために、朝廷が臨時に派遣する軍隊の総指揮官を意味したが、のちには幕府首長の職名となった。
> （『国史大辞典』）

「征夷大将軍」とは、もともと東国を討つ軍の将軍につけられた「官名」であった。時代とともに意味が変遷し、現在よく知られるように、源頼朝が鎌倉幕府を開いた後、征夷大将軍は、位であるとともに、朝廷とは別に幕府として政治を行う機関をさすようになる。太政官（律令制度における天皇直属の最高官庁）の審議を経ずに直接指揮する権限を有し、いわば、一国の国守や他の官位とは別格の、武家を統轄する地位を意味するといえる。

すでに義仲の時代にも、平安時代にこの位に任じられた坂上田村麻呂の武勲と名声により、この職の栄称的性格はあったと思われるが、後のように、幕府開設の名目、幕府首長の職名となるほどのものであったかは明らかでない。しかし、馬琴は『怪鼠伝』で、義仲がひたすら征夷大将軍を望む様子を描くことで、征夷大将軍を、馬琴の時代に認識される、幕府として政治を預かる立場になるような重みのあるものにした。その上で、義仲は「征夷大将軍は輙《たやす》く宣下有りがたし」と望みを断られ、他方、頼朝については、「前《さきの》兵衛佐《ひやうゑのすけ》頼朝《よりとも》朝臣《あそん》を征夷大将軍になされけり。」と、義仲はなれず、頼朝はなれたものとして描いているのである。

では、『怪鼠伝』における義仲が「征夷大将軍」になれなかったのはなぜか。『怪鼠伝』では、三井寺と比叡山の「戒壇」の問題になぞらえて、義仲が「征夷大将軍」になれなかったと描かれている。三井寺（園城寺）と比叡山の関係に、義仲と頼朝の関係をなぞらえて考えるならば、頼朝と義仲との大きな違いは、武家の棟梁の立場であるか否かである。武家の棟梁とは、次のように説明される。

棟梁の語義は建物の屋根の主要材である棟と梁から生じたもので、古くは一国の重臣を指し、やがて一族一門を率いるものの意に転じた。……武門が形成されるに至って、武門すなわち武士の一族を率いるものを「武門之棟梁」と称するようになった。……十一世紀から十二世紀にかけて、清和源氏の流れを汲む武門のなかで、特に源頼信の系統がその武力を強大化し、源頼義・義家らが「天下第一武勇之家」としてその特殊な武威を誇示し、天下に名声を得るに至って、この河内源氏の首長・統率者が、中央政権の武力構造の代表者とみられ、やがて彼らこそが武士階級全体の棟梁とみなされるようになる。……そして、その後の平氏の武力独占の時代に、平清盛に代表される伊勢平氏の一門が一時その地位を奪うが、十二世紀末に源頼朝が鎌倉幕府を創立し、「天下兵馬之権」を公的に掌握するに至って、源頼朝は名実ともに「武家之棟梁」の地位を得て、それ以後は武家政権である「幕府」の最高統率者を「武家之棟梁」とする称呼が定着した。

（『国史大辞典』）

頼朝・義仲が生まれた「河内《かわち》源氏」の家は、数ある武家の中で「武門之棟梁《ぶもんのとうりょう》」といわれる家であった。そして、その「河内源氏」の嫡流は、「義家」「為義」「義朝」と続き、この時は、その「義朝」の嫡男である「頼朝」が、源氏の棟梁となるべき立場であった。「義仲」は、「義朝」の子ではなく、「義朝」の弟の子であった。つまり、頼朝と義仲は、ともに河内源氏の棟梁である源義家以来の一門に所属する人間であったが、義仲は嫡流ではなく、頼朝と対等な立場ではなかった。では、義仲が征夷大将軍になれず、頼豪の怨霊に憑かれてしまったのは、その生まれた立場だけによる不幸なのだろうか。

六　なぜ怨霊となったのか

馬琴は、『怪鼠伝』で、頼朝が「征夷大将軍」に任命されて後の義仲を次のように描く。

義仲《よしなか》の怒気《どき》いよゝ煽《さかん》になりて、よろづあら〳〵しく言行《たちふるまひ》、俄頃《にはか》に洛中《らくちう》を乱妨《らんばう》して、摂家花門《せつかくわもん》の貴族をも屑《もの、かず》とせず。兼平《かねひら》これを諫《いさ》むるといへども、為久密《ためひさひそ》かに拄《さゝへ》し程《ほど》に、忠言《ちうげん》いたづら事となれり。その為体《ていたらく》、平家《へいけ》の悪虐《あくぎやく》にも過《す》ぎたりとて、三公百官《さんこうひやくくわん》、舌を掉《ふるつ》て怕《おそ》れあへるにぞ。上皇《じやうくわう》後白河の院を申す大いに驚《おどろ》きおぼして、山門《さんもん》の大衆《たいしゆ》に仰《おふ》せつかはされ、いそぎ義仲を誅罰《ちうばつ》あるべしと擬《ぎ》し給へば、義仲ます〳〵憤《いきどほ》りて、直《たゞ》に院《いん》の御所法住寺殿《ごしよほうぢうじとの》へ押《お》し寄《よ》せて、生北面《なまほくめん》、山法師《やまほうしら》等を散々《さん〳〵》に追ひちらせは、是彼度《これかれど》をうしなひて逃《にげ》まどひ、天台座主《てんだいざす》明雲僧正《みやううんそうぜう》は、敵《てき》の射《い》る矢《や》に命《いのち》を隕《お》とし、八条宮《はちでうのみや》も撃《う》たれたまひぬと聞《き》こえしかは、上皇《じやうくわう》大いに御周章《ごしうせう》あつて、且《しばら》く木曽《きそ》を寛《なだ》め給はん為に、猫間中納言光隆卿《ねこまのちうなごんみつたかきやう》を勅使《ちよくし》として、六条西洞院《ろくでうにしのとい》なる義仲の宿所《しくしよ》に遣《つか》はさる。

（巻之一第二套）

義仲の狼藉が増し、ついには「法住寺殿」（後白河法皇の御所）を攻めるにいたる様子を描く。京に入る前、「平家を討ち亡ぼして、禁闕（御所）を守護」すると願っていた義仲は、禁闕を守護するどころか、禁闕を攻撃するまでの暴れぶりを見せる。そして、この行為は、天皇を守り、国家の安泰を維持するという「武士」の本来の存在意義を自己否定する行為である。

さて、『怪鼠伝』において、頼豪伝説における頼豪は次のように描かれていた。

頼豪是を怒りて、……即身に大魔縁と成りて、玉体を悩まし奉り、山門の仏法を滅ぼさんと云ふ悪念を発して、……其の怨霊果たして邪毒をなしければ、頼豪が祈り出し奉りし皇子、いまだ御母后の御膝の上を離れさせ給はで、忽ちに御隠れ有りけり。その後、頼豪が亡霊、忽ちに鉄の牙、石の身なる、八万四千の鼠と成りて、比叡山に登り、仏像経巻を噛み破りける間、これを防ぐに術なくして、頼豪を一社の神に崇めてその怨念を鎮む。鼠の禿倉これなり。

（『怪鼠伝』巻之八下増補引用辞書要語）

頼豪の霊は、天皇に皇子が生まれ国家が安寧に続くよう祈っていたはずが、自らが教えるべき「仏法を滅ぼ」すという悪念を起こし、皇子を死なせ国家の安寧を乱す。これは人々の安寧を願い、人々に教えるべき天台の「経巻」を破るという「僧」の根幹を自己否定する行為である。

『怪鼠伝』では、頼豪、義仲はそれぞれ、「戒壇」「征夷大将軍」を望み、ともに望みが叶えられなかったことを怨み、本来の存在意義を自己否定する行動をおこしている。馬琴は、たまたま不運で、無念があったから怨霊が発生すると書いているのではなく、執着のあまり目的を失い自己否定する心に「鼠の怨霊」が巣くう様子を描いているのである。つまり、自らの欲が実現しないことに不満をいだくに止まらず、さらに山門の仏法を滅ぼし、禁闕を攻撃するに至って自己の存在意義を見失うという一線を越えた時に、その心に怨霊が生まれるとしているのである。義仲は、ただ怨霊に取り憑かれた不幸な被害者に止まらないのである。

馬琴は、それを示唆する円珍の挿話を『怪鼠伝』に入れている。鼠の奇術を破る「金の猫」の設定である。『平家物語』の「猫間」のくだりを入れるなど描かれ方は複雑であるが、鼠の術は猫で破るというたわいもない設定である。しかし、馬琴が「金の猫」の典拠として説明する、『東鑑』の西行が頼朝から受けた「銀の猫」とは違い、この円珍の挿話は、馬琴の創作であり、重要な意味を持っていると考えられる。頼豪の怨霊は、義仲の死後、今度は義仲の子である義高にとりつく。この時に、頼豪の怨霊が、自分の鼠の奇術を破るものとして、「金の猫」の由来を語る。

昔《むかし》天台《てんだい》の圓珍《ゑんちん》、異朝《もろこし》に経《きやう》を得《え》て帰朝《きちやう》のとき、船中《せんちう》鼠に仏経《ぶつきやう》を噛《か》み破《やぶ》られん事を愁《うれ》ひ、紫磨金《しまきん》をもて、一つの猫《ねこ》を造《つく》り、是《これ》を船中に安置《あんち》す。件《くだん》の猫おのづから霊《れい》あって、その在るところ、群鼠《ぐんそ》穴《あな》を出《い》でず。

（『怪鼠伝』巻之三第七套）

円珍は、比叡山の僧で、中国から経典を持ち帰り、天台座主にもなった高僧である。『怪鼠伝』で「戒壇」が許されずに怨霊となった頼豪の属する三井寺の祖でもある。馬琴は、怨みによって自らが守るべき「経巻」を食い破る鼠の怨霊になった頼豪のいわば宗教上の祖である円珍は、その辛苦にもかかわらず、「経巻」を大事にし、最も守るべき「経巻」を守る猫、すなわち鼠の怨霊の奇術を破るものをつくっていたとしているのである。そして、この物語では、結局義高は、猫間光実の「金の猫」により妖鼠の術を破られるのである。

この挿話からも、頼豪が最も守るべき「経巻」を噛み破る鼠の怨霊と化したのは、欲のために人々の安寧のための仏の教えを守り伝えるという本来の目的を見失い心の邪にとりつかれたからであることがわかる。つまり、『怪鼠伝』において、鼠の怨霊とは、地位や名声を望むあまり、本来の自分の存在意義を失っていく自らの心を意味し、それを破る猫とは、自らの心をあやまちから諫め守ってくれるものを意味する。

義仲が怨霊に取り憑かれたのは、嫡流でないというだけでも、頼朝に追いつめられた不幸でもなく、自らが征夷大将軍になれないのであれば、天皇や都の安全をおびやかすという、武士の存在意義を失う心におちいったためであった。

七　『頼豪阿闍梨怪鼠伝』における鼠の怨霊とは

馬琴は、同じ天台宗でありながら比叡山に対抗意識を持ち戒壇を願った頼豪の伝説に合わせて、同門でありながら頼朝に対抗意識を持ち征夷大将軍を願う義仲像を描いた。

頼豪、義仲が望んだものは、それぞれ仏教界と武士の世界における最高位であった。しかし、その最高位とは、単なる位の高さとして望むべき地位や富ではない。「戒壇」は、人々を仏の道に導く僧侶という立場を認定するという仏教界を統べる地位、「征夷大将軍」は、国家の安泰を守るための武士を統べる地位であった。頼豪、義仲の行為は、この最高位を望み、かなわぬ時は、ともに、自らが属する集団を分裂させ、自らが独立するという意味を持つ行為であった。つまり、馬琴は、仏の道に導くとか国家の安泰を守るというそれぞれの目的のために「戒壇」、「征夷大将軍」

という仏教界、武家の世界を統べる立場に立とうという望みを持ったはずが、その望みにこだわって逆に己れの存在意義をこわし、自らを滅ぼす頼豪と義仲、さらに義高の話を描いた。

馬琴は作中で「妖は徳に勝たず」と記す。これは文字通り、「妖」の力が勝つことはありえないという意味である。馬琴は、「怨霊」の存在は、突然不幸にして降りかかる天災のようなものではなく、自らの心に起因するものとして描いた。しかも「怨霊」に憑かれた義仲・義高は、怨みを抱く相手に祟り滅ぼそうとするが、結局は自分自身が滅ぼされており、「怨霊」にとり憑かれるものが「怨霊」に祟られ滅ぶよう描かれる。つまり怨霊になる（あるいは奇術を身につける）こと自体が、すでに自らの心に巣くう邪な心に祟られているという構造になっている。

それでは、なぜ「鼠」の怨霊であったのか。馬琴は、『怪鼠伝』で、「家に鼠あり、国に賊あり」ということわざを書いている。この『怪鼠伝』で描かれるのは、天台宗の中にありながら、経典を噛み破り天台宗を壊そうとする鼠となる頼豪の怨霊の伝説を用いて、源氏の中にありながら法住寺（後白河法皇の御所）を襲い、天皇や国家の安全を守るという源氏の家の存在意義を壊そうとする義仲である。それは、仏法の教えに背く堕落した僧侶を戒めたり、天皇や都の平和を壊す敵と戦う話ではなく、内から壊そうとする存在の話であり、まさに「鼠」の問題なのである。

『怪鼠伝』の「鼠」とは、鼠の持つ「家の内にあって害をなすもの」という意味を「外」なる敵ではなく「内」なる敵を意味するものとした。「内」の意味するところは、天台宗、河内源氏といった同門の中ではびこるものという意味をもたせた。しかも「鼠」の持つ「どのような家でも防ぎようがないもの」という要素をどのような世界（宗教・武士その他）にも入り込む存在とし、鼠のどんどん増えるという性質を、人間界の鼠も油断すればどんどん増える存在としている。さらにいえば、「内」とは、同門よりさらに「内」、すなわち自らの心でもある。

人間には、より高い地位につきたい、より富を得たいなど多くの欲がある。欲じたいは人間である以上誰しも持つものであろう。その欲が高じて、自らの存在意義を失うまでになった時に、怨霊が憑くのである。怨霊伝説の頼豪は、望みが叶わなければ皇子を祟り殺し、『怪鼠伝』の義仲は望みが叶わなければ御所を焼く。つまり、本来、国家の安寧を願う立場にある仏教界、国家の平和を維持する武家という本来の意義を崩壊させる行為に及んだときに怨霊として滅びる運命となる。これを家にいて害をなす鼠にたとえて、内なる存在によって害される鼠の怨霊としたのである。『怪鼠伝』で、最後には、頼朝によって、義高は義仲が討たれた正当性を理解する。頼朝は自分の空衣を刺させることで、親の仇を討つかわりとした上で義高を討たず命を助ける。父である義高は、自らの心に巣くう怨霊によって滅びるが、子であるがゆえにそのあやまった怨みを引き継いだ子の義高は、頼朝によりその怨霊から放たれ救われるのである。

こうして、結末において、頼豪の怨霊は鎮められ、平和がもたらされる。そして、この義仲、義高親子に憑いた頼豪の怨霊は、治世を行うことになる頼朝にとって、「家に賊あり、国に賊あり」の存在を意味し、それを鎮めることで頼朝は、国家の安全を守る真の征夷大将軍となるのであった。

【参考文献】 本文に掲記したもののほか

鳥山石燕『鳥山石燕画図百鬼夜行全画集』（角川書店〈角川ソフィア文庫〉、二〇〇五年）

清水由美子「頼豪説話の展開―延慶本『平家物語』を中心に」（『続・平家物語の成立』一九九九年）

『源平盛衰記』（三弥井書店、全八巻）

『吾妻鏡』（吉川弘文館　国史大系三二、三三　吾妻鏡　新訂増補）

歌川国芳の描いた猫

藤澤　茜

此図は猫の絵に妙を得し一勇齋の写真の図にして
これを家内に張おく時には
鼠もこれをみればおのづとおそれをなし――

江戸後期に活躍した歌川国芳《うたがわくによし》〔一七八六～一八六四〕は、実に発想豊かな浮世絵師である。『水滸伝《すいこでん》』の登場人物を見事な彫物とともに表現した「通俗水滸伝豪傑百八人《つうぞくすいこでんごうけつひゃくはちにん》之《の》一個《ひとり》」シリーズで一躍人気を博し、巨鯨や巨大な骸骨を描いた武者絵、たくさんの人が集まって一人の人物を構成する戯画《ぎが》等を発表し、「武者絵の名手」「戯画の名手」として独自の路線を開拓した。国芳はまた、猫を描いた絵師としても有名だ。弟子の河鍋暁斎《かわなべきょうさい》〔一八三一～八九〕は七歳で入門した頃の図として、懐に猫をしのばせ数匹の猫に囲まれる国芳の姿を描いており（『暁斎画談《きょうさいがだん》』）、古くからの弟子芳宗《よしむね》の聞書には、国芳が飼い猫の位牌や過去帳を仏壇に供えたことや、猫の死後供養を頼むよう深川の寺に使いに出されたこと等が語られている。[※1]これらの逸話からも伝わる、真の猫好き国芳。彼の描く猫は愛らしく、時にユーモラスだ。

文鳥や翡翠《かわせみ》といった鳥と花と組み合わせた「花鳥画《かちょうが》」が一つのジャンルとして確立されるように、動物を描いた浮世絵は少なくない。荷を運ぶ牛や馬、特に野良の多かった犬は風景画に描かれ、女性に愛玩された狆《ちん》と猫は美人画に描かれることが多い。本稿で取り上げる猫の場合、鈴木春信《すずきはるのぶ》や礒田湖龍斎《いそだこりゅうさい》、初代歌川国貞《うたがわくにさだ》等にも作例があるが、国芳ほど多彩な猫の表現をした絵師はいない。美人画のみならず擬人化や戯画、役者見立絵といった独自の猫の世界を、国芳は創っていった。

本稿では、江戸庶民の持つ猫のイメージをとらえた上で、国芳の猫の図を主題ごとに分類し、その表現方法の特質について検証したい。そして、国芳にとって猫を描くことにどのような意味があったのかを探ってみたい。

一　猫のイメージ──鼠除け・化け猫

猫と人類の出会いは、紀元前一六〇〇年のエジプトまで遡るという。神としても扱われた猫は、「鼠を捕る」という実用的な面で重宝されるようになる。日本の猫も、奈良時代に中国から経典を持ち帰る際に鼠除けとして持ちこまれたといい、平安時代には唐猫（家猫）が貴族に愛好された。江戸時代には、将軍や大名が大型の洋犬を好んで飼育したのに対し、武家の奥方や芸者、遊女といった女性が猫や狆を愛好したという。[※2] 大奥では天璋《てんしょう》院《いん》篤姫《あつひめ》も飼ったと伝わるが、庶民の間でもさかんに飼育された結果、猫は江戸時代にようやく韻文（主に俳諧）や絵画の主題としても浸透していく。[※3] 猫には多様なイメージがあり、「くどかれて娘は猫に物をいい」（『川柳評万句合勝句刷』明和四年）と詠まれるなど、女性や恋愛を暗示するほか、長寿・招福の象徴として蝶とともに描かれることもある。猫が顔を洗うと来客があるとの俗信から「招き猫」が誕生し、江戸中期以降人気を集めた。恩返しをする動物ともいわれ、人間にご利益をもたらす存在である一方で、猫には「化け猫」のイメージも付随する。猫が死人（棺桶）を飛び越えると死者が蘇る、猫に鏡を見せると化ける等の負の言い伝えも多く、猫の怪異性や死との結びつきは看過できない。珍しい三毛猫の雄は化け猫になるとされ、歌舞伎の題材となり役者絵にも描かれた（後述、【図3】）。

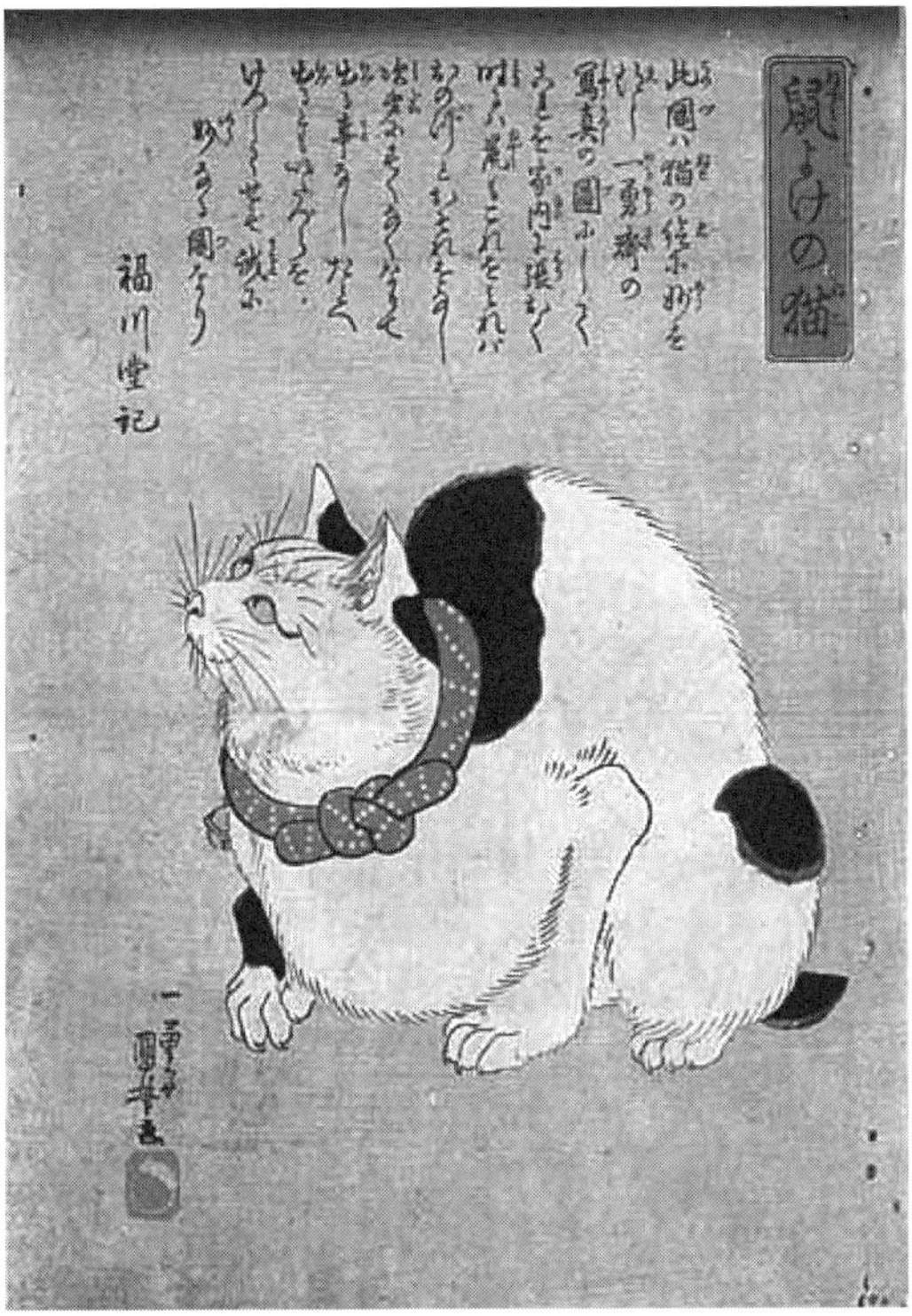

図１　「鼠よけの猫」　歌川国芳画　東京国立博物館蔵
Image:TNM Image Archives Source:http://Tnm Archives.jp/

江戸庶民の生活の中でも、猫は鼠を駆除

する存在として重宝された。『武江年表《ぶこうねんぴょう》』や随筆『一話一言』に記されるように、鼠除けのまじないとして「猫絵」を描く専門の絵師がいたことは興味深い。養蚕業でも鼠は大敵とされ、養蚕のさかんな上野新田でも鼠除けの「新田猫」が描かれ、また養蚕を描いた浮世絵にも猫がよく登場するとの指摘がある。[※4]だが鼠除けを目的とした浮世絵の作例は乏しく、国芳の描いた「鼠よけの猫」【図1】（天保十二年（一八四一）頃）は珍しい図といえる。福川堂（板元川口屋宇兵衛）の詞書には「此図《このづ》は猫《ねこ》の絵《え》に妙《めう》を／得《え》し一勇齋《いちゆうさい》の／写真《しやううつし》の図《づ》にして／これを家内《かない》に張《はり》おく／時《とき》には鼠《ねずみ》もこれをみれば／おのづとおそれをなし／次第《しだい》にすくなくなりて／出《いづ》る事《こと》なしたとへ／出《いづ》るともいたづらを／けつしてせず　誠《まこと》に／妙《めう》なる図《づ》なり」と記され、国芳の猫の図の人気ぶりが伝わる。「写真」とあるように、かわいい顔つきに反して上部を見上げる鋭い眼差し、傾けた耳、丸めた背中や今にも跳躍しそうな足元など、猫の野性が瞬間的にとらえられている。猫の面白いところは、こうしたハンターとしての腕を見込まれながら愛玩《あいがん》動物の地位も得ていた点で、その両方が見事に表されている。

二　国芳の描いた猫

では、国芳の猫の図を具体的に検証していこう。管見の限り、猫を描いた作品は一枚絵、団扇絵《うちわえ》（切り取り団扇に貼って使用する）、狂歌摺物《きょうかすりもの》など八十図以上が確認される。女性と猫を描いた文政末頃の摺物が早い例と思われるが、多くは奢侈《しゃし》禁止、風紀粛正をうたった天保の改革前後に集中している。改革後には役者絵や遊女の絵の出版が禁止され、教訓的な内容の美人画がしばしば刊行されたが、国芳はその中に猫を巧みに登場させ、さらに猫に関する戯画も発表した。国芳の猫の図については、津田眞弓氏による次の分類があり、[※5]この分類に従って国芳の猫図の特徴を考えたいと思う。

Ⅰ　擬人化した猫（動物のままの姿）。猫そのものが着物を着て、人間に等しい動きをしているもの。
Ⅱ　擬人化した猫（役者の似顔）。擬人化した猫の顔の部分が、役者の似顔になっているもの。役者の戯画。
Ⅲ　遊び絵に取り入れたもの。猫をもって文字をかたどったり、影絵にしたてたり、地口を用いて洒落たりするもの。
Ⅳ　猫のいる風景・点景、または場面を構成する要素として描かれたもの。区分は難しいが二つにわけaは人物や風景を主とする（美人画など）。bは芝居や物語の場面を主とする（『独《ひとり》道《たび》中五《ご》十三駅《じゅうさんつぎ》』古寺の怪猫など）。
Ⅴ　動物としての猫（猫そのものを描いたもの）。

ⅣとⅤは国芳以外の絵師にもよく見られる描き方、ⅠからⅢは国芳ならではの個性が発揮される描法といえる。ここでは大まかにこの二つに分類し、前者をAグループ（津田氏分類Ⅴの例には「鼠除けの猫」【図1】が挙げられるが、先述のためここでは論を省く）、後者をBグループとして該当する国芳作品の特質について考えてみよう。

【Aグループ】

①美人画について

まず他の絵師にも作例の多い美人画を取り上げ、そこに盛込まれた国芳独自のメッセージを読み解きたい。

猫が室内で飼われるという習慣から、美人画に登場する猫の多くは「室内の情景」を暗示する存在として描かれている。国芳は美人画の揃物にも猫を巧みに登場させ、例えば全国の山海の珍味や名産品と美女をとりあわせた揃物「山海愛度《めでたい》図会《づえ》」（嘉永五年（一八五二））の場合、魚介類の図に猫を配している。「はやくきめたい　播州高砂蛸」では占いを見る娘の奥に、「ゑりをぬきたい　遠江須之股川鰻」では着物を整える女性が見る手鏡の向こう側に猫が配され、「ヲ、いたい　越中滑川大蛸《えっちうぬめりがはのおほだこ》」では娘にじゃれて飛びつく姿が描かれており、各図趣向がこらされる。また「しら

図2　「時世粧菊揃　こどもがあるかときく」
歌川国芳画　国立国会図書館蔵

せをきく」「きてんがきく」など「〜きく」という副題で統一した揃い物「時世粧菊揃《いまやうきくそろひ》」（弘化頃）には、猫の親子を主軸に据えた「こどもがあるかときく」【図2】という図がある。桃樹園琴瓶の狂歌に「もらはるゝ先を案じる親心これも子故にまよふ雉子《きじ》猫」とあるように、親子の猫が描かれるのは興味深い。飼い猫の生んだ子猫を飼うことを忌む習慣があったとされ、※4猫を手放す光景はよく見られたのだろう。娘が懐に入れるのは、もらわれていく猫であろうか。別の子猫に乳をやる親猫は、子別れを知らないのか穏やかな表情で描かれるのが印象的だ。猫を飼っていた国芳らしい着眼点の図といえよう。

また歴史上の女性を描いた「賢女烈婦伝《けんぢよれつふでん》」（弘化頃）シリーズの一図に、絵を得意としたという大納言行成女が登場するが、その蝶の絵の見事さに、本物と勘違いして猫が飛びつく様などは実に生き生きと描かれている。女性と猫の組み合わせは団扇絵にも見られ、弘化（一八四四〜四八）頃に出版された「園中《えんちう》八せん花《くわ》」「鏡面美人尽し　娘と猫」「新良万造」「五行之内　針の金性」などの佳作がある。

図３　「日本駄右衛門猫之古事」歌川国芳画　東京都立中央図書館東京誌料文庫蔵

②役者絵・物語絵

歌舞伎を描いた役者絵にも、猫は登場する。その大部分は『独道中五《ひとりたびご》十三駅《じゅうさんつぎ》』（文政十年（一八二七）初演）、『梅初春五十三駅《うめのはるごじゅうさんつぎ》』（天保六年（一八三五）初演）など化け猫の登場する芝居を描いている。『尾上梅寿一代《おのえきくごろういちだい》噺《ばなし》』（弘化四年（一八四七）初演）に取材した「日本駄右衛門猫之古事」【図3】は、化け猫に扮する尾上梅寿（三代目尾上菊五郎）を中央に配し、背後には巨大な猫が迫力いっぱいに描かれる。行燈に写る怪しげな猫のシルエットや、手拭をかぶって踊る三毛猫は、怖さの中にユーモアを与える役割を果たしている。なお国芳は、この芝居にちなんだと思われる化け猫の踊る姿を、壁の落書きに見立てて役者を描いた「荷宝蔵壁《にたからぐらかべ》のむだ書《がき》」（弘化四年）にも登場させている。

もう一図、歌舞伎をテーマにした作品を取り上げたい。歌舞伎の場面を別の事物になぞらえた見立絵で、原典に登場しない猫を効果的に配した作品「見立てうちん蔵　七段目」【図4】（弘化末〜嘉永初）である。赤穂浪士の仇討事件を仕組んだ「仮名手本忠臣蔵《かなでほんちゅうしんぐら》」全十一段の各場面を、提灯を用いてアレンジした揃物の一図で、「忠臣」と「提灯」をかけた言葉遊びによる趣向である。※6【図4】の原拠は、主君の仇討を志す大星由良之助《おおぼしゆらのすけ》が遊興を重ねて真意を隠す中、縁先で読み始めた仇討の密書を、縁の下で

図４　「見立てうちん蔵　七段目」
歌川国芳画　国立国会図書館蔵

敵方の密偵斧九太夫《おのくだゆう》が、二階から遊女おかるが手鏡に映して読むという人気の場面だ。国芳は、右上の提灯に手鏡を持つ遊女（おかる）を配し、その視線に気づいて慌てて文を隠す振袖姿（由良之助の紋「二つ巴」を意識した模様）の娘を描いている。国芳と親交の深い梅屋の狂歌「見られしと人にこゝろを置ごたつあとやさきなる文の言訳」も示唆するように、文は男性からのものだろう。九太夫に見立てられるのは、炬燵の中から顔を出し小さな手で文を押さえる猫である。由良之助を娘に、縁先を室内に転じ、室内の娘にふさわしく猫を組み合わせたのが洒落ている。なお、国芳はこの揃物の三段目、進物の場面の見立絵にも、届けられた魚や鮑《あわび》に歩み寄る猫を描いている。

物語に登場する猫については、『源氏物語』「若菜　上」の女三宮の逸話が多く浮世絵に描かれている。桜咲く六条院で蹴鞠《けまり》をする柏木衛門督が、猫が御簾を巻き上げたため光源氏に降嫁した女三宮を垣間見るという劇的な場面で、猫を猿や狆に置きかえた湖龍斎、歌麿の作品も確認できるなど、絵師たちはこぞって工夫を凝らした図を残した。

国芳の「源氏雲浮世画合《げんじくもうきよゑあはせ》　若菜《わかな》　下　桜丸女房八重」【図5】（弘化頃）は、上部のこま絵に『源氏物語』各巻を象徴する事物と和歌を示し、そこから連想される歌舞伎の登場人物を描く揃物の一図である。「菅原伝授手習鑑」三段目に、桜丸の妻八重が義父白太夫の七十歳の祝いの折に若菜を摘んで仕度をする場面があり、それを「桜」の咲き誇る「若菜」巻の情景に結び付けたものである。

図５　「源氏雲浮世画合　若菜　下　桜丸女房八重」
歌川国芳画　国立国会図書館蔵

本図には、図の内容と和歌、タイトルの間にある齟齬が見られる。こま絵の蹴鞠とじゃれつく猫が明らかに「若菜　上」の逸話を示すのに対し、本図のタイトルは「若菜　下」とあり、記される和歌もこの巻で詠まれるという点だ。本図に限らず、他の浮世絵でも女三宮の猫のエピソードは「若菜　下」の場面として描かれることが多い。その理由は、浮世絵が『源氏物語』の梗概本の挿絵に影響を受けているためであろう。この逸話は、古活字版『源氏小鏡』などの梗概本では「若菜　下」において語られ、挿絵も掲載されている。浮世絵もこれに倣ったのではないだろうか。

本図の表現で注目されるのは、この場面に取材した浮世絵の多くが白と黒の斑猫《ぶちねこ》を描くのに対し、国芳が三毛猫を描く点である。三毛猫は基本的に雌であり、女性を象徴する存在として文学作品等に登場する。[※7] こま絵では三毛猫が女三宮を、蹴鞠が柏木自身を象徴しており、猫が鞠遊びに興じるという簡潔な構図ながら、二人の不義そのものも暗示されている。国芳は同じシリーズの「柏木」の図にも赤い首輪をつけた三毛猫を描いており、三毛猫のイメージを巧みに用いながら、若菜、柏木の巻における物語の連続を猫によって示している。

国芳は他にも「三十六歌仙　童女京君鏡　紀友則」（弘化頃）、「七小町　雨こい小町」（安政二年（一八五五））など物語や和歌に関する女性と猫を結びつけた作品を残している。女性と猫、これが猫の図を読み解く一つのキーワードとなることが、以上の例から導きだされる。

【Bグループ】

他の絵師にも作例のあるAグループと異なり、国芳の独自性が発揮されるのが、津田氏分類Ⅰ、Ⅱの「擬人化」とⅢの「遊び」の手法であろう。身近に猫がいた国芳ならではの、細密な観察眼と猫への愛着による表現といえる。

図6　「猫のすゞみ」団扇絵　歌川国芳画　東京国立博物館蔵
Image:TNM Image Archives Source:http://Tnm Archives.jp/

①擬人化

平安時代の『鳥獣人物戯画《ちょうじゅうじんぶつぎが》』をはじめ、戯画において動物の擬人化はよく行なわれる。狸、金魚、蛸、雀をはじめ動物の擬人化を好んで行なった国芳は、中でも猫を多く擬人化し、一枚絵、団扇絵、合巻《ごうかん》など多くの作品に登場させている。

団扇絵「猫のすゞみ」【図6】（天保十二年頃）は、雄と雌の描き分けや、客と芸者、船頭というキャラクターが巧みに表現され、タイトル部分の縁どりに鰹節を描くなど、猫にちなんだ模様も楽しい図である。夏に販売される団扇絵にふさわしく、夕涼みの名所両国橋を背景に、客を乗せた船と出迎える芸者を描く。芸者の猫は女性らしく、すっきりとした輪郭と切れ長の眼が印象的だ。猫の眼については、江戸時代の辞書『倭訓栞《わくんのしおり》』（安永六年（一七七七）刊）等に記されるように、時間（実際には光）によって瞳孔が変化すると考えられていた。国芳は図によって猫の瞳を描き分けており、この猫も光の乏しい夜の景に合わせて瞳孔が縦に細く表現されている。絽か紗のような薄手の着物には鮑と鰻の模様があり、船頭も蛸の碇模様の浴衣姿で腰にかけた手拭に「又たび」の文字が見えるなど、猫の好物が配されている。後ろの客は小判を散らした浴衣姿で、金持ちを示すとともに諺「猫に小判」のしゃれとなっている。猫たちの会話までが聞こえてきそうな逸品である。

②歌舞伎役者の似顔で描く

江戸中期以降、役者絵には似顔表現が用いられ、役者のブロマイドの役割を果たすようになった。役者絵も多く手掛けた国芳は、天保後期に猫や魚等の顔を役者似顔で描く作品を発表した。[※8] 特に団扇絵「猫の百面相」（天保十二年頃）は、合巻『花紅葉《はなもみじ》錦《にしきの》伊達傘《だてがさ》』（美図垣笑顔作、歌川芳艶画、天保十三年刊）にも取り上げられる程の人気であった。[※9] この趣向は、合巻『朧月猫草紙《おぼろづきねこのそうし》』（山東京山作、天保十二～嘉永元年〔一八四一～四八〕）や、一枚絵の揃物「流行猫《ねこ》の戯《たはむれ》」（弘化～嘉永、伊場屋仙三郎板）等の作品にも用いられた。「流行猫《ねこ》の戯《たはむれ》かゞみやな草履恥《ざうりはぢ》の段《だん》」【図7】は、弘化四年三月江戸市村座上演「初桜《はつざくら》尾上《おのえ》以丸藤《いわふじ》」に取材し、中老尾上（左・十二代目市村羽左衛門の似顔）がお家乗っ取りを企む局岩藤（右・五代目沢村宗十郎の似顔）

図７　「流行猫の戯　かゞみやな草履恥の段」
歌川国芳画　東京都立中央図書館東京誌料文庫蔵

に草履で打たれる場面を描く。本図は『朧月猫草紙《おぼろづきねこのそうし》』六編（弘化四年刊）の表紙と同じ配役・趣向（岩ぶち（岩藤をもじった名）が鮑を振り上げ、衣装の藤の花房が鰻の頭で表現される点も合致）であるとの指摘があり、※10 さらに上部の詞書も同合巻の内容をふまえるなど、小説と一枚絵がシンクロした興味深い例である。さらに本図の岩藤の裲襠《うちかけ》には、「岩ふち」の「ふ」の字の右上に鈴が二つ濁点のように配され、尾上の裲襠にも「上」という文字に鈴が用いられる等、猫らしい趣向が凝らされている。

また本図の表現に注目すると、二人の頭に鬘を表すような黒い斑が描かれることに気付く。※11 この表現は女形の役者や特徴のある鬘を使用する役を見立てる際によく見られ、猫の斑模様が鬘を示す効果的な手法として用いられている。

図８　「（流）行猫の狂言づくし」
歌川国芳画　東京都立中央図書館東京誌料文庫蔵

③歌舞伎の登場人物に模す

「流行猫の狂言づくし」（天保後期）【図８】は、芝居に取材するが役者似顔絵ではなく、歌舞伎の登場人物に扮して擬人化された猫が登場するという趣向である。右下の枠内では、歌舞伎における頭取と思しき小判柄の裃を着た猫が、新工夫の猫の狂言を演じると口上を述べており、それぞれの役にちなんだ擬人化の表現も面白い。上部は「夏祭浪花鑑《なつまつりなにわかがみ》」に取材し、団七九郎兵衛（右）と一寸徳兵衛（左）の諍いをつり船の三《さ》ぶ（中央）が止めに入る著名な場面を描く。団七は腕や腿に彫物をするのが決まりで、本図ではその部分が黒い斑で表現されている。衣装は団七、徳兵衛ともに芝居と同じく弁慶縞の着物である。中央右で手拭を引きあう男女は、小いな（右）と半兵衛。小判を花形にした模様の揃いの着物姿で、小いなの猫には頭に鬘を表す黒い斑がある。左は「近頃河原達引《ちかごろかわらのたてひき》」の猿回し与次郎で蛸模様の着物姿、猿も猫として描かれる。左下は「仮名手本忠臣蔵」五段目、斧定九郎《おのさだくろう》（右）が五十両の入った与市兵衛の財布を奪う場面を描く。定九郎は顔を白塗りにして月代が伸びた五十日という鬘をつけるため、本図でも白い顔と頭の黒い斑との対比が際立っている。歌舞伎の登場人物を猫に置きかえるだけではなく、鬘や彫り物を斑で表現するといった、歌舞伎を熟知した上での細やかな工夫は、芝居好きの江戸っ子にとって楽しいものだったであろう。

④見世物を描く

歌舞伎と同様、江戸時代の娯楽として人気のあった見世物も浮世絵の重要な画題であり、国芳も多くの作品を残している。先述の合巻『花紅葉錦伊達傘』序文にも記される、菊川国丸による鞠の見世物（天保十二年三月、浅草奥山で興行）に取材した「流行猫の曲手まり」「流行猫の曲鞠」では、鞠遊びを好む猫との組合せの妙とかわいらしい仕草が巧みに表現されている。

⑤遊び

多くの戯画を手がけた国芳は、思わず微笑んでしまうような猫の図も残している。

猫を集めて平仮名を表現する戯画「猫《ねこ》の当字《あてじ》」（弘化頃）は、多様な毛色の猫が色々なポーズで描かれ、体の柔らかな猫の特性を生かした構図が楽しい。「なまづ」【図9】では、タイトル部分の枠に鯰と瓢箪を配し、赤い首輪をつ

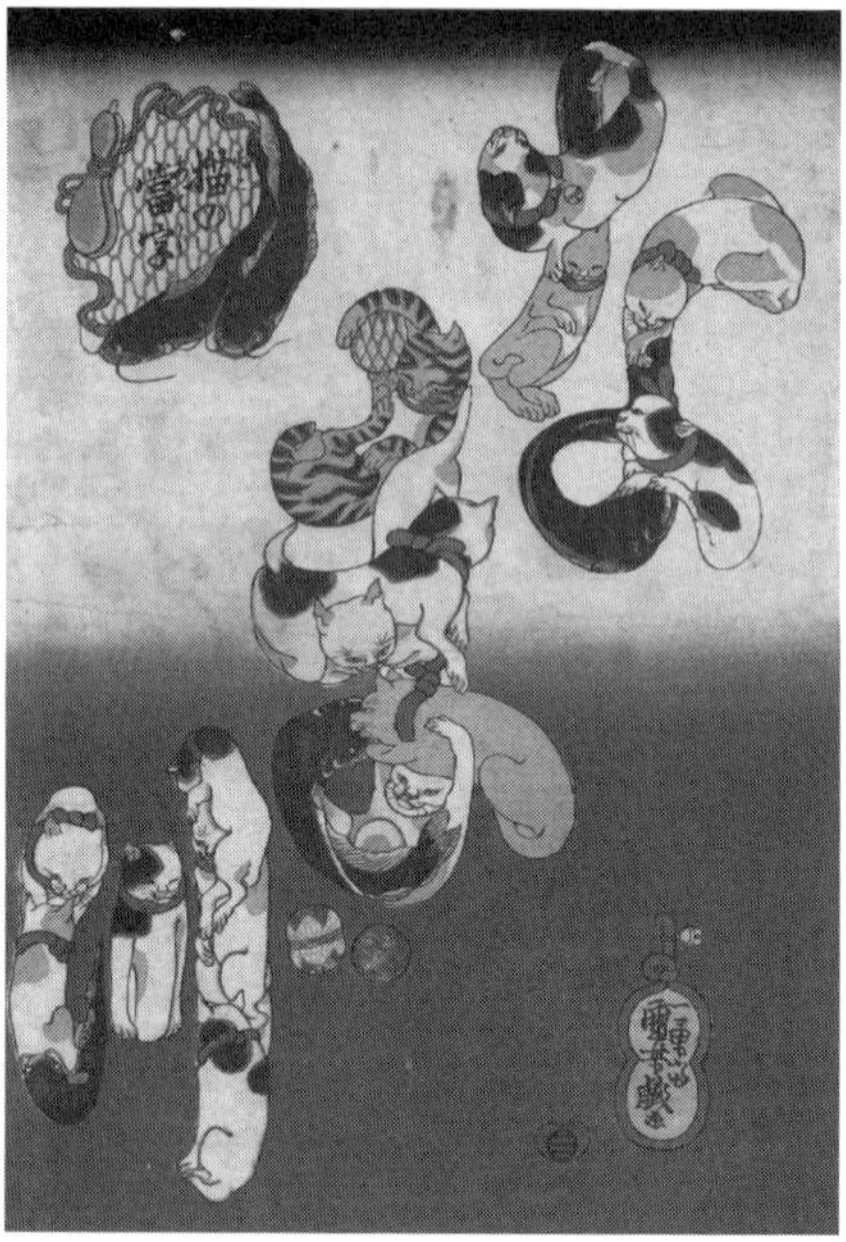

図９「猫の当字　なまづ」
歌川国芳画　山口県立萩美術館・浦上記念館蔵

けた飼い猫たちと鯰がおりなす仮名が巧みに描かれる。「づ」の濁点は猫にちなんで鞠で表わされ、右下の赤い紐と鈴で囲われる落款《らっかん》部分も猫の首輪を連想させる。他に「たこ」「かつを」「ふぐ」「うなぎ」の四図が確認でき、猫の好きな魚介類をモチーフにした、変化球をきかせたシリーズとなっている。

　国芳の作品の中でも特にバリエーション豊かな猫が描かれるのが、「其《その》まゝ地口《ぢぐち》　猫飼好《みやうかいこう》五十三疋《ごじうさんびき》」〔通称「猫の五十三次」、嘉永元年〔一八四八〕頃〕【図10】である。東海道の基点の日本橋、終点の京都に五十三の宿場を加えた五十五の地名とその地口を示し、それに合った猫の様を描くもので、桃色の背景が愛らしさを際立たせている。ここでは国芳の遊び心を堪能するとともに、具体的な猫の描写についても触れたい。

　本図は右から上中下の三枚続で、右図のタイトル部分の、疑宝珠《ぎぼし》のついた橋の欄干の形は、日本橋をイメージしたものである。便宜上宿場の順に①〜55の番号を付けて【図10】と並べて図示し、その番号に従い各宿場の地口を記す。分かりにくいものには〔　〕内に漢字を当てた。

【上】①日本橋〔二本だし〕・②品川〔白かを〔白顔〕〕・③川嵜〔かばやき〕・④神奈川〔かぐかは〔嗅ぐ皮〕〕・⑤程ケ谷〔のどかい〔喉痒い〕〕・⑥戸塚〔はつか〕・⑦藤澤〔ぶちさば〔斑鯖〕〕・⑧平塚〔そだつか〕・⑨大磯〔おもいぞ〕・

⑩小田原〔むだどら〕・⑪箱根〔へこね（凹寝）〕・⑫三嶌〔三毛ま（魔）〕・⑬沼津〔なまづ（鯰）〕・⑭原〔どら〕・⑮吉原〔ぶちはら（斑腹）〕・⑯蒲原〔てんぷら（天麩羅）〕・⑰由井〔たい（鯛）〕・⑱興津〔おきず〕・⑲江尻〔かぢり〕【中】⑳府中〔むちう（夢中）〕・㉑鞠子〔はりこ〕・㉒岡部〔あかげ〕・㉓藤枝〔ぶちへた（斑下手）〕・㉔嶋田〔なまだ〕・㉕金谷〔たまや（玉や）〕・㉖日坂〔くつたか（食ったか）〕・㉗掛川〔ばけがを（化け顔）〕・㉘袋井〔ふくろい（袋入）〕・

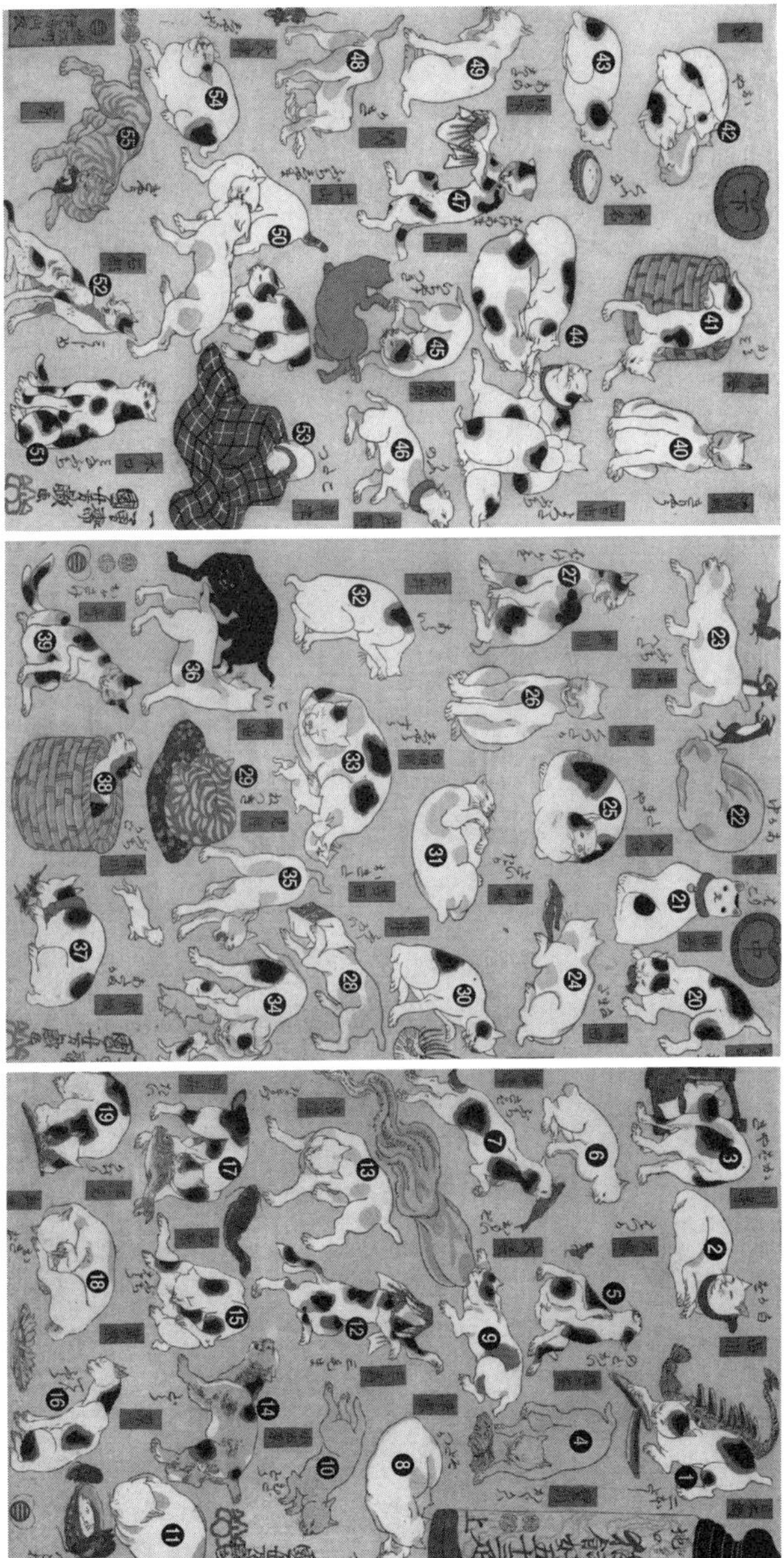

図10 「其まゝ地口　猫飼好五十三疋」
歌川国芳画　渡邊木版美術画舗蔵

㉙見付〔ねつき（寝付き）〕・㉚濱松〔はなあつ（鼻熱）〕・㉛舞坂〔だいたか〕・㉜荒井〔あらい（洗い）〕・㉝白須賀〔じやらすか〕・㉞二川〔あてがふ（宛がう）〕・㉟吉田〔おきた〕・㊱御油〔こい（来い・恋）〕・㊲赤坂〔あたまか〕・㊳藤川〔ぶちかご（斑籠）〕・㊴岡嵜〔おがさけ（尾が裂け）〕【下】㊵池鯉鮒〔きりやう（器量）〕・㊶鳴海〔かるみ〕・㊷宮〔おや〕・㊸桑名〔くふな（食うな）〕・㊹四日市〔よつたぶち（寄った斑）〕・㊺石薬師〔いちやァつき〕・㊻庄野〔かふの（飼うの）〕・㊼亀山〔ばけあま（化け尼）〕・㊽関〔かき（牡蠣）〕・㊾坂の下〔あかのした（垢の舌）〕・㊿土山〔ぶちじやま（斑邪魔）〕・(51)水口〔みなぶち〕・(52)石部〔みじめ〕・(53)草津〔こたつ〕・(54)大津〔じやうず（上手）〕・(55)京〔ぎやう〕

この中からいくつかの項目に分けて、猫の様子を見て行きたい。

○猫の好物（魚介類）を描く

①日本橋は地口が「二本だし」で、好物の鰹節を二本取り出す猫が描かれる。鰹節は十本一括りの一連という単位で流通した。麻縄で括られた残りの鰹節は、丁度八本である。⑯「蒲原：てんぷら」は巧みな地口で、江戸では魚を揚げたもののみを天ぷらと称するため、猫の好物を自然に想像させる。他には③「川嵜：かばやき」⑦「藤澤：ぶちさば」⑨「大磯：おもいぞ」（大蛸）⑬「沼津：なまづ」⑰「由井：たい」、鰹節をかじる⑲「江尻：かぢり」、魚の頭を食べる㊲「赤坂：あたまか」などがあり、猫たちの表情も豊かである。また蛸を除いて、魚の頭がすべて左向きに描かれる点は注目される。他の浮世絵作品でもほぼ共通する描き方で、料理を盛り付ける際に魚を左前に置くことを反映したものと考えられる。※12 浮世絵を細部までみることの楽しみを教えてくれるような、行き届いた描写である。

○鼠と猫

画中には鼠も多く登場する。ハツカネズミを見つめる⑥「戸塚：はつか」、居眠りをする猫のえさに鼠が集まる⑪「箱根：へこね」等は微笑ましいが、⑩「小田原：むだどら」、猫をばかにしたような鼠と情ない猫が印象的な㉓「藤枝：

ぶちへた」のように失敗を描くのも面白い。だが最後の宿場(54)「大津：じやうず（白黒）」、終点(55)「京：ぎやう（茶の縞）」の猫は無事鼠を捕らえており、鼠除けにちなんだ終わり方といえよう。鼠をよく捕るのは三毛、黒斑、白が多いとされ、養蚕浮世絵にもそれらが描かれているとの指摘があり、[※13] 国芳も「鼠よけの猫」【図1】で黒斑の猫を描いている。逆に鼠を捕らないのは赤やトラ毛とされるが、本図の最後に赤の虎毛が鼠を捕っているのは、わざと逆説的にしたのだろうか。

〇飼い猫

⑩「小田原：むだどら」⑭「原：どら」など、どら（野良）猫も登場する一方、首輪をつけた飼い猫も多い。⑪「箱根：へこね」、㊸「桑名：くふな」に見られるように、猫の餌皿にはよく鮑の貝殻が使われた。㉚「濱松：はなあつ」ではえさが熱く貝殻から湯気が立ち、猫舌で食べられない様子が面白い。名前を呼ばれ飼い主を見上げる㉕「金谷：たまや」の猫、赤い

首輪をつけられ飼い主に近寄っていく㊻「庄野：かふの（飼うの）」の猫は、人間に向けた眼差しが愛らしく、愛玩動物としての面を際立たせた表現といえよう。

○親子と恋人

猫同士の関係を描く図を見てみよう。前掲【図2】「時世粧菊揃」のような親子の猫も多く描かれ、背を向けて子を舐める⑧「平塚：そだつか」、お腹に子を抱く㉛「舞坂：だいたか」、尾で子をあやす㉝「白須賀：じやらすか」、乳を与えながら別の子を見つめる㉞「二川：あてがふ」、母のお腹に乗って乳を吸う子猫が目をひく㊷「宮：おや」[※14]が挙げられる。子猫の愛らしさは勿論のこと、親猫の慈愛に満ちた表情は長く猫に接した国芳だからこそ描き得たのかもしれない。先に猫には恋のイメージがあると述べたが、黒猫が本図で唯一描かれる㊱「御油：こい」、㊺「石薬師：いちやァつき」、斑猫が恋路の邪魔をする㊿「土山：ぶちじやま」など、幸せそうなカップルも描かれる。

○化け猫のイメージ—毛色と尾の長さ

本図に描かれる猫七三匹の毛色に注目すると、⑮「吉原：ぶちはら」、㊹「四日市：よつたぶち」など地口にもなっている白黒の斑猫が圧倒的に多く、次いで白、他には三毛や茶、少数派では虎毛や黒がおり、当時の一般的な毛色の割合を反映していると思われる。[15] 注目されるのは、⑫「三嶌：三毛ま（魔）」、㉗「掛川：ばけがを」、㊴「岡嵜：

おがさけ」、㊼「亀山：ばけあま」の四匹の三毛猫が明らかに同じ配色（白、黒、濃い黄土色）で、他と区別される点である。怪しいイメージのこの四匹は、歌舞伎の化け猫のイメージで描かれると考えられ、手ぬぐいを頭に掛けて踊る⑫、㊼の猫の様子は、役者絵【図3】と類似している。尾に注目すると、㊼「亀山」の猫は長く、⑫「三嶌」、㊴「岡崎」の猫の場合長い尾が二つに割れている。これは、長い尾が裂けて化け猫になるとい

う当時の考えを反映したもので、㉗「掛川」の猫は尾が短いため、単に化け猫のような恐ろしい容貌の猫だととらえてよさそうだ。

また本図全体の猫の尻尾に注目すると、約七割にあたる五二匹の尾が短く、短尾の猫が好まれた当時の風潮を反映したものと指摘されている。[※15] 国芳の図には毛色や尻尾の流行が現れており、メディアとしての役割を果たした浮世絵らしく、様々な江戸の猫事情がわかってくる。

三　国芳を示す猫—結びにかえて

以上のように、国芳は様々な工夫とともに猫を描いた。「女性」を象徴する存在としての猫や、擬人化されたユーモラスな猫。人気の役者に見立てた猫の場合、鬘や彫物を斑模様で描くのも細やかな表現である。時間帯による瞳孔の描き分け、毛色や尾の長さ、三毛猫と化け猫など、国芳は当時の猫事情やイメージをふまえつつ、自在に趣向をこらした。その系譜は弟子にも引き継がれ、芳幾《よしいく》や芳藤《よしふじ》は師匠譲りのアイディアを利かせて、猫の擬人化や寄せ絵などの作品を残している。

最後に国芳にとって猫を描くことにどのような意義があったのか、自画像、死絵《しにえ》、団扇絵に関する考察を行ない、本稿のまとめとしたい。

国芳は自画像を何図か残しているが、後ろ姿等顔を隠して描いており、国芳が好んで用いた「芳桐《よしきり》」模様や猫を描くことで自らを暗示するという手法をとっている。大津絵から藤娘や鬼、鷹匠などが抜け出すという趣向の「流行逢《ときにあふ》都絵希代稀物《つあきたいのまれもの》」【図11】でも、はためく料紙によって顔が隠されるが、手にする団扇に芳桐模様が配され傍らに猫がいることから、この絵師は国芳自身と考えられる。猫に囲まれて仕事をしたという国芳の仕事場を再現したかのような図であり、国芳を見上げる猫の姿が何とも可愛らしい。艶本《えんぽん》を描く際にも「白猫斎よし古野」「五猫亭程よし」などの号を用いた国芳は、猫に自らを示す象徴としての役割も持たせていた。※16

【図12】は八代目市川團十郎の死絵である。歌舞伎役者の訃報を伝達する死絵は、死者の正装である水裃《みずかみしも》姿の役者の図に、没年月日や戒名などを記すことが多いが、本図のように死者の描かれた掛け軸をファンが拝む図等種々の図様が確認できる。※17 美男で人気が高かった八代目團十郎（安政元年〔一八五四〕没）を描いた本図は、天保の改革で役者絵が禁止されたことを受け無署名で出版されるが、梅屋が狂歌を寄せており国芳の作画と考えられる。「女猫まで袖になみだをふく牡丹なくやひさごのつるの林に」（福牡丹、ひさご（瓢箪）は團十郎ゆかりの模様）という狂歌の通り、遊女や若い娘、少女、尼といった様々な女性ファンに混ざり涙をぬぐう猫が描かれるのは、いかにも国芳らしい。自画像と同じく、猫によって国芳を連想させる例である。

図11　「流行逢都絵希代稀物」
歌川国芳画　三枚物の中央部分　国立国会図書館蔵

そして「猫のすゞみ」【図6】や役者似顔絵で猫を描いた「猫の百面相」等、消耗品の団扇絵にも工夫を凝らした猫の図が数多く確認できる点は注目される。

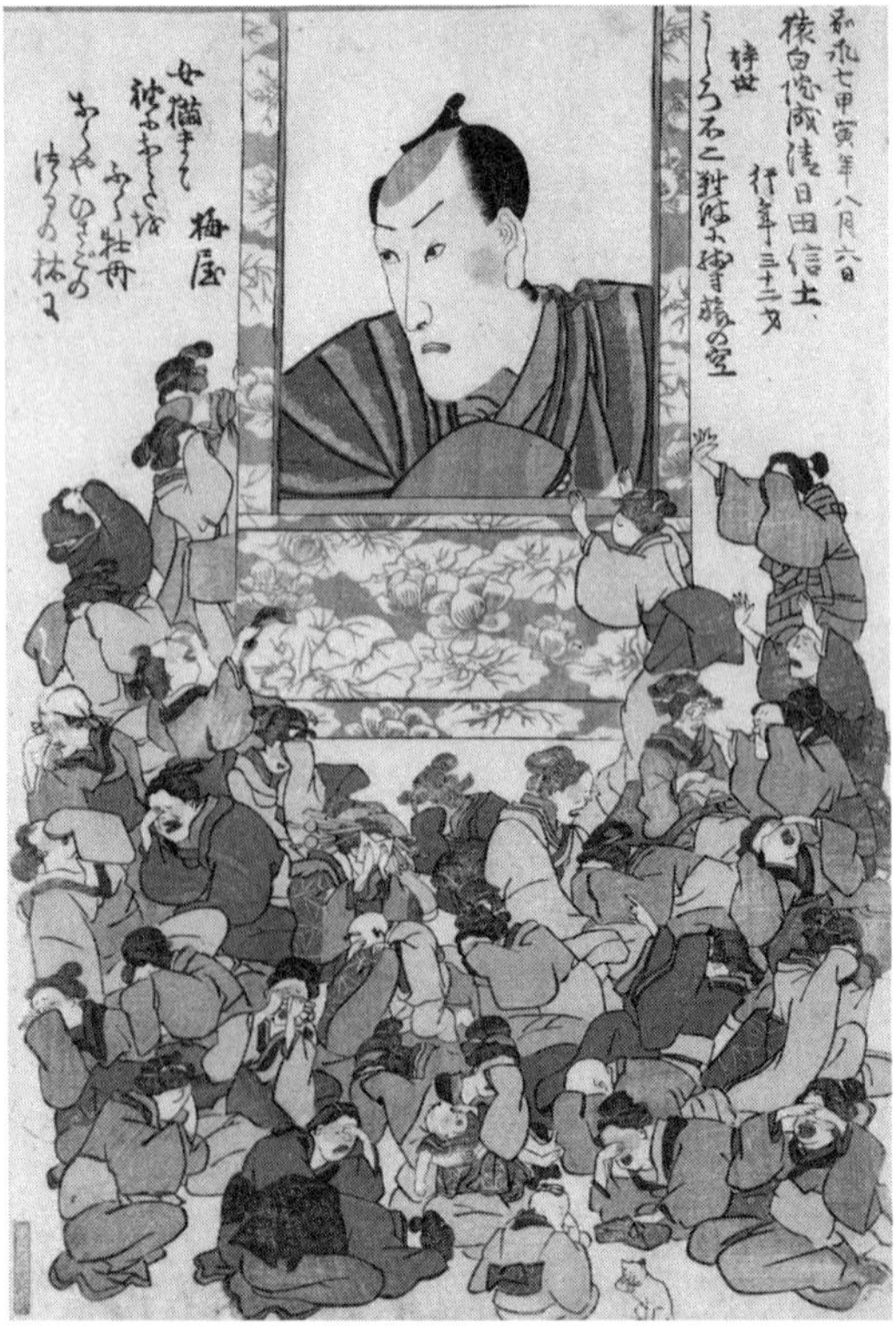

図12　「八代目市川團十郎の死絵」
歌川国芳画　東京都立中央図書館東京誌料文庫蔵

国芳に限らず、団扇絵には絵師のアイディアが冴える作品が多い。その理由は、団扇絵が購入者だけでなく、団扇に貼り人前で使用することで不特定多数の人の目に触れる機会が多い商品だからであろう。絵師たちは団扇絵に力作を残すことで、自らの技量や個性をアピールしたのではないだろうか。[※18] 国芳も団扇絵を通して、国芳といえば猫というイメージを伝えたかったのではないかと考える。

国芳は、彼にとって身近な、そして同時に江戸庶民にとっても親しみのある猫をテーマに作品を手掛けた。それは庶民生活に密着した事象を描く、浮世絵師らしい主題選択だともいえる。国芳は、天保の改革前後を中心に多くの猫を描いた。画題が制限される中、浮世絵をプロデュースする板元たちも、国芳の猫の絵を売れる商品と考えたのであろう。自らを象徴させ、自分らしさを表現できる猫を描くのは、国芳にとって楽しい作業だったに違いない。そして浮世絵の享受者たちも、次々と発表される国芳の猫の図を心待ちにしたのではないだろうか。

注

1 『都新聞』明治三十六年八月六日、二代歌川芳宗「浮世絵夜ばなし」。芳宗は猫の供養を頼まずその金を使ってしまったが、国芳に許されたという。
2 内山淳一『動物奇想天外　江戸の動物百態』大江戸カルチャーブックス、青幻舎、二〇〇八年。
3 藤田真一「江戸の俳諧師たち　猫の恋・人の恋」、瀬木真一「絵画史の中の猫」(ともに『国文學』二七(一二)(學燈社、一九八二年九月)所載。
4 伊藤克枝「養蚕錦絵にみられる猫」(『浮世絵芸術』一五二号、国際浮世絵学会発行、二〇〇六年七月)。
5 鈴木棠三著『日本俗信辞典』角川書店、一九八二年。
6 国芳は他にも、登場人物を提灯で表した揃物「道外てうちんぐら」を手掛けている。
7 近松門左衛門作『大経師昔暦』冒頭では、主人公おさんの慕情が飼い猫の三毛猫に象徴されているとの指摘がある(諏訪春雄「元禄ルネッサンスのしなやかな猫たち」『国文學』二七(一二)、學燈社、一九八二年九月)。
8 金魚や亀を似顔で描いた団扇絵「似たか金魚」が著名。国芳は役者絵が禁止された際にも、「魚の心」、「亀々妙々」などの役者見立絵を発表した。
9 参考文献①にて指摘されている。序文に「今世の中の流行は国丸が鞠国芳が猫に見立し百面相男の助大当」とあり、猫に見立てられた荒獅子男之助の団扇絵が挿絵として描かれる。
10 参考文献⑤。
11 合巻『朧月猫草紙』では天保の改革の出版統制で一時期似顔表現が行なわれず、その際には頭髪を示すぶちが表現されなかったこと、このぶちも役者似顔絵の一部であったという指摘が、津田氏によってなされている。(参考文献⑤)

12　『江戸の食文化』（国際食文化研究ライブラリーvol.3）、キッコーマン国際食文化研究センター発行、二〇一〇年三月。
13　前掲註3論文参照。
14　国芳の先行する団扇絵「新良満造」（弘化頃、伊場屋仙三郎板）に同じポーズの親子が描かれる。
15　参考文献②。
16　参考文献②。
17　国芳以外にも、江戸初期の武人佐久間将監（一五七〇〜一六四二）は長寿の象徴として自らの肖像画に猫を描かせている。
18　死絵の図像パターンについては、拙稿「死絵―追悼を表現するメディア」（『國文學：解釈と教材の研究』五三【一一】、學燈社、二〇〇八年八月）にて考察した。
19　拙稿「江戸の涼　団扇絵の魅力」（『浮世絵芸術』一四八号、国際浮世絵学会発行、二〇〇四年七月）。

【参考文献】

鈴木重三編著『国芳』平凡社、一九九二年
平岩米吉『猫の歴史と奇話〔新装版〕』築地書館、一九九二年
『CATS OF MANY VARIETIES　にゃんとも猫だらけ』平木浮世絵財団、二〇〇六年
稲垣進一・悳俊彦著『江戸猫　浮世絵猫づくし』東京書籍、二〇一〇年
津田眞弓「歌川国芳画『朧月猫草紙』と猫図」（『浮世絵芸術』一五二号、国際浮世絵学会発行、二〇〇六年七月）

あとがき

目白の喫茶店で、新しい企画を考えましょうというので、三弥井書店の吉田智恵さんとお話ししたのは、もう何年前のことだろうか。三弥井書店の特色と、鈴木の関心を合わせてみて、二人で「これだ！」と意見が一致したのが、「鳥獣虫魚の文学史」である。

私は子年生まれなのだが、自分のちょこまかと気忙しく動き回る感じ――特に調べ物をしている時――がいかにも鼠らしいと、時々苦笑する。

また、学生の頃、今よりややふっくらとして、頭髪もふさふさしており、いつもセーターを着ていた（これだけは今もそうだが）ので、「鈴木君は、まるでくまのぬいぐるみのようだね」と何度か言われ、それ以来、熊には親近感を抱いている。

このように動物に我が身を擬えてみるのは、多くの人々が行うところではないか。

そもそも動物という存在は、人の心をなごませてくれたり、わくわくさせてくれたり、勇気づけてくれたり、時に恐ろしいものをもたらしたり、またなにかを考えさせてくれたりするものである。

さらに、今日では、産業の発達に伴い自然の崩壊が叫ばれ、それによって引き起こされた人間の精神的危機が問題視される状況が生じている。こののち、残された自然といかに共生していくかを検討することは、急務の課題と言えるだろう。

そのように現代にも通じる普遍的なテーマを、多くの古典文学研究者の方々とともに考えてみたいというのが、本シリーズの意図なのである。そして、劣勢が伝えられる古典研究が挽回する機会は、案外こういうところにあるのではないかと思う。

本シリーズは、第四巻まで続き、じつにさまざまな動物たちが活躍する。最終巻までのご支援をあらかじめ読者諸賢にお願いする次第である。

平成二十三年正月

鈴木健一

執筆者紹介

鈴木健一（すずき　けんいち）
1960年生まれ。学習院大学教授。博士（文学）。
『江戸詩歌史の構想』（岩波書店、2004年）、『源氏物語の変奏曲—江戸の調べ』（編著　三弥井書店、2003年）他。

中嶋真也（なかじま　しんや）
1973年生まれ。駒澤大学准教授。博士（文学）。
「『万葉集』の平城京」（『国語と国文学』87巻10号、2010年11月）、「湯原王蟋蟀歌小考」（『駒澤國文』46号、2009年２月）他。

石井裕啓（いしい　ひろあき）
1961年生まれ。浅野中・高等学校教諭。
「古今集仮名序の六義」（『和歌文学研究』92号、2006年６月）、「紀貫之の和歌表現—素性法師との関わりから」（『平安文学研究生成』、笠間書院、2005年11月）。

植田恭代（うえた　やすよ）
跡見学園女子大学兼任講師。博士（文学）。
『源氏物語の宮廷文化』（笠間書院、2009年）、「青海波の演奏史」（『越境する雅楽文化』書肆フローラ、2009年）他。

園　明美（その　あけみ）
1968年生まれ。法政大学非常勤講師。博士（文学）。
『大斎院前の御集全釈』（共著、風間書房、2009年）、『王朝摂関期の「妻」たち—平安貴族の愛と結婚』（新典社、2010年）他。

伊東玉美（いとう　たまみ）
1961年生まれ。白百合女子大学教授。博士（文学）。
『新注古事談』（責任編集　笠間書院、2010年）、『宇治拾遺物語のたのしみ方』（新典社、2010年）。

渡辺麻里子（わたなべ　まりこ）
1967年生まれ。弘前大学准教授。博士（文学）。
「経典の注釈—談義所における学問の継承と再生産—」（日本文学54号、2005年７月）、「中世における僧侶の学問—談義書という視点から—」（弘前大学国語国文学28号、2007年３月）。

君嶋亜紀（きみしま　あき）
1974年生まれ。東京外国語大学非常勤講師。博士（文学）。
「『毎月抄』の本歌取論について」（『国語と国文学』83巻８号、2006年８月）、「異端の勅撰集——『新葉集』とは何か」（『文学』11巻１号、2010年１月）他。

豊田恵子（とよだ　けいこ）
1978年生まれ。宮内庁書陵部図書課図書寮文庫第一図書調査室員。
「『三条大納言殿聞書』考」（『叙説』第32号、2005年３月）、「正徹の「異風」について—舟の歌を中心として」（『書陵部紀要』第59号、2008年３月）他。

牧野淳司（まきの　あつし）
明治大学准教授。博士（文学）。
『真福寺善本叢刊　東大寺本末相論史料』（共著、臨川書店、2008年）、「延慶本『平家物語』弘

法大師宗論説話の生成」(『国語と国文学』85巻11号、2008年・11月)。

中野貴文(なかの　たかふみ)
1973年生まれ。熊本大学准教授。博士(文学)。
『大学生のための文学レッスン　古典編』(共著、三省堂、2009年)、「『徒然草』「第一部」と光源氏」(『日本文学』59巻6号、2010年6月)他。

石井倫子(いしい　ともこ)
1967年生まれ。日本女子大学教授。博士(文学)。
『風流能の時代―金春禅鳳とその周辺』(東京大学出版会、1998年)、『能・狂言の基礎知識』(角川学芸出版、2009年)他。

齋藤真麻里(さいとう　まおり)
1966年生まれ。国文学研究資料館准教授。博士(文学)。
『一乗拾玉抄の研究』『一乗拾玉抄　影印』(1998年、臨川書店)、「異類の歌合と『夫木和歌抄』」(『夫木和歌抄　編纂と享受』、2008年、風間書房)、「横行八足―岩嶽丸のこと―」(国文学研究資料館紀要　文学研究篇36、2010年3月)他。

鵜飼伴子(うかい　ともこ)
1972年生まれ。千葉大学非常勤講師。博士(文学)。
『四代目鶴屋南北論―悪人劇の系譜と趣向を中心に―』(風間書房、2005年)。

金田房子(かなた　ふさこ)
1960年生まれ。清泉女子大学非常勤講師。博士(人文科学)。
『芭蕉俳諧と前書の機能の研究』(おうふう、2007年)。

佐藤かつら(さとう　かつら)
1973年生まれ。鶴見大学准教授。博士(文学)。
『歌舞伎の幕末・明治―小芝居の時代』(ぺりかん社、2010年)、「囃子方―歌舞伎芝居と都市社会の間で」(『伝統都市4　分節構造』東京大学出版会、2010年)。

鈴木秀一(すずき　ひでかず)
1962年生まれ。日本女子大学附属中学校教諭。
『『おくのほそ道』解釈事典』(分担執筆　東京堂出版、2003年)、『江戸の詩歌と小説を知る本』(分担執筆　笠間書院、2006年)。

湯浅佳子(ゆあさ　よしこ)
1965年生まれ。東京学芸大学准教授。
『南総里見八犬伝　名場面集』(三弥井書店、2007年)、「『鎌倉北条九代記』の歴史記述の方法」(『文学』2010年5・6月号)。

久岡明穂(ひさおか　みほ)
1975年生まれ。関西外国語大学兼任講師。博士(文学)。
「『椿説弓張月』の方法」(『近世文芸』82号、2005年7月)、「為朝と信西―『椿説弓張月』論―」(『叙説』第33号、2006年3月)他。

藤澤　茜(ふじさわ　あかね)
1971年生まれ。学習院大学非常勤講師。文学博士。
『歌川派の浮世絵と江戸出版界』(勉誠出版、2001年)、「『椿説弓張月』の挿絵と浮世絵」(『文学』2004年5・6月号)他。

鳥獣虫魚の文学史―日本古典の自然観 1 獣の巻

平成23年3月8日　初版発行

定価はカバーに表示してあります。

編　者　鈴木健一

発行者　吉田栄治

発行所　株式会社 **三弥井書店**

〒108－0073東京都港区三田3－2－39
電話03－3452－8069
振替00190－8－21125

ISBN978-4-8382-3206-2 C0093　整版・印刷　エービスシステムズ